隐匿的世界

楼下铁板烧 著

天津出版传媒集团
天津人民出版社

图书在版编目（CIP）数据

隐匿的世界 / 楼下铁板烧著 . -- 天津 : 天津人民出版社 , 2022.3
ISBN 978-7-201-18079-3

Ⅰ . ①隐… Ⅱ . ①楼… Ⅲ . ①长篇小说 – 中国 – 当代
Ⅳ . ① I247.5

中国版本图书馆 CIP 数据核字 (2021) 第 264035 号

隐匿的世界
YINNI DE SHIJIE

出　　版　天津人民出版社
出 版 人　刘　庆
地　　址　天津市和平区西康路 35 号康岳大厦
邮政编码　300051
邮购电话　（022）23332469
电子信箱　reader@tjrmcbs.com

责任编辑　岳　勇
特约编辑　张素梅
封面设计　王　鑫

制版印刷　大厂回族自治县德诚印务有限公司
经　　销　新华书店
开　　本　787 毫米 ×1092 毫米　1/16
印　　张　17
字　　数　296 千字
版次印次　2022 年 3 月第 1 版　2022 年 3 月第 1 次印刷
定　　价　49.00 元

目录
contents

隐匿的世界

楔　子

“欢迎来到自由世界！上帝止步于此！”

网络爬虫最基本的原理是模拟 HTTP（超文本传输协议）向指定网站发送请求，从服务器端返回的网页源代码中抽取具有实用价值的信息。普通的爬虫技术无法进行暗网数据索引。为找到暗网 Hades（地狱，下同），杨怡编写出了与常规爬虫不同的暗网爬虫。它能将暗网数据从数据库中挖掘出来，利用这些数据，增加信息覆盖程度，进而找到暗网 Hades。

进入暗网 Hades，网络页面开始不受控制，鼠标不能移动、键盘失灵，电脑无法重启，杨怡知道自己中了对方的招儿。再不拔下电源，电脑中所有数据都可能被对方黑掉。

电闸没拉，房间里却突然停了电。

当杨怡长舒一口气时，又发现情况不对。门外响起的脚步声把杨怡的神经再次拉紧。即使登录暗网 Hades 被管理员发现，这些人的反应有这么及时吗？不可能！是自己想多了，还是？当杨怡警惕地掏出枪，贴着墙向门口探去时，窗户突然被人从外面敲碎，门也被人暴力打开……

汉江省人民医院住院区三楼 310 病房，几个月前突然增加了 24 小时轮流值守的警察。出入 310 病房的医生和护士，只有经过人脸识别和工作牌双重认证后，才被允许进入病房。

只有进过 310 病房的医护人员才知道，自从 310 病房设岗以来，病房里根本没有住过病人。刚开始配合警方工作时，这些每天带着医疗器材和药物出入这间病房的医护人员因受影视剧影响而热情高涨，积极配合警方。半个月后，他们倦怠了，谁也没想到警方把假戏做得比真的还真。除了每天必须要检查证件外，拿进病房的药物必须是适用于重症患者的专用药，从病房拿出来的药物必须让人看出有使用过的痕迹。警方给医护人员的感觉，就好像病房里真的有重症患者一样。

最让医护人员接受不了的是，每次他们从病房出来，执勤的警察都会问病人的病情。他们必须要回答出病人具体的恢复情况，并且每天都不能重样，这极大地考验了这些认真又单纯的医护人员。

一个月后，参与 310 病房诊治的医护人员，都觉得自己得了病，病因皆出于 310 病房。他们被告知病房里面有病人，但他们确实没有在病房里看见过病人。到底有没有病人，或者他们这些穿着白大褂的医护人员才是真正的病人？他们内心不止一次有过这样的怀疑，甚至想挂心理科室的号，给自己看看病。

刚走出验尸房，外面新鲜的空气扑面而来，肖乐的五脏六腑开始翻江倒海。杨怡血肉模糊的尸体在他脑子里不断放大，他再也控制不住，大吐特吐起来。肖乐来到市刑侦支队工作三年多，虽说跟师父周查破过不少大小案件，但这还是第一次经历战友之间的生离死别。师父若被抢救回来，能不能承受住女朋友惨死家中的事实呢？肖乐担心着。

周查是市民早上倒垃圾时，在楼梯间的垃圾桶旁被发现的。当时他失血过多，早就没了意识。

针对暗网 Hades 的专案组成立不久，专案组行动队队长周查重伤，技术队专家级成员杨怡更是惨死家中，这一切让专案组副组长张作田压力倍增。无论是出于工作需要还是私人感情，周查绝不能死。一生高风亮节两袖清风的张作田，为了周查，第一次托关系，说什么也要把爱将抢救过来。张作田的奔走、组织上的照顾，让多位国内神经内外科、骨科专家放下手中的工作，奔赴汉江省人民医院。

专家级医生、多年医疗经验，再加上连夜制定的几套堪称完美的抢救预案，给了所有关心周查生命安危的同事以信心。长达八个小时的手术后，没有任何一个专家敢再向张作田拍胸脯说周查一定能醒过来。其实，在抢救周查的过程中，专家们嘴上没说什么，心里都有自己的思量：若这位警察能等到明天的太阳，已算造化。不是他们能力的问题，而是周查被送到医院的时间太晚，错过了最佳的抢救时期。

翌日，天色阴沉，莫口市的市民抱怨着久不放晴的天气，奇迹却发生了。

“密钥……”

这是周查醒后说的第一句话。

大家没有明白他的意思，周查接着又说：“杨怡……怎么，怎么……”

话没说完，又晕了过去。

汉江省公安系统的领导们都在，谁也不知道“迷药”是什么意思。

在场的同事中，只有周查的徒弟肖乐跟周查时间最久，众人眼睛望向肖乐，想从他那里知道周查到底想说什么。

这么多领导都在，肖乐声音有些颤抖，他咽了咽唾沫：“师父可能在说他中了某种迷药……”

如果周查当时清醒，肯定会骂肖乐蠢。不是“迷药”，而是“密钥”。如果没有确切消息，周查不会竭尽全力说出“密钥”，既然说出来了，就代表他想给同事们一个有关暗网 Hades 的侦查方向。以周查对杨怡的了解，若不是她想以暴露自己为代价得到某些重要情报，以她的计算机水平，是不可能被对方发现的。

“周查带了你这么久，没有一点进步！什么迷药！是密钥！周查和杨怡想必是发现了侦破暗网 Hades 的关键所在！”张作田明显不满意肖乐的答复。

医护人员每天定时来 310 病房值班，直到三个多月后，周查伤后初愈归队，警方才撤下了 310 病房的布控。

傅院长亲自找医护人员谈话，给他们布置了新的工作任务，这些人才慢慢从自我怀疑中走了出来。这些医护人员不知道的是，他们真的参与到了警方的重大行动中，他们每天上下班的路上甚至是家里，其实都有专门的警察保护着他们的安全。

M 联邦共和国北部的掸邦自治州第五特区自由人民军势力范围，迎来了特殊拜访者。从特殊拜访者进入总部大楼开始，护卫长明泽就看他不顺眼了。跟随彭四海十一年，算上整个掸邦自治州，还没有几个人敢无视他的存在。

要不是自由人民军总司令彭四海给明泽下过死命令，明泽早就一梭子子弹扫过去，把此人打成筛子了。在明泽眼中，M 联邦共和国排第二，他们自由人民军才是 M 联邦共和国真正的王。管他是哪个大国的大兵，还是中东哪部分的恐怖组织，在 M 联邦共和国都不好使。老美厉不厉害，当年不也是在这里越陷越深吗？

几个小时过去，会客厅的门始终没有打开，明泽开始焦虑。他这些年经历大小战斗无数，子弹在眼皮子底下和裤裆下面穿来穿去走过堂风都没这么紧张过。随彭四海南征北战，他明面上是彭四海的护卫长，其实私底下两个人的关系亲如父子。彭四海的女儿彭玲玲和明泽是同龄人，明泽想，当年自己可是为彭四海挡过子弹的人，就算他向彭玲玲求婚，彭四海也不会反对。

司令会不会有危险？作为护卫长，明泽觉得自己需要确定彭四海的安全。就在他纠结要不要闯进去时，会客厅的门开了。

以前有客来访，彭四海都会将客人送到门口，目送客人离开。见访客走出会客厅，彭四海却没有出现，于是明泽慌慌张张地跑进了会客厅。

以前他不打报告进门，轻则遭彭四海的怒骂，重则挨二十几下军鞭，有时甚至打到皮开肉绽。当明泽进了会客厅，见彭四海好端端地背着手看着窗外时，他有些慌，转而又想，只要总司令没事，他认打认罚。

明泽还没来得及向彭四海解释自己为什么闯进会客厅，彭四海却说话了，他没有责怪明泽不持重，只说了四个字：“天要变了。”

司令为何会说天要变了？明泽想不明白。

第一章　暗　网

9月18日，对吴婉乔来说是最难忘的一天。这一天，男朋友张铭宇劈腿，被她捉奸在床。

不能让房间里的人有任何思想准备，渣男早该现出原形，捉奸就要捉在床。这么想着，朱太行用力踹开了303房间的门。房间内电视声音太大，门口又和床有一定距离。当朱太行和吴婉乔来到床前时，张铭宇和情人还在床上缠绵。

直到朱太行关掉了电视，张铭宇才发现情况不对。

“我说这是一场误会，你信吗？”张铭宇说这话的时候，还趴在情人身上。

若不是朱太行真的喜欢吴婉乔，他甚至有几分欣赏张铭宇临危不乱的心理素质。

为保住最后的体面，吴婉乔努力不让眼泪掉下来，她说道：“是我耽误了你。祝你今后幸福。”

吴婉乔以为自己可以很潇洒地面对这一切，可还没转过身，眼泪就从泪腺飙了出来。

见到心爱的女人眼中噙着眼泪，朱太行心里有说不出的心疼。他和吴婉乔一起来的，准确地说是他发现张铭宇劈腿，告诉了吴婉乔，两人一起来捉奸的。吴婉乔不止一次在朋友圈秀过她和张铭宇的恩爱。把一辈子的幸福押在一个男人身上是件极为不明智的事情，朱太行担心后知后觉的吴婉乔接受不了感情的失利。

吴婉乔离开宾馆，朱太行却不想走，他想替她教训负心汉，可他在妈妈的病榻前承诺过，自己这辈子不会再做坏事。如果自己教训张铭宇出手太重，就违背了当年的誓言。可要这么轻易离开，又太便宜这小子了。

出门追吴婉乔前，朱太行指着张铭宇，恶狠狠地说道：“你等着！”

“莫口楚留香”是张铭宇的绰号，凭借英俊的外表，他流连于花丛中，从未被现任女友发现过。吴婉乔是怎么知道自己与同事开房的？那个男人又是谁？肚里没粮，心里发慌，身上没衣，底气不足，被女友当场捉奸，张铭宇连叫倒霉，也顾不上想太多，赶紧穿衣去追吴婉乔。

朱太行怎么可能给张铭宇追吴婉乔的机会，离开房间后，他找来三辆清洁车堵在了303门口，确定在短时间之内张铭宇无法开门后，才放心离去。

朱太行生怕吴婉乔想不开，一直跟在她身后。

亲眼见男朋友劈腿，吴婉乔谈不上伤心欲绝，因为她从心里还没有认可这件事情是真的。电视剧中的狗血情节怎么可能发生在自己身上？可跟在她身后的朱太行又告诉她，一切都是真实的。从金融街走到建设路，再从建设路路尾的老张麻辣烫走到城郊的凤凰岭，走到哪里都有她和张铭宇过往的幸福回忆。

回忆有多幸福，现在就有多痛苦。吴婉乔想一个人静静，可又怕一个人太安静，会忍不住哭着跑去质问张铭宇。父亲吴金东从小就告诉她，哭鼻子是最没出息的。吴婉乔从小被培养出来的骄傲让她决心忘掉这段伤心的感情。

“能陪我跑步吗？”

“能，只要你想。”

吴婉乔终于开口说话了，朱太行心里稍微踏实了些。

吴婉乔想翻越整座凤凰岭，想跑完城市的每个角落，想甩开与张铭宇的一切回忆，把生活重新来过。跑着跑着，脸上滴下的不知是汗水还是泪水。越跑越委屈，越委屈越不停地跑。

朱太行完全低估了吴婉乔的体能，当他从凤凰岭山顶跑下来时，吴婉乔已经在山下等了他半个多小时。若不是怕朱太行在山里迷路，她还准备围着莫口市城郊再跑上一圈，不管耗时多长，不管自己有没有体力。看着气喘吁吁的朱太行，她还是放弃了继续跑下去的想法。自己失恋，犯不着连累别人，别这么自私，吴婉乔心想。

夜幕降临，白天游客如织的凤凰岭到了晚上变成了真正的荒郊野岭。山底下的末班车早就发了车，白天在山下拉活的黑车司机，也早就赚够钱回家老婆孩子热炕头了。从山间吹来的寒气，把运动产生的热量一股脑吹散了，吴婉乔不自觉将双臂交抱在胸前。

看着冻得瑟瑟发抖的吴婉乔，朱太行真想一把将她搂过来告诉她：也许有人会背叛她，但他永远不会，他永远都会陪在她身边。

月亮昏昏沉沉地躺在乌云背后，山间的风一直在吹，树影晃动着，好像试图怂恿朱太行再勇敢些把握住眼前人。朱太行不想做乘人之危的事情，他把从小到大学的诗歌背了个遍，才抑制住想要拥抱吴婉乔的冲动。

刚被抑制住的欲望被山风吹出了一道口子，想要抱住吴婉乔的想法已经占据了朱太行的大脑。就在朱太行准备行动时，吴婉乔先一步抱住了他。

我们是朋友，我失恋了需要一个肩膀，这样做应该没什么吧。吴婉乔为了不让朱太行瞎想，解释道：“太冷了，借你的拥抱取取暖可以吗？”

还没说完这句话，吴婉乔的脸唰地红了起来。朱太行完全没有想到幸福来得这么快，他甚至不敢呼吸，担心吓走吴婉乔。

两人在山脚下等了将近两个小时，有数辆开往市区的私家车从这里经过，但不管朱太行怎么打招呼，车就是不停。直到一辆丰田由南向北驶来，两人才顺利坐上了车。

在车里感受到久违的温暖，他们向车主表示谢意：“世界上还是好人多啊，谢谢大哥！”

车主是位长相彪悍的中年人，右侧脸上的一道疤与佩戴的金丝边近视镜有种违和感。

朱太行小声对吴婉乔说："怎么看起来……"

"看起来挺好的呀，怎么？"

"没什么……"

朱太行认为自己想多了，便不再言语。

吴婉乔悄悄说："大半夜人家肯拉你就不错了，我们两个人呢，怕什么。"

朱太行想想也是这个道理，便跟车主说了些感谢的话。对方也始终客客气气地回应着。

车在山路间行驶了没多久就上了高速，路途开始变得平坦起来。吴婉乔靠在朱太行怀里睡着了。车内的温度让人眼皮越来越沉，朱太行怕车主半夜打盹儿，跟车主有一句没一句地搭着话。因为彼此不认识，对方话又很少，聊着聊着，就陷入了沉默。不知不觉间，朱太行也睡了过去。

"醒醒！快醒醒！"

吴婉乔试图唤醒身旁熟睡的朱太行，因为她发现，他们被人绑架了。昨晚明明是搭车要回市里，怎么醒来后就被人绑在了屋子里呢？这是被绑架了吗？绑匪人呢？

叫不醒朱太行，情急之下，吴婉乔撞倒了柜子上的茶杯，茶杯砸在朱太行头上，他这才从梦中醒来。

陌生的房间，被捆绑住的身体，让朱太行彻底清醒。当确定自己被绑架后，他慌了。心里虽慌，但心上人在眼前，不能露怯，只好强装镇定。

"不要怕，有我呢，放心！"

朱太行模仿电影中的逃生手段，把墙角磨了一个遍，结果都是蚯蚓上墙——无能为力。吴婉乔示意他用牙咬绳子，他才意识到关键所在——还是得靠一口好牙。当他快把吴婉乔手上的绳子咬开时，门外响起了低沉的脚步声。

"快点，来人了！"吴婉乔小声催促他。

绳子还没解开，房门就被打开了，来人正是昨晚的车主廖国明。摘去了金丝边眼镜的廖国明原形毕露，他抚摸着吴婉乔的脸颊，发出了淫邪的笑声。

"你知道自己在犯法吗？绑架是要被判刑的！"朱太行的声音有些

颤抖。

廖国明没理会朱太行，他恋恋不舍地将手掌从吴婉乔脸上移开，又将自己背包中的电脑、录像机和支架拿了出来。他将录像机架在支架上，又从背包中拿出骷髅头套，套上头套的刹那，他整个人的气质变得更为可怕。

录像机已经打开，廖国明在屏幕上看到了惊慌失措的朱太行和吴婉乔，特别是看到被吓尿的朱太行时，心里除了不屑和失望，更多的反倒是疑问。

眼前的屄包软蛋根本配不上他的“狼蛛三号”。“狼蛛三号”一瓶 20 毫升，只需半瓶的量就可以让训练有素的特种兵乖乖听任自己摆布。这种药在东南亚的黑市上已经炒到了 5000 美金一瓶，而且是有价无市。廖国明为了完成这次任务，通过暗网平台 Hades 好不容易找到商家，花了 0.45 比特币才买到的。

只要完成这次的 S 级任务，他很可能会被提升为副组长。现在自己几乎不费吹灰之力就完成了任务，S 级任务就这么简单？要知道，暗网中刺杀总统级别的政治人物的任务等级也不过 S 级。

“绑架是犯法的，是要坐牢的，你，你现在要考虑清楚……”朱太行脸上写满了惊恐。

多年的职业经验告诉廖国明，朱太行满脑门写着“人之将死”四个字。事实上若不是上面早有交代，昨天晚上朱太行都没有活着搭车的机会。即使上面有规定，他仍没有把朱太行当活人看，目前存在于集团名单中的人，最长存活期也没超过三个月。

吴婉乔见廖国明不说话，以为他被朱太行说动了，继续劝道：“绑架、杀人是严重的违法行为，你想好犯罪成本了吗？”

朱太行打着配合：“你的家人可能因为你的犯罪行为，一辈子抬不起头。你的人生可能因为你杀人而彻底毁掉。现在回头还来得及，放我们走，我们不会报警的。如果你需要钱，我们也可以给你。总之，人生有很多条路可供选择，你没必要走上犯罪这条不归路！”

“你们说的选择，对有过 13 条命案的人也有效吗？”廖国明一字一句道。

杀人犯！朱太行怕惹怒对方，赶忙低下头，不敢再说话。

“尿包，就算死也要像个男人一样抬起头！”廖国明一脚踹在朱太行身上。

“你别打他，有本事冲我来！”

廖国明饶有兴趣地看着吴婉乔，走到她身前伸手抚摸着她的下颌：“有点意思……”

吴婉乔对廖国明怒目而视。

朱太行不介意被人叫尿包，事实上这十几年他已经习惯了别人叫他“朱太尿”。伤害他可以，但伤害他最爱的女人不行！他气血上涌，用尽全身力气挺身撞向廖国明。

廖国明侧身一闪，朱太行跌倒在地。脚踩在朱太行身上，廖国明不怒反笑，他没有想到，眼前这个尿包还有点血性。

“咱们来个刺激的游戏。”廖国明来了兴致。

“你们两个，只能活一个，给你们 30 秒时间选择谁死，30 秒后没有答案，我就用掷骰子的方式帮你们选择。”

廖国明觉得人性从来经不起考验，所以他在行动组里是独行侠，他不相信任何人，甚至包括他背后的集团。每次出任务，如果目标“猎物”是情侣或者兄弟，他通常会告诉他们两人只能活一个，并且他会把选择权交给“猎物”。生死面前，情比金坚的情侣会反目成仇，结拜的兄弟亦会互相捅刀。

如今人为刀俎、我为鱼肉，哪里还有选择的自由。这个道理朱太行和吴婉乔都明白。两人对视一眼，朱太行仿佛从满脸泪花的吴婉乔眼中看出了几丝狡黠。这种感受只可意会不可言传。

“好，时间到。”廖国明指了指吴婉乔，示意她先说。

朱太行却赶忙说：“我先说可以吗？”

“说。”

朱太行对吴婉乔说：“回答之前，我想问问你，如果没有张铭宇，你会喜欢我吗？”

吴婉乔几乎没有犹豫：“不会。”

“真是讽刺，即使面临生死选择，你宁可死也不骗我，倒也算是诚实。我可以为你去死，张铭宇他能做到吗？”

廖国明指了指吴婉乔：“到你回答了，你选谁死？”

“我不想死，也不想让他为我而死。”吴婉乔应道。

“可我愿意为你去死！”朱太行说。

廖国明饶有兴致地看着朱太行：“㞞包为了女人，居然可以选择死。有意思。看来你是不知道死是什么滋味啊！你知道人的颈动脉被割断后能活多久吗？我指的是生物学上的死亡。”

“我不在意自己怎么死，只关心你会不会信守承诺放了她！”

“为一个不爱你的女人，值得吗？颈动脉被割，关键得看放血量和包扎是否及时，我经手的几个都活了超过二十多分钟，原因是我对他们比较好，颈动脉开口小，包扎及时。据说动脉血压逐渐降为零的过程中，可以看到天堂哦。”说着，廖国明从身上掏出一条细绳，勒住朱太行的脖子，“不过，我不打算让你看见天堂。”

瞬间，朱太行被勒得涨红了脸。他几乎快要断气了，嘴里一直想对吴婉乔喊赶紧跑，但根本讲不出话。

吴婉乔见朱太行的脸变成了绛紫色，大喊：“你住手！快住手啊！”

廖国明松开绳子。此时，朱太行眼睛里布满了血丝，他大口喘着气，不住地咳嗽着。

见朱太行这样，吴婉乔担心死了，说道：“你是不是傻？我值得你这样做吗？！”转头又对廖国明说：“要是杀人不犯法，我现在就想打死你。”

廖国明像是听到了笑话一般哈哈大笑：“你打死我？用什么打死我？用嘴吗？”

“你过来，我告诉你。”

廖国明把身体凑到了吴婉乔身前：“就算我给你松了绑，你也不是我的……”

话没说完，吴婉乔闪电般出拳，击中了廖国明的太阳穴。廖国明没反应过来，便倒地不起。见此情景，朱太行以为是自己的幻觉。

“发什么愣，赶紧过来帮忙。”吴婉乔给朱太行松了绑，示意他捆住廖国明。

廖国明被击倒的瞬间，才知道什么叫S级任务。自己太轻敌了，如果自己和吴婉乔正面对抗，会是她的对手吗？

担心绑匪醒来后控制不住他，朱太行用尽了屋子里一切可以利用的工具，窗帘、被单都被他拿来捆廖国明，直到把对方捆成粽子状，他才放心坐下来休息。

两人被关的地方是一处农家小院。遇到危险找警察是所有人的第一反应，朱太行找到手机后迅速拨打了110。

等警察的时间里，两人从厨房冰箱里找出了牛奶和面包果腹。等他们吃饱喝足，再回想起被绑架的经过，感觉仿佛从鬼门关走了一遭又回到了人间，不禁感到后怕。这次共患难的经历，让两人之间的感情发生了微妙的变化。朱太行更加坚定地认为吴婉乔是自己这辈子都要爱的女人，吴婉乔则觉得朱太行是值得信赖的朋友。

据朱太行了解，吴婉乔一直是个柔柔弱弱的乖乖女，没有在任何场合显露过功夫。他很想问问吴婉乔什么时候学的功夫，更想问问，既然她身手这么好，为何看见张铭宇劈腿却没有教训他。不过，面对昨天才失恋的吴婉乔，他最终还是忍住了好奇心。

警车终于来了，就停在院门口，从上面下来了两位警察。赵警官简单问询了一些相关情况，朱太行把前后经过如实跟他说了一遍。辅警小张在一旁做笔录拍照留证。问询完毕，赵警官要带走廖国明，并提出让两位受害者去派出所配合调查。

当廖国明戴着手铐被塞进警车时，辅警对廖国明恭敬的态度引起了朱太行的注意。一般来讲，重要的客人乘车离开前，接待者会扶着车门框示意客人不要碰到头。而廖国明是罪犯，辅警为什么对他如此礼貌？

这时候，吴婉乔小声问朱太行："现在警察也允许文身了？"

顺着吴婉乔的目光，朱太行看见赵警官锁骨位置露出了一点蟒蛇文身图案。

警察怎么可能有文身？难不成他们是假警察？这怎么可能？明明打的是110，这些人如此大胆究竟想干什么？

以帮忙寻找遗失的钱包为由，朱太行拉着吴婉乔回到了屋子。

"咱们好像陷入大麻烦了。"

"他们要真是假警察，我们现在想跑怕是不容易。"吴婉乔也发现了事情不对劲儿。

"我观察了，他们没有枪，我至少能拖住一个。"朱太行说。

"我没有太多实战经验，不过我想应该能打得过另一个吧。我担心万一他们是真警察，我们的行为可是袭警，是要被判刑的。"

“警察不可能有文身！”

“对！警察不可能有文身！”

两人意见达成一致，朱太行以吴婉乔在屋里晕倒为由，让赵警官和辅警小张来屋里帮忙。到了屋里，他先发制人，偷袭赵警官，吴婉乔则对付起了辅警小张。朱太行虽然平时健身，但真正对付起赵警官，却根本近不了人家的身。对方明显受过专业的格斗训练，朱太行这下倒成了累赘。

吴婉乔将辅警放倒后，赵警官也控制住了朱太行，他从腰后掏出枪，顶在朱太行头上。

“趴下！不然我就开枪了！”赵警官威胁吴婉乔。

关键时刻，朱太行抖起了机灵，他朝着门口大喊：“你们终于来了！快抓住坏蛋！”

赵警官受到误导，回头朝门口望去。吴婉乔趁机抄起桌子上的花瓶，打掉了赵警官手中的枪。朱太行顺势抱住赵警官，给吴婉乔创造了机会。吴婉乔一个后旋踢，踢在赵警官胸口，只听胸骨“咔嚓”一响，赵警官再无还手之力，瘫软在地。

赵警官倒地后，吴婉乔不禁埋怨：“你不是至少能拖住一个吗？”

朱太行见脱离了危险，松了口气，道：“不是我打不过，实在是敌人太狡猾。”

等两人缓过气来，才想起廖国明还在院子外，但那时廖国明早已察觉到情况不对，又担心真警察会赶来，便挣脱开假手铐，开着警车扬长而去了。

怎么处置这两个假警察呢？有了前车之鉴，朱太行成了一只惊弓之鸟，又怕报警会给自己招致不必要的麻烦，所以没再报警。找到能够证明廖国明犯罪的电脑和录像机之后，两人撇下两个假警察，赶紧离开了农家小院。

为了安全起见，他们连出租车都不敢打，而是选择走小路的方式走回市区。

吴婉乔从小练武术，身体素质极佳。朱太行经过这番折腾，早就没了力气。吴婉乔拉住朱太行的手，想让他快点走。这是朱太行第一次牵吴婉乔的手，他不想承认自己体力不支，也不想松手，怕再也没有牵她手的机会，患得患失间，心脏狂跳不止。

下午 4 点多钟，阳光洒落，两人牵着手往前走。朱太行扭头看到，他们身后长长的影子已相交，抬头看看南边的天，从山区飘过来的云越积越多，这是暴雨将至的前兆。

两人离开农家小院几个小时后，警方接到报案，莫口郊区民房发现两具死尸，被害者均为30岁左右的男性。目前死者的身份正在核实，警方已发出全城通告来缉拿凶手。

当谢楠赶去见网恋女友潇潇时，他的裸体照已经出现在了暗网Hades的人体器官售卖商店。裸体照片是两人调情时，谢楠发给女方的，换来了对方数条让人血脉偾张的诱惑视频。谢楠觉得这个女孩儿自己吃定了。

在暗网商店展示的商品详情页中，谢楠身体的每个部分都被明码标价，还附有如下说明：

年龄：23周岁

国籍：中国，黄种人

身高：179cm

健康程度：健康，无传染病

各器官价格

双眼（含角膜）：1比特币

心脏：2比特币

胃：0.4比特币

肝脏：1比特币

肾脏（单肾）：0.9比特币

打包价格：9比特币

运送方式：全球运送，东南亚地区包邮

“亲爱的，我临时有点事，你能不能来我家接我啊。”

潇潇提出的见面地点是海洋馆，但是谢楠不愿意，他只是想泄欲，哪有闲情逸致陪她去海洋馆。

“好好好，等我半个小时。”收到信息后，谢楠几乎秒回了对方。

到了潇潇家门口，门铃快被谢楠按碎了，也没有回应。再给潇潇发微信语音，却发现被对方拉黑了。走在回家路上，谢楠绝对不会想到，自己险些成了器官买卖团伙的供体。

房间内的潇潇接到了通知——暂停一切器官买卖活动。她打开电视，才知道了原因：她的同伙骆驼、碴子在莫口郊区民房被人杀死了。

第二章　专案组

半年前，张作田还是汉江省厅刑侦总队副队长的时候，他已经从组织部那里得到消息，如果没有意外，他将在本周提前退休。他从警以来荣立集体一等功一次、二等功八次、三等功无数次，战功赫赫。组织对这样的英雄警察，向来是重点培养的。过去与他并肩战斗的战友，或成为地方要员，或升至中央机关。张作田不喜欢做官，就喜欢冲在第一线，这使得他失去了很多晋升的机会。

把半辈子的热血青春都献给了热爱的事业，安插在狼蛛集团的黑天鹅还在一线战斗着，现在退休算怎么回事？回想起曾经与自己并肩作战、为国家和人民献出生命的战友，张作田觉得自己有责任坚守在岗位上，他想继续为祖国和人民的安全战斗到最后。得知自己要提前内退的消息，他向组织打过两次报告。省委组织部综合考虑了他的年龄、身体健康等情况，一直没给他明确的答复。为此，他的情绪低落了很长一段时间。

这天本是张作田签字退休的日子。警徽、警服、警帽和签好字的提前退休文件，已经被他整整齐齐地码放在办公桌上。可还没走出办公室，新的任命文件下来了，新的任命通知摆在了他面前，红色的印章让他热血沸腾。

通知上每个字都像排列好的子弹，它们列队完毕，只等他一声令下，每颗子弹将弹无虚发，击穿敌人的心脏。接到新任务的那一刻，这位久经考验的老战士有说不尽的感慨。

张作田挥毫泼墨，写下“老骥伏枥”四个大字。这四个字，若拿去给书法爱好者看，他们必拍手称赞“群鸿戏海、笔走龙蛇、入木三分”。若是看到张作田本人，肯定还会再加上一句“字如其人”。

“老骥伏枥”四个字，张作田也特别喜欢，写了多年楷书，拜访过几位书法大家，都没有让他的书法意境得到提升，没想到临危受命，挥毫写就的行草，竟成了毕生得意之作。笔墨尚未完全干，他就将得意之作撕得粉碎。

“将军百战穿金甲，不破楼兰终不还。”

狼蛛集团不破，暗网 Hades 不收，他此生将不会再有任何爱好。张作田深邃的眼眸像一潭寒水无波无澜，常人很难通过他的眼睛，猜到他在想些什么。

通知下来后，公安部老吕约张作田见了面。

老吕半开玩笑半认真地说：“现在你老张就是光杆司令，我希望你组建起的专案组不仅能打仗、敢打仗，而且还要打大仗、打胜仗。这场战役我希望你速战速决，将犯罪分子一网打尽，也希望你持久地打下去，打出我们人民警察的威风，把犯罪分子围之、打之、除之，直至把他们彻底歼灭，让这些跨国犯罪集团 10 年、20 年、一辈子不敢犯我中华，不敢危害祖国和人民的生命财产安全！”

老吕走后，张作田迅速将汉江省公安系统所有警察的资料信息汇总在一起，逐条筛选分析后，他心中已经有了周查、张大江、梁硕等多名专案组备选成员名单。他站在办公室的党旗前，面色凝重地举起右手，紧握着拳头，心里默默地说：我，张作田，必不辜负组织对我的信任，不辱使命，坚决完成党交给我的任务，随时准备为党和人民牺牲一切，永不叛党！

组织将这项艰巨的任务交给张作田，是对他能力的充分肯定。确实如此，他在任何岗位上都是定海神针般的存在，没有他破不了的案子、攻克不了的难关。

“万人操弓，共射一招，招无不中。”

不想辜负组织的信任，这位从警三十多年的老战士，咬紧牙关，决定组织精兵强将，誓要除掉暗网 Hades 和它背后的国际犯罪组织狼蛛集团！

张作田负责组建的专案组，是由公安部挂牌督办、汉江省公安厅统一领导的特别行动小组，由他担任副组长，打击暗网 Hades 和它背后的国际犯罪组织狼蛛集团。抽调的专案组成员全部由警界精英组成，来自汉江省公安厅的刑事侦查局、反恐工作处、经济犯罪侦查处、禁毒处和信息网络安全监察处等部门。

狼蛛集团近几年在暗网 Hades 上进行新型犯罪活动。因敌人的特殊性和复杂性，所以对专案组成员的要求更加严苛。这是对专案组的负责，更是对专案组成员的保护。专案组组长由省厅的人担任，具体是谁，只有公安部十一局知道，组长直接对公安部十一局负责；专案组分成了行动队和技术队两个小队，直接由副组长张作田负责。

专案组成立当天，没有举行任何仪式，没有任何正式的通知文件。从汉江省抽调的公安干警，都是以参加省厅培训班为名离开了原岗位，连他们所在的单位都不知道专案组的存在。专案组办公过程中，不会在公开的电脑、手机等一切电子设备中存档、传递任何文档，哪怕一个标点符号。

专案组成立后，没有立即展开针对狼蛛集团的工作，而是将专案组成员安排在了计算机速成培训班。张作田安排专案组成员参加这个培训班，不是要求每个人必须快速成为一名优秀的黑客，而是让他们知道，敌人无处不在，虎视眈眈，稍有不慎将对他们的侦破工作造成毁灭性的破坏，甚至危及他们的生命安全。

张大江和梁硕在省厅张作田的办公室见面后，才知道彼此是专案组的成员。两人彼此搭档十几年，太熟悉对方了。用张大江的原话讲，梁硕几点放屁几点肚子叫、女朋友半夜说什么话，他都一清二楚。这次去省厅的真实目的，两人见面之前都刻意隐藏。这不是因为两人的感情不牢固，而是他们党性的具体体现，也是他们办案多年积累下的宝贵经验——无条件相信并听从组织的安排。

杨怡是以计算机专家身份入的警籍，既是专案组技术队实际负责人，又是这次专案组培训班的主要授课老师。周查身为张作田最得意的爱将，他的大名在汉江省警界颇为响亮。

冷兵器时代早已过去，没有人会以身上有多少个疤为荣，但英雄警察身上若留了疤，那疤便不是疤，而是熠熠生辉的军功章，代表了他的勇敢和忠诚。有些从别处调来的组员早就听说过周查的英雄事迹，如今见了真人，若不是瞅见了周查脖子上的数条刀痕，他们真不敢相信眼前这个奶油小生会是有“拼命三郎”之称的周查周副队长。

梁硕真正意识到敌人的丧心病狂，是杨怡以 PPT 的形式，给专案组成员展示了近年来在暗网 Hades 上出现的犯罪活动。除了贩卖人体器官、销售毒品外，在暗网 Hades 的直播间，直播杀人的播客不在少数。人类的生命在暗网 Hades 上竟如草芥！当梁硕看完 PPT 后，出过无数次现场的他觉得自己以前把人类的底线设得太高。张大江有些不解：“狼蛛集团是国际犯罪集团，暗网 Hades 只是网络平台，我们不去查狼蛛集团，查暗网会有收获吗？”

杨怡是这样回复的：“目前没有任何有效手段可以找到暗网 Hades 幕后的操作者。不过，根据可靠消息以及我们已经掌握的线索分析判断，暗网 Hades 的幕后操作者极有可能就是狼蛛集团。”

培训结束后，专案组开始以暗网 Hades 为突破口，试图查到狼蛛集团的有关线索。谁知刚展开工作，专案组便遭重创。杨怡牺牲、专案组行动队队长周查险些遇害。从事了大半辈子警察事业的张作田遭遇了滑铁卢。他给专案组成员下了死命令，无论花多大代价、用什么手段，定要将凶手缉拿归案。这关乎汉江省公安系统在公安部的面子，关乎专案组的尊严。

梁硕曾经是莫口市公安局刑侦支队一大队副队长，如今是专案组成员。他办公室的烟灰缸里塞满了烟头，吸完最后一包烟，他的心还是没有完全平静下来。他觉得自己有愧于老领导张作田。跟丢了吴婉乔，他认为自己有不可推卸的责任。

张作田当时对自己交代的话，他至今记忆犹新：“通过你的关系保护好她的安全，知道这件事的人越少越好，拜托了！”

梁硕第一次听到老领导说出“拜托”二字。这分量是如何沉重，他现在想都不敢想。

跟丢吴婉乔，是一大队大队长张大江请婚假第二天发生的事。

一天前，梁硕在张大江面前信誓旦旦地说，队里有他梁硕坐镇，绝对不会丢掉莫口市公安系统模范大队的荣誉。可第一天就出现了这样的问题，他要怎么向张大江交代，有什么脸面向张大江交代？又怎么向专案组交代？

梁硕甚至怀疑自己到了 35 岁能混上支队第一大队副队长，全是因为张大江的关系。要是自己单打独斗，怕是现在还在基层调解家长里短、邻里纠纷呢。

面对张大江的嘱托、上级领导的信任，自己却把事情搞砸了，迄今为止他甚至都不知道问题究竟出在哪里。愧疚感、挫败感和无力感齐上心头。

距离早上 6 点还有两个小时，梁硕已经在办公室抽了五包黄鹤楼香烟。

困难只是暂时的，一番忖度后，他还是决定把所有监控再看一遍，在最后的时间内调兵遣将，按区域地毯式搜寻嫌疑人。不管怎么样，就算死也要死在冲锋的路上。让嫌疑人即便长了翅膀，也飞不出莫口市！

梁硕的底气来自从警多年所历练出来的韧劲和自信，更来自莫口市智慧城市的部署。智慧城市已经在莫口市开展三年之久，三年来，他主要负责的户门区的刑事案件率已经下降了一多半，连犯罪分子都知道，监控之下，再难犯罪。

筛查了一遍又一遍监控，专案组的成员均想不明白，好端端的在监控中的嫌疑人怎么就凭空消失了呢？通过技术组的分析，终于找到了问题所在，有人黑过监控！意识到问题的严重性，梁硕没有含糊，准备联系张大江，哪怕耽误了队长的婚礼，哪怕被同事在背后骂，哪怕从此再也无颜见嫂子杜兰，他也得让张大江归队。

梁硕拿起手机，打开通讯录，找到张大江的手机号码，犹豫再三还是按下了拨打键。刚按下拨打键，办公室门外响起了熟悉的手机铃声，梁硕还没有反应过来是什么情况，张大江推门而入。梁硕见张大江身上的新郎礼服还没有脱，心中不由得一酸，又羞又愧，是自己工作不到位，对不起张大江，更是要委屈嫂子杜兰了。

张大江的妻子杜兰，从查出白血病到现在，已经跟病魔斗争三年多了，一个月前杜兰的主治医生告诉张大江，有时间多陪陪妻子，杜兰有什么愿望能满足就满足她，她的日子不多了。听到医生的话，张大江一米八几的大块头，顾不上被人笑话，当着医生的面流了泪。他这辈子，最对不起的人就是妻子杜兰。

张大江请了假，说要与杜兰重新举办婚礼，理由是纪念与杜兰十年的锡婚。

知道张大江家里情况的亲戚好友都明白，张大江只不过是找个理由让杜兰在生命的最后高兴高兴。这么多年来，张大江只给了杜兰光荣警嫂的名誉，剩下的一切都交给了组织。

张大江进了办公室，也不跟梁硕废话，直奔主题，用最短的时间说出了当前问题的严重性、关键点和侦破点所在。说完，他也没有给梁硕反问的机会，直奔会议室。梁硕的办公室距离会议室几十米，张大江相信梁硕能及时领会他话里的意思，并在最短的时间内，无论是从信心上还是心情上，接受新的工作安排。

进了办公室，看见伤愈归来的周查。梁硕低着头想说声抱歉："周队……"

周查笑了笑："这还是我认识的梁硕吗？我们当年联手破获莫口'四·一五''八·一九'大案的梁硕还在吗？我们莫口市刑侦支队的精神你全都忘了吗？"

梁硕正色道："报告，没有忘！"

"我们刑侦支队的精神是什么？"

周查在挚爱的女友杨怡牺牲后，能迅速恢复工作状态，这让梁硕很是佩服。

梁硕大声道："负重拼搏、无私奉献、锲而不舍、英勇顽强。"

"我看你不顽强，你被打败了。"

"负重拼搏、无私奉献、锲而不舍、英勇顽强。永不会忘！"梁硕又大声重复了一遍。

"大点声！"

"负重拼搏、无私奉献、锲而不舍、英勇顽强！"梁硕吼得几近声嘶力竭。

周查归队后，与同事们反复开会寻找问题。专案组成员把所有的线索总结在一起时，有了新发现：技术科在莫口市郊区民房杀人案提取到的半枚残缺指纹与在杨怡家提取到的指纹一致。

杨怡和郊区杀人案的死者没有交集，现场却出现了同样的指纹。从犯罪动机的角度看，人的需要本身是中性，但当它与犯罪目标和犯罪方式相联系时，有可能成为危害社会的犯罪动机。

眼前这些线索，让周查想到了杨怡牺牲前最后对自己说的暗网Hades，他心中一惊，沉声道："暗网！一切原因都出在这里！"

"老大，你……"梁硕担心周查看到杨怡惨死家中的照片，会失态，于是好心提醒道。

周查继续说道："杨怡被害、郊区杀人案，甚至吴婉乔的神秘失踪，我们单纯从个案上看，几乎找不出头绪，可看似毫无关联的事件背后，有着隐秘的联系！对方应该是在排除安全隐患，背后的原因想必大家都清楚。"

专案组的同事听得云里雾里的。

周查解释道："杨怡同志一定是发现了暗网 Hades 的秘密，很显然郊区杀人案的死者也参与了相关的事情。知道秘密的人最后的结局或者是死，或者是失踪！”

周查说话的时候已经站起身，走到了白板前，将板上的所有线索连成了线。

梁硕不太理解周查为何如此兴奋，难道周查想说的是这一切都与暗网有关？这个猜想大家都有啊……

这就是你的水平？谁不知道所有案件都与暗网有或大或小的联系，不然我们成立针对暗网的专案组干吗？众人的想法跟梁硕如出一辙。

周查刚在一个交会点写下一个“口”字，张作田大手一挥：“好了，今天的会议就到这里，周查你留一下。”

“把你认为的侦破重点写出来，写在手上。”待众人走后，张作田说。

周查不假思索提笔便写。

张作田看过周查手上写的几个字后，说：“就按你认为的办，遇到任何问题随时找我。”

周查离开会议室后，张作田缓缓打开自己的手掌，碳素圆珠笔的字迹清晰可辨，“吴婉乔”三个字和周查手中的字完全吻合。

周查在与张作田沟通后，整个专案组调整了工作方向。专案组兵分三路，技术组将工作重点放在了暗网 Hades；行动队则一拆为二，相互配合，一小队负责现有案件的侦破；二小队则将重点放在了吴婉乔身上。看似兵分三路，其实张作田和周查心中都知道，吴婉乔才是关键。

杨怡曾经给周查发过暗网 Hades 的密钥，当周查用密钥登录 Hades 时，却发现密钥已被更改。更改密钥可能是对方故意为之，想误导专案组的侦破方向，更有可能是暗网 Hades 真的察觉到了危机。

专案组技术组调入了两名专家级的技术顾问刘蓉蓉和汪贺，接替了杨怡的岗位。在她们的努力下，专案组在随后的两天时间里，先后锁定了 20 多名在暗网从事非法交易的暗网用户。由于这 20 多名犯罪分子登录的暗网平台不同，根据平台划分，有 3 名暗网用户曾经登录过不明的暗网平台，专案组将这 3 人标注为重点排查对象。

暗网 Hades 是所有暗网平台中最难被发现的。该暗网平台的用户属于内部邀请制，没有内部成员的邀请，普通用户根本没有进入该暗网平台的资格。平台隐匿性极好，常人通过一般技术手段也无法捕捉其信息。其他暗网平台，比如“极乐世界”，虽说设置的也是内部邀请制，但由于该平台设置的门槛低，在一般的暗网论坛上就可以联系到暗网管理员。

周查单拎出了一个重点排查对象，名叫吉姆。之所以将吉姆作为重点排查对象，是因为他实在太特殊了。

首先，吉姆登录的暗网平台，专案组短时间没有办法通过技术手段进行继续跟踪。如此级别的暗网平台，至少可以证明吉姆是该平台的资深用户，或者认识该平台上的人。

第二，专案组标注的 3 名重点排查对象中，吉姆是专案组唯一通过监控洋葱路由（Onion routing）下载信息顺藤摸瓜找到的。剩余两名重点排查对象则没有被专案组监控到有下载洋葱路由的信息。如果吉姆是该暗网平台的资深用户，为何还要冒着被网警查到的危险重新下载洋葱路由？

第三，吉姆登录暗网平台所用的 IP 地址虽然是虚拟的，难以被人追踪。但因设置虚拟地址的方式简单，很快就被专案组发现了。

综合以上信息，用新下载的洋葱路由，熟悉登录特殊暗网平台，却无法利用计算机技术隐藏好自己的位置，这样的人很难不引起周查的怀疑。

以周查的性格，他很想将 3 名重点排查对象一一追踪，但权衡当下形势后，还是放弃了这个想法。剩余两名重点排查对象，善于隐藏自己，如果不是顶级黑客，很难逃过专案组技术小组的追查。

有人的地方，就有江湖，互联网相较于现实世界，是江湖味儿较为浓重的存在。剩余这两人具体是哪个级别的黑客，进入暗网干什么，他无法下结论。如果他们是犯罪分子也就罢了，如果他们进入暗网平台是为了利益，那么这些人绝对不像早期黑客那样单打独斗，如今的互联网黑色产业更是坦克群，他们冲锋陷阵又相互掩护。如果轻易得罪这些人，短时间内又抓不到他们，他们会以网络攻击、恶意爬虫等手段给专案组破案带来极大的麻烦。人外有人，山外有山，周查需要对整个专案组负责，每一步必须慎之又慎。

确定了目标，专案组立即展开对吉姆的抓捕工作。张大江通过自己发展的外线人员已经找到了吉姆的所在，就在莫口市的城中村。

廖国明办砸了上级交代的任务，唯一挽救自己的方法，就是找到朱太行和吴婉乔，再次绑架他们。可他们就像人间蒸发了一样，要想短时间内找到他们几乎不可能。廖国明知道行动失败意味着什么，若是被集团问责，谁都难逃残酷的惩罚。想到这里，夹烟的手指有些颤抖，廖国明只恨自己没有调查清楚吴婉乔的底细，他没想到吴婉乔这么能打，不然事情也不会如现在这般糟糕。

与其被集团折磨致死，不如自杀来得更体面些。廖国明曾有过自杀的想法，为此甚至还查阅过好多自杀的方法。一想到死亡，他脑子里就会浮现以前执行任务时，被害者死前挣扎的痛苦画面。廖国明实在没有自杀的勇气，一番自我斗争后，还是想活。为了活命，他重新下载了洋葱路由，挂了假的服务器，用吉姆的身份登录了暗网平台 Hades。

廖国明行事向来谨慎周密，来莫口市之前，为以防万一，他向副组长申请好了两条撤退线路。第一条是从莫口市港口乘船离开；第二条则是乘飞机直飞日本，再经日本绕到吉隆坡，然后通过海路回到集团总部。

若前两条走不通，他还有第三条，只不过这条有些冒险，他需要从云南边境横穿原始森林。九年前他第一次执行任务时，横穿过一次原始森林，虽然避开了原始森林里的野兽、毒草，却险些被森林中的旧地雷炸死。所以，不到万不得已，他不会选择横穿原始森林。

廖国明登上暗网 Hades 后，在上面花 0.01 比特币办了假护照。入驻暗网 Hades 的商家办事效率极高，第二天晚上假护照就送到了他手里。他没有向上级请示，擅自撤退已然违反了集团规定。莫口市警察太厉害，深陷在警方的围追堵截中，他不得不仓促逃跑。伸头是一刀，缩头也是一刀，自己又何必非要完成任务呢？这些年积攒的钱够自己下半辈子生活了，廖国明心想。

紫外防伪鉴别和可读取芯片做到了以假乱真的地步，廖国明检查护照的真伪时，心底不由得感叹。然而检查完护照，他当场就把护照撕了个粉碎。若是伪造这本护照的人能搞到变色涂料，廖国明说不定会心动。现在是特殊时期，容不得半点纰漏。这本假护照若是拿到机场安检，自己可能当场就会被人发现。

撕碎了护照，仿佛撕掉了很多烦恼。在逃跑方面，廖国明颇有经验，甚至他登录暗网 Hades，网购护照都是故意为之，他不相信任何人，包括他上面的狼蛛集团。

他虽不知道暗网 Hades 是狼蛛集团开发的暗网平台，但他相信，只要自己登录过暗网，哪怕暗网隐秘性和匿名性做得再好，集团也会通过 IP 地址查到自己的所在。廖国明要的就是这种效果，如果假护照能够以假乱真，他不在乎集团查到自己的地址，因为到那时候，他早已不在莫口市了。如今假护照不行，他此举便是明修栈道、暗度陈仓，甩开集团人的注意，他们以为他选择了第二条路线撤退，实际上他选择铤而走险从云南边境的原始森林逃往 M 联邦共和国。

廖国明暂时的藏匿地点位于莫口市城中村，该地区公共区域的摄像头较少，居住人员混杂。最重要的是，城中村出口众多，地势复杂，如果警方想包围这片区域，至少需要部署百人以上的警力，自己容易提前察觉，从而逃跑。集团如果派行动组其他人来执行任务，这些人的首要任务不是绑架吴婉乔，而是将已经暴露的自己杀死。但城中村的特殊构造，就算集团的人找上门来，怕也没有那么容易得手。廖国明内心甚至有种期待，他巴不得集团派人过来铲除自己，这样他就可以利用与对方同归于尽的假死，隐姓埋名，彻底消失。

廖国明对新的落脚点十分满意。公寓里家电设施和生活用品一应俱全，只要囤好食材，他在这里躲半个月左右不是问题。

观察完城中村的出入口和撤退路线，廖国明再次回到公寓。鞋还没有脱下，出于职业习惯，他嗅到了危险气息。房间太过安静，安静得让他发慌。当意识到有埋伏时，他便控制住呼吸，身体贴墙，慢慢掏出了手枪。

“等了你这么久，终于来了，太讨厌了！”卧室传来女人慵懒的声音。

廖国明听到声音，脸色瞬间变白。被警方逮捕，警方拿不出证据，他还有脱罪的可能，若是遇见集团高级别的杀手，他今天必死无疑。他早就听说过有关弗洛伦斯的传闻！据说凡是听过这个女人慵懒的声音的人，最后都死了。

多年死里逃生的经验告诉廖国明，此时跑还有生的机会，不跑连解释的机会，对方都不会给你。

廖国明左手还没有摸到门把手，一把飞刀直中他的后脑勺，人当即闷声倒地，眼睛还睁着，一脸的不可思议。

卧室里走出一位身穿粉色蕾丝低胸睡衣的女人，看上去二十五六岁的样子，身材和容貌不输给任何一个当红女明星。若不是门口横着一具尸体，谁也不会相信刚才在梳妆台前精心涂完口红的漂亮女人，会是狼蛛集团排名前十的冷血杀手弗洛伦斯。

弗洛伦斯连连打着哈欠，用懒洋洋的声音对廖国明的尸体说道："圣手，向你问好。"

张大江和梁硕带人赶到廖国明在城中村的落脚点时，廖国明的尸体早已凉透。

梁硕看着廖国明的尸体道："有人想杀人灭口？"

张大江挥手示意他不要再说了，梁硕明白张大江的意思。两人无论之前担任什么职位，现在都是专案组组员，必须服从上级的指挥，他们只需把自己掌握的情况如实上报，至于接下来案子怎么办，由谁来办，由上级决定。

M 联邦共和国政府军和第五特区自由人民军武装力量，在掸邦北部第五特区与苏哈省交界处对峙半月有余。政府军虽然背后有 A 国支持，但面对这群擅长打游击战、运动战的自由人民军，仍然感到巨大的压力。

与政府军一河之隔的自由人民军则是外紧内松，自由人民军阵前指挥素来将军，正躺在摇椅上享受着佳肴美酒，边怒骂只会在 A 国面前摇尾乞怜的政府军，边色眯眯地劝自己旁边半醉的女军官喝酒。

彭四海当年创建独立武装力量时，素来便是其追随者，后来成了自由人民军五虎将之一。其他四位五虎将，哈利将军 10 年前在 A 国和政府军的联合空袭中丧生，彭四海至今也未找到他的尸骨；昂山将军在哈利将军遭到意外后另立山头，叛逃至苏哈省南部的厄尔曼地区，在那里成立了新的独立武装组织。剩下的两位将军 Fand 和阿健分别镇守着自由人民军北部和东部的势力范围。

始终跟随彭四海的五虎将虽然只剩下 3 位，但五虎将的位置一直是满员状态，哈利和昂山出事后，彭四海安排了自己的亲信接任他们的位置。素来心里对彭四海的不满便是由此开始的。

当年的五虎将，除了哈利和昂山，剩下的 Fand 和阿健、彭四海的亲信鸠智和吴灿，能力都不如自己，却被封为封疆大吏，为何自己始终要留在彭四海身边被他压制?

素来心中的不满从来没有跟别人说过，也不敢和别人说，要是让彭四海知道自己的想法，他能不能见到第二天的太阳还两说。

彭四海的权威素来不敢挑战，只好用别的手段让自己的内心得到平衡。这次他争取到阵前指挥，目的就是挑拨自由人民军与政府军的关系，只要双方开战，不管最后谁胜谁负，他都能从中大赚一笔。

素来稳挣不赔的生意是军火和毒品。

军火是邻国20世纪80年代淘汰下来的一批加农榴弹炮。素来把这批军火一分为二，通过自己搭建起来的渠道，一半卖给自由人民军后勤部门，另一半则卖给政府军。多年来，素来与政府军交过太多次手，了解双方打打和和其实都是在作秀。凡是政府军要出兵提出区域自治，那便是政府军要进行选举了。

政府军总统为了维护自己的统治，象征性地向自由人民军开火，以此来收拢人心、拉拢选票。彭四海在这时候通常会配合政府军作战，并象征性撤退。当然，作战的开支和象征性地被政府军击溃的损失，自然由政府军用别的方式给彭四海买单。彭四海很少通过战争来达到自己的政治目的，不过他会借着与政府军开战清除异己，素来就亲自枪毙过被政府军左派收买的自由人民军的高级军官。

既然都是作秀，为何自己不能从中捞一笔？这么多年兄弟，只允许你彭四海称王称霸，就不能分兄弟一杯羹？素来一年前尝过倒卖军火的甜头，当时没被彭四海发现，后来胆子越来越大，军火的单子也是越做越大。

这次政府军和自由人民军对峙了半个月，从邻国赊来的武器，本来说一周之内把欠款付清，可此次双方对峙这么长时间也不开战，生意便做不起来。素来寝食难安，他怕邻国军方催款，把催款电话打到彭四海那里。

素来的毒品生意始于彭四海，因为他刚开始吸食的毒品就是彭四海给的。彭四海不忍看着跟自己出生入死的兄弟终日饱受旧枪伤的折磨，让他适量吸食毒品来缓解疼痛。毒品能缓解伤痛，也能瓦解人的意志力。食用毒品久了，他慢慢对毒品产生了依赖，一直背着彭四海购买毒品。

素来购买毒品一事，其实彭四海是知道的，看在多年的兄弟情分上，睁一只眼闭一眼，最多骂他几句。吸毒上瘾的素来，把彭四海的话当成了耳旁风。素来后来找到了暗网平台Hades，此平台的商家出售的毒品，药效和品质都属于高级货，价钱是贵了些，但物超所值。

堂堂自由人民军五虎将，不配用高级毒品吗？每当素来害怕被彭四海知道时，他就这样质问自己。

这天，素来又接到邻国军方的催款电话。对方给他三天时间，如果不落实款项，他们将采取其他方式索要欠款。挂掉电话后，素来大骂对方不讲信义。他已经花了大价钱差人去邻国上下打点了关系，可对方一根筋，拒收贿赂，只要欠款。

若再不开战，他贩卖武器的生意怕是做不下去了。

狗急跳墙，兔急咬人。无奈之下，素来只能派自己的亲信挑事，逼政府军还击发动战争。

素来在作战室没有等到亲信的好消息，却等来了彭四海。

被彭四海热情的大手握住，素来内心不禁苦笑：早不来，晚不来，偏偏我派亲信出去挑衅政府军的时候过来。

素来不禁祈祷亲信千万不要在这个时候向政府军挑衅，若是被彭四海知道是自己在背后捣鬼，后果将不堪设想。

轰隆一声巨响，双发还是交了火。谁先开火，就意味着谁丢掉了舆论的主动权。现在的 M 联邦共和国记者们不比往日可以用金钱收买，他们现在打着支持民主的口号，疯了一样呼吁整个 M 联邦共和国实现大一统。如果让记者们发现是自由人民军先开的火，接下来彭四海就会面临极其被动的局面。这件事情要是问责起来，素来也脱不了干系。

看着正在喝茶的彭四海，素来心里开始犯嘀咕：彭四海这次没有跟自己提前打招呼便过来了，所来何事？是自己贩卖武器的事情被他知道了？还是不放心前线？

素来心里越来越慌，他已经做了最坏的打算，如果自己的事情败露，他有两条路可走。一是带着忠于自己的人往西南边境逃，像昂山一样自立门户；二是当机立断，杀掉彭四海。这次来前线，彭四海只带了明泽等十二人编制卫队，如果自己铁了心要反，彭四海等人的命全留在这里也不是不可能。

恶从胆边生，素来暗中指示手下做好准备，把自由人民军的军服换成了政府军。一会儿听到暗号后，他的手下将端着改进的 M16 冲锋枪冲进作战室，控制住彭四海。让手下换上政府军的军装是素来给自己留的后手，这样即使刺杀失败也不会追查到他头上。即使彭四海查到了是他手下所为，那也只能证明是自己手下被政府军收买了，彭四海顶多给他一个治军不力的罪名，罪不至死。

面对在 M 联邦共和国绰号叫“不死鸟”的彭四海，素来尽管准备充足，心里还是没有太多底气。他的手心不停冒汗，擦拭汗水的时候，手又开始颤抖。

素来假装镇定地抬头看了一眼彭四海，发现彭四海正若有所思地盯着他看。

素来露出惨笑：“司令……”

第三章　逃　跑

为防止有人跟踪，朱太行和吴婉乔一路小心，耽误了时间，天快黑时才回到市区。两人在茂北区北京街胖妞冷面馆连下两碗延吉冷面。

吃冷面时，朱太行没忍住好奇心，打开了廖国明的笔记本电脑。电脑里有十几段杀人视频，杀人者头戴骷髅面罩，从身形和声音判断，可以确定戴骷髅面罩的人是廖国明无疑。除了杀人视频，还有洋葱路由，这两者加在一起，一个可怕的存在浮现在朱太行脑中。暗网！莫非是暗网中的人盯上了吴婉乔？

吴婉乔还在好奇为什么朱太行能够打开有密码设置的笔记本电脑的时候，朱太行已经合上了电脑。之所以合上电脑，首先是因为他不想让吴婉乔看到廖国明电脑上的东西。他是计算机高手，对暗网平台的各种犯罪行为早有耳闻。我们国家规定，不允许非法进入暗网，他便没有进去过。即使对暗网的好奇心再强，他也只能忍着，因为 17 岁的时候，他在妈妈高珍桢的病床前发过誓，这辈子不会再做任何违反法律、法规的事情。

“暗网”对于很多人来讲是陌生词汇。暗网从技术上解读，确切的名字应该叫“隐藏式服务器”，它的猖獗取决于从隐藏式服务器衍生出来的特性，即匿名性和安全性。世界范围内应用较为广泛的、隐藏网上行踪的程序是洋葱路由，它可以帮助用户隐藏 IP 地址，阻止他人的追踪。最关键的是这个程序没有后门，不会保留有效的用户浏览记录。

暗网世界主要由色情内容、黑市、黑客组织等构成。人们可以在暗网进行各种非法活动，影响较小的有洗钱、购买他人隐私资料等，大到有组织有规模的暗杀、贩卖枪支、器官买卖和恐怖活动等。在暗网进行犯罪的手段专业且具有职业化倾向。各国都在打击暗网犯罪，英国情报机构通信总部、美国国家安全局、俄罗斯等国家均提出过打击方案，效果差强人意。

世界上有一定规模的暗网平台大概一万个，这些暗网平台的服务器很少放在中国，原因就是中国政府对网络安全和人民财产安全的重视。中国政府为了保护人民的合法权益，多次跨部门牵头“净网行动”。政府的重视、公安机关立警为公的信念，再加上正义网民的监督举报，让中国成为世界上网络最安全的国家之一。

朱太行不是警察，但也知道在中国境内行凶有多难。冒这么大风险作案，对方想做什么？他不想吓坏吴婉乔。另外，他认为只要走过路，就必然会留下脚印，犯了罪就会留下证据，所以他不想在自己没有应对准备的情况下贸然进入暗网平台，如果被暗网的管理员追查到自己的信息，便有暴露的风险。再说想要登录暗网平台需要一定的技术支持，有的暗网平台需要内部人员的邀请获得登录密钥后才能登录，他一时半会儿也登录不了。

廖国明电脑中的信息已经将线索指向了暗网，可朱太行无法确定廖国明绑架他们是否真的与暗网有关。廖国明电脑上的杀人视频，只能说明他是一个重口味视频爱好者，想要得到他的犯罪记录，必须要登录暗网平台。且不说该暗网平台需要内部邀请码，即使不需要，如果抓不到廖国明登录暗网的现行，朱太行便无法获取他在暗网平台参与绑架活动的证据。

朱太行目前需要做一个选择：要不要登录暗网平台，利用自己的计算机技术查找他和吴婉乔被绑架的原因。朱太行确定自己没有得罪过人，所以他现在想知道吴婉乔究竟是什么人，有什么不为人知的故事。

三年前，朱太行第一次见到吴婉乔的时候，便对她一见钟情。他在网络搜集了有关吴婉乔的一切资料，发现她的生活交际圈很小，除了与前男友张铭宇在几个国内外城市打过卡，她的生活范围仅限于家、学校以及寒暑假打工的酒店。

吴婉乔在酒店兼职打工，服务过的第一个客人便是当时喝得烂醉如泥的朱太行。鑫达网络科技有限公司开年会，吴婉乔作为酒店服务员，负责给参加年会的员工倒酒换菜。身为职员的朱太行平日老实巴交，领导让他干什么他就干什么，从来不抱怨也从不发脾气。好脾气的员工在职场来说，要么特别受欢迎，成为公司团宠；要么就成为全公司欺负的对象，朱太行属于后者。

年会不喝多，证明没有气氛。老板的暗示，让朱太行的同事收到了明确的作战任务，之后整个公司的员工将酒杯碰向了他。老板与他碰完，副总经理跟他碰，副总经理碰完，项目组长过来碰，公司的大小领导碰完同事又过来碰，一圈下来，朱太行早已烂醉如泥。

年会结束，当同事都各自散去时，谁也没有注意到趴在桌子底下喝得不省人事的朱太行。吴婉乔目睹朱太行被灌酒的全过程，中间她几次将朱太行杯中的白酒换成了矿泉水，但在朱太行同事的车轮战之下，她这点善意眇乎小哉。

吴婉乔把醉酒的朱太行拖到没人的包间，又给他沏了一杯柠檬柚子茶。因为吴婉乔的照顾，朱太行觉得她是世界上最善良的人。

朱太行出生在单亲家庭，爸爸朱广文在他很小的时候就因车祸去世了，妈妈高珍桢一人含辛茹苦把他拉扯大。

朱广文车祸去世的赔偿金只有十几万人民币，这些钱光办丧事就用了大部分分，剩下的远不够母子二人以后的花销。为供朱太行生活和上学已经耗尽了高珍桢的全部精力，她没有更多时间教育儿子。

朱太行从小就皮，特别是在朱广文去世后，他需要用暴力手段给自己安全感。小区里同龄小孩儿不懂事，起哄叫他是死了爸爸的野孩子，小家伙就红着眼跟他们打架。无论对方来多少人，挨多少拳头，他都不在乎。每次打架打不赢，他就死缠烂打，直到把对方打赢、打哭、打怕为止。

打着打着，同龄小孩儿都怕了他，他就开始无法无天起来。高珍桢不能 24 小时盯着他，小家伙趁着妈妈上班，上午为了泡泡糖咬了张老师家儿子的耳朵，下午就往楼下爱笑的小女孩儿琳琳的衣服里扔炮仗。

高珍桢下班后通常会做两件事，一是往菜市场三彪子的猪肉摊跑，买完肉拧着儿子的耳朵挨个敲门给人赔不是；二是在道歉之前掏出本子看看，昨天给人赔不是用的话，今天千万不要用重样，不然显得自己道歉不真诚。

时间久了，朱太行对高珍桢讲：“妈妈，下次你再去老李家道歉，就别翻本子了，你说的那些话我都记下来了。你要是怕忘词，我提醒你，我提醒一次你给我两块零花钱就行了。”

朱太行的话把高贞桢气得笑出了声，她点了点儿子的头：“你要是不再给我惹事，我给你一百块钱都成！”

高珍桢带着小朱太行不容易，街坊邻居瞧着孤儿寡母心里更是不落忍，要不然整个富强小区都容不下朱太行。

朱太行上到高中，成了当地出名的小混混，学港片里的古惑仔，模仿江湖规矩，侵远不侵近。那时他有个梦想，就是在高三之前成为学校的大哥。为此他在校内外参与大小斗殴无数，今天为小弟出头，明天为朋友拿刀，就是没有一次因为自己打架的。

学校一再警告，朱太行屡教不改。他永远记得那天，上午课间操期间，他的同级同学——教育局副局长的儿子沈建新揣着匕首，带着从社会上请来的小混混，把他拽到厕所一顿毒打。

朱太行的小兄弟们都在，见到小混混手中的刀后都傻了眼，逃跑的逃跑，求饶的求饶。朱太行被打红了眼，抢过刀后闭眼乱扎，一刀扎在了沈建新的大腿上。

教育局副局长的儿子被人扎，在当地这算大事情。校长郭广涛顶不住来自各方的压力，情绪失控，也不问谁先动的手，具体是怎么回事儿，直接宣布开除朱太行。

朱太行是高珍桢的命，孩子还没成年就被学校开除，他能去做什么？靠什么活呢？为了让朱太行继续留在学校读书，高珍桢到处求情，连十几年都没有走动过的远房亲戚都联系了。即使这样，都没有办法改变郭校长的决定。

朱太行劝妈妈：“妈，算了吧，反正我也不想上了，你就别费心了，你放心，我的事情我自己会处理，我绝对饶不了那孙子！”

以往朱太行犯错误，高珍桢一骂他，他就故意三五天不着家。这次朱太行没走，高珍桢却冷着脸离开了家。平时高珍桢被朱太行气着了就掉眼泪，这次她气成这样，眼泪没有掉，也没有责骂他。朱太行从来没有见妈妈这样过，他慌了。

朱太行找了妈妈一整天，最后才打听到，高珍桢去了校长郭广涛家。

朱太行到郭广涛家已经是晚上，跑到门口时，高珍桢正慌慌张张，衣衫不整地从郭广涛家出来。

朱太行看着妈妈狼狈的样子，好像知道发生了什么事情一样，血往上涌。

“郭广涛你敢动我妈？老子杀了你！”朱太行大骂。

高珍桢想制止儿子，一巴掌打过去，自己也晕了过去。

人送到医院，主治医生教训朱太行：“你妈都已经是骨癌晚期了，你这孩子就懂点儿事儿，少给你妈添乱吧！”

听到此话，朱太行半天没回过神来：“什么癌？你们看错了吧？”

“做了这么多年医生，我能看错？是骨癌，几个月前你妈来医院检查时就确诊了，我见过那么多骨癌病人，你妈算是很坚强的一个，来医院化疗无论多疼就是干忍着，后来她说为了给你省上大学的学费，干脆不来化疗了。你妈能把她的命给你，你给了她什么？你要是我儿子，我一天打你三遍都不解恨！”

听到这话，朱太行泪流不止。

医生继续说：“你妈说，她儿子命苦，从小没了爸。小时候儿子平日爱惹事，就是希望有一天能强大到保护她。她呢，是等不到儿子保护她的时候了。这个病她找人打听了，花多少钱都治不好，活受罪，花冤枉钱活受罪的活儿她做不来。她啊，还是想多给儿子留点钱，让他上学用！你瞧瞧，你瞧瞧，你妈太爱你了！你也太不争气了！你是她唯一的儿子，在她最后的时间好好陪陪她吧，算我求你了。你要再气她，你说你对得起谁？书都读到狗肚子里去了？”

病房内，高珍桢用胳膊支撑着身体准备下床，理由是住院太贵了，想回家养病。朱太行扶着高珍桢：“妈……你留在医院接受治疗吧，钱的事情我来想办法。”

高珍桢怕自己得骨癌的事情会分散朱太行的学习精力，一直瞒着儿子。这次瞒不住，反倒释然了。高珍桢向一旁的郭校长苦苦求情，郭校长体谅了她的难处，答应不开除朱太行，只给他记过处分。儿子能继续上学，高珍桢觉得自己做的一切都值得。

高珍桢叹了口气：“去打工，不去杀人啦？”

朱太行抹了一把眼泪：“妈，都什么时候了你还笑话我。我错了，以后我再也不惹是生非了，我每天到医院伺候您。我打听好了，东边纺织厂还在招工人，我白天当工人，晚上骑着咱们家的三轮车去火车站拉行李，做手术的钱我肯定能凑上。”

高珍桢听朱太行说要辍学打工，狠狠抽了他一巴掌。

高珍桢想，自己没有几天活头了，再不管儿子，以后也没有机会管了，她希望儿子记住这一巴掌。儿子终有一日会长大，知道儿子本性纯良，但她不确定儿子以后会不会真的学坏。这巴掌下去，她想让儿子记住，永远记住今天说的话。她让儿子发誓，以后做个好人，再也不要惹是生非，平平安安过一生。

严格意义上讲，高珍桢这辈子只打了朱太行两巴掌。第一个巴掌是在郭广涛校长家门口，当时她苦求郭校长无果，只能向郭校长坦露实情，说自己得了癌症，希望他能网开一面给儿子从头再来的机会。话没说完，她便在郭校长面前晕倒了，郭校长不太懂急救措施，在爱人的配合下才唤醒高珍桢。

当朱太行来到郭校长家时，郭校长已经答应再给朱太行一次机会。高珍桢一直是个要强的人，她这次把自己的病情说给郭校长实属逼不得已，目的已达成，自觉很丢人的她跟郭校长以及他爱人打了招呼，狼狈地从郭校长家跑了出去。

郭校长采用急救措施不得当使得高珍桢衣衫不整，却被朱太行误会成郭校长轻薄他妈妈。怕儿子真的杀人，高珍桢才伸手打了那巴掌。

高珍桢在病床上抽朱太行的这巴掌，用尽了她全身力气。自己身上掉下来的肉，她哪里舍得狠狠打，可若不打他，真怕他不长记性。她不在了，以后谁还会管朱太行呢?

高珍桢就这么带着遗憾走了，朱太行 17 岁之前不知道什么是孝敬，什么是懂事儿。小的时候，他看见放学后别人家的孩子都有爸爸来接，为什么自己爸爸不来接自己? 他就问高珍桢自己的爸爸去哪儿了，高珍桢刚开始的时候还说爸爸出差了，后来朱太行大了，高珍桢再说这个理由，他已经不信了。朱太行知道自己没有爸爸，有时候会想，自己很可能像别人说的那样，真的是个野孩子。

从小失去父亲，朱太行觉得全世界都亏欠他，为什么就自己没爸爸? 他认为这个世界很残酷，是不公平的，他要变得强大起来才能保护自己。

直到高珍桢去世，朱太行才明白过来，其实上天对每个人都是公平的。

他从小没有爸爸，却有一个可以原谅他无数次，为他低声下气向街坊邻居求原谅的好妈妈。谁说这个世界是残酷的无情的？妈妈就是这个世界上无条件爱着他，他也会无条件爱着的女人啊！

朱太行明白这个道理的时候，高珍桢已经去世，子欲养而亲不待。

此后，朱太行性情大变，他退出了所谓的江湖，开始发奋读书。他的脑瓜其实很好使，尤其是学习数理化的时候，简直是如鱼得水，很多知识点一点就通，有时甚至能举一反三。老师和同学都惊讶于朱太行妖孽般的理科天赋。到快高考的时候，他的数理化成绩已经稳居班级前三了。但是他严重偏科，语文和英语成绩差得一塌糊涂，最终只考上了莫口市一所三流大学，选择了感兴趣的计算机专业。

以前没有亲戚愿意跟孤儿寡母走动，高珍桢去世后，更是没有人愿意资助朱太行，他完全是靠国家助学贷款和自己勤工俭学才完成的大学学业。

穷学生的日子有多苦，朱太行至今不愿多提。当时在校期间同宿舍的同学出去聚餐，他不敢去，因为别人请你一顿，你得回请过来。吃饭的钱都不够，更没有多余的钱请客。每次同学提议聚餐，他干脆就假装睡觉。

“做人难，做好人更难。”是谁说的？朱太行不知道，但他觉得这话特别有道理。从小到大调皮捣蛋的主儿，想要改邪归正哪有那么容易！活不下去吃不上饭的时候，朱太行有想过重新回到江湖，靠收保护费、打架斗殴看场子过逍遥的生活。可每当这个念头一动，他就会想起妈妈高珍桢在病床上的那一巴掌。

事实证明，做好人太难，但做个守法公民不是很难。朱太行做守法公民的心得就是，别人让你干什么你就干什么，只要不是违法乱纪，做就好了。

没有社会关系，没有亲戚朋友。那天年会喝醉的时候，朱太行做了一个梦，梦见自己爱上了一个女孩儿，女孩儿的容貌跟他醒来时见到的吴婉乔一模一样。梦醒后，朱太行发现吴婉乔在照顾他，世界上除了妈妈高珍桢，可能再也不会有别的女人这么关心他了，他认为这是上天的安排。

朱太行以为上天给他安排了吴婉乔，但上天好像在捉弄他一般。吴婉乔遇见朱太行第二天，便答应做同系学长张铭宇的女朋友。

张铭宇是汉江大学的校草，脸庞干净阳光，还长了双忧郁深沉的双眸。学校里追求张铭宇的人很多，他却告诉吴婉乔，如果她愿意做他女朋友，他这辈子就只爱她一个女人，毕业之后就和她结婚。

张铭宇给吴婉乔的印象虽然不差，但吴婉乔也没有想做他女朋友的想法。吴婉乔把原因归结于自己没有安全感，总觉得差点什么。吴金东和吴婉乔父女关系的恶化，无意中助推了吴婉乔和张铭宇在一起。中秋节本是阖家团圆的日子，吴婉乔却因小事与吴金东吵了起来。让吴婉乔委屈的是，明明自己有理，平日疼她护她的肖丽竟然和吴金东一起教训自己。吴婉乔一气之下回到了学校，张铭宇当时没有买到回家的车票，听说吴婉乔回了学校，他知道机会来了。他陪吴婉乔说了一宿的话，吴婉乔把从小到大自己与父亲的矛盾都给他讲了。聊着聊着，不知怎的，她又把从小到大的趣事也讲给了他。张铭宇的陪伴让吴婉乔感到了心安，心安之后，爱情的种子就着了地，生了根，发了芽。

当两人在一起后，吴婉乔才发现二人其实并不合适。可当时所有人都知道她成了张铭宇的女朋友，而且有这样一个校草男朋友，带出去也有面子。到底是虚荣心作怪，还是她想继续和张铭宇在一起？吴婉乔也没有彻底弄明白过。

吴婉乔对待感情真诚，她如实向张铭宇说了自己的真实想法。

“没关系，你不喜欢我，是你的事情，我喜欢你是我的事情。首先谢谢你的坦诚，其次谢谢你给我机会做你的男朋友。是我没有把你照顾好，是我让你受了委屈。你若有更好的选择，我会自觉退出，若没有我想一直守护着你，直到你等来愿意和他过一辈子的真命天子。”张铭宇对吴婉乔说。

女孩儿都是感性动物，吴婉乔听到此话，没有不感动的道理，她的心也被张铭宇的甜言蜜语慢慢融化。恋爱中的人智商为零，这话是有道理的。吴婉乔但凡对张铭宇以前多做点了解，就会知道其实张铭宇当初选择吴婉乔做女朋友，无非也就是满足自己“集邮”的爱好而已。

与张铭宇的甜言蜜语和心理攻势相比，朱太行几乎是完败的。他在感情方面开窍很晚，根本不知道怎么向吴婉乔表达自己的感情。他担心吴婉乔遇人不淑，曾经查过张铭宇的资料，并一再劝吴婉乔要小心张铭宇。恋爱中的女子，哪个会听劝呢。后来，得知张铭宇劈腿，朱太行颇为自责，他发誓以后再也不会让吴婉乔受伤害。

谁知道，这个誓没发多久，上天又跟他开了一个类似于“妈妈和老婆同时掉水里，你会先救哪个”的送命题——是违法上暗网保全自己和吴婉乔，还是继续做个守法公民?

吃完冷面，朱太行邀请吴婉乔去他家，吴婉乔接受了邀请。因为她房间的墙上还挂着她和张铭宇在云南滇池的合影，还有他范思哲香水的味道。她不想回去独自面对过去，再加上目前遇到的离奇事件，是报警还是怎样，一切都需要从长计议。

朱太行带着吴婉乔回到自己住处时，已是晚上七点多钟。两人前脚刚踏进屋子，后脚吴婉乔就在手机中看到了莫口市郊区民房杀人案的新闻。新闻已经在网上传得沸沸扬扬，把新闻中的图片放大再放大，案发现场正是两人上午逃出来的地方。

“我们成了杀人犯？不可能！”吴婉乔难以置信。

从小被父亲吴金东训练，一拳下去碎几个核桃、几块板砖，吴婉乔都是有分寸的。白天对付赵警官和辅警时，她下手确实狠了些，不过绝对没有下死手。

为防止外人强行闯入，朱太行紧锁好房门，又将桌椅板凳堆在了门口，然后焦躁不安地来回走动着。

“我们走的时候，他们明明好好的，怎么现在人死了？”

“不要慌张，我可以跟你保证，我只是打晕了他们而已，我们不是杀人凶手。”吴婉乔安慰朱太行道。

朱太行挥挥手回答：“不重要，不重要……”

不重要你会走来走去，坐立难安？不重要你会唉声叹气，长吁短叹？兵来将挡水来土掩，看着遇事如此惊慌的朱太行，吴婉乔微露失望之色。

“就算我们遇到事情了，你这样走来走去也解决不了问题。”吴婉乔说。

朱太行在吴婉乔面前站定，欲言又止。

“事情还没有到无法挽回的地步。警方不是还没有公布谁是杀人凶手吗？”吴婉乔给出了主意，“我们现在要做的是，找到绑架我们的司机留下的犯罪证据，亲自送到派出所。”

朱太行忧心忡忡地说：“你说得也没错，不过坦白讲，事情没有你说得那么简单……”

“事情是有多复杂？”吴婉乔有些不耐烦

“不是的，你可能没有明白我的意思。事已至此，从今天开始，我怕再难是好人了。”朱太行重重叹了口气。

想与朱太行分析眼下的形势，可他却自乱阵脚，这让吴婉乔失去了耐心。

吴婉乔本想责怪朱太行，转念一想，他不过是普通人，不能要求他做到处事不惊。若不是爸爸从小训练自己，自己恐怕还不如他。

“所以遇到麻烦了，接下来怎么办呢？你是怎么想的？”吴婉乔试着耐心地与朱太行沟通。

“很难办，我对我妈发过誓，一辈子再也不会干坏事了。”

吴婉乔继续耐住性子说道：“困难就摆在眼前，很难办也得办。我们遇到问题了，得解决问题。”

没有解决不了的事情，只有不会沟通的人，吴婉乔边劝自己要有耐心，边引导朱太行。功夫不负有心人，她的耐心很快有了回应。

朱太行神情严肃地说：“我想做个好人，现在看来好人我怕是做不成了。我妈去世的时候，我答应过她，可能……可能现在我要食言了，妈妈要是在天堂知道会伤心的。”

听朱太行说他从小被妈妈带大，吴婉乔不由得同情起他来。与他相比，吴婉乔觉得自己幸福太多。虽然自己在很小的时候被父亲逼练武术，父女之间因此产生的隔阂到现在还没消除，但她好歹生活在正常人的家庭，从小是由父母带大的。

“现在不是你要成为坏人好人的问题，是我们要商量怎么向民警解释清楚郊区的杀人案件，不然我们如果被误认为嫌疑犯，岂不是冤死。”吴婉乔说道。

“可我真的不想做坏事，我在我妈面前发过誓的。”

“谁让你做坏事了？我认识的朱太行是个有担当、有责任感的男人。我们现在再不做点什么证明自己，说不定真的成了警方的通缉犯！阿姨若是活着肯定不想你成为通缉犯对不对？我不知道阿姨当初让你发誓做个好人的原因，但作为母亲，她肯定希望你能平安，你现在若是有危险，成为警方通缉的对象，这是她想看到的结果吗？现在不是纠结自己是不是好人的时候，明白吗？”

“好，我听你的，我们下一步怎么办？”朱太行终于被吴婉乔说服。

“下一步最重要的是，找到我们没有杀人的证据，你不是说电脑里有证据吗？”

“有证据也不能证明我们是无罪的。”

“所以，我们商量商量嘛，我们没有杀人，只是打晕了他们而已，实在不行现在就去派出所跟民警说明情况嘛。”

“这话说给警察，他们是不会相信的。”

“没去怎么知道他们不会相信？就算他们不信，那你说怎么办？你出一个主意。”

“那些人是我们得罪不起的，我们必须要消失，马上消失！”

“怎么消失？”

“这又回到了问题的原点，能不能给我一点时间，我还是想做个好人，不然我再想想办法……”

“我觉得你说的话特别对，好人朱太行，就按你说的办吧，想成为杀人犯是你的自由，你自己慢慢想吧。”

发现自己完全是对牛弹琴，吴婉乔不想继续与朱太行沟通，起身就走。

“你要去哪儿？现在我这里最安全。”朱太行挡住吴婉乔。

吴婉乔瞪了朱太行一眼：“让开！”

朱太行自觉不是吴婉乔的对手，被对方一吓唬，就给她让开了路。等吴婉乔真正走出去的时候，朱太行又后悔了，他担心吴婉乔的安全，追了出去。

当看到吴婉乔马上要出小区时，朱太行知道再不挡住她，她可能就危险了。他赶上前去，拉住吴婉乔的手：“我妈去世的时候，我答应过她，一辈子不做坏事，因为你，我要食言了。”

吴婉乔甩开朱太行的手：“你食言不食言跟我没有任何关系，现在你要么跟我一起去派出所报警，要么就做个听妈妈的话的乖孩子。

朱太行不说话，挡住吴婉乔的去路。

吴婉乔活动了一下手脚：“不说话是吧，再不让开我就让你去医院做乖孩子。”

“外面不安全，现在出去反倒危险明白吗？”

“总比跟你对牛弹琴好！”

“我没有退路了，如你所说，我妈在天堂要是知道我做的事情，应该能原谅我吧。”朱太行长长地叹了口气，像是下了什么决心，“你看见小区展示牌旁边的摄像头了吗？那是物业公司的监控，小区的业主丢了小猫小狗，都会找物业调取监控。以前这些监控归物业管，现在小区所有的物业暂时都得听我的，我也可以让周围每一条街，甚至整个莫口市的摄像头听我的，只要我想。但你不要以为这些监控会永远听我的，我可以控制它，别人也可以，所以现在什么也不要问，跟我回去，我发誓，整个莫口市，我家最安全。”

吴婉乔不明白朱太行在讲什么天书。朱太行操作了一会儿手机之后，小区的摄像头像是失控了似的。朱太行用手机可以改变任意一个摄像头的监控方向。在他手中，所有监控如同遥控玩具一般听话。

“你是怎么做到的？”看到小区所有摄像头拍摄的画面以矩阵形式出现在朱太行的手机上时，吴婉乔吃了一惊。

朱太行在一家名叫鑫达网络科技有限公司做网络安全员，工作是维护公司网站安全。他从来没有非法入侵过任何一家网站。3 年前，朱太行受网友邀约，参加 A 国举办的世界黑客大赛还是在确定主办方已经设定好了网站，允许参赛者进行合法侵入，才报名出国参赛的。

以黑客的身份去参加黑客大赛不是利用黑客技术，绕过相应的 IP 封锁，实现对境外网站内容的访问，而是用出国的方式参赛，这件事情如果被人知道，定会被人当成笑谈。黑客如果都守法访问网站了，还能叫黑客吗？

朱太行认为自己以前为了做守法公民，受再多人的议论、鄙视和欺负都可以接受。但现在吴婉乔可能面临来自暗网的威胁，若自己再坚守誓言就没有任何意义了。他对自己的计算机技术还是颇为自负的，国内少有计算机技术能与他匹敌的人。

暗网的两大特性匿名性、安全性，使得它虽被各国政府联手打击，但仍然是相对安全的法外之地。任何计算机操作者，不管是黑客、红客还是骇客、灰客，只有能够打破规则才能扬名立万。这些人需要不断突破，需要打破局限，甚至超越自己。这就是网络世界的特性，网络世界的发展需要这种逻辑的颠覆和创新，更需要不破不立的勇气。这些东西正与朱太行骨子里的精神相契合。自己不帮助吴婉乔，还有谁帮她？还有谁有能力帮她？想到这里，朱太行有种浴火重生的感觉。

暗网本身就是违法的存在，17 岁以后再也没有违规犯法的朱太行想要登录暗网，必定会使用种种技术，然而这些技术的使用难免与相关法律、法规相悖。不过如果真的追究起来，这也算正当防卫，民警知道后会谅解吧。

朱太行心想。

朱太行控制小区监控，就是想告诉吴婉乔自己有能力侵入监控系统。但情急之下，他没有向吴婉乔解释暗网对她的威胁，所以对方还是不明所以。

“你就是为了给我看你能控制小区监控？然后呢？朱太行，你冷静一下，我们现在需要搞清楚，郊区民房的两个假警察是怎么死的，才能证明咱们没有杀人！”见朱太行一声不响，吴婉乔又说道。

朱太行有些着急：“现在的问题是，我们面对的人极为恐怖，你根本不知道更不了解他们是什么人。总之他们无恶不作！你能不能相信我！现在就跟我回去！”

朱太行一心想让吴婉乔明白当前局势的严重性，由于嘴笨，始终讲不明白问题的关键，情急之下，就想把吴婉乔拉回家。

“你让我相信你什么？相信他们无恶不作是吗？他们还能光天化日之下杀人吗？我们现在即使不报警，也要查查什么情况下人会猝死。我当时的手劲儿，根本不会致其死亡，除非他们有其他并发症状。如果我们真的过失杀人了，没有什么可怕的，大不了去自首，从小区出去，左转直行100 米，过了红绿灯直行就是茂北区派出所，一切交给警方处理。杀人偿命，欠债还钱，天经地义。可如果是有人出于某种目的，栽赃我们呢？你想过这个问题没有？”

不善言辞的朱太行面对吴婉乔有理有据的分析，不知道怎么反驳，只能继续坚持：“可是他们真的危险……”

吴婉乔见怎么都说不通朱太行，不由得有些烦躁：“他们危险是吗？他们无恶不作是吗？按你的意思，接下来他们还得把这个小区炸平是吗？”

话音刚落，“轰隆”一声，两人才离开的那栋楼发生爆炸，因爆炸震碎的玻璃如冰雹般砸落在地，紧接着楼层中便响起了人们凄厉的惨叫声……

第四章　棋　局

暗网 Hades 的线索刚有点眉目，主要嫌疑人却被人杀死在城中村的出租屋。原本应该通过技术手段对暗网 Hades 进行深入研究，可周查却带着徒弟肖乐还有韩硕去了按摩店。

韩硕发现，自从周查出院归队后，行为都很反常。

按摩店叫“春宵半刻”，里面闪烁着淫荡的霓虹灯光。韩硕和肖乐本能地停住了脚步。

“怕什么？我请客！”周查说。

肖乐是周查的徒弟，他不敢说什么。作为以前的搭档，韩硕忍不住了：“周队，大家都在加班加点地工作，咱们这还没到下班点呢，来按摩店干吗？”

“谁说来按摩店不是工作？”周查反问。

“我们是刑警！来这里工作？打黄扫黑吗？好钢用在刀刃上啊周队！”

“别废话了！赶紧给我进去！”周查和肖乐一起强拉着韩硕进了按摩店。

接下来发生的事情，让韩硕眼珠子快掉下来了。

“你们这里有那种服务吗？”看完前台给的价目单，周查问。

“哪种服务？所有的服务可都在上面。”说这话的时候，前台小姐始终面带微笑。

“哪种服务？当然是那种服务啊，你们这里有没有出台小姐？”周查直白地说。

“老板，我们这里是正经按摩店，没有小姐。”

“好，那就正经按摩。”

三人被前台小姐带到了包厢。不一会儿，三位 30 多岁的女技师敲门进来给他们做全身按摩。

韩硕以为周查真的有办案思路才来按摩店的，直到周查交完钱，哼着小曲走出按摩店，他才发现周查真的是来消遣的。

“这还是周队吗？”韩硕不禁和肖乐小声议论道。

“无事献殷勤，非奸即盗。”

冯春璐被周查带到了莫口市中心最有名的红玫瑰西餐厅。

铁公鸡肯花血本带自己来这里吃饭，心里一定有鬼！冯春璐想。

“瞧你这话说的，我有事没事都献。来红玫瑰吃饭算什么，等我休假，带你去埃菲尔铁塔、迪拜棕榈岛。”

“快滚吧，就你挣的这俩钱……也就我们杨怡不嫌弃你……”

“少跟我油腔滑调！赶紧说又怎么得罪我们家亲爱的了，你要是能哄好她能请我来这么贵的餐厅吃饭？”

“我们，我们感情一直挺好……”

闺密就是半个丈母娘，冯春璐为杨怡抱不平，拍了桌子：“你还好意思说？哪个王八蛋招呼都不打消失三个多月？你怎么不消失三年呢！又是哪个王八蛋在一年前跟杨怡说好去海南拍婚纱照？你不去倒是说一声！想跟杨怡拍婚纱照的人多了去了！”

越说越替杨怡委屈，冯春璐眼睛瞬间噙满泪水。

杨怡与周查相恋三年多，男大当婚女大当嫁，一年前二人就准备结婚携手迈进下一段人生旅程。杨怡的计划是，先去三亚拍婚纱照，等到过年前领证结婚，然后积极备孕。为此，她甚至提前选好了婴儿床、尿不湿、奶嘴奶瓶等好些婴幼儿用品。

一年前，周查和杨怡约定好去三亚拍婚纱照，杨怡到了机场后就再也没能联系到周查。同样是警察，杨怡理解周查的工作，但身为女人，她还是觉得有些遗憾。当时冯春璐听说后，撸起袖子就想去收拾周查。

黑椒牛扒、南瓜汤凉透，冯春璐还是没有明白周查找自己到底什么意思。

“找我真的没有事情？再说你们都什么工作啊，我已经好几个月没有见到我们家亲爱的了。”

周查心里也想杨怡，听冯春璐几次提起杨怡，他心里在滴血。他这次之所以请冯春璐吃饭，是因为曾经杨怡跟他说过，有一天她要带冯春璐来这里吃西餐。杨怡生前的遗愿，周查正在一件一件帮她完成。

“我们的工作性质你也懂，有时候不方便聊。”

“我信你才怪！我再问你一次，我们家亲爱的呢？我怎么联系不上？”

周查出院时，身上的伤口尚未完全愈合，整个人看上去很憔悴。怕冯春璐发现问题，见她之前，周查还喝了几口二锅头，为的就是让自己脸色红润显得正常些。

见冯春璐如此逼问自己，周查假装工作忙，迅速找借口离开了餐厅。冯春璐一脸错愕地看着周查，直到他走远，都不知道他瓶子里卖的什么药。

专案组在莫口郊区杀人现场，提取到了两枚半指纹。半枚指纹的主人警方正在追查，另外两枚指纹的主人，分别是朱太行和吴婉乔。专案组深入调查，发现朱太行和吴婉乔最后出现在监控中是在莫口市富强小区。二人消失时，富强小区居民楼发生了一起煤气爆炸事件，爆炸点正是朱太行的家——三单元五楼501房间。

“我带人去了吴婉乔的学校，校方称吴婉乔很早之前就离开学校了，再也没有回来过，校方为此还联系过她的家长，但始终没有打通家长的电话。我后来去了吴婉乔家，发现她家里根本没有人，她父母去了哪里呢……目前我们都没有找到。”梁硕在张作田办公室汇报工作。

“我不想听你给我诉苦，也别给我找那么多借口，挖地三尺也要找到吴婉乔，找到并把她保护起来，这是任务也是死命令！”张作田发火了。

“是，遵命！”

张作田大手一挥示意让梁硕离开。

专案组组员范强早就守在了张作田办公室门口，见梁硕脸色难看地走出办公室，他心里的底气反而足了些。

范强被调入专案组时，还特地与妻子卉爻庆祝了一番。妻子卉爻一直骂他没有出息，从警六年多依然是刑侦支队最底层的干警，工资都没有在外企上班的卉爻多。

能调入专案组证明自己得到了组织的重用，以后兴许能提一级，工资也会涨，工资涨了，在老婆那里的地位能不涨吗？范强看到了希望。

范强通过调查得知，朱太行是莫口市鑫达网络科技的普通网络安全员。朱太行同事均向他表示，朱太行不可能杀人。从警多年的经验让范强知道，常人眼中最不可能杀人的人，最后被证明是杀人犯的案例不在少数。调查结果让范强怀疑，朱太行很可能就是郊区杀人案的凶手之一。

进一步调查中，范强调取了所有关于朱太行的资料，发现他每日过着从单位到家里两点一线的生活。朱太行生活圈子小，如果他与郊区民房杀人案有关，产生关联的地方只能是网络，也许朱太行与被害者是网友关系。朱太行在鑫达网络科技的办公电脑，没有任何上网记录！作为网络安全员居然没有上网记录，这太反常了！朱太行身上的疑点越来越多，范强不敢怠慢，越级去了张作田办公室报告相关情况。

听完范强的汇报后，张作田陷入沉思。

“你确定这个叫朱太行的人最后出现在监控中的地点是富强小区？”将烟蒂按灭在烟灰缸，张作田问范强。

“是的，莫口市郊区杀人案现场有朱太行的指纹，吴婉乔最后出现在监控中时跟朱太行在一起。由此看来，朱太行不仅是郊区杀人案的突破口，更是找到吴婉乔的关键。我已经协调其他部门的同事一起搜寻他的下落了。”

张作田皱着眉抽烟，没有说话。

“副组长，您看我们接下来……”

“朱太行这条线你暂时就不要查了，怎么找到吴婉乔和她的家人，并且将他们保护下来，是你接下来工作的重点。”张作田说话时的语气不容置疑。

“是……”

“范强啊，有信心完成任务是件好事，可能不能完成任务，还需要同志们努力啊，我要的是结果。”

好不容易才弄明白朱太行是工作的突破口，为什么要放弃追查呢？范强心中虽疑惑不已，但形式上还是向张作田敬了礼。

其实，周查早在范强之前就向张作田提出要慎重调查朱太行。他向张作田陈述了一遍自己的想法。

“事情就是这样，将来出现任何后果，我负全责！”周查向张作田保证。

“你负全责？你拿什么负全责？想过这样做的后果吗？”

“目前来讲，一切证据指向了这个叫朱太行的程序员，若真是他黑掉了所有监控让吴婉乔人间蒸发的，那么像他这种级别的程序员，我坚持我的建议要智取而不是强行逼他现身。”

“说这话的时候，你要明白自己是警察！”

“我不是担心咱们技术组的计算机技术不如他，而是担心他利用自己的计算机技术做出出格甚至危害社会的事情。他这种人若偏执起来，可真不是那些拿着仿真枪抢劫银行的小劫匪所能比的。”周查解释说，“我不是长他人志气灭自己威风，正因为我是警察而且是擅长计算机技术的警察，才知道朱太行这号人的危险程度。”

张作田摆了摆手：“组织既然安排你加入专案组，自然有组织的考虑，我尊重组织的决定，也信任你的能力，但丑话要说在前面，如果出现任何问题，不光是你行动队队长的位置不保，你这身警服也别想穿了。”

“是，如果出现任何问题，我引咎辞职！”

"不，不是你，是我们！"

听到这话，周查心头一热，动情地说："老张……"

张作田摇了摇手："不要再说了，就按你说的去做，等你的好消息。"

"请领导放心，保证完成任务！"

说完，周查就急着离开办公室。

"站住！"张作田叫道。

"领导，您还有什么事情，请指示。"

"这么着急干吗去？"

"做按摩，去'春宵半刻'做按摩。"

直到周查的背影消失在走廊，张作田还没有缓过神来。

"做按摩？难道上次遇袭留下了后遗症？"

前线传来消息，自由人民军已将政府军击溃。

"素来将军，你出师大捷，可喜可贺，可喜可贺，老子必须嘉奖你！"彭四海放下手中的雪茄，鼓起了掌。

嘉奖？是真的还是想试探我？素来内心有些疑惑。彭四海每鼓一下掌，他的心脏就狂跳一下。

自由人民军有规定，与敌人对峙期间，除非有总司令的命令，或者是敌人首先开火，才能回击对方。若没有总司令的命令擅自行动，可是要被枪毙的！若彭四海追究起谁先开火的问题，就只能牺牲亲信了。亲信不会出卖我，否则他们的家人都得死。如果亲信能扛住彭四海的审问，就算彭四海知道事情真相，也拿我没办法吧。素来在心里权衡了一下利弊，最终还是没有以摔杯为信号，发动哗变。

彭四海何许人也，堂堂M联邦共和国自由人民军总司令，被敌人称为"不死鸟"的男人，他老谋深算，早就看穿了素来背后的动作。在外国人看来，他这个总司令不过是M联邦共和国第五特区的小小军阀头目，可就是这个小小的军阀头目，自从组建了自由人民军，20年以来，军队的大权从来没有旁落过。其他地区的军阀头目，或治军能力不足，或政治手腕一般，能活20年就已经是奇迹，他们完全掌握军队的平均年限也就5年。

彭四海没有揭穿素来，他也不怕素来一时冲动发动哗变。彭四海知道素来有问题，还让他做前线总指挥，有自己的考虑。彭四海笃定素来不到万不得已，不会轻易将自己置于死地，不是因为他够善良，而是他顾虑太多，优柔寡断，总想将风险降到最低。顾虑越多的人，能够利用的空间就越大。

彭四海知道素来背着自己搞的小动作，他不在乎一城一池的得失，用睁一只眼闭一只眼换取素来的死心塌地是值得的。彭四海以前喜欢读克劳塞维茨的著作《战争论》，书里面有这样一句话："战争无非是政治通过另一种手段的延续。"彭四海很想给这段话后面加上一句："政治，归根到底是人与人之间的关系。"

彭四海本来的计划是，在素来把前线搞得乌烟瘴气、军心不稳之际，他出来稳住局势，三擒孟获。

"亲自给兄弟你挑选的，火儿我给你点着，烟得你自己抽完，烟里我掺了草药，对你身体好。"素来接烟时，彭四海低头在他耳边道。

彭四海送给素来的雪茄烟，实际上是他让人用纸卷的枯草捏成的假雪茄。即使这样，素来仍然使劲儿吸着它，他想让心肝脾胃肾相信，他现在抽的就是A级雪茄。他必须要相信自己抽的是雪茄，因为这是彭四海的暗示，如果他再不听话，下次抽的可能就是子弹了。

还没有处理完素来的事情，彭四海就急忙回总部大楼了。让他改变行程的人是他的女儿彭玲玲。彭玲玲的先天性心脏病又发作了，打压素来的目的已经达到，他现在必须赶回去陪在女儿身边。为防止政府军趁机出兵，他甚至暗中派人与政府军总统谈判，以资助对方明年选举为筹码，暂时结束了两军一触即发的战事。

整个M联邦共和国的人都知道，彭四海有个如花似玉的女儿彭玲玲。据说见过彭玲玲的人，都曾被她的美貌所倾倒，就连政府军总统的儿子也曾托人向彭四海提过亲。彭四海不想让自己女儿的幸福与政治利益挂钩，也不愿女儿成为政治谈判的筹码，因此没有答应过任何政治性婚姻的提议。

去前线前，彭四海曾遭遇过护卫长明泽的阻拦。明泽知道素来头后长着反骨，担心彭四海去了会出事，因此不顾彭四海的怒斥，跪下来阻拦。为了阻止彭四海，明泽甚至找到彭玲玲。

彭玲玲是彭四海的软肋，彭四海再三向她解释自己此去的原因，并再三保证一定会平安归来，才得到彭玲玲的默许。自由人民军总司令居然怕女儿怕到了这种程度，别人听起来不会信，就连彭四海本人，以前也很难相信。若是在两年前彭玲玲这样威胁他，他多半敷衍了事。可现在，他的想法改变了，甚至是怕了。

彭四海怕彭玲玲不是因为女儿的病，而是女儿的调皮任性，这一切还得从彭玲玲的病说起。

彭玲玲出生后不久，被诊断出患有先天性心脏病，这种病除了换心脏，没有更好的治疗方案。让彭四海头疼的是，彭玲玲的心脏和血型极为特殊，即使彭四海手眼通天，也没有办法治好女儿的病。

医生曾经告诉彭四海，彭玲玲活不过 15 岁。如今彭玲玲 22 岁，长得如花似玉，身段出落得极好。当初的主治医生知道后，定会感叹说这是奇迹。只有彭四海知道，世界上根本没有什么奇迹，只是他多方托人找了欧美的医生，花了大价钱，才让女儿活到今天。看着从小抱着药罐子长大的女儿，彭四海纵是铁石心肠，也会变得柔情。

两年前，彭玲玲迷上了计算机，彭四海知道她对什么事物都是三分钟热度，还是给她请了最好的计算机老师。两个月后，老师给彭四海跪了下来，求彭司令饶命。

“司令放我走吧，工钱我不要了，只求活命！”

“你知道，这个国家很少有人敢当面拒绝我。”见老实巴交的老师这样说话，彭四海哭笑不得。

“我是真的教不了小姐，我能力有限，您就是枪毙我，我也教不了小姐啊……”

彭四海冷哼一声，弹了弹雪茄烟灰：“总得有个理由，要是理由充分，我可以放你走，再多给你一倍酬劳；若理由不充分，今天你怕是要横着从这里出去了！”

计算机老师惊慌道：“小姐用了半个月的时间就已经掌握了我的毕生所学。我承认后面偷懒了，那是因为我真的没什么可以教给小姐的了。刚开始教小姐的时候，我在旁边指导小姐编程序，起初她用几百行代码编写的简单程序，我还能看懂，后来小姐编写的程序越来越简洁，我都找不到代码与代码之间的逻辑关系了。小姐遇到问题问我，我也不知道怎么解答。司令，我的能力有限，要是再这样混日子，被司令您发现，我就不止掉自己的脑袋了。晚说不如早说，请司令饶了我吧。不是我不愿意教，是小姐太聪明了，我真的教不了。”

彭四海对计算机老师的话将信将疑，彭玲玲聪明他是知道的，但计算机老师说得这么夸张，他还是不太相信。自己的女儿，自己太知道是怎么回事了。彭四海见老师情真意切，最后同意放他走了。彭四海心里装的多是军国大事，没有太把这件事情放在心上。直到有一天，彭玲玲突然关心起了政治，问自由人民军现在与政府军的关系如何。彭四海了解自己的宝贝女儿，最讨厌的就是战争和政治，如今突然关心起了政治，他猜不出女儿葫芦里到底卖的什么药。

“老头子，政府军下个月要对自由人民军发动大规模袭击，咱们该怎么办？”彭玲玲问。

“他们一直扬言要展开自治计划，不过是哄小孩的话罢了。你怎么突然关心起政治了？”

“政府军三天前从 A 国进口了 268A 战术导弹，我怕有危险！”

关于政府军从 A 国进口导弹的事情，彭四海昨天才通过秘密渠道知道了消息，整个自由人民军只有自己和明泽知道。明泽纵使有天大的胆子，也绝不敢把绝密的消息告诉彭玲玲，可若不是明泽，女儿怎么知道军事机密？

“您放心，不是明泽告诉我的，是我查到的。”彭玲玲好像知道彭四海在想什么一样。

“你查到的？怎么查的？从哪儿查的？”彭四海连珠炮似的一通发问。

彭玲玲怕彭四海不相信自己的话，拿出笔记本电脑，给父亲演示起来。

随着彭玲玲的一番操作，政府军在 M 联邦共和国部署的导弹位置，在屏幕上不停闪烁。位置如此精确，是彭四海没有办法通过自己的秘密渠道查到的。

见父亲脸色凝重，彭玲玲不禁得意起来：“我侵入了政府军导弹操作系统后台，给他们植入了木马病毒，现在我们自由人民军……”

话没说完，彭四海下意识合上了彭玲玲的笔记本电脑，并捂住了她的嘴，示意她不要再说下去。

彭玲玲给彭四海看的政府军导弹部署，再结合彭四海知道的政府军布防位置，他大概可以猜到政府军对自由人民军的作战计划。两军交锋，还没有开始打仗，就知道了对方底牌，这个消息对彭四海来说实在太重要，决不能让第三个人知道。

彭玲玲长这么大，第一次见威严自信的父亲眼露惊慌。见自己整蛊彭四海的行为得逞，她忍不住笑出了声。

后来彭四海才知道，彭玲玲之所以知道那么多军事秘密，是因为她曾偷偷进入过作战室，拷贝过作战室的资料。竟然敢拿军事秘密开玩笑，彭四海十分生气，可想起女儿天真无邪的脸，又想起她因难产去世的母亲，他也就不予追究了。

高耸入云的参天大树遮天翳日，从青藤缠绕的密林中传出一声枪响，一头野猪应声倒地。一群八九岁的孩子带着与年龄极不相称的凶狠暴戾，从灌木丛中鱼贯而出，向野猪的尸身跑去。他们见野猪还喘着气，便用匕首乱捅了一番。直到可怜的野猪长长一声哀号之后彻底没了气息，他们才露出满意的微笑。

野猪死时，这些孩子身上已经沾满了鲜血。小诺哈第一次跟同伴参加这种猎猪行动，看着相距不远的野猪头，生怕野猪张开嘴咬住他。怕什么来什么，突然，猪头的眼睛咕噜一转，像是重新活过来一样，张开血口朝小诺哈咬去，小诺哈躲闪不及，发出惊恐的尖叫。同伴们发现他被咬，不但没有帮忙，反而幸灾乐祸，看着他被野猪疯狂撕咬。

诺哈从梦中惊醒，他警惕地环顾四周，见周围没有人，才放下心来，用手拭去额头上的汗珠。要是被监工发现有人大白天在车间偷睡懒觉，轻则扣除一个月薪水，重则当日结账走人。整个纺织厂，也就诺哈敢在大白天找地方睡觉。诺哈白天上班就是玩玩手机，睡个觉，到点就下班，从来不加班。

能让诺哈在纺织厂自在逍遥的，是诺哈工友们所说的后台，也就是诺哈的情敌，纺织厂的 A 厂间段长昂葛。因为些风言风语，纺织厂所有工友们都看不起诺哈，但他好像并不在意别人的看法。

诺哈所在的工厂，是由 M 联邦共和国政府军与 A 国米哈德企业合办，开在第三特区，名叫 Smile 的纺织厂。合资工厂发的是美金，待遇极好，该厂在整个第三特区都小有名气。

诺哈是 Smile 纺织厂负责物料间的管理员，职位清闲自在，挣的钱却比流水线工人多将近一倍，是当地人打破头都想争一争的职位。

“要不是把老婆贡献出去，他能当上物料间管理员？做梦！”

“如果不是昂葛，这头怪兽怕是要一辈子被他老婆养。”

“据说他和老婆还挺恩爱，是真的吗？有变态喜欢被自己老婆绿吗？他不会是这样的人吧？”

纺织厂工人们对诺哈议论纷纷，议论的点离不开两个人，一位是纺织厂A厂间的段长昂葛，另一位是诺哈的老婆玛推芝。接触过诺哈的人都认为，传说是真的，诺哈确实是被神诅咒过的祸星。若不是昂葛，他不可能找到物料管理员这么好的工作。

第三特区的底层人民受教育程度不高，经济收入也偏低，多数人信仰从祖宗辈就传下来的图腾。若是在上个世纪，像诺哈这样的人是要被浸猪笼的。诺哈要没被神诅咒过，怎么会发出鬼叫声？怎么会经常做吓人的鬼脸？此人不除，街坊邻居都会被他牵连受神诅咒。

世界上没有神，诺哈自然没有被神诅咒过。其实，他只是从小患有妥瑞氏综合征而已。这种病症的病患会不自主地发出怪叫、做鬼脸。

玛推芝真的给诺哈戴绿帽子，才让他有了工作吗？是真的，也不是真的。真的是纺织厂的A厂间段长昂葛，是真的喜欢玛推芝。比玛推芝身材好、长得漂亮的女人多得是，昂葛是王八看绿豆对了眼，就是喜欢玛推芝。

昂葛是出了名的好色，整个纺织厂的女工人，几乎都被他骚扰过，碍于其身份，所有女工都敢怒不敢言。因为昂葛的表哥是Smile纺织厂的副总经理，得罪了他，等于得罪了饭碗。Smile纺织厂每月100美金的薪水，是当地公务员收入的两倍。

有女工为了钱，甚至主动往昂葛身上凑。不过，自从认识了纺织工玛推芝，别的女人就再难入昂葛的眼了。为此，玛推芝还成了好些女人的眼中钉。玛推芝在食堂排队打饭的时候，有人故意加塞儿，在流水线工作时，女组长专门找别人做的次品栽赃她，让她返工。当玛推芝有一次无意中听到，自己是因为段长昂葛才得罪了同厂女工时，她哭笑不得。

纺织厂有规定，凡是要来纺织厂A厂间工作的工人，都要得到段长昂葛的同意。诺哈来应聘时，昂葛自然不同意，不过最后诺哈还是过来上班了，而且居然成了物料间的管理员。这个职位，昂葛早已承诺给了他某个情人苏丽的堂哥。为此，昂葛愤愤不平，但他也没有办法，后来与表哥喝了一次酒，他才知道诺哈能留在纺织厂，是厂长詹姆斯亲自安排的。

第五章　真　相

爆炸时，吴婉乔双手护头趴在地上。如果让退伍军人看到她的趴地姿势，他们一定会感到诧异，动作比军人还专业，她是怎么做到的？谁教她的？见朱太行傻站在原地，吴婉乔赶紧将他扑倒。

爆炸发生后，参加过防灾演练的居民，以为发生了地震，慌慌张张从楼里跑出来，有人甚至忘记了穿衣服，下楼后发现没有地震，又低下头红着脸捂着私密部位疾步跑回了家。

曾几何时，朱太行还在为违背当初誓言而心怀不安，可在爆炸后愣在原地的那一刻，他终于意识到，要不要继续做个守法公民根本不重要，他现在需要面临的是能不能继续活下去的问题。他需要明白有人处心积虑想置他们于死地！他必须自保！也有责任保护吴婉乔。

吴婉乔的建议是现在赶紧跑，无论去哪里，都比在小区安全。

“不能走，现在这个小区最安全。”

“君子有不战，战必胜矣。”知道自己究竟要干什么后，朱太行脑子变得异常冷静。

“爆炸了还安全，你是被炸晕了吧！”

“不要慌，我家为什么会爆炸？会不会是有人知道了我家的位置？我们被绑架后报警为什么来的是假警察？警车警服都是现成的，对方如果不是早有预谋，怎么可能准备得这么周全？现在只有一种解释，那就是我们的手机被人定位了！”

听朱太行这么一说，吴婉乔觉得自己的手机像是定时炸弹。

朱太行看出了吴婉乔心中所想，继续道：“我的手机不可能被人定位，我每买一部手机都要拆装一遍。如果你的手机被人定位了，我们正好可以利用它逃出去。”

看似傻乎乎的朱太行，突然像变了一个人似的，吴婉乔显然有些不太适应。

“你是不是想问，既然我们的手机被定位，为什么他们没有发现我们已经不在房间了？假设你我的手机都被人定位了，从凤凰岭开始便已暴露。刚才的爆炸应该说明对方黔驴技穷了。也间接证明他们的定位系统只能精确到十几米的范围，也就是说他们没有通过定位系统发现我们不在房间。即使对方有能力通过技术侵入小区监控系统监控我们，不过因为爆炸小区停电，使得他们两眼一抹黑。我不知道小区是否有紧急备用电源。至少现在看来，小区还没有供电，也就是说目前我们在小区是最安全的。”朱太行看着吴婉乔，以为她还不明白，继续解释。

“你怎么这么清楚？是不是你得罪过谁？”

朱太行听后苦笑，心想自己成年之后没有做过一件违法的事，何以谈得上得罪。

“不管是谁得罪过谁，现在我们冷静下来走出目前的危险境地最重要。”

“两军对垒，若一方全军覆没，以防有生还者，另一方还是会派人在战场补刀的。也许现在就有人在小区内找我们。”吴婉乔终于明白了朱太行为什么阻挠她出去。

“不管怎样，我会保护你的，乔乔！”朱太行说话的时候，伸出手想搂住吴婉乔，但又怕自己伸手，吴婉乔会反应过度再把他撂倒，于是只好把伸在半空的胳膊收回一半，轻轻拍了拍她的肩膀。

吴婉乔倒是没有在意朱太行拍她的肩膀，但她在意朱太行叫她“乔乔”。她还不知道什么是爱情时，曾无比坚定地认为张铭宇是她这辈子的依靠。“乔乔”是张铭宇的专用词汇。听朱太行叫“乔乔”，她一下子想起了张铭宇。不过，居民楼发生爆炸，她也面临危险，也就顾不上计较太多，心中虽不快，但也没发作。

“如果你的手机被定位，现在就不应该把它留在身边了。”朱太行伸出了手。

吴婉乔舍不得把手机扔掉，里面有她和张铭宇拍的照片，是她爱情的见证。

朱太行以为吴婉乔舍不得手机，便说道：“手机是身外之物，我回头给你买部新的。”

“没有舍不得，早就想把它给换了。”

吴婉乔以为自己是个做事果断的人，但她犹豫了好一会儿，才将手机交给了朱太行。

朱太行将手机绑在了在小区内觅食的流浪狗身上。平时受朱太行关照投食，流浪狗特别听他的话。绑好后，朱太行指挥着流浪狗，让它跑出了小区。

希望你越走越远，你走得越远，我们越安全，拜托了！朱太行默默祈祷。

时间没过多久，110 和 119 同时出现在了小区。

警车开进小区，见到身穿制服的民警，朱太行心里有说不出的安全感。他有想过要报警求平安，不过在和吴婉乔商量后，还是决定放弃向警方求援。他们找警察报案，就等于告诉了追杀他们的人自己的踪迹。依照派出所办案流程，为了核实清楚情况，一定会先把他们拉到派出所。吴婉乔的家教甚严，从小到大都是出了名的好学生，除了办理身份证进过一次派出所的户籍室，再也没有跟公安部门打过交道。

17 岁前，朱太行因打架斗殴倒是派出所的常客，他担心万一警方没有发现追杀他们的人，反而在郊区民房找到了他们的指纹，那么很可能会把他们定为嫌疑犯！这种情况太可怕了，他都不敢细想。

莫口市是东部沿海城市中数一数二的繁华大都市，下午 6 点是晚高峰，晚高峰通常会持续两个多小时。朱太行和吴婉乔逃出小区坐上出租车的时候，正赶上晚高峰。出租车司机烦躁不安，不停按着喇叭咒骂。

夜色彻底接管了白天的一切，人们的焦躁情绪像是被抚平一样，路上的车辆也开始缓缓流通。晚上 8 点半左右，三环内的道路陆续恢复畅通。

吴婉乔看着车窗外的夜色有些出神。自己和朱太行不过是最普通的朋友关系，非得与他一起逃亡吗？可话说回来，不跑又能去哪里呢？

朱太行见吴婉乔情绪低落，想出言安慰几句，又心想，自己不会说话，不安慰，效果可能反而更好。

朱太行带着吴婉乔从三环辅路下来，在一家偏僻的串串店，点了羊肉串、烤猪皮、烤腰子、烤韭菜和牛板筋等，大快朵颐地吃了起来。美人在旁，手中有酒，这才是活着，真正地活着，他甚至觉得现在的出逃没有什么不好。

填饱肚子，朱太行擦了擦嘴：“莫口市除了三环边天融园小区的三胖子家，怕是没有更安全的地方了，我们马上就动身去那里。”

“三胖子是谁？值得信任吗？”

当吴婉乔亲自见到三胖子，了解他的故事后，才发现自己的担心是多余的，也打消了与朱太行分道扬镳的想法。

朱太行和三胖子最初是在互联网上认识的，与朱太行接触的其他网友不一样，他认识三胖子不是因为两人都擅长计算机，而是因为他们都喜欢看金庸小说，天涯论坛最火的那几年，两人经常泡在论坛上讨论金庸笔下的大侠，哪个更厉害。

朱太行从小就梦想仗剑天涯行侠仗义，自认为熟读了五遍金庸全集，了解金庸笔下的人物，是如假包换的金庸迷。可当他听三胖子说出了九阳神功在金庸小说中起到的作用和出处，又听三胖子聊起金庸先生写完《鹿鼎记》封笔的原因后，朱太行觉得自己遇到了高人。二人因金庸小说结缘，彼此认同金庸先生所书的“侠之大者”的理念，已有相见恨晚之感。后来又知道对方擅长计算机，更是惺惺相惜，遂成了莫逆之交。

三胖子是一个知名211院校毕业的研究生，可他居然没有用过手机，单凭这条新闻，足可以让他成为莫口市记者争相采访的对象。不过，即使有人知道三胖子奇怪的生活方式，也不会有人能查到他的信息。三胖子与朱太行不一样，同是擅长计算机，他可没有朱太行那么多条条框框，是个不折不扣的黑客。

黑客之所以被称为黑客，其中一个原因就是，不想让外界知道其真实身份。三胖子曾经跟朱太行念叨过，他想黑进公安系统，将自己的身份信息抹除。此话吓得朱太行把刚喝进嘴里的茶水一股脑喷在了三胖子脸上。

“为什么要黑进公安系统？你不想遵守黑客准则也得考虑清楚跟人民警察作对的后果！”

“我们家上数三代都受惠于新中国，我不是跟警察作对，只是担心其他黑客通过公安系统查找到我的信息。”

“严格意义上你不算黑客，虽说戴着黑客的帽子，但也不做什么违法的事情。你不招惹别人，别人自然不会对你抱有敌意。”

三胖子不屑道：“激动什么啊，赶紧坐下来。人不犯我，我不犯人，都什么时代了，你还信这个？这年头信息安全是最重要的。”

自从在大学接触了计算机，特别是知道世界上知名黑客的传奇经历后，三胖子就有了轻微的被迫害妄想症。他总是幻想别人会通过计算机网络追查到他的信息，对他进行网络追杀。以前朱太行认为三胖子是在家里写程序写疯了，经历了这几天的遭遇，他似乎理解了三胖子认为互联网不安全的观点。

朱太行和吴婉乔来到三胖子家，三胖子正在研究一种新的大数据算法。朱太行问他具体是什么算法，他却一副神神秘秘的样子，什么都不肯说。朱太行并不是对他的算法好奇，只是想趁机和他套近乎。他和吴婉乔需要蹭住在三胖子家一段时间，不确定对方是否同意。如果不同意吴婉乔住在这里，那朱太行只能带着她另寻别处。

来三胖子家之前，吴婉乔从朱太行口中知道了三胖子的古怪脾气后，曾说过她不希望因为自己而伤了他俩的情分，若三胖子不想见生人，她就去宾馆睡，她能保护好自己。朱太行当时安慰她说，别介意，三胖子不是不肯，而是脑子一根筋。

趁吴婉乔去洗手间的时候，三胖子终于从电脑椅上起身，他走到朱太行身边，悄悄对他说："哪儿找的女朋友，抢来的吧！长得跟韩国女明星一样好看！我都不好意思看她……"

朱太行本来没想好怎么向三胖子说借宿理由，听到这话，又看着他嘴角流出的口水，有些后悔带吴婉乔来这里了。

见三胖子如此，朱太行没再犹豫，向他说明了真实情况："实话跟你说，我们现在被人追杀，没有办法了，才来你这儿的，知道你这里最安全，想在你这儿借住一段时间，避避风头，你要是愿意，我们就住；要是不愿意，我们现在就走。毕竟涉及生死，你要是怕危险，我可以理解，咱们就江湖路远，后会有期。"

三胖子推了朱太行一下："瞧你这话说的，咱们兄弟之间，那么客气干吗？都是江湖中人，江湖救急，我懂，我懂！"说完，还挑了挑眉毛。

"挑什么挑？我跟你讲，就算你让我们住，也不许多看她一眼！"

"朋友妻，不可欺嘛，我懂，我懂……"

"懂什么懂，我跟她只是普通的朋友。"

"是不是普通朋友，你心里最清楚。你问问她有没有闺密之类的？美女的闺密一定也是美女。"

"美女的闺密一般长得都善良，你死了这条心吧。"

"我这儿是一室一厅，咱们多年兄弟，你不忍心我睡客厅沙发吧，我呢还是继续睡我的床，至于你和你的小女友就睡在客厅吧，具体怎么睡，你们自己安排，反正我家的沙发功能全，可以展开铺成床，最关键的是经得起剧烈的床上运动。买沙发的时候，我特意挑的，一直没有用武之地，没想到成全你了。”

三胖子说这话的时候，吴婉乔已经从洗手间走了出来。

吴婉乔明白三胖子话中的意思，她是客人身份，跟三胖子又不熟，也不好意思说什么，干脆装作什么都没听见，红着脸装作欣赏墙上的油画。

朱太行不在意三胖子的调侃，既然三胖子允许他们在这里住下，接下来他要做的事情就是上网战斗，找出跟踪绑架他们的人的信息。

很多人有搜集的爱好，一旦对某种物件产生兴趣，就会不自觉地去收集与它有关的东西。三胖子的兴趣是计算机，他家里有十几台据他说是最高配置的计算机。现在这些高配置的计算机就是朱太行的武器，他要利用武器，搜寻敌人的下落，找到后朝他开炮。

以前朱太行没有黑过任何一家公司的网站，是因为他不想违背誓言，可没黑过并不代表他不擅长此道。

此刻，朱太行坐在电脑前，仿佛回到了自己的主场，键盘是他的弓弩，鼠标是见血封喉的利箭。

三胖子在黑客界的称号是“襄阳大侠”，这位襄阳大侠武功卓绝，黑客的十八般武艺——木马攻击、嗅探攻击、服务攻击、病毒攻击等，没有他不会的。他为配合朱太行，打开了自己编写的一款数据分析软件“旋风A6”，随时等待处理朱太行发给他的数据。只要拿到朱太行给的数据，他的“旋风 A6”可以在短短几分钟之内，将所给的数据与世界范围内的相似数据进行比对。

“旋风 A6”是三胖子平生的得意之作，他早就想在朱太行面前卖弄一番了。他想在计算机技术方面胜朱太行一筹，不是一天两天了。两人刚认识时，三胖子知道朱太行是在网络科技公司做网站安全管理员，便想用侵入朱太行公司网站的方式跟他打招呼。

三胖子自认为他的计算机技术，国内难找敌手，入侵一个小小网络科技公司的网站不在话下。然而当他尝试入侵后，才发现他连朱太行公司网站的网络防火墙都通不过，更不要说黑入网站后台，更改后台数据了。他当时的那种挫败感，比世界级拳王在街头被业余拳击爱好者揍了一顿还要委屈难受。

“襄阳大侠”哪儿受过这委屈，Web 欺骗、IP 欺骗，甚至垃圾数据包恶意攻击都用上了，依然没有成功。从那以后，三胖子便对朱太行刮目相看。三胖子私下找过朱太行无数回，想跟他比试黑客技术，邀请他攻击国外色情网站。不过，朱太行从来不做违法的事情，所以拒绝了他无数次，为此他郁闷了好长一段时间。

如今三胖子终于找到机会，想在朱太行面前显摆显摆，把自己曾经丢失的面子给找回来。

15 分钟过去，电脑屏幕上出现了几行简洁的代码。这是三胖子第一次见朱太行碰键盘。朱太行敲出的编程代码简洁、逻辑清晰。

半个小时过去，朱太行依然在编写代码。看到朱太行敲出来的代码越来越少，越来越简洁，三胖子心里开始慌了，因为他编不出如此简洁的代码。

一个小时过去，朱太行还是在计算机前敲代码。这时三胖子心里已经没有了慌乱之感。慌乱是因为得失心重。此时他已默认了朱太行顶级黑客的身份，没有了求胜心，心里自然不会慌乱。

三胖子在想，朱太行到底在哪里上的学，水平这么厉害。他在编写什么程序呢？一个顶级黑客甘心在普通网络科技公司做网络安全员？

其实，朱太行并不是在编写程序。他完全是在下意识地敲代码。出于职业习惯，他已经养成了边敲代码边思考的习惯。如同被笼子关了半生的老虎，笼子打开后，反而很不适应。朱太行动过无数次侵入暗网的想法，但每次打开洋葱路由，他却在想，进入暗网是违法的。成年后，他一直是守法好公民，已经习惯了好公民的生活法则，再想要变坏，又何尝容易呢？

三胖子要是知道朱太行敲代码是下意识行为，估计会被气个半死。

朱太行不停地编写着代码，敲击键盘发出的声音像是一首效果极佳的催眠曲，使得吴婉乔困意渐浓，她倚靠在沙发的靠垫上睡了过去。

凌晨 5 点多，东方已见鱼肚白，吴婉乔从沙发上醒来，发现身上多了条毯子。

三胖子早就趴在电脑桌前打起了呼噜，而朱太行还在电脑前忙碌着。

光透过窗帘照进客厅，吴婉乔顺着光的方向朝朱太行看去，无着落的心有了落地的感觉。怎么会有这种感觉？吴婉乔不愿多想，赶紧转移视线，起身去了厨房。

朱太行刚准备利用自己的计算机技术进入暗网，只听厨房里传出了吴婉乔的尖叫声。难道还是被暗网的人找上门来了？朱太行心里有些害怕，想夺门逃跑，可转念一想，自己说好要保护吴婉乔，护她周全，怎么可以独自逃生呢？不管怎样，拼了！想到这里，朱太行抄起茶几上的烟灰缸冲向厨房。

吴婉乔长这么大还没有做过饭，她进厨房是想给朱太行和三胖子做早点。她赶鸭子上架，尚未想好做什么，只好先硬着头皮研究起燃气灶。第一次打燃气灶，没有控制住力度，火苗从灶头一下子喷出来，烧到了她前额的碎发，把她吓了一跳。

"放开她！"人未到，声已至。

朱太行拿着烟灰缸冲进厨房，厨房地板很滑，他一个重心不稳，双腿呈一字马状摔倒在地。

"我，我是来保护你的……"朱太行见厨房没有可疑人物，有些尴尬地说道。

"你……"

朱太行解释："是，我……我没站稳……"

"你裤子……"

朱太行低头看裤子，才发现自己的裤裆裂开了，红色内裤若隐若现，于是赶紧将上衣脱下系在腰间。他挠了挠头，说："没事儿了，没事儿了……我还以为是暗网的人……"

"我本来想给你们做饭来着，但这个燃气灶好像跟我们家的不太一样……"

吴婉乔说完这话，便有些后悔，她想，我为什么要撒谎呢？明明是自己不会做饭，这没有什么丢人的，现在的女孩子有几个会做饭呢？我是很在意他，才撒谎的吗？不，我不在意！

"昨晚你就没怎么吃，回去再睡一会儿吧，我来做。"

朱太行哪里知道吴婉乔一句话说完，心里会有那么多小心思。他从冰箱里拿出鸡蛋、西红柿等食材，开始在操作台熟练地处理食材。

"要不要我帮你？"吴婉乔不太习惯自己被照顾。

"不用，我一个人可以的。"朱太行有意要在吴婉乔面前秀厨艺。

吴婉乔小声道："那就好……"

"你说什么？"朱太行问。

"没什么，辛苦你了哈。"

朱太行平生擅长两门手艺，首先是厨艺，其次才是计算机。妈妈去世后，朱太行很少吃荤，这让他对肉有种又爱又恨的复杂感情。为了把素菜做得比肉还好吃，他翻遍了网上的食谱妙招，阅过宋明清的古籍食谱，算得上半个吃家。凡事最怕“认真”二字，吃过他烧的菜的人，没有不夸他厨艺精湛的。

三胖子被厨房的吵闹声吵醒，撒起了起床气，走到厨房大声道：“你们俩在厨房腻歪就算了，还搞这么大声，公开来我这儿秀恩爱合适吗？”

吴婉乔赶紧解释：“不是你想的那样……”

三胖子与吴婉乔不熟，也觉得自己撒起床气确实不合适，赶忙说：“不要解释，不要解释，年轻人干柴烈火我完全可以理解，下次不用这么偷偷摸摸的，要用尖叫的方式召唤情郎。如果你们愿意，我就把卧室让出来，就当是为你们的爱情，为你们的下一代做贡献了。”

被三胖子这么一说，吴婉乔不知道怎么接话。

朱太行听完三胖子的话，突然想起什么似的，打了一个响指。

“我知道了！”

吴婉乔和三胖子都不知道朱太行知道了什么，茫然地看着他。

如果刚才不是吴婉乔在厨房尖叫，朱太行是不会知道她在厨房里的。这就是吴婉乔向外传递的信息。现代是网络信息时代，最关键的是信息安全，安全的核心即密码学。朱太行确定厨房里有人，也明确知道厨房里的人是吴婉乔，这就涉及密码学的两个专属名字——密码和身份认证。

两军交战，用特有的方式联系友军即密码。友军来援，彼此合作的基础即身份认证。古代军事用的“符节”即是身份认证。吴婉乔特有的声音，就是她的身份认证。朱太行是确定了厨房里的人是吴婉乔，完成了对吴婉乔的身份认证，才冲进厨房的。

朱太行确定厨房里是吴婉乔，是最简单的身份认证。黑客想攻击网络系统，同样绕不开密码学。如果朱太行想的没错，他之前在廖国明电脑中看到的程序代码就是 PGP 加密系统。PGP 是用 128 位的二进制数作为“信息摘要”产生的算法。MD5 单向散列算法具有独特性，不像 CRC 校验码那样容易解密信息，除非接收信息的人知道私钥，否则想找到与原件具有同样 MD5 特征值的替代信息有相当大的难度。PGP 加密系统常用于暗网中买家和卖家的交易，有 PGP 加密系统，自然少不了 PGP 加密文件。

加密文件如果用的是公钥，自己完全可以破解这些文件。虽然廖国明的电脑在爆炸中毁掉了，但那时朱太行早已把电脑中的文件拷贝到了自己的网盘。

一直在慌乱逃跑，居然把这事给忘了。找到网盘中文件，然后将它解密，也许能找到被绑架、追杀的线索。想着事情有了眉目，朱太行有些激动，张开双臂想拥抱吴婉乔庆祝一下。可手刚碰到她的肩，就吃了一个过肩摔。朱太行落地惨叫起来，吴婉乔才意识到自己用劲过猛了。

“你，你没事儿吧……”吴婉乔有些抱歉，伸手想扶起朱太行。

“没，没事儿……我身体好着呢。”朱太行强忍着疼痛，装作没事。

三胖子站在门口，摇头又叹气：“朱太行啊朱太行，难怪你总被女人甩，我要是你就不起来，这时候不等吴小姐的人工呼吸什么时候等！”

好啊这个死胖子，既然这么懂，你干吗不早说！朱太行心中暗骂。

吴婉乔边活动着手腕边看着三胖子，三胖子意识到自己很可能会挨揍，便识趣地回到了卧室。

朱太行说出遗漏的线索时，三胖子跃跃欲试。身为资深黑客，打开一个用公钥设置的文件夹，如同探囊取物。打开文件后，发现里面存的几张照片是吴婉乔的生活照，还有她在暗网 Hades 的售价。三人面面相觑。

几乎可以确定廖国明的行动与暗网有关，至少有了向警方说明“廖国明的犯罪行为”“解释郊区杀人案”的机会。

“暗网是什么？”吴婉乔至今还不明白。

直到听了朱太行的讲解才知道世界上还有这样的不法之地。

20 世纪 90 年代初，美国科学家吉尔·埃尔斯沃思博士首先提出了隐藏网的概念，后来美国军方出于军事需要，启动了一项旨在通过代理服务器加密传输数据的技术开发，并把这种技术命名为“The onion router”，简称“Tor”，翻译成中文即“洋葱路由”。

“洋葱路由”有一种特性，这种工具像洋葱一样，层层地保护数据。用户使用该工具访问暗网时，IP 地址、身份、登录的网站都获得了隐匿，所有的用户在联网时均处于匿名状态，即用户的身份对服务器保密。

暗网的追踪和嗅探是世界性难题，找不到暗网平台所在，等同于在战场上打仗找不到敌人。没有内部邀请，如何进入暗网 Hades 呢？

三胖子擅长大数据分析，朱太行则擅长网络攻击和逻辑推理。他们如果合力，想要搜索并进入暗网 Hades 不是难事。关键是进入暗网 Hades 后，由于暗网 Hades 的隐秘性，如何找到想要绑架吴婉乔的人才是难题。

“打 110 吧。”听朱太行说完暗网，吴婉乔开始后怕。

朱太行摇了摇头：“如果报警能解决问题，我们就报警；如果警方没有这个能力，我们只好孤军奋战。”

“咱们能对抗得过暗网？”

“不只我们。”

朱太行认为自己有必要联系“向日葵”了。

第六章　黑　客

“周查，不要让曾经以你为傲的人看不起你，不能再这么堕落下去了！”春宵半刻门口，韩硕第一次出言顶撞周查。

“别那么多废话，进不进？”

“不进！”

“今天我可没带肖乐来，咱俩放轻松玩儿。”

“玩儿你个鬼！杨怡才牺牲多久啊，你居然有心思玩儿这个！合适吗？”

听到此话，周查依旧嬉皮笑脸：“想知道答案，今天就给我尽情享受，享受完告诉你！你要记住，你现在的身份就是一个想找女人发泄的种马就好了。”

“你是想……”

听到这里，韩硕好像知道了周查要干吗。

“我没有。”说完，周查拍了下韩硕的胸脯。韩硕本能地往后一缩。

“对了嘛，就这样，身板太直可不像种马应该有的样子。”

韩硕隐约觉得周查是为了办案才来这里的，便想着干脆再信任对方一次。如果这次还是来按摩的，那么他将会向张作田汇报，病愈归来的周查已经不适合做专案组的队长了。

进了按摩店，走进熟悉的包房，周查堵住了门，没有让引路的前台小姐出去。

“来了五六趟了，真当我腰肌劳损啊妹妹，今儿个我非得让我这哥们儿破了处不可，不然下次肯定不来了。”

韩硕一听，周查所说的哥们儿不是自己嘛。但为了替他打掩护，又不方便解释，只好红着脸，默认了自己处男的身份。

前台小姐被周查的话逗笑了，凑在他耳边小声道：“哥哥，要是你想找，我可以吗？免费……”

周查多次来按摩店，已经和前台小姐熟络了。见前台小姐如此说，他接话道：“好妹妹，我们的事情来日方长，我这个兄弟的事今天得解决啊！我答应他了，咱们得言而有信！”

“必须这样？”

“必须！”

前台小姐把周查拉到了没人的包房，小声道：“哥，我们这里真没有，不过我可以给你介绍。”

“我不关心哪里有，我只关心今天能不能行。”

“你们去店外等着，我联系。”

前台小姐离开前朝周查抛了一个媚眼。

有了前台小姐的牵线搭桥，一名 40 岁左右的中年男子很快来到了按摩店，将两人带到了一个中档小区。

一路上，韩硕在想，周查你真的要打黄扫非？这是你一个刑警该做的事吗？

上了电梯，打开门，韩硕看见屋内五六个缺胳膊断腿的男子正围着桌子打麻将，瞬间打消了不信任周查的念头。

见屋子里都是残疾人，周查心里想着终于被我找到了，但表面上却装作意外：“哥们儿？几个意思？不知道我们是来寻开心的吗？”

“您别着急。”中年男子忙解释着，打开了屋内其中一间卧室的门。

十几平方米的卧室内，放着一张床，一张电脑桌。里面有个 20 多岁的女孩儿正坐在电脑桌前看电视剧《甄嬛传》。

女孩儿见两个人同时进了房间，有些意外，说道：“你们两个一起？”

目前没有抓到任何卖淫的证据，接下来怎么办？韩硕思考问题的时候，女孩儿突然发问，他赶紧摆手道：“不是，不是。”

中年男子准备把卧室的门关上，正好看到了韩硕腰间露出的手枪。

“对不起，哥们儿，今天我们这生意不做了。”中年男子说。

周查暗中朝韩硕做了个手势，韩硕会意后，两人同时拔枪：“都别动！警察！”

周查此次摸了条大鱼，让张作田暗中松了口气。专案组部分成员对几次三番去按摩店的周查颇有微词。放着暗网 Hades 不去查，而去按摩店潇洒，是行动队队长该做的事儿吗？组员们议论，张作田这个副组长表面虽然没有说什么，但心里也暗自着急，若周查不适合做行动队队长，专案组内没人能挑起大梁。

“其实是工作的两个方面，两个方面都要突破。大家都在查暗网 Hades 的时候，我就在想，何不从暗网 Hades 主营的业务之一——倒卖人体器官出手，说不定能捞条大鱼。”

“莫口市按摩店那么多，您怎么只认准那家呢？”徒弟肖乐问。

“莫口市多少家按摩店，哪家店里有特殊服务，我确实不知道，但派出所老刘，我以前在警校的同学知道啊。老刘告诉我，只有春宵半刻那帮人的来历，他不清楚。”

“您又是怎么知道他们与倒卖人体器官的人有关系的？”

“想知道？”

肖乐点了点头。

“走，带你去审讯室。”

在周查审问的过程中，结合自己知道的信息，肖乐终于知道了为什么周查能当上队长。

拉皮条的中年男子名叫曾华，他不是职业皮条客，拉皮条只是副业，他的主业是肾源黑中介，他房间里那些残疾人都是提供肾源的供体。

“你跟倒卖人体器官的团伙是怎么认识的？”周查问曾华。

“起初我要在医院上下打点关系，才能搞到医院数据库的资料，后来那些倒卖人体器官的人直接给我资料，我只需负责线下拉人就行了，倒省了我不少事情，这样的人我自然会多跟他交朋友。”

“非法买卖器官，你知道自己在做什么吗？你的良心让狗吃啦！”肖乐厉声教训曾华。

“良心？我又没有强迫他们卖器官。生意好的时候，都是供体来求我，让我摘了他们的肾。他们需要钱，我只是帮他们找了换钱的路子，能犯什么罪？”

“不知道犯什么罪是吧？不知道你接触的都是什么人是吧？那好，我就让你知道知道。”周查说着拿了一摞照片放在曾华面前。

曾华被照片吓了一跳，半天都没敢说话。周查给曾华看的，正是贩卖器官的组织残害无辜人的图片。

“他们，他们只是说帮助穷人换点钱，我要是知道他们干这种事情，说什么都不跟他们联系啊……”曾华也怕了。

“你是怎么与贩卖器官组织联系的？跟你们接头的人是谁？”

“一般，一般都是他们找我……”

“再不老实交代，就没有你交代的机会了！”

“我说！我说！我们都是和一个叫骆驼的人联系。不过，前些日子我看新闻说，骆驼已经死在了郊区。他死之后，他的同伙也消失啦。我找到的供体找不到受体，赚不到中介费，我只能去拉皮条……”

“骆驼还有同伙？”肖乐兴奋异常，终于找到了侦破暗网 Hades 的重要线索。

莫口市的富力广场位于高架桥旁边，人流量大。定位摩登都市风的广场周围，高高低低的楼宇在灯光的作用下重叠交错、相互辉映。朱太行选择在富力广场见面，正是考虑到了这里巨大的人流量，容易隐藏，情况不对，也便于逃跑。

朱太行要在这里见网名叫“向日葵”的人。对他来讲，这名叫“向日葵”的人，是敌也是友。对于现在如受惊之鸟的他来讲，除了三胖子和吴婉乔，他不相信任何人，所以说“向日葵”是敌人；但从两人相识的时间，还有一起做过的事情来看，他又认为“向日葵”应该是朋友，至少有成为朋友的可能。现在朱太行急需朋友——一个能救他和吴婉乔命的人，“向日葵”有这个能力。

如果这次朱太行能和“向日葵”见面，这将是他们当年参加黑客大赛相识以来第一次见面。三年前的大赛，黑客之间的厮杀尤为激烈。能够被A国黑客大赛邀请的黑客，都是在 The Dark Knight（黑暗骑士，下同）

黑客排行榜有过辉煌战绩的传奇黑客。当时参赛的黑客中，有两个人没有上过榜，一个叫“查理朱”，另一个是“风行者”。朱太行参加黑客大赛用的名字就是“查理朱”。身为计算机高手，朱太行与其他黑客做事的理念不同，他的理念是科学技术向善。黑客大赛赛制规定，两人一组参加比赛。系统将“向日葵”和“查理朱”分到了一组，后来两人联手，成功定位到了“Happy”的真实位置，击败了号称世界排名前 50 的黑客“Happy”。

周查给“查理朱”发了邮件，约他见面。周查就是“向日葵”，当年为了配合国际刑警组织追查有国际犯罪背景的黑客“Happy”，他以“向日葵”的身份参加过 A 国举办的世界黑客大赛。

周查的真实身份是警察，自然没有以黑客身份出道过。他当时为了能挤进 The Dark Knight 黑客排行榜，收到黑客组织邀约，特意在黑客大赛举办前，以“向日葵”的身份侵入了号称 F 国最安全的色情浏览器后台，篡改了底层数据，让网站被迫关闭服务器长达三个多月，从而一战成名，获得了 A 国黑客大赛的邀请。

那次黑客大赛后，周查就对“查理朱”的身份产生了浓厚的兴趣。“查理朱”科技向善的理念，深得周查的赏识。大赛结束后他曾通过电子邮件与“查理朱”进行过交流。两人商讨过计算机技术和一些不涉及保密条款的网络犯罪事件。有了“查理朱”的技术支持，周查的破案效率比起以前有了很大的提高。

如今技术组发来的网络数据证明，朱太行很有可能就是自己认识多年的“查理朱”，周查知道这个消息后，不禁出了一身冷汗。暗网的人做事风格诡异无常，如果“查理朱”真是暗网中人，并且参与到了绑架吴婉乔的行动中，那么他究竟深入到了行动中的哪一步呢？

想起当年和“查理朱”联手击败对手的过程，周查意识到自己将有一场硬仗要打。当年的黑客“Happy”，A 国政府都拿他没办法，朱太行通过两天一夜的数据比对，硬是从“Happy”黑过的网站中摸索到了他攻击网站时的规律，故而预测到了他的下一个攻击目标——A 国电信局。果然，国际刑警组织通过在电信局网站后台设下陷阱，这才查出了“Happy”的真实 IP 地址。

周查承受了巨大的压力，才让张作田同意采取特别的方式诱捕“查理朱”，不过在承受压力的同时，他也暗暗松了一口气。天知道，要把“查理朱”逼急了，他会做出什么事来。

周查诱捕“查理朱”的方式便是，向他提供一个名叫兔子的暗网平台登录密码。“向日葵”在网络世界的标签是红客身份，以前“查理朱”从未答应过“向日葵”，与他在网络世界行侠仗义。如今再次提议，“查理朱”还会拒绝吗？以前周查搞不懂为什么“查理朱”总是拒绝自己，现在他也不在意这些了。技术组的同事们早就严阵以待，只要“查理朱”通过网络方式回复周查，那么便有把握定位“查理朱”的位置，从而对他进行精准打击。

周查猜“查理朱”的身份，可能是高新科技园区最不起眼的程序员，也可能是 0.001% 的社会精英之一，或者是某科研所、高等学府的计算机天才。真正在咖啡厅见到“查理朱”后，他不禁苦笑，没有想到“查理朱”会是一位身材别致的年轻女孩儿。

周查走到女孩儿身前开门见山地问道：“查理朱？”

“向日葵你迟到了。”女孩儿放下咖啡，转头朝周查微微一笑。

看清楚眼前人，周查心狂跳了起来。专案组每个人都见过她的照片，眼前的女孩儿正是专案组破案的关键——吴婉乔。

绝对不能让她陷入危险之中！想到这里，周查观察起周围的环境。玻璃窗前最容易暴露，如果周查是暗杀吴婉乔的杀手，在窗外隐秘处狙杀或监视吴婉乔并不是什么难事。

周查提议：“我们换个地方谈吧。这里不安全。”

“还是在这里吧。”吴婉乔坚持。

“咱们不走远，那儿怎么样？”

周查指了指收银台旁边的空桌，那里是监控死角又靠近门口，如果发生任何危险，周查可以最大限度确保吴婉乔的安全。

“我想我们还是在这儿聊吧，我的时间不多。”吴婉乔又一次拒绝周查。

周查发现她在与自己聊天时，眼睛总是不时地朝窗外看。难道她不是一个人来的？

“是不是有人胁迫你？或者你对我还不太相信？”为了让吴婉乔相信，周查掏出了警官证，“你若不相信，我们现在可以去公安局，你是我们的重点保护对象，我会为你的安全负责，只要你配合。”

“我想，我们还是聊聊下一步该怎么办吧。”

“可以聊，不过现在需要换个地方。”

“对不起，我还有事，先走一步。”吴婉乔站了起来。

“不行，你现在的处境很危险，需要保护！”

一朝被蛇咬，十年怕井绳，两人接触不到两分钟，对方又是提议换地方聊天，又说带她去公安局，让吴婉乔认为周查是假警察。

吴婉乔来之前曾对朱太行说：“一旦情况不对，我可以马上撤嘛，相信我！”

向周查提出见面后，朱太行和三胖子、吴婉乔经过讨论，最后决定让吴婉乔赴约。朱太行不想吴婉乔冒任何一点险，约见“向日葵”就是想得到他的帮助。根据以前的了解，朱太行大概猜到“向日葵”可能是警察。可网络世界的人都隐藏得很深，他也确定不了对方的真实身份。三胖子也觉得让女孩子去赴约危险，显得他们不够男人。奈何他们都不会功夫，民主在三人小组中没有起到作用。最后朱太行只能妥协，但前提是他和吴婉乔一起去，躲在外面接应她。

吴婉乔发现情况不对，准备撤退。她试图推开挡住自己去路的周查，但是没有推动。周查本以为吴婉乔是个娇柔的女孩子，没想到自己碰到了练家子。他从腰间掏出手铐，刚抓起吴婉乔的手，冯春璐却出现了。

“给你机会解释。”

身为空姐，平时休息时，冯春璐的爱好就是逛街。富力广场是她常来的地方。如今亲眼见到周查约会别的女孩儿，无论如何也要为杨怡讨回公道。

周查对冯春璐说：“快走，这里没你什么事！”

“周查，杨怡那么喜欢你，你居然这么渣！”

周查的手如同两只铁钳，吴婉乔本来挣脱不了，不过趁着冯春璐乱入时，她气沉丹田力汇一处，一下挣开了钳制。周查哪肯这么轻易让吴婉乔走掉，两人便打斗起来。

这时，咖啡厅突然冲进一位头戴棒球帽的男子，檐压得很低，手持棒球棍对周查发动袭击。吴婉乔趁机用肘部进攻周查的面部。周查像是后面长了眼睛一般，头都没扭，一个后扫腿将男子踢倒在地，与此同时，侧身一闪躲过了吴婉乔的袭击，又握住了她的手。

吴婉乔长这么大，只有一个人她始终打不过，那就是从小教她功夫的爸爸吴金东。她本以为周查只是力气大而已，没太把他放在眼中。当她发现自己一击没中，便知道自己遇到对手了。吴婉乔继续用肘部袭击周查，不过只是虚晃一枪，虚晃的同时，身体向周查猛靠，试图出其不意地摆脱周查的束缚。

吴婉乔和周查打得难解难分，冯春璐着急了，拽着周查就想问个究竟。

吴婉乔作势假装抬腿朝冯春璐踹。周查见冯春璐遭袭，只能暂时放开吴婉乔，挡在冯春璐身前。

正在几人混战一团的时候，专案组成员冲进了咖啡厅。

张大江抓住戴棒球帽的男子的手腕，将他压在身下，给他戴上了手铐。

戴棒球帽男子喊道："啊哟，你轻点！大家冷静，一场误会，一场误会，都是自己人，我就是查理朱！"

诺哈一周需要请假四次，每次请假的事由都是去外省看病。昂葛本想不给他假，可自从听别人说，诺哈在男女那方面不行，需要到处求医，于是就想出了羞辱诺哈的主意。每次诺哈来请假，昂葛都必定要求他写上具体请假事由。看着诺哈写的"因身体原因去看病"的请假条，昂葛就有种莫名的满足感。诺哈不行，我行，一次求爱不行，就两次、三次，直到打动那个小娘们儿为止。

青年军自从两年前被彭四海打垮，剩下的一些散兵游勇，有的直接向自由人民军投降，有的投靠了政府军，其他的三五一伙靠打家劫舍为生。诺哈去看病需要经过密阁省与第三特区的交界处，这里正有一伙儿靠打劫为生的青年军。

"站住！"

诺哈才从密阁省回来，一位手拿 AK47 突击步枪、身穿迷彩服的青年军士兵便摇摇晃晃地从树林中走出来。紧接着，在这名士兵身后，又出现了四个持枪的士兵。这些人呈半包围状，堵住了诺哈可能逃跑的路线。

"饶命啊，我是去密阁省看病的，手头没有钱。"诺哈将手中拎的包裹放下，双手缓缓举了起来。

看着熟悉的投降动作，这些青年军反而更加警惕，如此熟练的动作，会不会是政府军或者自由人民军设下的陷阱。自从青年军溃逃后，自由人民军一直对他们穷追不舍，把他们都打怕了。

领头的青年军士兵开口道："瞧你也算有经验，就不用我多废话了吧，把值钱的东西放在地上，老子放你走，如果不配合，我们让你去见上帝！”

平时诺哈出门身上的钱一般都够用，这次去密阁省，为了给妻子玛推芝买中国迪亚品牌化妆品，花光了身上的钱。

“长官，我，我没有钱，哈哈哈哈。”

“没挨过打的都说自己没有钱，如果你配合，我会给你留下路费，快点！”另一个青年军士兵道。

诺哈身患妥瑞氏综合征，又开始不自主地发出笑声。笑完之后，又怪叫了一下。打劫的青年军本来只是想打劫点钱财，没想伤害诺哈的性命。见诺哈嘻嘻哈哈，根本没有把他们放在眼里，领头的士兵怒了，拉了枪栓，指着诺哈的头说：“看来你是真想去见上帝！”

诺哈赶紧解释，解释的时候还朝着逃兵头领做鬼脸：“没有，没有，长官饶命，我有病，哈哈哈哈我有病。”

青年军打劫过那么多人，第一次见像诺哈这般不怕死的。他们也不心疼子弹，朝着诺哈脚底下就是两枪，打得诺哈左右乱跳。

“长官饶命，我真没钱，刚才真不是故意的，我怪笑是我有病，我有病，做鬼脸也是天生的，我控制不住。我身上最值钱的就是这块表，您要是喜欢，就拿去。”诺哈说着，就要摘腕上的电子表。

接过诺哈手中的表，领头的士兵发现这表既不是金的，表盘上也没有镶钻，根本一文不值，就随手扔在了草丛里。接着领头士兵想弯腰检查诺哈扔在地上的包。

诺哈试着阻拦：“长官！包里除了我给妻子买的化妆品，真的没有值钱的东西，您要是不信，哈哈我拿给您看。”

士兵踹倒诺哈，拉开旅行包的拉链，将包里东西一股脑倒在地上。见包里真的没有什么值钱的东西，士兵心中暗叫倒霉，打劫了一整天，没有个好收成。领头的人不由得心生恼怒，心想，既然没有值钱的东西，揍你一顿解解气。于是他挑衅式地在化妆品上吐了口浓痰。

诺哈见自己精心挑选的化妆品被人吐上了痰，脸色一沉。

玛推芝经常用手机在 M 联邦共和国购物网站——波鸟国际购物网上浏览一款具有美白润肤功能的中国知名化妆品。过两天是玛推芝生日，诺哈想给她一个惊喜。回家的路上，他不止一次幻想过玛推芝看到化妆品时的欣喜雀跃。如今，美好的幻想被打破了。

“你们不应该这样的，跟你们说了，包里没有值钱的东西，哈哈，你们为什么跟我过不去？”

见诺哈态度不恭敬，领头的士兵二话不说，拿着枪托就往诺哈脑袋上砸。

“奶奶的，不想活了是吗？老子让你说话了吗？让你说话了吗？”

“你们赔我化妆品，赔我！”

打劫了这么多天，这些青年军士兵第一次遇到这种情况。其中一个光着膀子的青年军士兵开枪打碎了化妆品的瓶子。

“这就是老子赔你的，你还让老子赔什么？赔命吗？”

诺哈脸色阴晴不定，沉默了几秒钟：“你们现在走吧，赶紧走吧，走得越远越好。”

领头的士兵像是听到了一个天大的笑话：“我们要是不走呢？你准备赤手空拳，把我们都杀死吗？哈哈。”

领头的士兵一笑，其他士兵也跟着笑。

诺哈也笑了起来。

安全屋设置在普通民宅内，两室一厅，吴婉乔住主卧，朱太行住次卧。屋外的专案组成员则伪装成摊煎饼的大姐、保安和物业人员，24小时守护着吴婉乔。

朱太行有嫌疑，却和吴婉乔一样被安排在了安全屋，这是专案组审问朱太行后，周查做出的决定。吴婉乔的证词也起了很大的作用。

不过，周查担心吴婉乔被暗网的人进行了精神控制，也没有单听她的供词。朱太行住所爆炸后，专案组通过多方协调，最大限度封锁了现场的所有物证，从爆炸物中找到了电脑硬盘残骸，经过技术修复，查找出了当时朱太行和吴婉乔被绑架时的录像。此录像也为他们排除了郊区杀人案的嫌疑。

“要不是猜到了他是警察，我不可能给他机会，更不可能被他踹倒，不过话说回来，如果我把他踹倒了，那可是袭警，罪过大着呢，幸好当初没下死手……”

朱太行向吴婉乔解释在咖啡厅的时候，为什么自己会让周查一脚撂倒。他试图通过解释挽回一点面子。

吴婉乔知道朱太行是为了挽回面子，便故意拆穿他，看他的窘态取乐：

“既然知道周查是警察，那你为什么还袭击他？”

“这你就不懂了吧，这是声东击西，我故意发出声响，让他知道，好让你跑啊！”

“这话你信吗？”

朱太行嘴上不服软：“警察……警察有时候也会抓错……”

朱太行苍白解释着自己都不太信的话，当时在窗户外看见周查控制吴婉乔，他没有立即跑掉，就已经很勇敢了。人生的剧本从来不由剧中人决定，朱太行㞞了这么多年，虽说如今不必再遵守当年与妈妈的约定，可毕竟画地为牢多年，想要恢复少年时在街头与人争勇斗狠的性情，尚且办不到。

想着自己从小在街头打群架，如今靠背后偷袭都没能得手，自己以前真的在街头靠拳脚说话吗？朱太行不禁有这样的怀疑。

“行了，别解释了，油嘴滑舌的油腻男人可不讨人喜欢哦。”

“我去看看厨房的冰箱里都有什么，给你做点儿吃的。”朱太行见吴婉乔皱眉，赶紧转移话题。

看着朱太行在厨房里忙碌的身影，吴婉乔心想，是不是男人在得到女人之前都这么贴心。张铭宇没有跟自己在一起前，也如朱太行一般，对自己百依百顺，后来……

吴婉乔摇了摇头，试图将张铭宇的影子从自己的脑子里甩出去。

“叮咚，叮咚。”门铃响了一阵，吴婉乔才发现有人来了。

来人是周查，他此次来只是借工作之名，找朱太行聊聊天。杨怡的牺牲，对他的打击是巨大的。他之前没意识到杨怡有多爱自己，直到发现了她的日记。他是在整理杨怡遗物的时候发现的。日记中，除了工作的日常，就是她与周查的甜蜜过往。

杨怡去世前一天的日记是这样写的：

几日不眠不休，侦破暗网 Hades 的工作终于有了重大突破，工作狂魔周老板要是听到这个消息一定开心极了。

早起下楼取快递，给周老板买了一件商务衬衫到货了。警校的时候，周老板就是出了名的好身材，只有周老板才能把商务装的灵魂穿出来。

出去后才发现早上阳光酥软得像松软的面包，好想咬那么一口。

周老板喜欢吃拿破仑蛋糕，我早就学会了怎么做。我在想怎么告诉冯春璐，这条万年单身狗，将来也是要做别人妻子的，快点成熟吧，快点找个像周老板这样完美的男人吧。

说起来惭愧，与周老板相恋几年了，直到现在每次和他在一起，心里还是像小鹿一样到处乱撞。在他面前，我会迷失自己。我不喜欢迷失自己，但也不知道怎么办。

时间真是神奇，可以改变一切。我永远记得七年前的那个早晨，生煎包店前，周老板冒冒失失地跑过来，盒饭弄脏了我的裙子，他说要赔我裙子时慌慌张张的样子。你赔我条裙子，我陪你一生，你赚翻啦周老板！

人间烟火味，最抚凡人心。

朱太行将烧好的菜端上桌，三位各有心事的人在美食面前，都将烦恼抛到了脑后。周查第一次吃朱太行烧的菜，就被他的厨艺征服了。

“跟你的厨艺相比，你的计算机技术根本不值一提。”周查夹了一块肉放入嘴中，入口唇齿留香，忍不住感叹。

“只要食材备足，八大菜系，你随便说一个，分分钟做拿手菜给你。”

“那我就不客气了哈。”

周查举起筷子狼吞虎咽地吃了起来，边吃边夸：“不错，不错，好手艺！不做厨子可惜你了，向你致敬！”

趁着周查还没有对汤下手，朱太行赶紧给吴婉乔盛了一碗自己精心给她煲的枸杞胡萝卜排骨美颜汤。

吴婉乔自幼独立惯了，朱太行不停地夹菜给她，本就让她不适，况且周查还在旁边，这让她更觉不自在。

周查将朱太行和吴婉乔的微妙关系看在眼里，记在心上。他心想，朱太行做个程序、黑个网站比较擅长，哄女人、撩妹这方面还差得远呢。想到这里，他又想起了杨怡的日记，心中掠过几丝苦涩，闷头吃起菜来。

郊区民房半枚指纹的主人，又在汉江省柳口县犯了案，警方正在全力搜捕凶手。案件看似越发明朗，只要进入暗网，找到悬赏绑架吴婉乔的人，郊区杀人案就有了侦破的希望。抓到半枚指纹的主人，或许一切就会有答案了。

渔民老萨接连半个月都是空船而归，下个月就是禁渔期，再碰不上鱼群，他欠船员的工资、赊的设备钱怕是还不上了。这次出船，老萨把油加满，食物和水带得也足够，准备在海上持续作业。

“再打不上来鱼，咱们的日子都不好过。”

老萨想让船员们知道，现在他们的日子很难过，可话刚说完，就后悔了，他在背地里抽了自己两个嘴巴子。

出船打鱼的人，讲究心诚，忌讳也颇多。

几年前，老萨船上来了一位自北方而来的船员，该船员上船后，为了讨好东家，这样夸老萨：“您这衣服可真干净。”

老萨听完这位船员的话，脸色一拉，直接让他结账走人了。

“干净”一词在北方人的理解中有“漂亮”“帅气”的意思。可这词放在打鱼的船上，就犯了老萨这种老渔民的大忌。在船上说“干净”，就等于说渔船出去打不着鱼。老萨那次确实也没打着什么鱼。

正在为自己刚才说的话懊恼时，船员开始呼喊老萨。

“打着了，打着了，好大一条！”

老萨一听，赶紧跑到船头去看。

等渔网的东西出了水面，老萨和船员们都傻眼了，渔网中有一具尸体，从外观上看，此人刚死不久，身体发泡也不是很严重，面部血肉模糊，已辨不出五官。

船员有些怕：“东家，咱们该怎么办？”

老萨默默点起了烟，他额头的肤色呈古铜色，如今古铜色拧成一团。

船员也希望老萨能打着鱼，给他们发工钱，如今捞出一具尸体，太不吉利，为了钱，船员一狠心：“东家，实在不行，咱们就把尸体扔回海里，反正没人看见，咱们继续打鱼，我就不信咱们碰不着鱼群！”

老萨站起身，将抽到一半儿的烟摔在甲板上。

“遇到这么晦气的事情还想着打鱼！想钱想疯了！你们的钱老子砸锅卖铁还你们，现在，赶紧给老子掉头回去！”

老萨的渔船打捞出来的尸体，后来经过法医检查，正是莫口郊区杀人案那半枚指纹的主人。因此，专案组的侦破再现僵局。能不能打破这个僵局，全看能不能抓到骆驼的同伙了。

谢楠又网恋了一个女朋友。这次他没有把精力放在线上，而是想方设法约对方见面。

“跑什么？不是想找女朋友吗？我就是。”说这话的人是周查。

谢楠约见了网上的女朋友，结果见到的却是周查，着实把他吓了个够呛。

“你有病吧！没事儿冒充什么女的！变态吧！”谢楠咒骂着。

“你呀，就祈祷遇上了我吧。”周查给谢楠看见警官证。

见到警官证，谢楠顿时蔫了许多：“我又没犯法，你抓我做什么？”

“你这种人，我碰都不想碰你，就像你说的，你又没犯法，我得保护你啊。”

“保护我？保护我什么？”

“你的器官差点被人活摘了，知道吗？”

“什么？”

根据曾华提供的线索，周查把贩卖人体器官的组织的窝点缩小到了潇潇所在的小区。经过筛查，谢楠慢慢出现在周查的视线中。起初周查以为谢楠是他们的同伙，查过他的资料后才基本确定，他应该是受害者之一。

“警官，我交代，我全都交代！我现在后悔呀，自己就不应该报 PUA 培训班，都怪当初自己心术不正想学习泡妞技能。若当时在培训班的学员不凑钱在豪华酒店阳台打卡、不租保时捷拍照、不把这些照片传到社交账号上，也许对方不会找上我。”

“你做这些自然不对，不过你知道最蠢的是什么吗？你们租保时捷炫富的时候，挡一下车牌好吗？十几个人共用一个车牌也是没谁了。”

“他们不是看上了我的钱？”

“就你那点手段，人家早就看穿了！”

在审讯室，谢楠听周查讲完，出了一身冷汗。

谢楠交代出了潇潇的社交账号，专案组技术部门通过技术侦查，基本确定了潇潇所在的位置。潇潇还在睡梦中的时候，就被周查带领的专案组逮捕了。对于犯下的罪行，她供认不讳。

“反正我已经是死刑了，也无所谓，你们想问什么就问吧。不过你们问完后，可能会让你们失望。”

潇潇只是犯罪团伙的底层人员，她手中只有她在网上钓到的可以进行人体活摘的对象。至于摘下的器官具体运到哪里、怎么运她一概不知。

“做你们这种生意的人，一般会把器官运到哪里？”

“我被老大拉进来后，也一直好奇这个问题。M 联邦共和国是东南亚最大的器官买卖基地，这个你们不会不知道吧？以前听说都是从 M 联邦共和国往大陆运器官。这次也不知道怎么回事，我接到的通知是，让我们把器官转运到 M 联邦共和国……”

M 联邦共和国会是暗网 Hades 管理员的所在吗？为了验证这个线索，专案组重新回到了对暗网 Hades 的数据筛选工作。

周查是专案组中最了解朱太行的人，有了朱太行的配合，二人联手对抗暗网 Hades，相信会事半功倍。

“行行行，我一定竭尽全力配合你们的工作。”

这是周查再次来到安全屋向朱太行发出邀请后，他的回复。说这话的时候，他赶紧把一台已经拆解一半的半导体收音机藏在身后。周查干了多年刑警，又精通计算机技术，当然知道他在干什么。

“想攻击我们的电脑？我劝你还是不要浪费时间。”

周查一语中的，朱太行悻悻交出收音机。吴婉乔完全不懂二人在说什么。一台收音机就能攻击警方的电脑？这对她来说简直是天方夜谭。

“看来我真是小看你上过的三流大学了，你是那时候学会的侧信道吗？”周查检查着朱太行扔过来的收音机说道。

“我又没做什么违法的事情，你说的什么侧信道，我听不懂，拒绝回答。”

“没有违法乱纪？物理隔离网闸连接的独立主机系统，不存在通信信息传输命令、信息传输协议。你是想用这台收音机和电脑发出的噪音，获取我们计算机的 RSA 加密秘钥！”

朱太行听罢，也没有做出太多吃惊的表情。他把双手垫在脑后道：“看来我也小瞧你上过的警校了，这种技术你们学校也教过？”

“混账！”

朱太行一副混不吝的样子，让周查勃然大怒。

“你，你干吗？你要注意自己的身份是人民警察，是为人民服务的，你敢打我，我可是会投诉的！”

“你还知道我是警察啊！你还知道我是为你好啊！现在整个莫口市甚

至汉江省的警界精英基本都在专案组了，你以为我们在做什么？搞团建还是办年会？我们是在破案！也是为了保护好你爱的女人！你有这样的技术，却不跟我们合作，你是怎么想的？”

“我怎么想的不重要，关键是怎么跟你们合作。你们值得信任吗？”

“我们不值得信任？全世界有比中国更安全的国家吗？”周查被朱太行气笑了。

“网络安全同仇敌忾的前提是，合作的双方必须安全，我能保证自己在网络上不被跟踪，但无法确定你们有这样的能力。你们不是口口声声说要保护吴婉乔的安全吗？若你们真的厉害，我和她为什么还会被绑架？”

程序员若是偏执起来，就算绑着他，他也不会跟你走的。见朱太行如此油盐不进，周查决定换个思路。他点了点头，又把收音机还给了朱太行，露出一丝难以捉摸的笑意：“你说的也有道理，你想用收音机的声学原理，找我们计算机的加密密钥，以此来确认我们的计算机是否安全，那你继续测试好了。最终你会发现你是在白费时间。我也不跟你废话，直接点儿讲，你若想凭借自己的手段对抗暗网 Hades，我也没有办法。可问题是，你若想从这里出去，必须跟我们合作。你知道，我要想留你在这里，会利用各种方法，而且这些方法都是合法的。”

出乎周查意料之外，朱太行权衡利弊后，摊摊手：“你赢了，那就听你的。”

见朱太行态度如此，周查真想好好教训这个看似老实、实则不羁的家伙。

走出安全屋，周查立马去了张作田办公室。

周查向张作田建议，让擅长网络攻击的朱太行成为专案组的特别顾问，协助专案组对暗网 Hades 展开行动。

张作田回复了周查两个字：“笑话！”

专案组有技术部门的支持，完全没有必要再让一个尚未摸清底细的朱太行加入专案组。周查与朱太行接触时间最长，他了解朱太行的秉性，一再坚持让朱太行做专案组的特别顾问。

张作田太了解不达目的誓不罢休的周查了，他被整烦了，便使出了以德服人的招数。

“朱太行不是计算机天才吗？给他一台电脑，让我见识见识他有多天才。”

“我马上带他过来。”说罢，周查兴奋地离开，连门都忘了带上。

张作田摇了摇头：“没个样子！”

张作田心想，一个三流大学毕业、在小网络科技公司上班的打工族，再厉害能有专案组的技术队厉害？张作田心里就没有想过要把朱太行聘请为专案组特别顾问，他只不过是想让周查死心，不要再缠着自己，才这样说的。

等周查把朱太行叫到了张作田办公室，张作田指着自己的电脑对朱太行说：“让我看看你的本事。”

朱太行有些犹豫：“您真的让我试试？”

张作田没理会朱太行，而是对周查说：“这就是你说的天才？连试的勇气都没有！周查啊，我应该再考虑一下你的工作能力了。”

被张作田教训了一通，周查急了，对朱太行说：“你就别担心后果了，尽管去做，出了事情有我们担着，你怕什么！”

“那好吧……”

朱太行摊摊手，坐在计算机前操作了几分钟，整个办公楼便响起了警报声。

张作田听到铃声以为出了什么大事，刚想打电话询问，朱太行叫住了张作田：“不用出去！紧急报警铃声是我侵入了办公楼主机后设置的……”

周查听到此话，表面上很严肃，心里不由得坏笑起来，心说，老张这次算是捅娄子了，上面追查起来，我们都得写检讨。

张作田倒是没想那么多，他没有想到朱太行这么厉害。他向来不怕上级领导责问，他认为不管黑猫白猫能抓住耗子就是好猫。

张作田像是得到了一个宝贝一样，对朱太行咧嘴笑了笑：“你做的？你怎么做到的？”

真是没见过世面，就这样的实力，让我如何放心跟你们合作？朱太行心里这么想，嘴上却说：“解释起来比较复杂，计算机中任何数据都基于1和0组合的原理，总而言之，我只是稍微利用了一下二进制的1和0而已……”

张作田点了点头，没有说话。

朱太行以为张作田不满意他的操作：“是不是这种太过小儿科了？如

果您不满意，方便多给我几分钟吗？我应该能黑掉这个大楼的供电系统。”

周查赶忙阻止：“够了，够了，我先送你回去。”

离开办公室前，周查对张作田说：“副组长，我先送我们的特别顾问回去哈。”

“臭小子，我答应你了吗？”

朱太行的计算机技术给了周查勇气：“您没有理由拒绝。”

以朱太行目前的社会身份想要成为专案组的特别顾问，在操作流程上很复杂。为了让朱太行的身份得到审批，张作田特意向上级提了一个“一体化警务”的总体部署建议。“一体化警务”建设需要向社会征集心理学、法学、计算机等各类人才。朱太行作为周查推荐的人才之一，被张作田上报了上去。张作田上报的理由是：聘请特别顾问，让专案组同志与行业专家进行常态化交流互动，通过特别顾问的“传帮带”可以为公安工作培养一批高精尖的专业人才。

就这样，朱太行成了专案组的特别顾问。

朱太行本就对特别顾问没什么兴趣，他把自己定位成灰客，拥有黑客的攻击技术，却不会攻击任何网络，是游走于网络世界的、介于黑和白之间的独行侠。成为专案组的顾问，大有被公安“招安”的嫌疑，若是在网络上把“查理朱”被警方招安的消息发出去，他定会被同行嘲笑。

朱太行以特别顾问的身份，参加了专案组的案情研讨会。会议上周查调出了暗网犯罪的相关幻灯片，给专案组成员讲道：“暗网 Hades 再厉害，也只不过是个网络犯罪平台。也就是说，吴婉乔被绑架，绝不是一起普通的暗网交易。莫口杀人案的嫌疑人已死，嫌疑人身份现已查明，他的真实身份是狼蛛集团行动队的成员。”

暗网中竟然有人公开贩卖人口，他把从世界各地拐来的妇女和儿童，以商品的方式在暗网店铺进行拍卖，一名长相姣好、三十多岁的妇女最后的成交价格，竟然比不上一部 iPone11 手机！

真实血腥的杀人直播视频更让人感到气愤和无力。

直播视频中被绑在椅子上的棕发男子向房间主人苦苦哀求，他越是哀求，直播间里会员打赏的比特币越多。直播间里的会员提出的每一个要求，直播间的主人都会满足他们，以求得到更多的比特币打赏。这些人根本没有把棕色头发的男子当成一个人来看待，好像在玩儿一场电子游戏一般。

他们这样要求直播间的主人：

“别这么快杀他。”

“让他继续求饶。”

“给他吃点东西，再杀他。”

如果吴婉乔被人抓住，被人放在暗网中拍卖，沦为明码标价的商品呢？朱太行感到不寒而栗。

魔鬼！都是魔鬼！这些人被判一百年、一千年、一万年刑期，被枪毙千万次都不过分！朱太行发誓，要捣毁泯灭人性的暗网，让恶魔得到应有的惩罚！

第七章　往　事

爬上阳台，蒙面人轻轻拉开窗户，进了吴婉乔的房间。

吴婉乔房间的陈设简单整洁，正对床的墙上挂着木质相框，相框里是她的大学毕业照，照片里的她穿着学士服。

环视了屋子一周，蒙面人最后将视线转移到了正在床上熟睡的吴婉乔身上。吴婉乔身穿粉色蕾丝睡衣，长长的头发散落在一侧，呼吸均匀，露出浅浅的酒窝，像是在做香甜的美梦。此时已是晚上11点多，月光倾洒在房间里，蒙面人的影子被无限拉长，安静的房间被危险占据。

手机铃声吵醒了熟睡的吴婉乔，像是在提醒她坏人就在床边，快跑，快跑！

吴婉乔惺忪着睡眼伸手摸索手机，手机像是在跟她玩捉迷藏一样，明明在身边，但怎么摸索就是摸不到。她没有找到手机，反而摸到了一个毛绒绒的抱枕。不对，不是抱枕，抱枕怎么会有温度？是不是暖手袋洒了？想到这里，吴婉乔极不情愿地睁开眼，一个头戴骷髅面具的蒙面人正站在床前看着她。

吴婉乔与蒙面人四目相对，还没来得及叫喊，只见对方手中的匕首寒光一闪，直直地朝她刺去。

这时房间的门被人打开，吴金东冲了进来试图保护女儿，可没走几步，蒙面人甩手飞出一刀，刺中了吴金东的喉咙。

蒙面人转身想继续对付吴婉乔，吴婉乔见父亲被蒙面人杀死，眼泪瞬间流了出来。她想出手反抗，可身体像是被人施了魔法一样，动也动不了。这个时候，朱太行也跑进了房间，他一枪打死了蒙面人。朱太行蹲下身，掀开蒙面人的骷髅面罩。吴婉乔惊讶地发现蒙面人竟然是吴金东。

吴婉乔还没有搞清楚现状，朱太行的神情开始变得狰狞，他扭头回过脸来时，已经变成了头戴骷髅面具的蒙面人。吴婉乔的嗓子像是被解了禁，惊叫起来。

朱太行听到吴婉乔的叫喊，鞋都没来得及穿，就闯进了隔壁房间。与他几乎同一时间进入房间的还有在安全屋外值班的周查。

吴婉乔从噩梦中惊醒，还没有彻底缓过神来，见朱太行来到身边，她下意识地搂住了朱太行的腰，将头埋进了他的怀里。

被吴婉乔一抱，朱太行开始紧张，有意控制着呼吸，生怕吴婉乔突然放开。他伸出手想抚摸吴婉乔的后背，让她安心。手刚摸到后背，朱太行才注意到吴婉乔穿的睡衣很薄，君子不乘人之危，于是他悄悄把手收了回去。

周查站在一旁有些尴尬："那个……有事儿喊我就行了，我就在外面，你们继续，不打扰了……"

吴婉乔抱着朱太行只是出于对他的信任，她需要一个拥抱来证实自己所处的环境是安全的。周查的话，让她有些不好意思，于是马上松开了朱太行。

为掩饰尴尬，吴婉乔赶忙解释："对不起，刚才做了一个可怕的梦。"

朱太行扭头颇为幽怨地看了周查一眼。

周查心里没有丁点儿负罪感，他认为朱太行不太适合主动追求人，特别不适合与吴婉乔谈恋爱。以他的情感经验看，女人心海底针，凭朱太行木讷的性格，想要赢得吴婉乔这种高冷文艺女青年的芳心，简直比登天还难。朱太行只是单恋，极其被动的单恋，这是剂慢性毒药，时间久了伤肝伤脾。周查有时候甚至想劝朱太行早点放弃。

周查离开了吴婉乔的房间，朱太行怕尴尬，也想找借口离开，却被吴婉乔叫住了。

朱太行以为吴婉乔要怪自己没敲门就闯进房间的事情，赶紧解释说：

“我不知道你房间的情况，怕你出事才闯进来的……下次来你房间之前，我一定敲门。不，不会有下次……”

“嗯，没事儿……”

“那你休息吧，再多睡会儿，早上起来我给你做银耳汤。”

“你……能不能……”

朱太行这才意识到，吴婉乔好像有事情想跟自己说，他停住脚步，等对方开口。

吴婉乔沉默了一会儿，缓缓说道：“你能帮帮我吗？”

吴婉乔说完话后柔弱的样子，朱太行一辈子难忘。

“你的事就是我的事。”朱太行心中充满了保护欲。

为怕吴婉乔有压力，他又补充了一句：“我的意思是说，我们经历了那么多，应该相互帮助。”

吴婉乔没有在意朱太行的解释，向他讲起了自己从小到大的故事。

吴婉乔家客厅，吴金东正在教训小吴婉乔。

“知道错了吗？”

“不知道！”

“这回知道了吗？”吴金东用小竹棍轻轻敲打着小吴婉乔的屁股。

“呜呜……我要告诉妈妈，你打我，你是坏人！”

小吴婉乔对吴金东怒目以视。

吴金东看着小吴婉乔发狠时还不忘吸溜鼻涕的滑稽样子，忍不住想笑，他语气变得稍缓和些：“以后不许动墙上的画，明白了没有？”

“哼，反正我要把你打我的事情告诉妈妈，我就动，就动！”小吴婉乔以为吴金东被自己威胁到了，得理不饶人。

父女俩针锋相对的时候，在社区诊所上班的肖丽下班回家了。为哄宝贝女儿，肖丽作势要打吴金东：“我们乔乔最乖，乔乔不哭，妈妈打坏人，使劲打！”

小吴婉乔被肖丽一哄，哭得更厉害了。

见小吴婉乔哭得伤心，吴金东为自己打了小吴婉乔而自责。不过他没注意到，小吴婉乔背着妈妈朝他做了一个鬼脸。

转眼过了几年，吴婉乔已经是小学生了。自从她上了小学，吴金东和肖丽就不再让她接触外面的小朋友了。这时她还小，一个人在家里画画、玩儿过家家，似乎没有受父母“居家令”的影响，自己玩儿得也很欢实。不过让她烦恼的是，吴金东开始教她学功夫。

刚接触功夫，吴婉乔开心得不得了，叽叽喳喳地说她要像电视里演的那样飞檐走壁。可才和吴金东蹲了十几分钟马步，她就要赖皮哭着说打死都不想学了。

吴婉乔向妈妈肖丽求助，妈妈不但没有帮她，还亲自给她做了套练功服。吴金东夫妇准备一个唱白脸一个唱红脸，用各种招数“诱骗”女儿练功夫。

吴金东不擅长哄骗，最开始他告诉吴婉乔，世界上坏人太多，学成功夫以后，她就可以行侠仗义，仗剑天涯。

吴婉乔年龄虽小，但是着实不好骗。

“爸爸，爸爸，你是警察吗？”

“不是。”

“爸爸不是，我也不是。爸爸，要是世界上坏人多，我就打 110，叫警察叔叔把他们都带走，我以后想当科学家、想当航天员，抓坏人是警察叔叔做的事情。所以我是不是可以不练功夫了？”

吴婉乔受不了蹲马步带来的痛苦，说完就把吴金东放在她头顶上的书拿了下来。身体还没站直，吴金东瞪了她一眼，她只好又悻悻地蹲起马步。

“爸爸，爸爸，要是坏人太多，警察叔叔抓不过来怎么办？”吴婉乔不甘心。

吴金东被女儿问得头都大了，可为了哄她练功夫，他又不得不回答：“所以你要好好练功，长大以后帮助警察叔叔抓坏人！”

“不是这样的，爸爸，坏人太多，我们就多打几遍 110 嘛，你可以去派出所教警察叔叔功夫啊。对了，你和警察叔叔比，谁的功夫更厉害？”

吴婉乔稚气未脱，吴金东都不知道怎么接话，只好又装作凶狠的样子朝吴婉乔瞪眼。

快上初中的时候，吴婉乔终于明白过来，她是可以有效反抗父母的“暴政”的。比如她可以向学校和派出所举报父母虐待儿童，事实上她也是这么做的。

当派出所民警接到吴婉乔的举报，来到家里核实情况时，她以为自己胜利了。可当她发现民警被吴金东送出小区，并且父亲回来时还面带笑意时，她内心怕得要死。她知道，得罪了吴金东，回头肯定得加练一个小时的马步。

“爸爸我错了，不是我主动报警的，我现在就蹲马步。”

吴婉乔赶快道歉认错，希望用自己主动诚恳的态度让惩罚减半。

一个 10 来岁的小女孩儿，正是该被父母宠着的年纪，自己为何不能像隔壁家小美一样弹弹钢琴、玩儿玩儿跳皮筋呢？吴婉乔不敢和父母提这些疑问，特别是吴金东，只要她向吴金东抹眼泪说委屈，父亲回馈给她的又是永无尽头的体能加强训练。

出乎吴婉乔的意料，吴金东并没有责罚她，反而带她去外面疯玩儿了一天。吴婉乔去了一直吵着要去的欢乐谷，吃了一直想吃却被吴金东认为是垃圾食品的肯德基，还玩儿了旋转木马和过山车。只要吴婉乔提要求，吴金东没有不满足她的。

从这以后，吴金东与女儿达成了约定，只要女儿打得过他，以后不但不用训练，而且肯德基全家桶、欢乐谷管够。

“这之后，咏春拳、形意拳、擒拿术和八卦掌，我都有练过，可我爸会的功夫好像多到数不完……”

“后来你就出师了？”

吴婉乔沉默了，岁月不饶人，她 17 岁的时候，吴金东已经 55 岁了。拳怕少壮，吴婉乔从小到大的陪练都是吴金东，她长大后发现在日常训练中父亲的体力已经大不如前。吴婉乔自信小时候永远不可能战胜的爸爸，如今自己若是全力以赴与他对决，谁胜谁负还未可知。

让吴婉乔遗憾的是，自己心里虽然很爱父亲，但平日里父女的关系，却始终不像其他人家的父女一样。吴婉乔从来没有跟父亲撒过娇，吴金东在她面前亦是扮演着师父和父亲的双重角色。只要吴婉乔在平日稍有不规矩的举动，便会遭到吴金东的怒骂。

吴婉乔回忆从小练武点滴的时候，朱太行在想，难道吴婉乔被追杀与吴金东有关？吴金东不是工厂的工人吗？他怎么会功夫？又为什么教女儿练功夫呢？

吴婉乔之所以提及家里的事情，是因为她也在怀疑这段时间的遭遇可能与自己从小到大的经历有关。

“我听我爸说过，如果家里墙上的相框还在，而相框里的邮票不见了，就代表他和妈妈平安，如果相框和邮票都不在了，或者相框被人为破坏了，那就代表家里出了事。我爸唯一的业余爱好就是收集邮票，墙上 20 厘米长宽的相框只贴了一枚邮票，以前我觉得我爸说得那么夸张，就是不想让我动那枚邮票而已。现在想起来，也许当时我爸说的话另有深意。”

“所以你想让我帮忙看看墙上的相框和邮票是否还在？”

吴婉乔点了点头。

“来到安全屋后，静下心来想，我总觉得事情不对。起初我们被绑架，我还以为是你在社会上得罪了什么人，后来才发现这些人是针对我的。打小我爸从不让我仗着会功夫欺负人，我也从来没有在外面惹过事儿，我没有得罪过人，会不会是我爸妈的罪过？以前我就问过我爸，他的功夫从哪里学的，他说等我长大才能告诉我。长大后我再问，他说等我再大一些就告诉我。他的难言之隐是什么？我现在，现在好担心他们……”

“你家有网络吗？有网络和摄像头的话，我们现在就能看看你家的情况。”

“我们家有盾山公司出的防盗家用摄像头，不过，我们这个屋子没有网络吧，你怎么上网呢？”

专案组以保护特别顾问的安全为由，让朱太行待在安全屋。朱太行知道其实这是专案组不放心他，正是为了监控他。安全屋的电脑没联网，没有网络，别人也许上不了网，但朱太行毕竟是灰客，破译周围的无线密码对他来说是小儿科。

“你家有网就行，剩下的事情交给我。”

“谢谢你这么帮我！”

前所未有的安全感让吴婉乔不由得对朱太行心怀感激。

“等真正确定你父母平安后，再谢我也不迟。”

在朱太行看来，侵入盾山公司出品的家用摄像头，如同随意破解并连接附近的网络一样简单。破解家用摄像头，只要使用三胖子研发的 IP 地址扫描器，在扫描器输入任意地区的 IP 段，然后通过盾山品牌摄像头的特征搜索，就能找到 IP 段内所有的盾山摄像头。吴婉乔把自己家摄像头的密码告诉了朱太行，朱太行几乎就像打开自己家的摄像头一样，直接登录了盾山安全系统，实施远程监控。

在朱太行的一番操作下，吴婉乔家的画面出现在了电脑屏幕上。

看到墙上的相框还在，但邮票不见的时候，吴婉乔才稍微放下心。同时小时候就想不明白的问题又出现在了她面前：爸爸妈妈到底是什么人？又为什么突然不见了？

“以前我只是觉得我爸的行为有些奇怪，我的家庭与其他人的家庭没什么两样，现在想起来，我觉得一切都是奇怪的。我从小到大都没见过我的爷爷奶奶、姥姥姥爷，我家甚至没有任何走动的亲戚。我爸妈跟邻居们都客客气气的，却不像其他街坊一样，会经常去彼此家做客。他们不去做客，也不允许我去。这一度曾影响过我的人际交往能力。”

听着吴婉乔的讲述，朱太行也对吴婉乔父母的身份产生了好奇。难不成她爸妈是多年未归案的杀人犯？还是别国的间谍？越想越荒唐，朱太行见吴婉乔需要鼓励，便安慰道：“可能叔叔阿姨有难言之隐，不得已才这样……”

为了保障吴婉乔的安全，在她进入安全屋之前，专案组就已经安装了监听设备。两人的谈话，专案组负责监听的成员听得一清二楚，且一并汇报给了周查。

周查了解后，赶紧调兵遣将，安排了一组人去盾山公司，调查吴金东家过去半年内的监控视频。盾山公司接到专案组人员的电话，以为是骗子，客服把通话内容录了音，并报了案；又安排了一组人去吴金东家勘查现场。

吴婉乔躺在床上无法成眠。爸爸教我功夫的初衷，难道就是为了有一天我能独自面对这一切？爸爸你究竟是什么人？为什么这么狠心，什么都不告诉我？安全屋里没有手机，吴婉乔很想借专案组的手机联系父亲，问他在哪里，是否安全。即使有手机又怎么样？自己似乎从来没有记过父亲的手机号码。我真是一个不孝女！平时不应该对你大喊大叫，更不应该忽视你对我的关心。我知道你爱我，就像我爱你一样，可你不知道，我可能比你想象中还要爱你！爸爸你在哪儿啊，我好想你！吴婉乔想着想着，眼泪就流了出来。

吴婉乔还有一个秘密没有告诉朱太行，如果她判断得没错，关于她父母去了哪里，她若仔细回忆也许真能猜到一二。这个秘密源于她意外听到的父母争吵的内容。对于那次争吵，她记忆犹新。从她记事以来，父母一直和和睦睦，相敬如宾，从来没有吵过架。高考过后，她根据预估的分数，第一志愿想报北京航空航天大学，这个志愿学校成了父母吵架的导火索。

“除非我死了，否则不允许乔乔离开汉江省，这是底线！”吴金东把杯子摔在了地上。

“孩子长大了，应该有她自己的世界。这么多年我们一家都平平安安的，这次就让她去吧，你担心什么？”肖丽很少见吴金东发脾气，即使这样，她也并没有准备退缩。

“我担心什么？你忘了我们这么多年平平安安付出了什么代价吗？是用什么换来的吗？你忘了当年的事情了吗？”

“忘？怎么能忘？乔乔这么多年跟你练功夫受了多少苦，我是看在眼里、疼在心里啊！你这个不让她做，那个不让她干，难道要让她一辈子过着胆战心惊的生活，你才满意吗？”

“胆战心惊也是活着！死人没有胆战心惊的权利！”

“如果真有那天，来就来吧，这么多年过去了，总得有个了断，我受够了这种生活，不用他们来，如果当年野人山的路还通着，我明天就走！说到底是我们娘俩儿对不起你！”肖丽说这话的时候带着哭腔。

吴金东见不得肖丽哭：“丽丽，哎呀，你说这些干什么，我能眼睁睁让你们娘俩受委屈？不管怎么样，我这，我这不都是为我们的孩子好嘛！”

“那你说怎么办嘛，我希望我们的乔乔幸福，也希望你能放下担子……也许事情没有我们想象的那么糟，这么多年是我们想多了……”

再后来，吴金东好像发现了门外的吴婉乔，示意肖丽不要再往下说了。

吴婉乔故意装作刚回来的样子，见父亲对她没有起疑心，后来也就慢慢忘了这件事。直到有一次快过年，吴婉乔一时兴起，为了给肖丽惊喜，提前打扫起了屋子。她打扫写字台时，在最底层的抽屉里发现了一张 M 联邦共和国的地图。看着地图，她想起了之前母亲口中所说的野人山。

难道爸爸妈妈不是中国人？他们是从 M 联邦共和国来的？不对呀，爸爸妈妈的身份证我见过，他们的户籍所在地都是汉江省莫口市。是不是自己当时听错了呢？

以前吴婉乔只是在电视上偶尔看到有关 M 联邦共和国的新闻，对 M 联邦共和国等一系列东南亚小国的了解也仅仅停留在课本上。回想起当时的情况，吴婉乔认为父母一定和M联邦共和国有特殊的联系。不然普通中国老百姓家，为什么总是关注M联邦共和国的新闻呢。

吴婉乔起身走向阳台，窗外霓虹闪烁，楼下传来阵阵钢琴声，仔细听是肖邦的《降E大调夜曲》。若在平时听到音乐，她定会翩翩起舞，可如今她只觉得夜凉如水……

周查安排张大江和韩硕去了吴金东家。这次专案组有备而来，先是断了吴婉乔家的网络，之后又让技术部的同志专门研究相框，想从中了解到更多信息。不过从墙上取下相框后，他们觉得相框上的信息没那么重要了。

相框后面的墙上有个暗门开关，韩硕伸手准备去摸，专案组成员为防不测纷纷掏出了枪。

“等等！”张大江叫住了韩硕。

“等等？为什么？”

“万一有炸弹呢？”

“这里若装有炸弹，就说明吴金东不是什么好东西，搞不好还有命案在身。”韩硕道。

韩硕之前调查过吴金东，周围邻居和工友对他的评价除了性格孤僻不爱与人交往外，没有人质疑他的人品。这么多年来，吴金东也没有因为生活琐事跟别人红过脸。越是不容易被人怀疑上的人，嫌疑越大。放开想象，吴金东会是城中村杀人案的凶手吗？郊区杀人案的凶手难道也是他？一切答案，似乎都在这暗门里。

真相似乎就在眼前，韩硕迫不及待，现在就想打开暗门。

“还是等防爆队来吧，你听。”张大江耳朵贴向墙壁。

韩硕也把耳朵贴近墙，刚贴上去，脸色就变得难看起来，暗门里有嘀嗒嘀嗒的响动！此时韩硕的心跳声，远比里面的嘀嗒声快。刚才若不是张大江阻拦，一旦发生爆炸，自己的生死不重要，重要的是极有可能会连累其他同事。

韩硕一脸内疚：“对不起，刚才是我冲动了……”

“嘘！”张大江示意韩硕不要说话。

韩硕见张大江听得认真，自己又把耳朵贴向墙。

张大江小声道："里面有人！"

"刚才肖乐已经通知防爆队了，我现在马上去协调手续，再去盾山公司调取近些天吴金东家的监控。"韩硕说完马上行动。

在等防爆队的时间里，张大江就现场情况向张作田和周查做了汇报。

"事情就是这样，在保证完成任务的前提下，我们已经在社区居委会的帮助下，安排了相关人员，以防灾演练为由，疏散了附近的群众。"

张作田指示道："注意安全，尽快破案！"

防爆队来了之后，又经过一个小时的焦急等待，暗室的门终于被打开。只见暗室内的墙上挂着时钟，并没有炸弹。还好只是虚惊一场，要是真的爆炸，后果不堪设想！想到这里，张大江直冒冷汗。

客厅里的光亮照进暗室，专案组的人很快发现，暗室的角落里有两个被绑在椅子上的年轻人，一动不动生死未明。

其中一个年轻人发出微弱的呼救："水……"

被绑的两个年轻人，经过医生诊治后发现两人只是轻度脱水，身体并无大碍。随后张大江把他们带回了审讯室。他的审讯手段以稳准狠著称。在韩硕的配合下，他通过短短半个小时的审讯，就已经把事件的来龙去脉搞清楚了。

黑豆向张大江诉苦："要是知道任务这么难完成，打死我都不会去这户人家！"

黑豆交代，他和同伴大山都是狂热的军事爱好者，两人大学时就想参军入伍，入伍体检时被检查出有文身，没当成兵。

黑豆和大山在网上看到国外雇佣兵的新闻后，有了去国外当雇佣兵的主意。那时黑豆和大山还不认识，两人是在暗网 Hades 的一个雇佣兵信息论坛板块上认识的。经过交流后，两人越聊越投机，都有一种相见恨晚的感觉。

韩硕审问道："既然要去国外当雇佣兵，为什么还要去吴金东家？"

黑豆不假思索地回答道："我们在雇佣兵论坛上找到的只是报名方式。想要成为真正的雇佣兵，需要前期考查。我们能不能潜入吴金东家偷一张邮票，是我们能否成为雇佣兵的关键。"

"都是大学毕业生，基本的社会常识你们应该懂吧？你们就这么被骗了？"韩硕不信这套说辞。

“没有，没有，我们哥俩儿一合计，这个雇佣兵招募的帖子太不靠谱了，抱着玩儿玩儿的心态，我们将计就计，明面儿上答应了那孙子，实际上已经向暗网后台管理员举报了他们。没想到对方做事讲究得很，我们这边一答应，那边马上把 0.2 比特币打过来了，我的个娘啊，0.2 比特币啊！合着人民币快 1 万块钱了。谁跟钱过不去啊！我一想，还没当雇佣兵就这么大方了，要是当上雇佣兵，岂不是一年就能赚一套房！”

张大江问：“对方有没有告诉你们，你们偷到邮票后怎么办？”

“这个……对方说等他消息。”

“在哪儿等他消息？用什么等他消息？你们靠什么联系？”

“他跟我们约定了地点，事成之后让我们去舟山渔港的码头，到时候他会派人找我们，我们不能主动联系他。”

“就这么简单？如果敢对我们隐瞒什么，你要明白自己会付出什么样的代价！”

张大江讲这话的时候极为威严，犹如天神下凡。

“坦白从宽，抗拒从严！这是在给你机会，知道吗？”

韩硕也一脸严肃。

黑豆坚持道：“没，没有了……”

“你撒谎！”张大江啪地拍了桌子一下。

与擅长计算机的周查相比，张大江对互联网技术掌握得确实不够透，但多年从警经验让他明白，暗网也是网，既然是网络，那就得由人搭建，暗网再神秘再厉害，背后也是人在操作。搭建暗网是违法的，暗网里多数网民也不是好人。张大江对暗网不了解，但对坏人了解，特别是对犯罪分子的犯罪动机、犯罪逻辑和犯罪手法，比一般人都要了解，这也是为什么张作田非要把张大江调入专案组的原因。

张作田特意交代要把吴婉乔列为专案组重点保护对象，这点能从根本上判断黑豆话语的真伪。张大江认为黑豆和大山出现在吴金东家暗室，绝没有黑豆交代的那么简单。

若是狼蛛集团参与了针对吴金山的行动，他们不仅要冒着任务失败的风险，还要保证整个犯罪计划的成功实施。能够被专案组列入保护对象，间接说明了狼蛛集团对吴婉乔一家的重视程度。

“编故事也得编圆喽！我们要不是掌握了资料，能从暗室把你们带出来吗？别到时候被人卖了，还替人数钱！”

黑豆被张大江的气势震慑到了，开始变得沉默起来。

韩硕见黑豆沉默了，心中略微有些紧张，但没有表现在脸上。韩硕的紧张来自他办案的经验。一般犯罪嫌疑人被警察逼问到沉默这个程度，多数人会被吓得主动交代，但也有少数心理素质极好的人，若能扛过此次审问，此后警方便很难再从这个人口中审问出有价值的信息。

张大江也知道，此时不应该再多说话，多说一句话，被对方抓住漏洞，那么对方就再难老实交代，此时越是安静，对黑豆和大山的压迫感越强。

“能给我一根烟吗？”

黑豆说话的时候，声音有些颤抖。

“我要是交代，你们能保证我家人的安全吗？”韩硕点着烟，送到黑豆嘴边。黑豆猛吸一口，慢慢吐出烟圈，闭上眼睛，缓缓道。

张大江拍了下桌子：“跟我们讲条件？我们不会跟你讲！也用不着跟你讲，实话跟你说，我们现在只是走一个审问流程，你要是不说，那就等着判刑吧，省得浪费我们的时间。你不用担心你父母，不管你交不交代，我们都会对你的家人进行监控和保护。”

“我相信你们，我，我能再吸一根烟吗？”

第二根烟吸完，黑豆向专案组交代了他和大山去吴金东家的真正原因是去绑架吴金东。黑豆和大山是暗网平台 Hades 的资深网民，他们自从两年前盗窃摩托车的时候误杀了警察，一直过着东躲西藏的日子。

黑豆和大山在狐朋狗友帮助下，进入了暗网 Hades。二人在该 Hades 中号称东南地区第一杀手，专门接国内的暗杀任务。

国内治安一直很好，二人也只是打着暗杀的幌子，骗人钱财而已。他们没有接到杀人任务，但他们确实挣到了钱。让他们挣到钱的，是暗网 Hades 中网名叫“老头儿”的论坛吧主。

“老头儿”经常给黑豆和大山一些运送枪支和毒品的单子，让他们维持生计。

“直到这次，老头儿说照顾我们，有一笔大单——来莫口市绑架吴金东夫妇。这次交易完成，他说可以给我们两个比特币。这笔钱够我们吃一阵子了。起初我俩还觉得任务太简单，据我们所知，吴金东已经是五十多岁的老头儿了，绑架一个老头儿有什么难的。可刚进屋子，我们就被吴金东发现了，还没动手，就被他打晕了。后来的事情，我们就什么都不知道了。还好你们来了，否则我们很有可能会死在暗室。”黑豆交代。

张大江继续问：“从你知道自己被绑在暗室到我们营救你出来，大概过了多长时间？这段时间内，你听到外面有什么响动吗？”

“暗室里的隔音效果特别好，听不太清……”

“除此之外，你们还知道什么？比如你们跟那个老头儿的交易时间和地点。”

“老头儿说交易地点是M联邦共和国大都湾码头……”

第八章　追　捕

“在吴金东家发现的两个年轻人，曾经在暗网平台 Hades 上与一名叫‘老头儿’的用户进行过多次交易。莫口郊区民房枪杀案中，杀害两名被害人的枪支我们找到了，经过弹道轨迹分析，可以确定打死郊区民房两名被害人所使用的枪支，就是当时黑豆和大山运送的枪支。”

张作田不满意周查的汇报：“这些我早就知道了，说些我不知道的。”

“郊区民房杀人案发生后，所有直接参与和间接参与该案件的犯罪嫌疑人非但没有跑路，黑豆和大山反而在老头儿的安排下，去了吴金东家绑架吴金东夫妇。老头儿如此安排，我分析有两种可能：一是他看重黑豆和大山的办事能力，真想绑架吴金东和肖丽。二是我怀疑对方在跟我们耗时间，他们故意派出黑豆和大山干扰我们，实际上另有他图。这两种可能，我更倾向于第二种。黑豆和大山只是社会上的小毛贼而已，没有什么大本事。老头儿若真想绑架吴金东夫妇，不会派两个毛贼去的。我认为对方现在有意引导我们，让我们把视线转移到吴婉乔身上。”

“吴金东是吴婉乔的父亲，如果真如你所说，他们对吴金东下手时，就该考虑到我们警方一定会更加严密地保护吴婉乔，如果真是这样的话，你的观点是自相矛盾。”

“您说得非常对，前提是他们知道，我们已经保护起了吴婉乔。”

周查说完这句话，张作田似乎已经猜到了他的想法。

“你的意思是……不行！吴婉乔不能有任何闪失，出了事没人能负责的了，我们的一切行动都会失去意义。”

“如果我找人假冒吴婉乔呢？”

张作田也曾考虑过这个计划。如果成功，他们只能找到参与绑架吴婉乔的人，却无法抓到暗网背后的操作者。从这个角度讲，实施此计划本身的意义就不大。如果计划失败，一是暴露了警方已经保护起来的吴婉乔，进而可能暴露向警方提供线索的黑天鹅的真实身份；二是会打草惊蛇，不仅没有起到预期效果，反而会让警方陷入极大的被动。

“你可知道，此计划一旦失败，我们将面临怎样的被动局面吗？”身为专案组行动队队长，周查应该是有大局观念的人，此计划太过儿戏！张作田对他有些失望，不悦道。

“我承认，此计划尚有很多需要我们完善的地方。但它确实是我们现在唯一的选择。”

张作田摆了摆手：“饭点儿到了，先吃饭吧，这个计划以后就不要再提了。

张作田从抽屉里拿出自己的餐盒，准备去食堂打饭。周查不顾张作田瞪圆的眼珠子，站在门口不让他出去。

周查咧着嘴干笑：“张警官！张叔叔！就算计划不可行，您听我说完总可以吧？您放心，绝不耽误您吃午饭，外卖我已经订好了，小阳尖的红烧肉，您的最爱。”

整个莫口市公安系统敢这么和张作田说话的人，也就周查了。

张作田心想，若是你说得不对，就算我们私下关系再好，也过不了我这关。

周查提出此计划主要是考虑到暗网的特性。专案组技术组进入暗网 Hades，通过相关信息检索，找到了一个网名叫“威雅”的人。此人曾在暗网 Hades 平台发布过绑架吴婉乔的任务。莫口市郊区的杀人案，经过新闻报道，已经人尽皆知。除非受雇者不要命，否则他定会将自己的安全放在第一位。简单来讲，受雇者完全可以拿钱跑路，用不着执着地去绑架吴婉乔。这些人若有基本的认知，也会权衡利弊，不会冒着被警方追捕的危险继续完成任务。“威雅”既然是 Hades 的资深网民，更应该清楚地意识到这点。

最矛盾的地方是，以现在专案组掌握的情况来看，郊区杀人案嫌疑人和廖国明的身份已经得到证实，二人皆是狼蛛集团行动队的成员。暗网 Hades 是由狼蛛集团直接控制的网络犯罪平台，并不等于说狼蛛集团的成员就为该平台服务。国内老百姓常用的猫狗购物网站，只负责提供平台，从不自己生产或出售商品，暗网 Hades 也是一样。

从专案组在吴金东家暗室找到黑豆和大山开始，周查就怀疑有人故意在暗网 Hades 发布任务，但发布任务的人可能不是狼蛛集团的人。他们是想祸水东引，嫁祸狼蛛集团，以此掩盖自己的真实目的。廖国明和郊区杀人案的嫌疑人先后被人杀死，进一步将问题明晰成两种可能性：一是狼蛛集团怕事情败露，斩草除根；二是有人故意将狼蛛集团抛出来，隐藏自己的真实目的。

周查顿了顿继续补充："我怀疑会不会有人故施迷阵。无论我们从倒卖人体器官的组织那里，还是与暗网 Hades 相关的嫌疑人口中，得到的信息关键词都是 M 联邦共和国。暗网 Hades 的特质之一就是匿名性，这么容易被人发现的话，不至于猖狂至今。"

其实周查有个大胆的猜测：会不会是狼蛛集团内部出现了问题，从而导致集团成员的行动不一？若真是这样，专案组应该主动出击，利用已知信息，提前布控，若等到狼蛛集团的内乱结束再行动，就会错失良机。为此，他已经在同事的配合下，找到了一位与吴婉乔身材样貌相似的女警察。专案组只有利用对方的需求引蛇出洞实行诱捕，才能找到突破口。

"总而言之，我现在怀疑威雅的身份只是虚晃一枪，有人想通过暗网 Hades，甚至是狼蛛集团，达成自己的目的。我们若不主动出击，很可能会被对方牵着鼻子走！"周查总结道。

不得不承认，周查的分析很有道理。张作田为身处敌营的黑天鹅捏了一把汗，黑天鹅怎么知道吴婉乔被绑架的消息的？他是不是被人利用了？或者已经变节了？不可能！张作田相信黑天鹅的党性。事到如今，无论是出于保护黑天鹅还是形势所迫，想找到最终的答案，只能从周查的计划中着手了。

"近期莫口市往来 M 联邦共和国的人员你要仔细排查，将行动风险降到最低。"

"是，副组长！"周查严肃敬礼。

张作田当即问道：“能保护好吴婉乔和同事们的安全吗？”

“我会用生命保护他们的安全。”

“你的命是属于人民、属于组织的，我不希望任何人受到伤害，包括你自己。”

“保证完成任务！”

张作田的回答依旧是：“我只要结果。”

安全屋对面的19号楼是专案组的布控区。吴婉乔配合专案组开了场记者会，通过媒体新闻传递出她不是莫口杀人案凶手的消息，然后又在专案组的安排下，在回小区的路上，与假扮她的女警察换了车。鱼饵已经撒了出去，专案组在等鱼儿上钩。

吴婉乔回到安全屋没多久，门外响起了敲门声。

朱太行开门，接过外卖后，将外卖送到了吴婉乔房间。

吴婉乔见到外卖很奇怪：“我没有订外卖？”

“他说是给吴婉乔女士的。”

“安全屋的地址我都不知道，怎么可能订外卖？”

“安全屋外不是有专人保护我们吗？他们会允许外卖员进来？”朱太行也感到奇怪。

吴婉乔看过外卖后：“那么多警察呢，怕什么。对了，我房间里有东西，你帮我拿一下可以吗？”

朱太行跟着吴婉乔进了卧室，吴婉乔冷冷地对他说：“把你腰带解下来。”

朱太行一愣：“解腰带干吗……”

与此同时，一个行迹可疑的黑衣男子进了小区后，压低帽檐朝19号楼走去。周查拿着出入境管理局提供的照片，比对后认定该男子有重大作案嫌疑。

周查拿起对讲机，向张作田请示：“猎鹰，猎鹰，羊已入圈，请求抓捕。”

张作田回复：“同意抓捕，速战速决。”

周查刚准备下令，只见朱太行手持匕首挟持着吴婉乔走到了楼下。

吴婉乔是整个专案组行动的关键，埋伏在四周的专案组成员，随机应变将枪口对准了朱太行，只等周查一声令下。

朱太行大喊："所有人都散开！别骗老子！你们藏在哪里，我可都知道！"

见到朱太行挟持着吴婉乔出来，黑衣男人拉开拉链，露出了绑在身上的炸弹，他原地转了一圈，以示自己身上有炸弹，大声喊道："我知道有埋伏，现在谁敢动我，大家一起死！"

突然的变故打得周查措手不及，周查穿着防弹衣从伏击点冲了出来，跑到朱太行面前："知道自己在干什么吗？是不是疯了！赶快放了她！"

朱太行瞪红了眼睛："我是被逼的，让我走！"

保护吴婉乔的安全，是张作田给专案组所有人下的死命令，危急之下，周查只好妥协。

黑衣人阿端开车带二人离开社区，一路不停，开到了莫口市郊区。阿端本可以把车开到更远的地方，可是他没有。阿端抬头望了望天，风把云吹向南方，再往南飘，翻山越岭就飘到自己的故乡了。再喝一口家乡水，怕是奢望了。从离开社区开始，车一直都在专案组的严密监视下，阿端想要回到家乡已是不可能了。

阿端掏出手机，翻出自己与女儿的合影露出了笑容。圣手说话算话，只要自己不松口，他保证治好女儿的病。删了手机通讯录又砸了手机，阿端头也不回地朝前面的养鸡场走去，他要在那里坚守到生命最后一刻，用自己的性命换取女儿的性命。

从纺织厂跑步到家至少需要二十多分钟，玛推芝现在一分钟都不想耽误。没来得及向昂葛请假，她放下手中的棉纱便往家赶。昂葛饶有兴趣地看着玛推芝奔跑的背影，露出了邪恶的微笑，等人彻底消失在视线中，他起身离开了车间。

玛推芝听从外省回来的工友多越说，他回纺织厂的时候看到一群青年军劫住了诺哈，诺哈给了领头的士兵一巴掌。多越见情况不妙，就没插手帮忙，而是绕路回到了纺织厂。玛推芝对工友多越的话根本不信，她的丈夫她还不了解吗？玛推芝认识诺哈三年，从来没见他跟人动过手。多越是信教的，他发誓自己没有撒谎，为了证实自己的话，他还拿出了当时在慌乱中拍下的照片。玛推芝看完瞪大了眼睛，照片中打青年军士兵的人正是诺哈。

“要不要上车？我顺路送你回家。”昂葛开车赶上了玛推芝。

情况紧急，玛推芝这次没有拒绝昂葛。

玛推芝上了车，昂葛心里激动万分，甚至比玛推芝更在乎诺哈的生死，迫不及待地想去玛推芝家看看。

其实，多越回到纺织厂，第一时间就把诺哈遭遇青年军的消息告诉了昂葛。昂葛了解那群青年军，他们为了钱和利益，杀人放火无恶不作，与恐怖分子没有什么区别。诺哈这次算是凶多吉少了，只要他一完，玛推芝成了寡妇，我就不信她不会寂寞。作为情场老手，昂葛太知道女人寂寞起来是什么样子的。

“别着急，就算把车跑废了，我也要争取时间送你回家。”昂葛安慰她。

玛推芝心里都是诺哈，根本没有听到昂葛说什么。等玛推芝回到家，推开门发现诺哈还是和平常一样，半躺在家里的沙发上玩着手机，她几乎瘫软在了门口。

“昂葛欺负你了？也欺人太甚了，我，我找他去！”诺哈见玛推芝脸上挂着泪痕，站起身生气道。

玛推芝上前抱住诺哈，检查着他的身体。

诺哈还是不自主地做着鬼脸：“怎么了？”

玛推芝发现诺哈除了左脸上有些瘀青，身体零件都完好无损，这才彻底放下心来。

玛推芝捂着自己的胸口说：“多越说你在路上遇到了青年军，还打了他们。那些逃兵可都是杀人不眨眼的家伙，他们要是杀了你怎么办！”

妻子担忧的目光，让诺哈心里一阵温暖。

“哦哦，哈哈，我不会有事儿的。”诺哈安慰妻子。

“没事儿就好，你就是我的天，你要是有个三长两短，我也活不下去了。”

“你的窝囊废丈夫怎么可能有事，我听说这些当兵的有两类人不杀，一类是小孩儿，另一类是从他们裤裆底下钻过去的软骨头。”昂葛进门看见诺哈好生生地站在自己眼前，气不打不一处来。

玛推芝对昂葛说：“谢谢你开车送我回家。我到家了，你也回去吧……”

“不客气，我还以为你这个窝囊废丈夫死了呢。他死了，我愿意当你的丈夫。”昂葛在玛推芝面前从来不考虑诺哈的尊严。

“你出去，离开，离开我家！”诺哈对昂葛喊道。

“怪胎！”昂葛离开前狠狠啐了口吐沫。

知道诺哈没死，昂葛比较失望，更加确切地说，他心中的疑惑远远大过失望。在昂葛眼中，诺哈就是个十足的窝囊废，窝囊废敢抽持枪的逃兵的嘴巴？要不是亲眼见到多越手机里的照片，他打死都不会信抽逃兵嘴巴的人是诺哈。

车还在去纺织厂的路上行驶着，昂葛掏出手机看了看时间，此时车间的工人已经下班了，他减速掉头，打电话给多越。

昂葛对多越说：“我不管你现在哪儿，在干什么，15 分钟后你要是不在家，以后就别来纺织厂上班了。还有，你手机里拍的诺哈的照片一定不要删！不，等会儿，你现在马上把照片发给我，马上！”

昂葛从多越那里得到照片，看到照片上打逃兵的人正是诺哈，可他还是不肯相信诺哈有打逃兵的胆子。

昂葛自言自语道：“你这个软骨头要是能站起来，我以后给你当狗！”

昂葛按照多越提供的大概位置，来到了密阁省与第三特区交界的地方。与其说是好奇心驱使，不如说是不甘心，他宁可冒着被青年军打劫的危险，也要验证自己内心的判断。他来来回回在交界处走了五六趟，发现这里根本没有什么打劫的青年军。

昂葛朝天空胡乱挥动着拳头，此时他的心情实在郁闷。郁闷的原因不是没有发现打劫的人，而是他难以理解玛推芝为什么要嫁给诺哈这个窝囊废。

如果昂葛不喜欢玛推芝也罢，可他实在是太喜欢她了。每个男人命中注定会被一个女人治得服服帖帖，甘心被其踩在脚下，一辈子臣服于她。可能这个女人不漂亮，也不温柔，但她就是有一种致命的魅力让男人欲罢不能。

其实，昂葛可以接受心爱的女人不喜欢自己，他无法接受的是，玛推芝和诺哈这个窝囊废在一起。一朵鲜花插在了牛粪上，诺哈根本配不上玛推芝！一想到他们每晚都相拥而眠，共盖一床被子，甚至一起淋浴，在床上发生关系，昂葛就感到痛苦压抑。

诺哈是不是真的打了逃兵？玛推芝到底喜欢诺哈什么……这些问题已经快把昂葛折磨疯了。今天昂葛必须要弄清楚，若弄不清楚，他觉得今天晚上自己可能就会疯掉。从交界处离开，昂葛没有回家，也没有去任何一个情人家，而是直接把车开到了玛推芝家门口。

一路上，昂葛已经盘算好了要做什么，他要当着诺哈的面，强暴玛推芝。如果诺哈是个男人，他就会反抗！他敢吗？他配当男人吗？昂葛笃定自己的判断：诺哈这个怪胎，根本不配拥有玛推芝。

我这是在拯救玛推芝，事后我会娶她的，一辈子对她好。昂葛认真构想着他与玛推芝的未来。他似乎认定诺哈不敢跟自己叫板。

昂葛熄灭引擎，没有立即下车，打火机打了两次，才把烟点着。此时大脑中过剩的多巴胺，让他有些激动。今晚就能真正拥有玛推芝了，而且还是在她丈夫面前占有她。这种美妙又刺激的事情，一辈子能有几回？他只抽了一口，就把烟从车窗扔了出去，然后从车后座底下拿出一把猎枪，大步走进了诺哈家。

诺哈此时正在给玛推芝修理电吹风机。这台电吹风机是诺哈上个月从小镇集市给玛推芝买回来的，是中国产的虞姬牌电吹风机。中国的产品物美价廉、美观耐用，玛推芝一直都很喜欢。这次是玛推芝不小心碰倒了杯子，让电吹风机进了水，甚至插座上还冒了火花。还好诺哈眼疾手快，及时拉了电闸，然后为浴室中一丝不挂的妻子披上了浴巾，将她抱到了沙发上。

“你先坐会儿，我，我一会儿就把它修好。”

诺哈说着就从橱柜下的抽屉里拿出一个小工具箱，为妻子修理起了电吹风机。

玛推芝看着正在修理电吹风机的丈夫，眼神有些痴迷。诺哈在玛推芝眼中是一位完美先生，他的双手白皙修长，骨节分明。玛推芝第一次见诺哈，就被他的这双手迷住了，与诺哈结婚后，这双手为她修理过手机，给她的手机贴过膜，甚至为她缝过衣服、补过包包、修过拉链和高跟鞋。

平时家里有什么家务，玛推芝都不舍得让完美先生干，她太爱眼前这个男人了，一想起以后柴米油盐的余生都跟他有关，玛推芝就觉得生活再辛苦再累，未来都是可期的。如果以后再给他生个宝宝，自己这辈子就更值了。

玛推芝换上了睡衣，又拢了拢湿发，叫道：“完美先生。”

诺哈没有回头看玛推芝，但声音温柔地回复道：“在呢，亲爱的。”

这两句简单的对白是玛推芝和诺哈每天怎么说都说不腻的情话。

玛推芝撒娇说：“你不要再修了，我要你现在抱抱我。”

诺哈只想快点修好电吹风机："哦哦，等我修理好，亲爱的，修好就抱抱。"

玛推芝模仿诺哈："哈哈哈哈，哦哦，我不要。"

诺哈从不介意玛推芝模仿自己的怪病，他甚至有些喜欢妻子偶尔流露出来的可爱俏皮之态。

诺哈初次与玛推芝约会的时候，总是会忍不住发出怪叫、不自主地做各种鬼脸。当时玛推芝为了缓解诺哈的尴尬，也学着他怪叫。那时诺哈就无可救药地爱上了玛推芝。

外面响起激烈的敲门声。

听到门口的响声，玛推芝露出害怕之色。

诺哈安慰妻子："不要怕，不要怕，有我呢。"

昂葛见诺哈不给他开门，一枪打碎了门锁，闯了进来。

昂葛端着猎枪走进卧室的时候，诺哈刚好走出卧室门口。昂葛将诺哈逼回了卧室。

玛推芝看见昂葛闯了进来，急忙用衣服遮住自己薄薄的睡衣。

看着蜷缩在沙发角落、露着白皙大腿的玛推芝，昂葛咽了咽口水。

"你出去！哈哈，马上出去！"诺哈警告昂葛。

昂葛用枪托砸了一下诺哈的头："狗娘养的东西！你平时对客人就这么不礼貌吗？嗯？"

玛推芝赶紧制止道："你别打他！"

诺哈想要推开昂葛，却遭到了昂葛更加凶猛的回击。

诺哈蜷缩在地，不敢再动。

昂葛见诺哈被自己吓到了，也就不再继续殴打他。昂葛从衣服里掏出一个钱包，拿出一百美金，扔在了诺哈头上。

"这一百美金，是给你的医药费。"

接着昂葛又从钱包里掏出一百美元，说道："这一百美金，是老子给你的赔偿。从现在开始，你不是玛推芝的丈夫，老子才是！现在请你滚出我家。"

昂葛说完，色眯眯地朝玛推芝扑去。

玛推芝光着脚想要跑出卧室，却被昂葛挡在了门口。昂葛就是要当着诺哈的面，强暴玛推芝。

昂葛拿着猎枪指着诺哈，对玛推芝说道："乖乖回到沙发上，不然我打爆他的头。"

玛推芝心系丈夫的安危，只好坐回了沙发上。

"求你了，不要伤害他。"

"我自然不会伤害他，只要你乖乖听我的话。"

诺哈捂着被昂葛打破的头，恶狠狠地说道："你这么做是犯法的，哈哈，你会遭报应的哈哈。"

昂葛拉动枪栓："再废话，老子直接废了你！"

接着，昂葛转头对玛推芝说："从现在开始，老子让你做什么，你就要做什么，不然这个窝囊废就没命了！现在脱掉你的衣服，全部都要脱。"

玛推芝不肯脱掉衣服，但又害怕昂葛真的会伤害诺哈。

"你别这样昂葛，我求你放过我们吧。"玛推芝给昂葛跪下了。

昂葛扣动扳机，朝诺哈头上方开了一枪。

"你可以不听话，下一枪我可就不知道打在哪里了。"

玛推芝流着泪，绝望地乞求道："你别开枪！我求你别开枪！我脱，我脱。"

玛推芝说着就要脱衣服。

诺哈咬了咬牙，喊道："玛推芝！你快跑，不要管我！哈哈，我就算死了，也不要你受这个畜生的侮辱！"

马上可以见到玛推芝诱人的身体却被诺哈阻止，昂葛这次真想开枪废诺哈一条腿。昂葛认为只要在不杀人的大前提下，他可以用钱解决后续的麻烦。

决心已下，昂葛正考虑瞄准诺哈的胳膊还是膝盖骨时，诺哈突然握住了枪管。等昂葛反应过来时，诺哈快速将枪口往旁边一推。

昂葛准备好好收拾一下诺哈："好小子！敢还手了！"

诺哈这次没有惧怕昂葛，在与昂葛争夺猎枪的过程中，他将昂葛硬生生推出了房间。

昂葛是个大块头，尽管平日挥霍无度，但也没有喝垮吃垮身体。诺哈相对昂葛来说是个瘦巴巴的小个头。也不知道诺哈哪来的力气，竟然将昂葛推出了门。

见诺哈如此拼命，昂葛有些退缩，若是将诺哈逼红了眼，谁打得过谁还不一定呢。昂葛在门口大骂了几句，想着第二天在工厂再收拾诺哈。

诺哈把昂葛推出屋子后，没有趁机锁上门，而是从房间走了出来。

昂葛心想：这是得寸进尺，还真以为老子怕你不成。

“老子正愁没法修理你，你倒是送上门来了。”昂葛叫嚣着。

还没看清诺哈是怎么出的手，昂葛就已经被控制住了。

这次，诺哈不再像以前那样胆小怕事，此刻的他脸色阴沉，阴沉得让昂葛心里不由得一怵。

诺哈逼昂葛上了车，车还是昂葛开，猎枪就放在昂葛脚底下，诺哈坐在副驾驶座上闭目养神，似乎一点不担心昂葛抢回猎枪，重新控制住局面。

“你这个怪胎王八蛋，老子早晚把你大卸八块。”

昂葛人虽被诺哈控制了，但嚣张气焰却一点都没弱下来。他相信就算自己不是诺哈的对手，诺哈也不敢把他怎么样。昂葛家族是这里的地头蛇，诺哈要想在这个地方生活下去，不管受多大委屈，都必须低头。

“好好开车，别再惹我不开心。”诺哈说话的时候，语速比平时慢了至少一倍，口气严肃至极，不容置疑。

昂葛被诺哈前后的转变吓着了，也被自己的懦弱吓到了，声音提高了几分：“你以为老子怕你啊！”

诺哈眼睛都没睁开，从衣兜里掏出一把螺丝刀，插在了昂葛的大腿根上。

“啊！”昂葛惨叫了起来。

“不许叫，不许拔，继续开你的车，再聒噪，我要你的命。”诺哈不紧不慢地说道。

车开到密阁省与第三特区交界的地方，停了下来。

诺哈指挥昂葛下了车，随后他们来到了附近的树林中。

诺哈指了指一块有翻动痕迹的新土说：“挖。”

昂葛此时已经不敢再跟诺哈顶嘴，但他还是不懂诺哈的用意，于是小心翼翼地说：“车上没带铁锹，我开车回去取。”

“没有手吗？”诺哈说，“给你十分钟，我在车里等你。”

昂葛一边用手挖土，一边后悔。当初看见诺哈抽青年军士兵的照片时，就应该知道他是个狠角色，不不不，当初诺哈能留在纺织厂工作，就知道他不是一般人。现在这怪胎让我在这里挖土是什么意思？难不成是想把我埋了？这种变态不是我能惹得起的，不然现在就跑吧！想到这里，昂葛悄悄观察了一下四周，他一边挖土，一边寻找机会，准备趁诺哈不注意一跑了之，能跑多远就跑多远。

这块土地之前被人翻动过，比较好挖。昂葛挖着挖着，挖到了一个类似人脸的冰凉东西，再翻翻土，看清楚后，他感到不寒而栗，居然真的挖到了一具尸体！这具尸体昂葛是熟悉的，就是诺哈当时动手打的青年军士兵！

昂葛瘫软在地，泪流满面，脑子比任何时候都清晰，也瞬间明白了为什么之前自己开车来这里，没找到打劫诺哈的逃兵。

昂葛认定了诺哈是强者，是自己惹不起的人。他不顾大腿的伤痛，一点点从树林跪行到了车前。

"我错了，我真的错了。请您饶我一命。"昂葛说完不停地给诺哈磕头。

诺哈下车后，反而给昂葛跪了下来："求您饶我一命，不要再骚扰我和我的妻子了。"

昂葛说："你到底想我怎么样啊？"

"求您饶了我。"诺哈应道。

第九章　绑　架

韩硕和同事在郊区发现了阿端的弃车，他们以弃车为中心寻找朱太行等人的下落，最终将目标锁定在了废弃的养鸡场。

阿端知道专案组的人早晚会找到这里，但没有想到对方的行动如此之快。

"不许动！你被捕了！"韩硕拿枪指着阿端。

阿端等这一刻已经等了好久，他死了，女儿才有可能获救。现在他完全不畏生死。

"开枪，开枪啊，现在打死老子，大不了大家一起死。"阿端用蹩脚的普通话叫嚣着，手中已经握住了炸弹引子。

还有几分钟，后援队伍才能到达现场，必须要抓活的，最好从对方口中撬出更多有价值的信息，韩硕心中算计着。

阿端趁韩硕犹豫之际，冲过来抓住韩硕持枪的手，试图夺枪。韩硕的身手很好，平日两个强壮的小伙子都近不了他的身。他巧妙地将阿端的劲道转移，身体紧贴阿端的身体，以寸拳的方式连击阿端的腹部。常人若是腹部遭袭，肯定会回手防御，阿端完全是不要命，任由腹部被打，不管不顾只想从韩硕手中抢走枪。韩硕想捉活的，对阿端有顾忌，被阿端逼到了墙角。

好在关键时刻周查及时赶到，一枪打在了阿端的膝盖部位。阿端瞬间跪倒在地。韩硕趁机拆下阿端身上的炸弹，这才发现炸弹是假的。

周查审问阿端道：“朱太行把吴婉乔绑哪儿去了？”

阿端冷哼道：“都被我杀了！怎样？”

周查厉声说道：“隧道里调包的戏法太幼稚，以为我们不知道？”

之前周查预测阿端的逃跑路线，认为阿端有两条近路可以离开莫口市，但这两条路他都没有走，反而走了一条绕远的路。当时周查的目光就落到了路上的一段隧道上，怕对方使用障眼法换车。

阿端一听慌张起来：“杀了我！赶紧杀了我！我要救我的女儿！”

几个小时后。

当“天狼星”号邮轮将要驶向公海时，贵宾包厢外起了争执。

丁聪叼着根牙签，手中拿着一沓钱，在服务员詹姆斯面前晃动着：“不认老子？认老子的钱吗？ Money！懂吗！”

丁聪身为富二代，从他认字那天起就知道，天下没有钱办不到的事。

“对不起先生，请您出示贵宾卡。”詹姆斯态度不卑不亢，让丁聪颇为不爽。

“幸亏是在海上，要是在国内老子废了你！”丁聪将钱砸在詹姆斯脑袋上，钱撒了一地。

“先生，您如果没有贵宾卡，还请您回去。”

“你大爷！”丁聪薅住詹姆斯的头发就想打。

詹姆斯抬手一推，将丁聪推倒在地。丁聪爬起来的时候，他的两位保镖也赶了过来。在外面哪里吃过这种亏，丁聪对自己的保镖吩咐道：“给我打！打断一条胳膊奖励一万，打断两条腿我给你们两倍年终奖！”

贵宾包厢的门微微露出一条缝隙，有个低沉的声音从里面传来：“詹姆斯，什么事情这么吵？”

“有闹事的酒鬼，我会处理好的。”詹姆斯回答问话时，毕恭毕敬。

“用不用帮忙？”里面的人说。

詹姆斯慌了："不用，请您相信我，我会搞定的。"

"算了，还是让他们进来吧。"包厢里面的王先生说。

"现在知道老子威风了？晚了！照样打你这孙子！"丁聪示意保镖揍詹姆斯，他则甩了一下头发，得意扬扬地走进包厢。

包厢里的王先生，身穿笔挺的西装，坐在沙发上，点起一根香烟，微笑着跟丁聪打了个招呼。

丁聪看王先生的打扮，心想，只是个自以为很成功的商人罢了，跟老子做房地产的爸爸相比，还差得远呢！依丁聪往日的脾气，肯定是要打一顿里面的人，然后砸钱平事儿。但这次他没有这么办，甚至没有挪开脚步，注意力全集中在了躺在地上的女人身上。

"唉，小小年纪，正值妙龄，做什么不好，非要做警察，可惜了。"

王先生望着刚刚被自己杀死的女警察叹息着。

以女警察尸体为中心散开的鲜红血液都要流到丁聪脚底下了。他双腿打着哆嗦，抬头看向王先生。王先生像在逗狗一样，扔给丁聪一张警察证。丁聪捡起警察证，确定警察证上的照片是躺在地上的女人无疑，他因喝酒而泛起红晕的脸颊瞬间变得煞白。

丁聪开始给王先生不停地鞠躬："打扰了，打扰了！对不起！妈妈呀！"

丁聪一边叫喊着，一边向包厢外跑去，才出包厢，又亲眼见到詹姆斯三下五除二就将他花重金请来的两个保镖杀死了。丁聪再也支撑不住，晕了过去。詹姆斯处理好保镖的尸体，来到王先生面前。

"大哥，刚才跑出去的家伙，是杀还是……"

"算他命好，先留着吧，说不定以后有用。"

"好的。"

詹姆斯说完处理起女警察的尸体。

这时，王先生突然问道："你不会也背叛了集团吧。"

詹姆斯苦笑，继续搬运着女警察的尸体："大哥，我手里十几条命案呢，背叛了集团去哪儿呢？您可别跟我开这个玩笑，我怕。"

"只要好好听集团的安排，我保你两年后坐上我的位置。"

两人聊天的时候，包厢外又传来声响。詹姆斯从腰间掏出了手枪。门口响起有节奏的敲门声。听到熟悉的敲门声，詹姆斯看了一眼王先生，王先生朝他点了点头。

“我们不需要水果拼盘。”

“蓝莓沙拉，免费赠送，只此一份。”

詹姆斯打开门，只见弗洛伦斯站在门外。詹姆斯微微弯腰，向她表示敬意。弗洛伦斯坐定后，王先生摇晃着酒杯，色眯眯地看着她。

“我从来没想过会有幸与集团第一美女弗洛伦斯并肩战斗，为了伟大的集团，为了我们的友谊，我建议咱俩来一个热情的拥抱。”王先生丝毫没有掩饰自己的欲望。

弗洛伦斯不予理睬，任对方张开的胳膊停在半空：“和我拥抱过的人，最后都死了。”

弗洛伦斯没有与自己握手，王先生也没有觉得尴尬，他收回手，喝了一口酒，继续说道：“您这话我得纠正一下，不是说，听你说过话的人，最后都死了嘛。我既然没死，就说明我们是好朋友嘛。”

“你听的可能是谣言。”弗洛伦斯喝了口酒。

王先生脸色一变：“我这人最愿意做的事情就是成人之美，什么时候你也把我杀死？杀死我之后，我看你这个小娘们儿怎么向集团交代！邮轮一会儿过了公海，看看是你的脾气硬，还是我的 AK47 强！”

“都是为集团做事，你敢！”

“从小被集团养大，反咬集团一口的事，我确实不敢，也只有你和圣手能做得出来！”

“我从来没有背叛过集团。”

“没背叛过？骆驼兄弟是你派人杀死的吧？也是你暴露的人体器官线索吧？这话我会汇报给集团，到时候看你如何狡辩。”

王先生给詹姆斯递了一个眼神。詹姆斯得到王先生授意，开始搜弗洛伦斯的身，最后从她的鞋子里，拿出了一个不停闪烁着小红点的微型跟踪仪器。

“如果我猜得没错，现在中国海警船马上就要包围这艘邮轮了。”王先生见弗洛伦斯不再说话，又得意道，“就算不为自己考虑，你不替圣手想想吗？你可知道背叛集团的下场。”

弗洛伦斯放下酒杯：“如果我没猜错，你这次来的真正任务，根本不是抓吴婉乔，而是找到集团的内奸。”

“对，也不对，我只找我认为的集团内奸。你是内奸吗？”

王先生的手从弗洛伦斯傲人的胸前划过，想要解开她衬衫上的第一颗纽扣。

弗洛伦斯掏出枪，顶住了王先生的心脏："如果我现在杀死你，到时候谁是内奸，我说了算。死人没有说话的权利。"

"事实上你也是这么干的，廖国明他们都是你灭的口吧？敢杀集团行动队的人，当真以为集团什么都不知道吗？再说现在你能逃脱得了海警的追捕吗？你不能，我能！"王先生从弗洛伦斯身上收回手，又从身上掏出一张证件继续说，"'天狼星'号的马力是海警船的两倍，船长早就被我的人控制了，我要是下令不停船，海警船想拦也拦不住。一会儿船到了公海，海警船就没有执法权了。中国海警再厉害，也没有权利扣押外籍邮轮！就算他们敢上船，这艘邮轮上的人非富即贵，他们动了谁都会造成国际影响。谁敢担这个责任？再说，我现在的身份是国际刑警，中国警察管得着吗？如果你愿意，我马上让你成为我的警察同事。"

弗洛伦斯听完王先生的话，拨了一下额头前面的刘海儿，微微一笑道："计划严谨周密，果然是集团打入国际刑警内部最优秀的人之一。"

王先生摆摆手道："都是江湖妄语，集团把我养大，我替集团办事而已。都说你喜欢圣手，那个怪物到底哪里好，他哪里配得上你，论床上功夫，我比那个怪物强多了！"

弗洛伦斯听完王先生的话，脸色一变，拨开了枪保险。

"劝你说话小心点儿，集团十二长老也没说过他是怪物！"

"想杀死我，又怕集团知道而连累圣手；不杀死我的话，按照集团规定，我得把你送到集团总部，集团一细查，最后圣手还是逃不了。其实，你还有第三条路可以走。"

"第三条路就是陪你睡觉，你睡完我，再把我送到集团。"

"把我想哪里去了！你要是把我弄舒服了，我是会把你送到集团，不过我答应你，会让你体面地死去，不会让你牵连到圣手。"王先生装作责怪弗洛伦斯的样子。

弗洛伦斯像是在与朋友聊天一般随意，她整理着自己的头发："你自己都没活明白呢，能保证什么？集团的原则一向都是利益优先，今天你发现了追踪器，即便没有发现，你也不会留我的性命。老实讲你是不是受五长老的指派而来？他早就看圣手不顺眼了。你的真实任务其实就是捏造内奸罪名，栽赃圣手吧？"

“难怪在离开集团的时候，我听五长老说，圣手那个怪物必须除掉，原来他脑袋后面长着反骨呢！”

弗洛伦斯伸手给了王先生一巴掌：“敢再说圣手是怪物，我让你生不如死。”

“行，我们就看看谁最后生不如死，看看究竟哪个长老的能力强吧。动手！”王先生邪魅一笑，舔了舔嘴唇。

詹姆斯得到王先生暗示，掏出枪指着弗洛伦斯的头。

王先生看着娇媚诱人的弗洛伦斯，遗憾地摇了摇头：“可惜了，集团第一美女杀手不是死在我的胯下，而是中弹而亡。”

“谁中弹还不一定呢，真可惜到死你也不会明白这一切究竟是怎么回事，真是可怜！”弗洛伦斯做了一个行动的手势，詹姆斯将枪口转向了王先生。

王先生从杀手学校毕业后为狼蛛集团卖命已经十几年了，是生与死考验的十几年。在集团各种大小风波中，他能够活到现在，靠的是一条生存法则——谁都不要相信。

王先生胸有成竹，他解开了自己的衣服，十几枚手雷围绕在腰间，他用右手食指扣住了其中一枚手雷的拉环，脸上青筋暴起，露出了狰狞之色：“如果我没猜错，我花双倍价钱收买的船长，其实是你们的人对吗？那又怎样呢？到头来你们还不是得听我的。要死就一起死嘛，我无所谓。对不对，詹姆斯？我记得你的女人在新加坡做金融对吧？对了，她们上班的大楼叫什么大厦？亚太大厦。只要我死了，我保证你的女人会被高价钱卖到中东当妓女。如果我活下来，你或许还有机会保全你的女人。”

弗洛伦斯叹了口气：“都到这个时候了，你还不明白自己为什么而死，真替你遗憾。既然你想死，你就拉手雷啊，大家一起死。”

“你当真以为我不敢拉？”

弗洛伦斯懒得跟王先生废话，从他腰间割下一枚手雷，拉开保险，把手雷压在桌子上。

王先生见手雷被打开了保险，眼睛里终于露出了恐慌，本能地闪躲，继而大喊道：“你疯啦！”

“手雷要是响了，你捂住头躲闪又有什么用？”

王先生这才明白过来，自己腰上的手雷可能全都是假的。

王先生难以置信道：“不可能，绝对不可能，手雷怎么可能是假的！

苏丹那边供货的是我朋友，他们也是集团的供货商，不可能出卖我。”

“没有永恒的朋友，只有不变的利益。我以前尊重你是对手，现在看来你不配，江下武二！”

王先生听到有人叫他的本名，像是被雷击中，身体僵住不动。

詹姆斯说道：“忘了告诉你，你说的那个女人其实是我们的人，你派去监视她的人，也是我们的人。”

詹姆斯在手枪上装好了消音管，朝王先生开了枪。

“天狼星”号邮轮的库房内，朱太行吐得一塌糊涂。他晕船晕得厉害，把这几天吃的饭菜全吐了出来。他难为情地对吴婉乔说：“不好意思……”

吴婉乔有些抱歉道：“说不好意思的应该是我，要不是我让你帮忙，你也不会被带到这里，对不起……”

当时在安全屋，吴婉乔看到外卖上的字条这样写道：“离开安全屋，让我们带走你，否则你收到的将是吴金东的尸体。”

吴婉乔救父心切，没有考虑太多，她知道单凭自己很难逃出安全屋。关键时刻，朱太行提出假装绑架吴婉乔的计划。本来按照之前商量的，等帮助吴婉乔离开安全屋后，他向警方坦白自首。结果阿端打开车门后，他主动上了车。吴婉乔问他为什么要上车。朱太行明明很怕，却说他不放心她。

“知不知道这样做很傻？”

朱太行挠了挠头：“我一直很傻……”

“都是我不好，连累了你……”

朱太行靠近仓库门，察觉门外没有人，露出坏笑：“事情还没有到山穷水尽的地步。”

莫口市是沿海城市，从莫口出发经由M联邦共和国的邮轮近期只有“天狼星”号。“天狼星”号装载的VSAT系统是与地面联系的重要途径，许多VSAT系统允许公共互联网进入，这就是朱太行的机会。该系统防护体系薄弱，黑客稍加操作，便可获得访问权限并且中断通信。

吴婉乔知道这个消息后，好奇地问：“你怎么知道他们会上邮轮？”

“整个莫口市的警察都在找你的下落，如果犯罪分子藏在莫口市，早晚会被找到。我也是碰碰运气而已，结果真被我猜中了！”

离开安全屋之前，为了以防万一，朱太行在电脑前设置了一个人脸识别报警程序。此程序在三小时后，将以木马的形式侵入“天狼星”号，如果程序在邮轮的监控中识别到朱太行，就会实时跟踪该邮轮的动态，并把实时定位以他的名义发给周查。

看着坏笑的朱太行，吴婉乔真的不知道，憨直和狡猾哪个才是他的本色。

感受到吴婉乔略带崇拜的目光，朱太行觉得自己陷入再大的危险都是值得的。

“你怎么能确定周查会相信你发的定位信息？你现在的身份是个绑架犯。”吴婉乔的担心不无道理。

“我绑架你出小区的时候，朝周查眨了眨眼睛，我相信他应该明白我的意思。”朱太行拍了拍胸脯保证。

看朱太行信誓旦旦的样子，吴婉乔还以为他做了什么靠谱的准备，结果就是朝周查眨了眨眼睛，这种回答让她哭笑不得。

周查确实没有接收到朱太行眨眼睛传递的信息，不过先后收到两条来自“天狼星”号的定位信息，而且其中有一条是由自称是朱太行的人发过来的。朱太行真的在邮轮上吗？他到底是被人利用，还是有意为之？

不管信息真伪，根据之前专案组调查的资料，周查已经派人检查了莫口市港口各货船码头，怕的就是倒卖人体器官的组织逃跑。事到如今，谁也没有想到这个贩卖人体器官的组织这么大胆子，敢公开乘邮轮，明目张胆地逃跑。

协查办案的手续早就下来了，得到了周查的消息，待命的海警船迅速出击很快便拦截住了“天狼星”号。

朱太行和吴婉乔隐隐约约听到了外面海警船的喊话：“我们是中国海警，请立即停船接受检查，请立即停船接受检查。”

终于，逆境之中看到了光，吴婉乔看到了希望。

弗洛伦斯随着光来到了库房：“表演开始了。”

“天狼星”号已经快驶到了公海，两艘海警船挡住了“天狼星”号的去路。

弗洛伦斯把朱太行和吴婉乔逼到了船头甲板，对海警船喊道：“给你们两分钟时间让邮轮通过，否则不光是这两个人，整个邮轮近千条人命都得交代在这里。”

海警船的那头，周查拿着喇叭大喊：“你可知道对抗大陆公安的后果？别以为你们逃到公海就安全了，现在我给你机会，放下武器，立即投降。”

周查讲了很多话，实际上是在给准备潜入“天狼星”号邮轮的突击队员争取时间。

弗洛伦斯像是早有准备一般：“说这么多，无非就是想拖延时间，如果我没有猜错，现在你们已经派出了突击队员吧，就知道你们不会好好合作，那就怪不得我了。”

弗洛伦斯拔枪向朱太行射击。

弗洛伦斯的行为大出周查所料，吴婉乔见状挡在了朱太行前面：“别伤害他！”

朱太行见心爱的女人为自己挡子弹，心头一热。现在只有他打乱敌人的计划，才能给周查赢得时间。他心一横，死就死吧，就当为了船上的上千条人命。

狠心已下，朱太行用力将吴婉乔推到一边，奔跑着向弗洛伦斯撞去：“老子跟你们拼了！”

弗洛伦斯毫不犹豫地朝朱太行开了枪，子弹从枪膛射出。

吴婉乔见来不及营救朱太行，反其道而行之，她知道弗洛伦斯看重的是自己，故而准备跑到甲板边缘，翻过栏杆跳入大海。

弗洛伦斯果然怕吴婉乔跳入海里，将枪口对准了她。

朱太行此时已跑到弗洛伦斯面前，试图抢走她的枪，为吴婉乔赢得时间。

“有本事打死老子啊，来啊！”

情急之下，弗洛伦斯卸掉枪中子弹，一脚将朱太行踹入海中，紧接着又从身上掏出另外一支枪射向吴婉乔。

“嘭”一声枪响，还没翻过围栏，吴婉乔便从围栏跌落到了甲板上。

弗洛伦斯对詹姆斯喊道：“让船长加大马力，撞海警船！”

第十章　反　击

阳光透过层层密林铺展着自己的温柔，草地上的小草伸着懒腰，悠悠地随风招摇。树林深处传来让朱太行心动的声音，他寻着声音转了几个弯，终于寻见了吴婉乔。

两棵大树之间绑着纵横交错的绳子，蓝白相间的床单，一排排挂在绳子上，散发着洗衣粉特有的清香。正在晾衣服的吴婉乔看见朱太行过来，笑意盈盈地朝着他招手。阳光晃眼，思念太沉重，朱太行的眼泪不受控地流下来。吴婉乔甩了甩手上的洗衣粉泡沫，用手拭去他的眼泪，朱太行将她抱紧。这时耳畔响起了周查的声音。

朱太行住院以来，只要在医院后院休息区坐着，总会望着院子里的两棵白杨树发呆幻想。他在医院养伤有一段时间了，如今是出院的日子，周查来医院接他出院。

“吴婉乔呢？”这么久以来朱太行第一次开口说话。

听到这样的问话，又看着许久没有剃胡须、精神萎靡的朱太行，周查心里很不是滋味，欲言又止。

朱太行吼道：“她现在生死不明，我一定要查出幕后凶手！”

“到现了在，你还逞英雄，你应该相信警方，我们一起找到幕后凶手！”周查握着朱太行的手说道。

朱太行绝望地摇头：“知道坏人为什么好做吗？就是因为他们没有条条框框，想怎么胡来就怎么胡来。那些人进了公海，你们就没有执法权！可坏人依然是坏人啊！你们被条条框框锁死了，还让我相信你们？不可能！”

“你不要个人英雄主义，暗网的问题是全世界的难题，吴婉乔的事情我们不会不管，涉及打击暗网的工作，会牵扯到国与国之间的合作，问题很复杂。我们在国外是没有执法权的，必须依靠当地政府的配合。所以我们需要时间，通过多方面的协调，来促成多国联合办案。”

朱太行试着平静自己的语气：“简单和复杂是你们的事情，你们没有执法权，我就替天行道。”

“朱太行！你不要意气用事！我们需要从长计议！”

“犯法的事情我是不会做的，我会不惜一切代价协助警方抓捕犯罪分子，哪怕丢掉性命，也在所不惜！”

“你知道自己面对的是什么吗？专案组会一直查下去，不会放弃的，你需要冷静，现在我们都需要时间来解决这个问题！”

“你们需要时间，吴婉乔就不需要？她现在生死未卜啊！我每天没在凌晨 4 点之前睡着过，只要一闭眼，脑子里都是吴婉乔。你叫我怎么心安？

怎么冷静？”

“天狼星”号邮轮驶向公海前，已经被海警船包围。朱太行亲眼见到弗洛伦斯派手下从“天狼星”号放下快艇。快艇的马力远没有海警船大，海警船便上前阻拦快艇，可没想到那些快艇像不要命一样朝海警船撞去。它们意图非常明显，就是挡住海警船，给“天狼星”号搏出一条逃命之路。

朱太行想亲自调查吴婉乔的事情并非气话，住院至今，他计划已久。

透过猫眼见门外站着一位络腮胡大汉，三胖子吓得差点报警。

“是我！”

“朱太行？”三胖子有些意外。

“还能是谁？”

自从上次朱太行和吴婉乔离开这里，三胖子已经有小半年没见到朱太行了。见他狼狈的样子，三胖子还以为他是被吴婉乔甩了，伤心过度所致。

三胖子有意想嘲讽朱太行两句，但看他面露疲惫，只好把到嘴边上的话，生咽了回去。

三胖子开了门，朱太行也不客气直接走进卧室，倒在三胖子的床上，呼呼大睡起来。

等朱太行再次睁开眼的时候，肥头大耳的三胖子正坐在床边望着他。

“干吗看着我？怪吓人的！”

“干吗看着你？大哥，你终于醒啦！你知道自己睡了多久吗？二十多个小时！你再不醒，我真准备打 120 了！”

朱太行也觉得意外：“睡了这么久？”

住院以来，朱太行没有睡一过个好觉，如今自己走在复仇的路上，心里踏实了很多。

“不就是失恋嘛，她把你甩了，你再找别人嘛，反正就你这情商，不被甩个十次八次是不会有长进的。恋爱让人成长这话不是没有道理。”

“不要胡说！”

“行行行，瞧你这死不承认的劲儿，反正她都把你甩了，给哥们儿讲讲被甩的经过，让哥们儿乐呵乐呵。”

朱太行不愿意聊吴婉乔转移话题道：“老子饿了，有什么吃的吗？”

三胖子一听朱太行叫嚷着要吃的，心里的担心去了大半：“这话您算是问着了，小爷这儿准备了一碗粥、一碟酱豆腐，还有一盘木耳炒鸡蛋。自从上次您在我和吴婉乔面前露了一手厨艺，小爷我是深受刺激，这次请您尝尝小爷的手艺，让小爷也骄傲一把。”

睡了二十多个小时，朱太行肚子早就咕咕叫了，尽管三胖子做的饭菜难吃，他还是一口气吃了几碗大米粥。几碗饭下肚后，朱太行说明了来意。

不用朱太行详细说，身为黑客，三胖子知道那些利用暗网平台犯罪的人都是没有人性的畜生，他拒绝道：“你不要命了！敢跟他们对着干！你应该知道他们是什么人，他们可能是主政一方的大员，也可能是中东的恐怖分子，得罪他们，你不会有好结果的。要是让他们抓到，连全尸都留不下！”

“我如果非要这么做呢？我知道你是大数据筛查专家，我需要你的帮助，如果你怕受连累，我不打扰便是。”

三胖子摆了摆手：“祖宗！根本不是你说的那样，这不是受不受连累的问题，关键是这些事情都应该是警察做的，你犯得着吗？”

“吴婉乔就是被这帮孙子抓走的，现在生死未卜！你说我犯得着吗？”

三胖子这才得知，为什么朱太行会如此行事。三胖子知道朱太行是不容易动真感情的人，可一旦动了真感情，就算他说破了天，朱太行还是会坚持自己的想法。

“碰上你算我倒霉，我设计的大数据筛查软件你随便用，源代码我一会儿就发你。不过在这之前，我有个要求。”短暂沉默后，三胖子道。

“你提。”

“刚才听你说，绑架吴婉乔的可能是犯罪集团，也可能是暗网用户，不管最后我们的敌人是谁，单凭你一个人的力量是不能与之抗衡的，你一个人不行，小爷我行啊，你必须带上我，就当小爷我交友不慎，帮人帮到底了。”

朱太行知道三胖子比自己还胆小，他肯张口说帮自己，就已经很令人感动了，怎么能让他以身犯险呢。

“客气的话不多说了，我替吴婉乔感谢你，你就不用帮忙了，我也怕连累你。”

“你这话说的，要说去战场上拼杀，咱们没有那本事，可要是说计算机技术，咱哥们儿服过谁啊！干就完了！”

“不行！”

三胖子早就想驰骋江湖了，被朱太行拒绝一次，根本打击不到他，他嘴上敷衍道：“行吧，行吧，你说啥是啥。”

“天狼星”号邮轮驶到公海后，就关掉了雷达设备，半个月后，它出现在日本，邮轮上的旅客都安然无恙，没走下邮轮前，旅客甚至以为已经到达了目的地伦敦。

“天狼星”号靠岸前，专案组已经与日本警方沟通好。靠岸后，日本警方没有在邮轮上找到弗洛伦斯和吴婉乔的下落。专案组工作再陷僵局。

周查逐个排查“天狼星”号旅客身份的时候，张作田不顾周查的抗议强制性地给他放了假。

“假期时间不由你定，假期内不允许出莫口市，利用假期处理好自己的事情，归队后有重要任务交给你。”

“我们目前的调查已经很被动了，我现在放假，对不起牺牲的战友！”周查抗议。

“两条路，你自己选，想继续留在专案组，就听我的指挥；不然的话，就把你调回原单位。”

面对老领导的强势，周查尽管心里不愿意，但还是选择接受了张作田的建议。

周查平时工作连轴转，顾不上家，现在闲下来，突然有些慌。慌的主要原因是不想面对杨怡牺牲的事实。以前周查的微博全都是 NBA 球星科比的球赛视频，那天他发了唯一一条原创微博，定位是莫口市民政局，微博内容这样写道：“世界上最遥远的距离不是生与死，而是相爱的人还是爱着。”

第十一章　网　站

“薪水？你还有脸跟我提薪水？你不在这段时间，警察还到公司调查过。你无故旷工给公司带来多大的损失你不知道吗？念你在公司这么多年的份儿上，我就不起诉你了，现在赶紧哪儿凉快哪儿待着去，别在这儿碍老子眼！”

这是朱太行向老板孙达顺讨薪时，孙达顺给的回应。

朱太行在凤凰岭被廖国明绑架后就再也没上过班，公司以他长期旷工为由，开除了他。员工连续旷工达 15 天，单位可以做出辞退处理，公司的这种处理受法律保护。朱太行对公司的决定无异议，他向孙达顺要的只是他在旷工之前，公司拖欠他的两个月薪水。

朱太行继续交涉："我只是想要回公司之前欠我的两个月工资。"

"你居然敢顶撞老子？朱太行，以前算我小瞧了你。"

孙达顺认识朱太行以来，朱太行没有同他顶过一句嘴。

"反正工资需要结清，我需要钱。"

朱太行的坚持惹怒了孙达顺，他一拍桌子："现在给老子出去！"

"我滚倒是可以，不过您这样做不符合《劳动法》……我们应该遵守《劳动法》，按法律办事。"

朱太行在孙达顺眼中，就是一个谁都可以捏的软柿子。软柿子也有脾气了？我就真不信了！孙达顺决定吓吓他："不来上班这些日子，长本事了是吧？行，《劳动法》是吧？你先去跟行政谈谈你旷工给公司带来的巨大损失，再跟我谈《劳动法》吧。"

朱太行不擅长与人交际，若不是出国急需用钱，朱太行也不会来公司要账。孙达顺认定朱太行好欺负，态度相当强硬。孙达顺的办公室不隔音，他这么一嚷嚷，全公司二十几号人都听见了。

朱太行灰头土脸地从孙达顺办公室出来，前台彭艳给他使眼色，偷偷把他叫了过来。

彭艳递给了朱太行一杯凉白开，小声道："你无故旷工这么多天，确实不应该，不过你可以继续向老板要工资，那是你劳动所得。你别听别人瞎说，公司没有因为你受什么损失，我支持你把工资要回来。你以前的考勤我这里都有，回头我可以发你邮箱。讨薪的时候要录音，留证据。"

彭艳的话让朱太行心中一暖："谢谢你，彭艳。"

"谢什么，上次我不小心把我们家人的合影全删了，要不是你帮我恢复，我得后悔一辈子。我删的那张合影是我跟我爸的唯一合影。当时为了感谢你，请你吃饭你又不来，搞得我还挺不好意思的。"彭艳朝朱太行吐了吐舌头。

朱太行从这次来公司讨薪的经历，真的是看出了世态炎凉。平时与朱太行关系处得不错的同事，关键时刻一句话都不帮他说，甚至劝他息事宁人不要工资了。更有的同事拿朱太行打赌，他们认定一向以好欺负著称的朱太行，这次肯定会被老板骂哭。

彭艳小声告诉朱太行，除了她和市场部的向柏阳外，所有人都压朱太行会被会老板骂走。彭艳押朱太行是因为同事们欺人太甚她看不过去，而向柏阳则是喜欢赌大，才押的朱太行。

朱太行来到行政部，还没张口就被行政主管张美丽晾在一边。

朱太行敲了门，张美丽头也没抬："你先等等，我有事儿要忙，等忙完再处理你的。"

当时朱太行就站在张美丽身后，张美丽口中所说的忙，是逛淘宝买衣服。

中午饭点到了，平时喜欢下楼溜达吃饭的员工一个都没走，所有人都在等着看朱太行笑话。

张美丽在淘宝下完最后一单，关上电脑准备去吃饭，她见朱太行还站在身后，像是见到了什么凶猛怪兽一般，抱着胸故作害怕状："干吗啊！站在我身后半天不吱声，故意吓我是吧？你怎么还不走？"

"公司还有两个月薪水没发我，之前欠的。"

"这事儿我怕是管不了，你的工资需要老板签字才能发，我建议你趁着老板还在，赶紧去问问他。"

朱太行知道张美丽在故意踢皮球，干脆点破："我先去找的老板，才来找的您，您应该知道吧。"

张美丽听后，马上换了一副知心大姐的语气："小朱，你这人怎么揣着明白装糊涂呢？既然找老板了，那把他的签字拿来，我就给发工资，我们又没有利益冲突，我不会难为你的，没有签字，你让我怎么办？我也很为难，想帮你都帮不上。"

见识了张美丽的真面目，朱太行总算明白自己一味善意地妥协，换来的除了别人对自己的欺负，便再无任何意义。朱太行心想，你不仁就别怪我不义。

"张美丽，论年龄我比你还大两岁呢，你管谁叫小朱呢？"

张美丽完全没有想到朱太行居然会出言教训她，先是一愣而后一笑。她心想，这次她要是让朱太行拿到工资，她就不在这个公司混了！

"朱太行你行啊，终于露出了本来面目是不是？我真是一心想帮你，还在老板面前为你说了不少好话，如今你不但不感谢我，还这么跟我说话，你这是什么态度？工资你就别想要了。”张美丽假装受了委屈。

“要不要不是由你来决定的，老板也决定不了，《劳动法》有明文规定。我既然跟你们无法友好沟通，只能通过法律途径维护自己的合法权益了。”

“《劳动法》告诉你可以无故旷工了吗？你知道因为你的旷工给公司造成了多少损失吗？”

“首先，给公司造成多大的损失，是需要证据的，你们有证据吗？再说，我敢肯定，即使我不长期维护，我负责的公司网站的安全等级在半年之内也是国内最安全的网站之一，就算 CIA 对它进行网络攻击，怕是也需要费些时间。”

朱太行这话说出口，整个公司的人都笑了。

“彭艳你这回要赔大了，赌什么不好，赌一个吹牛皮的人能赢。”有好事的男职员得意地对彭艳讲。

押朱太行能要回薪水的向柏阳连忙摇头道：“几个月没来上班，上班就来要工资，我以为他长进了，结果是疯了，这赌局不公平！我能不能要回我押的钱？”

“吵什么吵？还吃不吃饭了？都不爱吃以后中午的午休时间取消好了。”

孙达顺怕影响不好，从办公室走出来，准备亲自赶走朱太行。

起初见到朱太行，孙达顺见他搬出《劳动法》向自己要工资，以为他是早有准备，所以打了太极让他去找行政。朱太行和张美丽的对话，他在办公室都听到了，草包就是草包，说来说去也就这么两下，孙达顺心想。

孙达顺从钱包里掏出 500 块塞在了朱太行衣服兜里。

“在公司这么多年了，你人走了，咱们的感情还在，你确实给公司造成了无法挽回的损失，念在你是公司老员工的情分上，我给你 500 块，回头买一身像样的衣服去面试吧，离职证明我也会给你好好写的。”

“差不多得了，遇见这么好的老板是你的福气。”

“还不赶紧谢谢老板。”

孙达顺掏出钱后，员工们为了捧老板臭脚，均劝说朱太行。

见孙达顺走出办公室，朱太行以为他是良心发现，愿意给自己结清工资了。他掏出 500 块钱的时候，朱太行最后一丝顾虑也没了。

“我本来不屑于与你们这些自以为是的人为伍，更不愿与你们纠缠。

老板这样无视《劳动法》也就算了，你们和我一样都是打工仔，难道也认为老板这样做是对的吗？我告诉你们，我的今天就是你们的明天，你们以为孙达顺是什么好老板吗？他睡了多少女同事，别人不知道我知道！”

朱太行说着走到自己工位，打开了自己的电脑。

“朱太行，你再造谣生事，我叫保安了啊！”

张美丽一听脸色一变，想要制止。

“着什么急，孙达顺睡的女人又不止你一个。”朱太行一边操作电脑，一边对张美丽说。

“朱太行！你，你乱七八糟胡说，胡说些什么！抽……抽了……了什么什么风、风了！”

张美丽在特别生气或者紧张的时候，就会结巴。

“我抽什么风了你们自己看！”

按下发送键，朱太行将孙达顺和张美丽接吻的照片发到了每个员工的公司邮箱，并抄送给了老板孙达顺。

张美丽惊慌道：“假的，这是假的！”

孙达顺手疾眼快想拔掉朱太行的电脑电源。

孙达顺气愤道：“朱太行，没想到你不但是惹是生非的小人，还是喜欢看别人私照的变态。”

朱太行没有阻止孙达顺：“以为关掉了电脑，我就没法找到你的照片了是吗？别忘了我是干什么的！谁稀罕看你那些不穿衣服的照片，要不是你那天说硬盘出了问题让我修，我能看到你的照片？”

孙达顺心想，硬盘里确实有好多照片，但他都删掉了，朱太行怎么找到的？

“你可别想太多，我没有存你照片的龌龊想法，不仅如此，当初我看到你照片的时候，还帮你删掉了。”

张美丽问道：“你删掉了怎么还有？”

朱太行冷哼道：“你这么一说，反倒是提醒了我，这些年你没少帮孙达顺偷税漏税吧？不知道真实的财务报表我能不能还原，若是可以，作为正义公民，我有责任把你们偷税漏税的证据送到税务局。”

这次张美丽可不敢与朱太行大声说话了。偷税漏税可是要坐牢的。

孙达顺听朱太行这么说也慌了：“我们到办公室说。”

孙达顺向朱太行招手，朱太行站在原地一动没动。

这时孙达顺还没有意识到，眼前的朱太行已经不是几个月前他认识的那个老实人朱太行了。

朱太行干脆坐在了办公桌上，指着孙达顺说道："从今以后，我就不是你公司的员工了，你以后少跟我吆五喝六，我不跟你计较，真拿我当傻子耍是吗？我没有时间跟你耗，你也别给我一大堆理由，今天立刻给我结清工资。如果你今天不给我结清工资，你放心，我不会拿你的照片威胁你的，法律也不允许我这么做，但我会想办法的，我也一定能想到办法要回我该得的工资。"

孙达顺摸不清朱太行的路数，只能给朱太行结清工资。但就这么简单让朱太行拿到工资，在这些员工面前，自己也太没有面子了。

朱太行临走的时候，孙达顺威胁朱太行："等着公司的律师函吧，工资我一分不差给了你，你因旷工给公司造成的损失我要追究到底！"

朱太行挤出了一个微笑："行，你加油。"

在朱太行拿着全额工资离开公司后，孙达顺坐在椅子上好好回忆了朱太行这个人，结果是越想越怕。朱太行在公司的工号是 014，工号的排名说明他是第十四个来公司的人，也算是公司的老员工了。孙达顺除了知道朱太行是个不爱说话的老实人外，对他的其他事情一无所知。

招惹朱太行，真的对吗？孙达顺有些担心。

走出公司，呼吸着外面的雾霾，朱太行心里竟有了几分自由畅快之感。这些年他为了不惹事，几乎快把自己逼成了抑郁症。合法表达自己的权益，不等于惹事，这个道理他现在才明白过来。若自己早点儿明白这个道理，自己真的可以完全控制尺度吗？朱太行没有这个自信，他更加感激当年妈妈临终前给他的一巴掌。妈妈虽然去了天堂，但那一巴掌的疼痛却不断告诉朱太行，人生在世没有比平安和健康更重要的东西了。

他回头望了一眼自己工作过的地方，露出了一丝笑意，然后大步向前，再也没有回头。朱太行为什么笑呢？他能够想象到，孙达顺以后崩溃的样子。

孙达顺是生意人，从不干亏本的买卖，他不甘心就这么轻易让朱太行拿到工资。除了威胁朱太行，他还要求朱太行必须在公司网站上发表他因无故旷工而被公司解雇的声明。

孙达顺这招不可谓不阴毒，他想让朱太行的简历上有被公司解雇的污点，有了这个污点，不利于朱太行以后找工作。

朱太行毫不犹豫答应了孙达顺的话，他以前在公司，只想求个安逸又不惹事的工作，在事业上毫无进取心。此去 M 联邦共和国，生死都难料，谁还在意一份安逸的工作呢。

朱太行之前说，他给公司网站设计的安全防护系统，连 CIA 都需要费些时间才能攻破，并非虚言。朱太行发了被解雇声明后，又悄悄在公司网站后台删除了自己额外给公司网站设计的安全系统。朱太行当时给公司网站设计的这套安全系统，属于一时技痒，公司从来没有要求过他这么做过。

三年前，朱太行以“查理朱”的代号在 A 国联手周查击败了国际级黑客后，来自世界各地的黑客都想挑战“查理朱”。朱太行给所有想挑战自己的黑客，统一回复：“想挑战我，你先攻破一家名叫鑫达网络科技有限公司的安全系统再说。”

接替朱太行工作的是知名 985 工程大学的研究生。这名研究生刚来公司第一天就开始怀疑人生了，公司网站被黑，后台数据被篡改，他使出了浑身解数，又请教了学校教授，即便如此，依然拿侵入网站的黑客一点办法都没有。

其实这位研究生的水平一点儿不差，可他经不起来自全世界黑客们的轮番攻击。没了朱太行这位保护神，鑫达网络科技公司的网站第二天下午就陷入了瘫痪，第三天彻底成了黑客留言论坛。

黑客们纷纷留言：“查理朱”你输了！

等孙达顺花了大价钱修好公司网站，才意识到朱太行是个不可多得的人才。他想要花重金挽留朱太行，但那时朱太行已经到了 M 联邦共和国。

资金和技术都准备好了，如何才能找到吴婉乔呢？吴婉乔只不过是个普通的学生，怎么会有人动绑架她的念头呢？以前朱太行从来没有利用自己的计算机技术破解过吴婉乔加密过的网络空间和社交软件。如今为了找到线索，他全网检索有关吴婉乔的信息。吴婉乔的网盘中还存着她和张铭宇的合影，从登录日期看，她在亲眼看到张铭宇劈腿后，还是不止一次登录过网盘。合影中吴婉乔的笑是朱太行从来没有见过的。喜欢不一定占有，只要她幸福，自己怎么着都行。朱太行天生有种愿意成全人的善意。这种善意让他放过了别人，也放过了自己，没有让负面情绪影响他的理性判断。

深度检查完吴婉乔的社交账号后，朱太行发现有个账号频繁访问过吴婉乔的网络空间。吴婉乔长得好看，有追求者访问她的网络空间并不奇怪，奇怪的是，访问吴婉乔网络空间的人，登录地址是不固定的，今天出现在北海，明天又变成了山东，除非此人经常全国各地出差，否则就是用了假的 IP 地址，想掩饰自己的身份。

像离地面千米的高空盘旋的鹰发现了兔子，百米之外的狼嗅到了血腥，朱太行盯准了这个账号，只要这个账号在网络上留下痕迹，账号的主人只要不离开地球，朱太行就有信心找到他。

"您好，神通快递，您的快递到了，请您查收一下。"

"我没在网上买东西，你打错了。"

"您是叫向华强吗？手机号是 13174234567 吗？"

"是。"

"那就没错了，是您的快递，麻烦您开下门。"

朱太行与对方沟通后，向华强先是让他把快递送到楼下超市。朱太行谎称快递需要签字，不能放在代收点，坚持要送到他家。

联系向华强前，朱太行已在此小区观察了数天，确定对方平日只是一个人进出。对方平日很少出门，一出门必先观察周围环境。他的种种异常，让朱太行更加确定此人必然和吴婉乔的绑架有某种联系。

确定小区环境有利于自己，朱太行来到了门前。只要对方一开门，朱太行就先用防狼喷雾扰乱他的视线，然后用网上买的电棍将其电晕。为了防止对方醒后挣扎，朱太行还准备了绳子和透明胶布。

门被敲开，朱太行依照计划行事，以迅雷不及掩耳之势向对方喷了防狼喷雾，紧接着掏出电棍戳向对方腹部，但他没想到，电棍居然失灵了。

对方没有给朱太行第二次机会，抬手夺过电棍，伸手一掌拍在朱太行太阳穴的位置，他登时晕了过去。

一杯水泼在脸上，朱太行缓缓醒来。睁开眼睛，他发现本来准备绑向华强的绳子，被对方用在了自己身上。看着被丢在垃圾桶里的电棍，朱太行不禁暗骂网店店家，回头必须给这个不良商家差评。

向华强问："吴婉乔在哪里？"

朱太行不准备妥协："你是不是想要钱？给他们做事情，你能赚多少钱？我翻倍给你。”

对方不关心朱太行说的这些，继续问道：“吴婉乔在哪里？”

“我来之前已经通知了警方，你如果不配合我，就做好人财两空的准备吧。”朱太行装作无所谓。

男人转身进了厨房，出来的时候，端来一个冒着白烟的油锅。

热油滴在地板上，马上出现了焦煳难闻的气味。

“你说我把油滴在你身上，你的肉会是几分熟？”

朱太行明白男人接下来要对他做什么。既然逃不出对方的魔掌，干脆硬气到底。

“你最好把我折磨死，老子做鬼都不会放过你！”

“看来你是不见棺材不掉泪。”

男人刚准备折磨朱太行，这时，门铃又响了。

朱太行趁机大声呼叫：“救……”

还没来得及大喊，向华强用胶布封住了朱太行的嘴。

向华强出去开门，然后传来一阵短暂的打斗声，三胖子便被向华强拖到了朱太行身旁。

“你怎么来了？”朱太行惊着了。

“小爷我都说了，咱们一起救吴婉乔，你撇下我，合适吗？小爷我只好独自行动了。”三胖子被向华强打得晕晕乎乎的，缓了好一会儿，才回复道。

向华强听三胖子说完，明显有些激动，他问三胖子：“你说要救谁？”

三胖子一副大义凛然的样子：“真当小爷是汉奸啊，我实话跟你说吧，小爷我宁死不降，你能怎么着？有本事把小爷大卸八块，让小爷痛快痛快！”

“你说吧，想吃自己身上哪块肉，几分熟，我这油温除了全熟做不到，其他要求你尽管提。”向华强也不跟三胖子废话，又去厨房把油锅加热了端回来。

三胖子吓得往后躲：“大哥！咱们有话好好说，你问啥，对了，是问我要救的人吗？吴婉乔，我要救的是吴婉乔。我这纯属江湖道义啊，从头到尾都是帮旁边这位的忙，请您饶命，饶命！”

朱太行知道三胖子骨头软，没有想到这么软，不过转念一想，作为朋友三胖子已经够意思了，还能要求他做什么呢。

朱太行对向华强说道：“不关他的事儿，放他走吧，有什么事情冲我来。”

向华强把油锅放回厨房，对朱太行的语气缓和了些：“怎么证明你和吴婉乔的关系？”

“现在被你绑着，就证明了一切！你们把她怎么着了？有本事冲我来啊，绑架一个女孩子算怎么回事！”

向华强显然没有多少耐心：“看来应该在油锅里加上葱姜蒜，再浇在你身上，这样才够味儿。”

不知道为什么，朱太行有种预感，眼前这个男人说到做到，朱太行赶忙道：“兄弟，咱们有话好好说，什么都可以沟通，我手机，我手机里有我和吴婉乔的合影。”

三胖子也帮腔：“对对对，他手机里有合影。”

吴婉乔的照片是朱太行的手机屏保，相册里也保存有与吴婉乔有关的照片。

看完朱太行的手机，吴金东帮朱太行和三胖子松了绑，语气虽然是缓和了，但对他们并没有太客气。

吴金东对朱太行说：“就你这小身板，配不上我女儿。”

三胖子有些不解：“你叫向华强，吴婉乔姓吴啊。”

朱太行有些无奈：“现在你还没明白吗？向华强不是他的真名。”

三胖子这才恍然大悟：“原来如此，原来如此，兄弟，不，叔叔，咱们是自己人啊，自己人。”

吴金东看不上三胖子这个软骨头，不再理会二人，去厨房开始炒菜做饭。

吴金东进厨房后，三胖子拉着朱太行的胳膊说道：“怎么才能得到吴婉乔？要么超越她爸，要么讨好她妈。她妈没在，你又打不过她爸，还不快去厨房帮忙，在这儿愣着干什么呢？”

朱太行不是不愿意去，他觉得吴婉乔在自己眼前被人抓走，至今生死未知，为此他自责不已，无法面对吴金东。

过了一会儿，酒菜上桌，吴金东招呼二人过来吃饭。

三胖子早就饿了，没管那么多，挑了一块青椒就往嘴里放。吃到嘴里，才发现吴金东做的饭难吃至极，盐都没撒匀，但怕挨打，又不好意思吐出来，只能暗叫一声倒霉。

吴金东问三胖子：“好吃吗？”

三胖子嘿嘿一乐："味道还可以，好久没吃过这么地道的家常菜了。"

"那就把它吃完，不吃完不许走。"

朱太行上桌后，筷子都没拿起来，倒满酒后，举起酒杯道："叔叔，是我不好，我没有保护好吴婉乔。"

吴金东也挂念着女儿，心里有无数个问号想要问朱太行，于是举起酒杯和他碰了一杯。

吃饭过程中，朱太行对吴金东讲起了他和吴婉乔的经历。讲的时候，朱太行有意抹去了吴婉乔前男朋友劈腿的那一段。说到吴婉乔被弗洛伦斯开枪打中时，吴金东脸上的肌肉不停地在抖动，他只是无意识地拍了桌子一下，整个桌子瞬间散架，饭菜和酒瓶掉了一地。

"什么是暗网？"

听朱太行讲完，吴金东沉默良久问道。

三胖子忍不住解释道："所谓暗网就是我们平时用搜索引擎搜索不到的网络世界，那是一个充斥着贩卖枪支、人口走私的世界，那里的人们……"

吴金东制止住三胖子，指着朱太行说道："你说。"

朱太行试着总结："暗网就是不容易被普通人找到的网络世界，因为网络的匿名等特性，现如今成了世界上最难监管的网络犯罪世界。"

吴金东摇了摇头道："你简单点儿说，我觉得暗网没有那么复杂。这个网络世界是谁建的？我女儿只是普通的学生而已，跟这个网络世界有什么关系？"

朱太行点头道："确实，暗网没有那么复杂。这也是我疑惑的一点。在现实生活和网络世界中，乔乔都没有得罪过人，他们为什么非要绑架她呢？现在网上能够查到的有关乔乔的资料，只有一个骨髓捐献网站。乔乔作为志愿者，曾经报名登记过，并在一个红十字会医院体检过。我假设过乔乔的骨髓特殊，对方有意想得到她的骨髓，这才采取暴力的方式。但这种假设根本不成立，乔乔本身就是志愿者，他们若是真希望让乔乔捐献骨髓，大可不必这样。"

吴金东点了点头："虽然我不懂太多网络技术，但听你刚才说这么多，我觉得暗网不是关键，关键是暗网背后的人。就算是乔乔的骨髓特殊，犯罪组织想要得到，也没有必要与中国警方作对。"

目前是谁想绑架吴婉乔，对于吴金东和朱太行来说，都是无解的问题。

沉默了许久后，朱太行问道：“叔叔，您这些天都藏在这里吗？阿姨没有跟您在一起吗？

吴金东还没有完全相信朱太行：“不该问的，就不要问。”

“我没有别的意思，乔乔一直惦记着你们。”

吴金东有些伤感：“我的女儿，我了解，她可能会一直惦记她妈妈，我嘛，唉，不提也罢，这么多年我们父女之间……”

“其实，您的女儿可能比您想象中更爱您些，只是她不太善于表达。”想到吴婉乔，朱太行心里突然觉得有些难过，他安慰着吴金东，“放心叔叔，我一定找到想绑架吴婉乔的人，我会给她报仇的。”

女儿是父亲上辈子的小情人，眼前这个男人对吴婉乔情真意切，吴金东虽然感动，但心里仍有种天然的排斥：“你的好意我心领了，这些人你不了解，他们不达目的誓不罢休，我女儿我会找的，就不劳你费心了。”

果然！问题出在吴金东这里。是他得罪了什么人，对方才对吴婉乔不依不饶吗？

朱太行按捺不住好奇心问道：“叔叔，您难道知道是谁绑架了吴婉乔？”

第十二章　交　易

快递单上写的收件人是朱太行随便起的网名，联系方式和收货地址自然都是假的。这是他第一次在暗网上购买枪支。卖家发货速度极快，昨天晚上订的枪，今天下午就送到了。若不是怕网络长期在线会被人定位到 IP 地址，朱太行真想给这家名叫“铁血军魂”的暗网网店刷个好评。

男人对武器有种天然的亲近感。打开快递前，朱太行心里竟然有丝期待。等拆了两层包装，真正打开快递，见到枪的时候，朱太行开始暗骂店家无耻，怎么看那把枪都像上学的时候体育老师在起跑线上用的信号枪。

M 联邦共和国长期处于军阀混战之中，若没有一把枪带在身上，什么事情都难搞定。但 M 联邦共和国官方是不允许持枪的，政府在这方面管控得也比较严格。好在 M 联邦共和国部分地区军阀割据，战事不断，从黑市搞一把枪不是难事。

如国内多数管理不完善的楼梯间、公共厕所贴满治疗各种性病的小广告一样，M 联邦共和国杂乱的小巷中，到处贴着买卖枪支的小广告。网上买不到真枪，朱太行只好通过小广告联系武器贩子。

与一名叫“罐头”的武器贩子联系后，根据对方提供的地址，朱太行来到了一条狭小的民巷，巷子越走越深，他开始警惕起来。吴婉乔还没有找到，自己就壮志未酬身先死太不值当。如果在这儿被小人物算计，实在划不来。想到这里，朱太行放弃买枪的想法，转头想走，可已经来不及了。

出现在朱太行对面的“罐头”，是一位三十多岁的中年男子，身材矮小，典型的 M 联邦共和国原住民。他胳膊下夹着一个长方形手包，一副小老板的打扮。他客气地用中文和英文两种语言与朱太行打招呼。

“罐头”的意思是朱太行需要先交钱，才能拿到枪。朱太行直接拒绝了罐头。

“Hand in money, hand in delivery.”朱太行用蹩脚的英语道，他怕“罐头”听不懂又来了一遍中文，“一手交钱，一手交货！”

见朱太行不配合，“罐头”的脸马上变得阴狠起来。他打了一个口哨，巷子前后两头出现了几个痞里痞气的年轻人。

朱太行虽见过生死，可胆子特别小。当时三胖子坚持要与他一起过来，他不同意，现在有些后悔。

“我第一次跟你们打交道，也不知道你们是什么人，没有见到枪，我肯定是不会给你们钱的，再说我也没有带钱。你们要是真想交易，跟我回去取。”朱太行强装镇定道。

“罐头”以为自己被耍了，大手一挥，手下的马仔便拥了过来：“跟你去取？小子，真拿我们是雏啊？好话都跟你说尽了，我们是讲规矩的，今天既然是你先不守规矩，那就别怪我们手黑！”

朱太行以为自己遇到了打劫的，实际上是他不懂 M 联邦共和国买枪的规矩。“罐头”提出的先交钱再给枪的做法并无不妥。在 M 联邦共和国的黑市上，5 把普通的仿制枪都没有一台 iPhone 11 值钱。在“罐头”看来，地下卖枪的生意与卖大米差不多。

见情况不对，朱太行从后腰带里掏出了自己网购的信号枪。

朱太行不识货，“罐头”可是行家。“罐头”虽不知道朱太行掏出的这款枪的具体型号，但他可以肯定的是，这是经过改装后的小型霰弹枪。

这种霰弹枪一般只有M联邦共和国的军方人物才有，朱太行能拥有这把枪，就代表他有军方背景或者与军方有某种关系，这种人是“罐头”惹不起的。再说，霰弹枪的威力“罐头”是知道的，只要对方勾勾手指头，自己就算有九条命都得交代在这里。

“有话好好说，您不是要枪吗？我送您！我送您！您那把枪可别对着人，会要人命的。”“罐头”的态度立马软了下来。

“罐头”给同伴打了个手势，这些马仔从巷子后面拖来了一个蛇皮麻袋，里面有五六支仿制五四手枪、几支M16和一支AK47。看到这些武器，朱太行忍不住咽了口唾沫。他这次是真紧张了，他没想到这些看似不靠谱的人手中真有硬货，而且还这么多。

一个疑问马上出现了：既然有武器，这些人为何会怕自己？难不成他们怕了我手中的信号枪？他们是武器贩子，真的会不识货？还是我手中的枪不是一把信号枪？

朱太行真想朝天开一枪，看看射出去后天空会不会出现颜色。在他的记忆中，他们学校里的信号枪射出子弹后，天空中会出现红颜色的烟雾。这是他辨别枪是否是信号枪的唯一标准。

“罐头”交出所有武器，见朱太行还没放下枪：“枪都在这儿了，您还想要的话，我们就得回仓库取了……”

“都他奶奶的双手抱头，给老子面靠墙跪下。”

事到如今不能露怯，若是被对方发现自己手中的枪是假的，那就糟糕了。想到这里，朱太行装作凶狠的样子。

“哥们儿，不，大哥，咱们有话好商量……”

“好商量还不赶紧给我跪下！真当我不会开枪吗？”

听完朱太行说的话，“罐头”赶紧跪了下来。

就算是演电影，都没办法请到这么好的群众演员吧？他从来不相信抢枪这种事会如此顺利。他把自己顺利的原因，归结在了“罐头”不识货上。事到如今，赶快拿枪走人才能保命，若是被“罐头”发现自己手中的枪是假的，自己的小命可就要留在这里了，朱太行心想。

“你们派一个人跟我回去取钱吧，放心，一分钱不会少你们的，江湖道义我还是有的。”

其实，就算朱太行不说让他们跟着去拿钱，“罐头”也会派人跟踪朱太行的。“罐头”若是这样就被朱太行打劫，以后他就不要在道上混了。心里是这么想，但嘴上还是说：“钱不要了，不要了，您若不嫌弃，我们交个朋友，这些枪就算我们的见面礼了。”

朱太行初涉江湖，真以为“罐头”怕了，不免有些得意，拿着枪在手上耍了起来，结果一个不小心，枪掉在了地上。“罐头”眼尖，瞧出了端倪，但他没有第一时间出手。

朱太行赶忙捡起枪，转身往回走，可还没走出胡同，却发现“罐头”等人被一名身穿迷彩服的漂亮女孩儿拿枪逼着走了过来。

朱太行见此阵仗，心中暗叫不好，自己多半是要被打劫了。事到如今，保命要紧。他举起双手，说道：“有事好好说，我投降便是。”

女孩儿见朱太行这般屄样，扑哧一笑：“从未见过你这么屄的人！”

“你，你不是打劫的？”

“本小姐只不过是行侠仗义，路见不平拔刀相助而已。”

朱太行心想，有你这么拿枪相助的吗？

看着对方警惕地打量着自己，女孩儿也懒得解释，她把手机扔给朱太行，朱太行看了手机里的视频才知道，原来“罐头”等人准备从背后偷袭自己，若不是女孩儿出手相助，自己怕是要中招了

“其实……其实我知道他们想偷袭我，我只是想给他们一条活路。”说完这话，朱太行觉得自己的脸皮又厚了一层。

女孩儿还没有说话，“罐头”扑通又跪下了：“大爷，我错了！放我一条生路吧！”

刚到M联邦共和国不宜结仇，朱太行放过了“罐头”，又交下了这个朋友。他心中有好些疑问：我跟她没有交情，她为什么要救我？她一身名牌，看样子不缺钱。不缺钱的娇小姐们，还有喜欢玩枪的？看她年纪也不大，不需要上学吗？

朱太行为了感激女孩儿救了他一命，请她吃饭，饭桌上他却没怎么说话。

“喂，你不会是没有钱请吃饭吧？真当本小姐身上的枪里没子弹啊？”

朱太行给对方满上酒：“我只是想不明白，你为什么要救我，我们不认识吧？”

“就这问题？”

“就这问题。”

“本小姐最见不了人多欺负人少的事情了，你以后要是以众欺寡，我照样不会放过你！”

“是是是，小姐您说得对，敢问您芳名啊，您的大恩大德我以后定会相报。”

“本小姐我不用你报，你想报也报不了，你就叫我小铯好了。”

说完，女孩儿脸上闪过一丝狡黠的笑意。

通过跟女孩儿聊天，朱太行才发现自己被救纯属偶然。眼前这个叫小铯的女孩儿跟自己一样是刚入江湖的雏，一脑子江湖规矩，实际上却是第一次进江湖的门。两个初入江湖的雏如此一聊，相谈甚欢。二人约好下次见面的时间，可到了时间，二人均爽了约。

一向重视承诺的朱太行这次无暇顾及约定，因为他查找到了吴婉乔的线索。当时海警船包围“天狼星”号，弗洛伦斯未来得及处理代号为王先生的江下武二的物品。这给朱太行提供了极大的便利。江下武二的手机曾联过邮轮上的 VSAT 系统，朱太行通过网络定位到了这台手机，并顺利从 M 联邦共和国籍的船员手里高价买了回来。

给手机充了会儿电，刚打开便收到一个接头位置。这是江下武二与人接头的位置，还是一个早就设好的陷阱？朱太行当时没想太多，便直奔接头位置——一家靠近港口的仓库。

当朱太行持枪小心翼翼地打开仓库门后，迎接他的却是一具心脏被挖、血肉模糊的尸体，从死者的衣服和饰品看，尸体的主人正是吴婉乔。

看到吴婉乔的尸体，朱太行顿觉五雷轰顶，浑身颤抖不止。还没来得及悲伤，仓库外响起警笛声，朱太行本想带着吴婉乔的尸体一起离开，可他知道，现在不是意气用事的时候，内心越是悲痛，越要冷静。目前他能做的只有为吴婉乔报仇了，自己绝对不能出半点差错，他忍住悲痛，起身离开。离开仓库前，朱太行看了尸体最后一眼，他在心中暗自发誓一定要找到杀害吴婉乔的人！

明泽揉了揉眼睛，他以为自己看花了眼，平时喜怒不形于色的彭四海，居然还会跳舞？还是装作没看见比较好，他悄悄将泡好的茶放在桌上，就想离开大厅。

“过来。”彭四海叫住了明泽。

“司令我什么都没看见……”明泽在彭四海面前向来规矩。

“明泽啊，你缺点很多，最大的缺点就是没有自我。”彭四海心情大好。

明泽毕恭毕敬道：“是的，司令我以后会改。”

彭四海和颜悦色地说道：“历事练心，你在我身边经历过不少事，也该成长了。”

听到这里，明泽心中一动，他等这句话不知道等了多久，身为彭四海亲信，做了这么多年护卫，如果被放到部队历练，自己定能凭借能力和人脉成为一方霸主，看以后哪个五虎将敢瞧不起自己。

明泽有意控制着情绪：“司令，在您身边是我的荣幸。我想一直跟在您身边……”

彭四海指了指明泽：“你呀！”

彭四海为了保持自己的兴致，没有把明泽的小心思点破。

“当年中国有种舞叫忠字舞，既能强身健体又可娱乐身心。今天我高兴，就教教你。”

明泽一听彭四海只是教自己舞蹈，而对以后的安排只字不提，心中一阵失落。明泽善于察言观色，他也知道彭四海比他更会察言观色，如果他现在表现出任何情绪，那么他的前途将更加渺茫。

隐藏起内心的苦涩，明泽表现出很有兴趣的样子。

“你看起来身强体壮、手脚灵活，怎么学起舞来笨手笨脚的？真笨啊你！”

彭四海嘴上说明泽笨，脸上却没有任何不悦。

明泽跳舞的时候在想，司令好像从来没有这么开心过。

“算了算了，笨死你了，改天让彭玲玲教你吧。”

明泽一听到彭玲玲的名字，所有烦心事都抛之脑后，赶紧说道：“好些天没见小姐了，让小姐出来活动活动也好。”

彭四海拿着热毛巾擦了擦脸，像是放下心事一般说道：“这孩子的苦也要熬到头了。”

明泽现在大概可以猜想到彭四海开心的原因了。等玲玲的病好了，以后带她出去玩儿的机会就多了，接触的时间多了，感情自然而然也就产生了吧。想到这里，明泽又回想起忠字舞的动作要领，他觉得忠字舞的确如彭四海所说，能娱乐身心。他从总部大楼出来，在楼底下忍不住跳了一段。

明泽的手下看到他在跳一种从来没有见过的舞，以为护卫长受了什么刺激，不过，这些人心里虽有疑问，嘴上可不敢说。明泽在彭四海面前是只温驯的羊，在这些手下面前，他可是头狼 —— 号叫一声就让人胆战心惊的狼。

圣手第一次找彭四海，要与之谈合作，彭四海没有拒绝，是因为他了解到圣手背后的集团势力手眼通天，不能轻易得罪。

派出去调查圣手的人回复彭四海说，圣手背后的狼蛛集团是一群吃人不吐骨头的主儿。中东和非洲好几个小国家的战事，都是因这些人而起，这些人只管从战事中挣钱，从来不讲什么仁义道德。

彭四海听手下人这么讲圣手，当时还骂自己手下，长他人志气，灭自己威风。

圣手好像知道彭四海不相信自己一样，为表达合作的诚意，表示他不但可以帮彭四海找到当年仇人的女儿，还可以治好彭玲玲的病。事实上，圣手已经通过网络找到了吴婉乔的下落。

圣手知道我的仇人是谁吗？彭四海觉得自己都不知道自己的仇人是谁。因为在这个国家，除了自由人民军，哪个不是他的仇人？

给彭玲玲治病？这些年，彭四海为了彭玲玲的病四处求医，自己都成了半个医生。多年求医问药，让彭四海认定了一个基本事实：女儿的病不好治，或者说根本没有治愈的可能。就在前些日子，彭玲玲的病又复发了，比以前更严重。彭玲玲常年吃药，身体已经产生了抗药性，普通的药对她的病没有作用，除了伤身体的特效药，几乎没有其他可行的办法。

圣手则对彭四海说：“3D 打印技术是治疗特殊先天性心脏病的关键，虽说目前在医学领域并没有得到充分的临床证明，但它在心脏病学领域绝对最有前景，3D 打印心血管模型能够模拟患者心血管系统的确切结构，令媛的心脏病完全有可能得到彻底治疗。”

彭玲玲的先天性心脏病也是彭四海的心病。尽管知道天下没有免费的午餐，可圣手的条件太具诱惑力，彭四海最终还是答应下来。

M 联邦共和国非军事区的卡瓦科技园是圣手安排的见面地点，圣手将会在这里亲手把吴婉乔送到彭四海手里。

彭四海与圣手约定的见面时间是下午两点。从总部大楼开车去约定地点大概需要半个小时。

彭四海不喜欢迟到，中午一点，明泽就把车停在了总部大楼门口。时间一分一秒过去，现在已经快两点了，彭四海还是没有走出大厅。不出意外，这是彭四海第一次迟到，明泽站在大厅门口迟迟不敢敲门。

不苟言笑的自由人民军总司令，今天居然跳起了舞，而且还一改常态，推迟了见面时间。他今天是怎么了？若明泽此时推开门就会发现，彭四海不仅在跳舞，而且还流了泪。

铁血司令流泪，这条新闻要是被M联邦共和国的记者们写在报道里，彭四海的老对手们肯定会把报纸扔进废纸篓，因为没有人会相信这新闻是真的。

“铁血的司令和他的军队从不会流泪，他们保护人民的自由，让人民最高贵。”这可是自由人民军军歌的歌词，彭四海亲自写的歌词。

圣手和弗洛伦斯在卡瓦科技园足足等了两个多小时，彭四海的车才开进科技园。

“抱歉，抱歉，有事情耽搁了。”彭四海拱手道。

“哪有，哪有，彭司令日理万机，我们多等您会儿是应该的。”圣手皮笑肉不笑。

彭四海理所当然道：“既然彼此都有合作的诚意，客套话到此为止，开始聊正事吧。”

圣手得意道：“所有正事，我都给司令您办妥了，只等您点头，我们集团便收获了您的友谊。”

彭四海佯装不知情：“正事？什么正事？我怎么不知道？”

“我们已经把吴金东和肖丽的女儿给您绑了过来……”

吴金东和肖丽这两个名字是彭四海的禁忌。身为彭四海的护卫长，明泽知道，敢当着彭四海的面提这两个名字的人已经不多了。圣手这话还没有说完，明泽等人便掏出了枪，场面顿时剑拔弩张。

圣手的手下完全没有预料到对方会突然动手，纷纷望向弗洛伦斯。弗洛伦斯用眼神示意大家不要慌张。

圣手深吸了一口气，指了指科技园的一间屋子继续说道：“总之，吴婉乔就在里面。您要是不愿意交我们集团这个朋友，我就在暗网上把她卖个好价钱。西方有钱的洋鬼子就喜欢找细皮嫩肉的东方女人做奴隶，我这趟买卖也算不亏。”

彭四海面露不悦道：“你这是在威胁我？”

圣手赶忙道：“我们集团诚心诚意交您这个朋友，非洲和中东几个国家有名的武装组织您想必也知道，他们都是我们的朋友，大家有肉一起吃，有钱一起赚，何乐而不为呢？”

“孩子，这不是你的心里话，你心里在想，非洲小国的总统也没有我彭四海这么大的架子，若不是你们集团的指示，我彭四海在你们眼里就是只自以为是的蚂蚁。”

彭四海一语中的，圣手极力否认道：“哪有，哪有，司令您说笑了。”

彭四海哈哈大笑，拍了拍圣手的肩膀：“把我当朋友，还用吴婉乔威胁我？真的是好朋友！奶奶的！”

彭四海示意明泽下了圣手等人的枪。

圣手举起双手：“彭司令您这是做什么？有话好好说嘛。”

彭四海戳着圣手的额头，一字一句地说道：“老子就是要告诉你，老子最烦被别人威胁了，以后谁再威胁老子，就算你是美国总统的儿子，老子也要把你的脑袋拧下来！明白了吗？”

圣手强装镇定道：“只要彭司令答应合作，您就算拧下我的脑袋都成。”

彭四海冷哼道：“我彭四海岂是言而无信之人，答应了合作那就要合作。”

彭四海没有走进屋子去看吴婉乔，答应与圣手合作后，转身率队离开了。

圣手帮助彭四海医治好了彭玲玲的病，心知已经将彭四海掌握在了自己手中。移植在彭玲玲身体中的3D打印出来的心脏需要定期维修检查，检查的时间虽然是以年为单位计算的，可那也是与彭四海谈话的资本。彭四海咱们来日方长！

彭四海答应接受圣手找人医治彭玲玲时，就预料到圣手以后会以此要挟他。彭四海不喜欢受制于人，更何况他认为圣手是个不定时的炸弹。这个人太危险了，要不是彭玲玲命悬一线，彭四海是绝对不会跟他合作的。为了安全起见，彭四海早就着手调查圣手了，毕竟知己知彼，才能百战不殆。了解圣手的底细，再将他连根铲除，才是彭四海真正想要做的，也是保证彭玲玲性命安全必须要做的事情。今天彭四海有意在圣手面前表现强势，就是想告诉圣手，想胡来也要掂量掂量自己的实力。

回总部的路上，明泽向彭四海请示："司令，圣手带来的叫吴婉乔的姑娘怎么处理？他非要送给司令以示诚意。"

彭四海像是无所谓的样子："既然说了跟他合作，咱们也别太过分，先把她关在地下室吧，以后圣手那边若有什么需求，只要不过分，你负责安排就好，不用跟我提。"

彭四海云淡风轻地回复明泽，内心则想起了往日的种种。吴婉乔真的是肖丽的骨肉吗？他不想确定，也不想面对。肖丽是他这辈子唯一的痛。如果圣手抓来的人真的是肖丽的亲生女儿，就说明肖丽和吴铁在那次事故中都活了下来。他们当年一定背叛了我，否则吴铁怎么会改名叫吴金东？若吴婉乔不是肖丽的女儿，肖丽和吴铁如今又在哪里？他们真的还活着吗？还是圣手故意设计骗我？

世事无常，造化弄人。

肖丽和吴金东的下落，是彭四海二十多年也没有找到的答案。现如今，彭四海认为自己永远找不到答案的时候，圣手却说帮他抓到了当年仇人的孩子。

如果圣手抓来的真是吴金东的女儿，对于如何处理吴婉乔，彭四海想过两种方案。一是娶了吴婉乔，昔日兄弟的背叛、肖丽的移情别恋让彭四海痛不欲生。自由人民军总司令娶妻，对 M 联邦共和国任何女子来说都是无上荣光的事情，从这个角度讲，自己的做法并不算有悖人伦；二是软禁吴婉乔，好吃好喝地对待她，让她此生不能与亲生父母见面，也算报了当年被他们背叛陷害之仇。

这两种对待吴婉乔的方案，比起当年吴金东和肖丽对自己做的事情仁慈多了，彭四海问心无愧，认为自己做的不是缺德事。为什么作为生死兄弟吴铁会背叛我，还勾引我的女人？我到底哪里做得不好？绝不是！找了二十多年都没有找到吴铁和肖丽的下落，如今圣手说他找到了，这是一场阴谋吗？进地下室看吴婉乔之前，彭四海还在想这个问题。

欧洲地中海的萨多亚酒窖中，一排排酒桶像是等待检阅的士兵，白胡子老人巡视着酒窖，一丝不苟地检查着每个酒桶的密封度。

管家走进酒窖对老人说："三长老，彭四海答应合作了。"

三长老检查完最后一个酒桶："答应不等于成功，圣手在行动的同时，其他人也可以搞一搞嘛，酒发酵时间越长，味道越正。”

三长老好像对彭四海愿不愿意合作的事情看得并不重要，他没有继续聊刚才的话题，而是走出酒窖，看着外面如画的蓝天白云，以及更远处的百亩葡萄园，露出了久违的笑容。

“这种温度和湿度，最适宜葡萄发酵，我们多雇些工人嘛，多采摘，来年又能多收获几桶佳酿啊。”三长老感叹道。

若说此位面露和蔼笑容、热爱酿酒的白胡子老头，就是集团以阴狠毒辣著称的十二长老之一的三长老，可能没人会信，也不会有人信，全世界知道他是三长老的人，包括管家在内不超过 10 人。

地下室，彭四海与吴婉乔四目相对。

彭四海打量着吴婉乔，试图从她身上找到故人的影子，可让他感到可笑的是，二十多年过去了，他已经忘了肖丽的模样，又怎能找到故人的影子呢?

吴婉乔被关进地下室后，生不如死，她的意识是清醒的，但是被弗洛伦斯下了春药，现在的她身体燥热难耐，极度渴望一个人来浇灭她难挨的欲望。彭四海的出现，让吴婉乔的火热一下子有了发泄的对象。

彭四海在吴婉乔眼中，一会儿变成张铭宇，一会儿变成朱太行。

吴婉乔解开外套，面红耳赤地吐着芬芳之气：“抱我，抱着我。”

十年前，彭四海当时的对手把漂亮女人提亚安插到了他身边。一天半夜醒来，他险些死于提亚手中，从此便再没碰过女人。眼下彭四海自认为有定力，可以对吴婉乔无动于衷，但不知怎的，还是没忍住多看了吴婉乔两眼。

吴婉乔继续脱衣服，雪白脖颈上的那颗痣，让彭四海的眼睛越睁越大。二十多年不曾流泪的他，抱着吴婉乔号啕大哭。

吴婉乔是他的亲生骨肉，是他的宝贝女儿。那颗痣就是最好的证明。彭四海家世代遗传，他爷爷的痣、他爸爸的痣，还有他身上的痣都长在同样的地方。彭四海捧着吴婉乔的脸仔细观察着，她就是我的女儿，我绝对不会认错！难道当年肖丽怀了自己的孩子？一定是吴铁这个王八蛋强行占有了肖丽！吴铁！你这个狗娘养的王八蛋！老子就算追你到天涯海角，也要将你碎尸万段！不对！既然圣手知道自己以前的事，眼前这个女孩儿会不会是陷阱？短暂的情绪波动后，彭四海又恢复了理性。为了验证吴婉乔的身份，他派人采集了吴婉乔的 DNA 信息。

卧室里，彭四海坐在床边，大气都不敢出，生怕吵醒熟睡的吴婉乔。

睡了十几个小时，吴婉乔终于睁开了眼，她发现自己正枕着彭四海的胳膊。陌生的床前，陌生的人，自己身上的衣服也换成了睡衣。想起自己被弗洛伦斯灌药后身体的反应，又想起自己在地下室脱衣服的事情……尽管后来陷入昏迷，但她也似乎能知道彭四海对她做了什么。

"你对我做了什么？！我杀了你！我要杀了你！"吴婉乔想推开彭四海，却发现自己半分力气都没有。

彭四海见吴婉乔醒后如此反应，有些不知所措："你别害怕孩子，你太累了，注意休息，注意休息……"

吴婉乔眼里涌出泪水："畜生！你对我做了什么？我要杀了你……"

彭四海恍然大悟，柔声道："放心孩子，你的衣服是我找阿姨换的，在我这里你只管好好休息，谁要是欺负到你头上，我彭四海拧掉他的脑袋！"

吴婉乔的睫毛与她母亲肖丽的十分相像，她的睡姿却和自己一模一样。看着吴婉乔，彭四海怎么喜欢都不够，他觉得这么多年，自己欠女儿太多、欠肖丽太多，他想补偿，却不知道怎样才能让吴婉乔满意。

吴婉乔排斥彭四海，彭四海只好把病愈出院的彭玲玲叫来陪吴婉乔。当年三人失散后，彭四海思来想去，认为自己被兄弟背叛了。吴金东的存在是自己这辈子最大的耻辱。现在不是把所有事情都告诉玲玲的时候，彭四海便没有对彭玲玲解释她和吴婉乔的关系。

彭玲玲自从换上了 3D 打印心脏，再也没有发过病，性格比以前活泼了。彭玲玲长这么大，都是所有人围着她转，如今彭四海让她陪着吴婉乔，她心中自是不愿意。家里用人那么多，爸爸居然舍得让我照顾他的小情人，可真是娶了媳妇儿忘了女儿啊！彭四海孑然一身多年，彭玲玲虽说心中不悦，但嘴上还是答应了。

进了卧室，彭玲玲满脸堆笑，想整蛊吴婉乔："小妈您终于醒了，您要是不醒，我们家老爷子非要了我的命不可。"

屋子里没别人，对方嘴中的小妈莫非是自己？吴婉乔长这么大第一次被人叫妈，心里极不舒服，干脆装作没听见。

彭玲玲笑嘻嘻地看着吴婉乔："呦呵，脾气还不小呢。傲娇！完美！怪不得我们家老头子喜欢你。"

"你们家老爷子？你是他女儿？"吴婉乔心中一动。

"你这话说得不对，我是你们的女儿，看你脸色红润，老实交代，你们是不是睡过了？"

若不是亲耳听到，吴婉乔不会相信眼前这位清纯可爱的女孩儿说话如此大胆。

"出去！"

"叫我出去？虽然老爷子睡了你，但这个家还是我说了算，只要我不同意，你就成不了我小妈，信不信？"

吴婉乔不知道彭玲玲在讲什么，干脆闭上眼睛不再搭理她。

彭玲玲以为自己说中了吴婉乔的心事，靠近吴婉乔说道："嘿嘿，你还没回答我呢，你们是不是睡过啦？"

吴婉乔等的就是现在，此时她身上的药劲虽说还没完全退去，但收拾眼前的彭玲玲还是有信心的。她抓住彭玲玲的胳膊，反手将其压在床上。

彭玲玲哪里被这么欺负过，想喊人，嘴刚张开就被吴婉乔用袜子堵住了。彭玲玲还想挣脱，胳膊却被吴婉乔扭得更疼了。

吴婉乔说道："只要乖乖配合我，我保你平安。"

从小到大都是彭玲玲捉弄别人，没想到有一天自己也会被人捉弄。彭玲玲眼泪汪汪地看着吴婉乔，示意吴婉乔把她口中的袜子拿掉。

吴婉乔看着彭玲玲可怜的样子，心里有些不忍，但又怕拿开袜子，彭玲玲会叫喊。

"你答应拿开后不叫，我就拿开。"

彭玲玲点头。

"要是你敢叫喊，这条胳膊就别想要了。"

彭玲玲拼命点头。

吴婉乔慢慢拿开袜子后，彭玲玲开始大口呼吸新鲜空气。

彭玲玲恶狠狠地对吴婉乔说："你等着，老娘早晚有一天会收拾你！"

吴婉乔见彭玲玲还不听话，作势要继续往她嘴里塞袜子。

"别别别，不就是出去嘛！我也想跑出去！咱们这点是一致的。你要相信我！"

吴婉乔不信彭玲玲的话：“说谎也得把谎话编圆，这是你家，你为什么还想跑？”

彭玲玲心想，我也想知道老爷子为什么不想让我出去好吗？其实彭四海禁足她的原因，她清楚得很，就是怕她惹是生非。

彭玲玲不好意思吐露实情：“姑娘我正值妙龄，长得如花似玉闭月羞花，整个 M 联邦共和国你去打听打听，谁不知道我彭玲玲的芳名。我们家老爷子怕我被人欺负，从来不让我私自出门，我都快憋死了。”

吴婉乔不屑道：“就你？”

“我怎么了？就你连我的一半……”

彭玲玲想说吴婉乔长得不及她一半好看，身材也没她标致，这话说到了一半就停住了。她打量着吴婉乔，尽管吴婉乔脸色苍白，可倦容之下也难掩其天生丽质的容貌。最让她嫉妒的是，吴婉乔的身材比她的更丰满。

彭玲玲挺了挺胸脯，不甘示弱：“别以为你长了张蛊惑人心的脸，又做过隆胸手术，就觉得自己是天下第一美女了。跟你相比，本姑娘是纯天然美女，阿拉伯酋长的儿子都向我提过亲，你信吗？一看你就没男朋友吧？我是有男朋友的人，我出去是见心上人的。怎么了？你要是有男朋友，是不是日日夜夜想见他？我也一样啊。真爱至上！”

彭玲玲怕吴婉乔不信，还帮吴婉乔搞到了一把 M17。手枪拿到手中，心放下了一多半，吴婉乔再次打量彭玲玲，认定她毫无心机，便对她放下心来。

“我不关心你的事，你跟我说怎么才能跑出去。”

彭玲玲说出了自己的计划：“刚才我家老爷子有事情出去了，这是我们逃跑的最佳时机。一会儿呢，你就假装晕倒，我把人都叫过来，然后假装对你抢救一番，最后带你去医院。”

吴婉乔将信将疑：“你懂得急救？”

彭玲玲得意道：“本小姐从小抱着药瓶子长大的，久病成医懂不懂？当然你也可以选择不信，那你就只能在这儿好好待着。不过，你不要难过，我在这儿陪你，咱们做不成母女做姐妹也好，你说是不是？”

想要出去，吴婉乔必须过三道岗，硬闯几乎是不可能的，她心想，不管彭玲玲靠不靠谱，死马当活马医吧。

吴婉乔同意了彭玲玲的计划：“行吧，你叫人吧。”

彭玲玲开心道："小妈，咱们说好了啊，我说行了就行了。到时候要是因为你不配合，咱们露馅儿了，可就不好玩儿了。"

"原来你是在玩儿？"

彭玲玲赶忙摇头说："哎呀，我平时说话就这样，不要在意细节。那我叫人了啊？"

彭玲玲怕时间长了吴婉乔反悔，打通了电话："来人啊！有人晕倒了！"

总部大楼有医生，医生来之前，彭玲玲威胁了医生一番，医生只能按她事先交代好的办事。

当着执勤官孙萧然的面，彭玲玲开始了自己的表演："大家都不要慌，我先对她进行急救，你们快去安排车，一会儿带她去医院。若送得及时，她这条命或许还能保住。"

彭玲玲说完见所有人都杵在原地不动，催促道："赶紧啊！这件事情大家保密，她的身份大家应该都很清楚，若是让司令知道了，到时候怪罪下来，可别怪我没提醒过你们！"

孙萧然怕担风险，不愿把吴婉乔送往医院。

"小姐，不然咱们先急救，万一把她救活了呢，我看，咱们还是不要去医院了吧，还是家里比较安全，司令特别交代过……"

"废话，当然是先急救了！"

彭玲玲把之前吴婉乔塞在她嘴里的袜子，往吴婉乔嘴上抹了抹，然后假装对吴婉乔进行紧急救护。

吴婉乔明知被彭玲玲整蛊，却无可奈何。彭玲玲进行了象征性的抢救后，表示必须把吴婉乔送到医院。为了让卫士们放心，她还让医生又检查了一遍。

医生事先被彭玲玲威胁过，哪敢多说什么。

彭玲玲催促道："车叫了没有？她快没有呼吸了！"

孙萧然见吴婉乔脸色苍白，气若游丝，胸口也无大起伏，赶紧跑出去，亲自安排了去医院的车。

彭玲玲见计谋得逞，心情好得很，趁人不注意，捏了捏吴婉乔的脸蛋，还摸了一下吴婉乔的胸。吴婉乔被彭玲玲这么一捉弄，后悔不已，心想，还不如自己硬闯呢，这小丫头看上去毫无心机，实际上坏透了。彭玲玲全然不在意吴婉乔的感受，一心想着去外面见那个让她日思夜想的白马王子。

为了以防万一，孙萧然亲自开车送吴婉乔去新缅市中心医院，彭玲玲以自己必须 24 小时看护吴婉乔为由，跟车同行。

车还没到医院，彭玲玲叫停了车。

孙萧然踩住了刹车："小姐，现在不能停车啊，距离新缅市中心医院还有半个小时的车程，咱们若不抓点儿紧，一会儿遇到堵车可就麻烦了。"

彭玲玲叹了口气："你知道自己为什么到现在也高升不了吗？"

孙萧然不明白："小姐，恕我愚钝……"

彭玲玲撇了撇嘴："你呀就是太笨，到现在也没有看出来，我是在利用你逃跑吗？"

孙萧然为难道："小姐，你不要太为难我。"

彭玲玲安抚孙萧然："放心吧，我不会为难你，这个女人你开车送回去便是，我下车办点儿事情，晚一点回去。你路上小心一点儿，她会功夫哦。"

彭玲玲自顾自下车，却被吴婉乔伸手拦住了。

孙萧然发现后座躺着的女人睁开了眼睛，心想不妙，赶紧掏枪，谁知吴婉乔的动作比他还快，只觉后脖颈被拍了一下，当即晕了过去。

见孙萧然瞬间被打晕，彭玲玲大呼失望："明泽是怎么挑的人，也太不禁打了吧。"

吴婉乔说道："原来你只是利用我，现在你的表演该结束了，我不想跟你废话，把身上的钱和手机都给我，你当我打劫也好，怎么都好，总之我要回国。等你把我送到我们国家的大使馆后，我自然把一切都还给你。"

彭玲玲举起双手做投降状："OK，为了活命，我自然得帮你。"

吴婉乔以前没有用武力威胁过别人，心里有些抱歉："到了大使馆，你把我放下来就行。"

吴婉乔本来还想对彭玲玲说句谢谢，可想起彭玲玲在急救的时候整蛊自己，那句谢谢刚到嘴边又咽了回去。

吴婉乔还是低估了彭玲玲。车没有开到大使馆，而是在一家酒吧门口停了下来。

"敢骗我？"

彭玲玲有些得意："不是骗你，大使馆还是要去的，只不过我得先办我的事。"

吴婉乔锁死了车门："你现在不能下车，什么时候到了大使馆，我什么时候放你走。"

“咱们就别下车，我家老爷子要是发现你不见了，肯定满世界找你，咱们看谁耗得过谁。”

“你在威胁我？”

彭玲玲做着鬼脸：“对呀，我在威胁你。”

吴婉乔想一走了之，只不过人生地不熟的，一来怕弗洛伦斯等人找到她，二来彭玲玲的身份让她觉得有可利用的地方，便按捺住了下车的冲动。

“你想怎么样？”

彭玲玲见好就收：“都说了，我会把你送到大使馆的，不过你得先跟我去一趟酒吧。”

吴婉乔答应了彭玲玲提出的条件。

彭玲玲见吴婉乔被自己说服，心里说不出地高兴，搂住吴婉乔的胳膊，略有些撒娇道：“小妈啊，你真好，你要是当不成我的小妈，我们做闺密啊，一辈子的那种。”

不知道为什么，彭玲玲见到吴婉乔，便有一种很熟悉、很亲近的感觉，这种感觉以前从未出现过。

见彭玲玲丝毫不跟自己见外，吴婉乔拿她一点儿办法都没有。若是自己家有这么一个妹妹，自己肯定一天打她三遍，三遍不行就四遍、五遍，直到打到听话为止，吴婉乔心想。

彭玲玲去酒吧要见的心上人，是她在网上认识的查理朱。查理朱学识丰富、风趣幽默，关键是懂她的心思。世界上真的有知己吗？在遇见查理朱之前，彭玲玲几乎从来没有想过这个问题，如今她信了。没有哪个女孩儿会拒绝完美先生，彭玲玲敢爱敢恨，没见到查理朱，就已经把他当成了自己的理想型男友。

毕竟是人生中第一次见网友，难免紧张，彭玲玲以帮助吴婉乔去大使馆为条件，让吴婉乔陪她去见查理朱。吴婉乔为了能尽早回国，只能答应下来。

吴婉乔发现自从见到彭玲玲开始，短短几个小时，竟然陪彭玲玲做了好多荒唐之事。由于吴金东从小对吴婉乔的教育，她长这么大几乎没有做过不合规矩的事情，如今硬着头皮加入到彭玲玲的各种荒唐计划中，她觉得自己似乎在做梦，一场不属于自己人生的荒唐梦。

与其说是对彭玲玲的妥协，不如说吴婉乔是在给自己时间思考问题。

尽管语言不通、身上又没有钱，可她真想去大使馆，也不是一件无法完成的事。在中国那么安全的国家都会被人绑架，更何况是M联邦共和国，为了稳妥起见，她最终还是放弃了独行回国的想法。

到了酒吧门口，彭玲玲拉住吴婉乔说："等一会儿，等一会儿，我有点儿紧张。"

此时吴婉乔已经调整好心态，权当在给彭玲玲打工，打工者自有打工者事不关己的立场，她甚至有些幸灾乐祸："别紧张，第一次见网友，谁都紧张。"

彭玲玲摇了摇吴婉乔的手，有些担心："你见过网友吗？听说网友都是见光死，他会不会嫌弃我丑啊？"

"不会吧，你这么漂亮。"

"漂亮也会怕啊！"

吴婉乔不想被彭玲玲拉拉扯扯，她甩开彭玲玲的手："怕什么？您可是M联邦共和国之花，谁会嫌弃第一美人丑，除非他是脸盲或者他根本不喜欢女人。"

彭玲玲若有所思地点点头："我认真思考了一下，你不能跟我进去，万一、万一他看上了你呢？我岂不是亏大了。"

"你们不是聊得热火朝天吗？不是谁也无法阻挡你们的爱情吗？不是什么灵魂伴侣吗？都这样了，还怕我抢了你的如意郎君？"吴婉乔敷衍着。

彭玲玲指了指吴婉乔的胸部："现在男人们说的话，你可以全信也可以全不信，这话的意思如果听不懂，你可以直接理解为，男人的嘴，骗人的鬼。他们嘴上说真爱无价，实际上只是惦记你的身体。尽管我不愿承认，但你的身材确实比我的好一点点。你懂我的意思吗？"

"你放心，他要是喜欢我或者故意找我搭讪，我一拳把他打晕，送到你房间，这样你满意了吧？"吴婉乔摊开手说道。

彭玲玲撇了撇嘴："喂，你在乱说些什么，孤男寡女，怎么能共处一室？我家老头子说了，要是未经他允许，我敢在外面找男朋友，我男朋友的家人全都得遭殃。"

"你见还是不见？"

"哎呀，人家不是第一次见网友嘛，紧张！"

吴婉乔懒得跟彭玲玲废话："人啊，总要学会一个人长大，我就不进去了，我在门口等你好了。”

彭玲玲不顾吴婉乔的警告，又拉着吴婉乔的手摇着：“哎呀，你陪我进去，不然我没有安全感。”

吴婉乔威胁道：“要我进去也行，要是他喜欢上我，我可不负责。”

彭玲玲像是变魔术一样拿出一副面具在吴婉乔面前晃了晃。

吴婉乔怕了彭玲玲：“你的意思是让我戴着面具去酒吧？神经病吧！”

彭玲玲央求道：“酒吧里戴着面具跳舞喝酒的人多了去了，不差你一个，你究竟去过酒吧没有？怎么这么扭捏？”

敌不过彭玲玲的软磨硬泡，吴婉乔只好依了她，戴着面具进了酒吧。

彭玲玲进了酒吧给查理朱打电话，但对方一直不接。最后一通电话打过去，还被对方挂掉了电话。吴婉乔刚想嘲笑彭玲玲时，彭玲玲接到了查理朱的微信。

微信内容是这样写的：“我见到你了，没想到你这么漂亮，我有些紧张，不好意思见你，能不能给我两分钟时间，等我平复一下情绪再来找你？”

吴婉乔看过短信后，警惕地观察着周围，提醒彭玲玲：“小心有诈，我看我们还是赶紧离开这里吧。”

彭玲玲一边环视着酒吧里来回走动的人群，一边说：“不，他不会骗我的，我相信他！两分钟，就两分钟，两分钟不来，我们就走。”

彭玲玲等朱太行的两分钟，是朱太行心情颇为复杂的两分钟。几个月前从“罐头”手中救出自己的小锦，竟然是彭玲玲。

绑架彭玲玲是朱太行早就计划好的。

朱太行查到资料，近几年东南亚多起贩卖人体器官的犯罪活动，多与M联邦共和国第五特区的自由人民军有关。自由人民军总司令彭四海有个独生女叫彭玲玲，患有先天性心脏病。这种先天性心脏病如果进行治疗的话，需要大量同血型的血为手术做准备。吴婉乔曾经申请做过骨髓捐献志愿者，她的相关体检资料，只要会信息检索的人，都能在网络上查到。这让朱太行怀疑吴婉乔的心脏是不是移植给了彭玲玲。

几分钟后，朱太行恢复了冷静，出现在彭玲玲身后，轻拍了一下她的肩膀。

朱太行戴了一副大框墨镜，穿了一身笔挺的西装，道歉说：“抱歉，我来迟了。”

毕竟是女孩子，第一次见心仪的网友，彭玲玲难免有些紧张，她转头看着面前儒雅稳重的男人，脸颊马上红了起来。

彭玲玲腼腆地试问："查理朱？"

"终于见面了，见到你真好。"朱太行展现了他在镜子前练习了数百遍的成果。

彭玲玲羞涩地低下头，笑靥如花："我也是。"

听到朱太行的声音，吴婉乔只是觉得耳熟，等看见朱太行出现在自己眼前时，她惊讶得差点儿叫出声。朱太行和彭玲玲浓情蜜意的交谈，一瞬间让她忘记了思考朱太行为什么会来到这里。感性此时已经蒙蔽了她的大脑，让平日几乎从不说脏话的她，瞬间想飙出一系列带有醋意的脏话："王八蛋！渣男！浑蛋！人渣！"

吴婉乔对朱太行太失望了，当时亲眼见到张铭宇劈腿，她已心如死灰。是朱太行一直陪伴着她，治愈着她感情的伤疤。如果说张铭宇当初背叛她，让她对爱情失望至极的话，如今朱太行与彭玲玲搞暧昧，像是一盆滚烫的沸水彻底浇灭了她对爱情的向往。

空气中混杂着烟酒难闻的气味，吴婉乔看着舞池中伴随着音乐舞动的人群，再看看旁边正在亲密聊天的朱太行和彭玲玲，感觉自己特别多余。

朱太行与彭玲玲碰杯："坦白讲，我见到你有种似曾相识的感觉，我们好像在哪儿见过。"

"我也是，可能是上辈子吧，也可能是梦见过……"

"哪里是上辈子，明明是几个月前……"朱太行摘下墨镜说道。

"啊！原来是你这个㞞包！"

"是啊，㞞包爱上你了！"

酒吧的音乐声很大，朱太行跟彭玲玲说话时的音量又小，可不知道为什么，朱太行对彭玲玲说的每句话，吴婉乔都听得一清二楚。

彭玲玲从来没有遇到过像查理朱这样的人，如此知她懂她。这位叫查理朱的男人，最爱的歌手是她的最爱；最喜欢的国家，也是她向往的地方；甚至童年的经历，都与她相似。两人几个月前的交集，更让她觉得他们是命中注定的缘分。

朱太行又与彭玲玲碰了杯酒："你一定还喜欢肖邦的《降E大调夜曲》。"

彭玲玲眼睛放亮："听这首曲子的时候，手中必须要有杯酒，而且……"

“而且红酒必须是法国朗格多克地区产的才有味道。”

彭玲玲难以置信地看着朱太行，心想他是自己肚子里的蛔虫吗？难道这就是所谓的真命天子？

彭玲玲深情凝望朱太行的时候，朱太行脑子里不断检索着关于彭玲玲的信息，生怕有任何疏漏，引起她的怀疑。为了搞定彭玲玲，朱太行事先盗取了她的社交账号和网络空间，背熟了她发表在推特上的每一篇文案，包括她喜欢的乐队名字、喜欢的作家、爱看的影视剧等，甚至连她偷偷关注的男同学和小众明星的账号也翻了个遍。

吴婉乔跑出了酒吧，呼吸了几口新鲜空气，理性又重新占据了她的大脑。她觉得自己不应该这么一走了之，以她对朱太行的了解，他不可能在这么短时间内变成一个把妹高手。就算自己看走了眼，就算他是个负心汉，那也用不着来M联邦共和国专程见彭玲玲。

半个小时后，朱太行搀着彭玲玲从酒吧里摇摇晃晃地走了出来，吴婉乔悄悄跟在两人身后。她告诉自己，我只是想弄清楚事情的真相，弄清楚就回国。

到了住处，酒精已经彻底麻醉了朱太行的大脑神经，他拿着钥匙找钥匙孔，找了十几分钟都没有将门打开。朱太行的计划是先把彭玲玲灌醉，再把她绑架回家。但他低估了对方的酒量，尽管为了灌醉彭玲玲，他事前准备好了醒酒药，可即使这样，等把彭玲玲灌醉，搀着她回到住处时，他也趴在了地板上，连关门的力气都没有了。

吴婉乔将烂醉如泥的二人搀到了床上。看着他们在床上挨得那么近，吴婉乔觉得很不舒服，为了分开两人，她又把朱太行从床上拖到了沙发上。

这么多天都在紧张中度过，这么一番折腾，吴婉乔体力消耗过大，干脆也靠在沙发上休息起来。这是吴婉乔认识朱太行以来，第一次正面见他熟睡的样子。她从来没有这么近距离观察过他。

之前朱太行为吴婉乔做了那么多事情，吴婉乔嘴上没有说感谢，但心里一直都记得。她知道朱太行喜欢自己。作为感谢，她想亲朱太行一下。

刚凑近不省人事的朱太行，没想到他突然睁开了眼，吴婉乔吓得站了起来，差点儿惊叫出来。她下意识捂住了嘴，思考着怎么解释，可还没开口，朱太行便环抱住她，睡在了她怀中。睡觉的时候嘴里还嘟囔着：“乔乔，老子好想你，好想好想，想你到无法承受！”

发现朱太行只是醉酒胡言乱语，听到他无意识地表达对自己的喜欢，吴婉乔心中感受到了一丝恋爱的甜蜜。

第二天，朱太行睁开眼发现自己躺在床上，怀中抱着一个女孩儿的时候，整个人都蒙了。难道梦还没醒？他扭过女孩儿的脸，发现和自己同床共枕的居然是彭玲玲。

四目相对，朱太行下意识松开彭玲玲，马上道："对不起，对不起，昨晚喝多了。"

彭玲玲一脸幸福的模样："昨天晚上我们发生了什么……"

朱太行的大脑高速旋转，想要记起绑人的绳子在哪里。

"你闭上眼睛，我告诉你昨天晚上发生了什么。"

彭玲玲以为朱太行要亲吻她，捶着对方的胸口："坏男人，你想干吗？"

面对衣衫不整的彭玲玲，朱太行咬紧牙根，试图让自己清醒："你先闭上眼睛再说。"

彭玲玲认定朱太行是她的真命天子，就算朱太行现在让她跳楼，她也会毫不犹豫地去跳，更别说只是乖乖闭上眼睛了。

看着眼前乖巧的彭玲玲，朱太行摇了摇头，狠下心从床底下拿出了绳子。

"解释一下吧，怎么回事儿？我是不是打扰你们了？"

此时彭玲玲正幻想着朱太行的深情一吻，结果却听到了吴婉乔的声音。像是约会被人发现，彭玲玲眉头一紧，瞬间感觉无比扫兴。真是搬起石头砸自己的脚，当初为什么要让她跟自己去酒吧呢？彭玲玲懊恼着睁开了眼，无比幽怨地看着吴婉乔。

吴婉乔见彭玲玲的样子，心中大有恶作剧得逞的快感，一脸严肃地说道："受人之托，忠人之事，我答应要保护你，就不会让你被男人占便宜。"

朱太行见到吴婉乔吓了一跳。

"你，你不是死了吗？！"

"就这么想我死？"

看着眼前的人真是吴婉乔，朱太行脸上渐渐堆起了笑意，他想去拥抱她，想问她是怎么从弗洛伦斯手中逃出去的，想问她为什么出现在 M 联邦共和国。种种想法全部变成了慌张和局促。

他现在唯一想要做的就是对吴婉乔解释："我跟她不是你想的那样，你知道我做不出那种事情的，真的，如果你愿意听我解释……"

还没说完，他就想收回刚才的话，这不是捉奸张铭宇的时候，张铭宇的台词吗？

朱太行又补充道：“我不是张铭宇，我跟她真是清白的。”

才补充完，朱太行又觉得自己太做作。清者自清，自己做的一切都是为了吴婉乔，没必要向她解释什么。想到这里，朱太行干脆张开双臂上前拥抱吴婉乔。

吴婉乔后退一步：“你想干吗？”

吴婉乔后退这一步，瞬间让朱太行失去了所有勇气。他低着头，像是犯了大错一样，来回搓手，局促不安。他知道自己现在这样真的很不男人，但吴婉乔好像有一种魔力，只要吴婉乔在他面前，无论他做了多少准备，都会变成不知道怎么表达感情的失语者。

太阳没有从西边出来，吴婉乔却迈出了感情的第一步，她抱住朱太行，在他耳畔悄悄地说：“你们认识？不管你们认不认识，反正你现在是我的。”

“反正你现在是我的”这句话就像原子弹一样在朱太行脑子里炸开了花。这一切是真实的吗？他只感觉身体在空中飘飘欲坠，血液在身体里四处乱窜。回味了两遍吴婉乔的话，鼻血奔涌而出后，他的身体终于着地，确定了自己不是做梦。

朱太行抱住吴婉乔说道：“我发誓，以后再也不会让你离开我身边了。”

朱太行自从认识吴婉乔以来，从未见她这么主动过，把她抱得更紧了。

“为什么不能离开你？这么说就好像我是你的私人物品一样。”

朱太行小心翼翼地问道：“我只是想确定一下，你现在是我女朋友了吗？”

吴婉乔递给了朱太行一块纸巾：“还没有好好考察你，我再想想吧。”

朱太行这才发现自己流了鼻血，心想，这辈子的脸都在心爱的女人面前丢尽了。

清理完鼻血，朱太行正色道：“不管怎么样，你活着就好，见到你真好。”

吴婉乔却与朱太行翻旧账：“昨天你和彭玲玲聊天的时候不也说见到她真好吗？若不是亲眼所见，我还不知道你这么能撩。”

朱太行赶忙解释：“误会，绝对是误会！我没有……”

两人把自己当成了空气，彭玲玲几近崩溃，拿起枕头砸向朱太行：“渣男！人渣！大骗子！”

朱太行和吴婉乔对视了一眼，像是知道彼此在想什么一样，吴婉乔道："不要，她什么都不知道，绑架我的人应该不是彭四海。"

还在睡梦中，小诺哈就被妈妈抱到了柜子里。

门外猛烈的撞门声，让小诺哈惊恐万分。妈妈捂住了他的嘴，严肃地对他说："宝贝，无论外面发生什么事情，你千万不要出来，要听妈妈的话，不然妈妈以后再也不理你了！"

看着眼前这个妈妈，小诺哈又怕又好奇。她再也不是平时温柔的妈妈了，她这是怎么了？

"答应妈妈！你就当咱们在做游戏，待会儿一定不要出声！明天你从柜子里出来后，就去警察局报警！听见没有？一定要等到明天才能出来。"

小诺哈迟疑了一会儿，最后在妈妈的命令下，只好半懂不懂地点了点头。

不顾小诺哈的反对，妈妈拿出透明胶布封上了他的嘴，然后关上了柜子的门。

黑暗密闭的柜子中，小诺哈只听自己家的门好像被人撞开了，接着就是父母的惨叫声。他恐惧万分，差点儿叫出声来。过了一会儿，房间里突然静了下来。他很想打开柜子，去找妈妈，但不敢，正犹豫着要不要开门的时候，房间里传来了一个低沉的声音。

"小孩儿呢？"

另一个声音回复："跑了，我见他从窗户跑了。"

"浑蛋！要是让他跑了，你也别活了！还愣着干什么？赶紧给我追！"

等房间再次安静下来，小诺哈悄悄打开了柜子门。迎接他的是一张邪魅的笑脸。

"小家伙，这回看你往哪里跑！"

儿时的噩梦又一次让诺哈从梦中惊醒，他躺在物料间的棉纱上大口喘着粗气。

昂葛谄媚地来到物料间，朝诺哈笑道："下班了，您是在这里歇会儿，还是直接回家，反正我的车闲着也是闲着，我可以开车送您和嫂子回去。"

自从几天前昂葛亲眼见到了被诺哈杀死的逃兵尸体，他就彻底被诺哈征服了。那天晚上，他捂着大腿上的伤口回到家，把自己锁在屋子里。浓烈的白酒浇在伤口上，昂葛试图用酒精刺激伤口，彻底把自己疼晕过去，忘记自己在诺哈面前丢失的尊严。

在酒精的作用下，伤口泛着白色的微小气泡。昂葛觉得自己的大腿就像被架在火上烧一样。为了麻痹神经，减轻疼痛感，他又回顾了一遍发生的一切，越回顾越怕。幸亏自己在诺哈面前下了跪，不然肯定活不下来。有时候用尊严换取一条命是值得的，再说自己输在那个魔鬼手里不丢人，普通人怎么能和魔鬼对抗呢？

如往日一样，诺哈在纺织厂不言不语，表现得不是特别积极，却也能把当日的工作有条不紊地做好。完成工作后，就躺在棉纱堆上，别人永远不知道他躺在那里想些什么。

诺哈早就知道昂葛一直在暗处观察自己，本来那晚想杀死昂葛，但到了最后，决定留他一条命。诺哈看得出来，除了自己，昂葛对玛推芝最好了。

“那就麻烦了，开车去门口等着我们，咱们去菜市场。”

诺哈嘴上对昂葛如此客气，可说话的时候，压根儿就没正眼瞧过昂葛。

昂葛见自己第一次讨好，就得到了诺哈的回应，不仅没有感觉到屈辱，反而感到了某种荣幸，脸上抑制不住地兴奋。

昂葛在菜市场提着菜篮，像仆人一样跟在诺哈夫妇后面。

昂葛的这种行为让玛推芝又怕又觉得好笑。

玛推芝凑到诺哈耳边问：“他这是怎么了？我总觉得自从那晚后，他就像变了个人似的。”

诺哈装作不知道的样子：“我也觉得他奇怪，哈哈。”

玛推芝接着又问：“那天晚上你们之间到底发生了什么？他没有打你吗？他要是威胁你，咱们就去报警。”

这个问题玛推芝问了不下十遍，每次说起都会攥起粉嫩的拳头。

看着心爱的女人要为自己出头的模样，诺哈觉得她越来越可爱了，忍不住在她脸上亲了一口。

玛推芝偷偷用手拧了一下诺哈的胳膊，小声警告：“这么多人呢！你羞不羞！”

黄昏落日时，与心爱的妻子手拉手逛菜市场，一起回家做饭，一日三餐，睡前吻她，醒来抱她。这是文化程度不高的昂葛对幸福的终极向往。好了伤疤忘了疼，腿上的伤还没有结痂，昂葛对诺哈的嫉妒之火又燃了起来。

和玛推芝手拉手一起走在大街上的人应该是我啊！昂葛仇恨的眼光再

也无法掩饰，可当诺哈转过头来让他提菜的时候，他脸上又堆满了笑意。上帝让人灭亡，必先让其疯狂，诺哈给老子等着吧！昂葛心想。

这天诺哈在菜市场买了好多菜，直到昂葛拎着的菜篮子都装满了，诺哈才在妻子的催促下上了车。

诺哈今天亲自掌厨，在厨房忙里忙外。玛推芝从后面抱住丈夫："真希望时光就此停留，能和我的先生永远在一起。"

诺哈心想，长长久久只不过是人类的幻想而已，生命早晚有一天要面对死亡，特别是我这种人，又哪里来的长长久久呢。

面对妻子的柔情，诺哈纵然心里这么想，但嘴上也会温柔地回一句："我也希望。"

"以前只有结婚纪念日你才做这么多菜，今天是怎么了？"面对丰盛的晚餐，玛推芝好奇地问。

"今天是个特殊的日子，也是重生的日子，如果没有这一天，我可能不会遇到你。"诺哈给玛推芝斟着酒。

眼前的酒怎么看都是血红色的，因为这天是诺哈父母遇害的日子。小诺哈被陌生人从柜子里拽出来，看见父母躺在冰冷的地板上，已经没了气息，妈妈至死都没有闭上眼睛。那是小诺哈最后一次见自己的亲生父母，他永远不会忘记父母惨死的模样。

已经忘记了妈妈给自己做的饭菜的味道，甚至忘记了爸爸妈妈的声音。如果真有天堂，在天堂的父母应该希望自己过得好吧。不知道怎么纪念自己的父母，诺哈做了一桌菜给父母吃，也希望他们知道，他现在过得很好，还娶了一个爱自己的老婆。如果父母健在，玛推芝定会是一个讨人喜欢的儿媳妇。

"你怎么流泪了？我的先生。"

诺哈擦了擦眼泪道："如你所说，我多想跟你这样永远在一起。"

玛推芝再次抱住诺哈，嘟着嘴道："我们还这么年轻，我不许你这么说。"

诺哈刮了刮玛推芝的鼻子："我一个朋友帮我联系了一个医生，明天一早我就出发，这次我的病可能要治好了。"

起初诺哈去看病时，玛推芝还是期待诺哈能治好病的。不过找过十几个医生，一次次治疗失败后，玛推芝对诺哈能治好病已经不抱希望。她不想打扰丈夫的兴致，配合道："怪不得你做了这么一桌子菜。哈哈，好开心。"

如果自己真能把一切事情料理好，定会长长久久陪着她。可这次去参加圣洁晚宴，真的能活着回来吗？父母的仇真的能报吗？想到这里，诺哈把妻子抱得更紧了。

第十三章　黑天鹅

放眼望去，沙滩尽头的大海似乎无边无际。一群海鸟从沙滩飞向大海上空。湛蓝的天和茫茫大海融为一体，成为周查目所能及的尽头。

炮火连天、山河破碎的年代，有些人去远方，是为了寻求治国良方。海鸟不知从哪里来，但它们知道自己的目的地。天色微变时，这群海鸟从天海交汇的地方飞回。阳光透过云层的缝隙洒向海面，有些海鸟逆风而起，直插云霄，有些则低空滑翔飞回海岸。

海滩上弥漫的除了热气，还有躁动的荷尔蒙。周查穿着沙滩裤，光着膀子赤脚踩在金黄细软的沙滩上。身材堪比健美先生的他，不惹人注意都难。

“帅哥，认识一下？”有的女孩儿大胆上前向周查搭讪。

“晚上我房间没人，有没有兴趣喝一杯？”有的女孩更为直接。

面对跟自己搭讪的美女，周查选择性回应。凡是外国人过来搭讪，他多半会先微笑，再说句 sorry。如果是东方女人，他都会有意无意问对方一句：“燕京还是二锅头？”

外国女孩儿外向热情，东方女孩儿相对内敛。来海滩已经两个多小时，前来与周查搭讪的竟都是外国女孩儿。

难不成是计划有变？想要联系一个打入狼蛛集团内部的情报人员，首先要确保对方的安全。对方提出最原始的接头方案，周查只能选择接受。

“有兴趣喝一杯吗？晚上 8 点 Yellow 酒吧，不见不散。”

一名身穿比基尼、性感婀娜的金发女孩儿走了过来。

“Sorry.”

“也不问问我要跟你喝什么酒？”

周查听到此话，略有迟疑。女孩儿年龄在 20 岁上下，目测不是自己想要找的人。可转念又想，万一是黑天鹅现在不方便，安排她过来联系自己的呢。

“您那儿有什么酒？”

“让人醉的酒。”

“燕京还是二锅头？”

“哪种喝多了都上头。”

暗号已经对上，周查强装作若无其事地离开了沙滩。

一周前，张作田给周查下了命令，让他前往 A 国与黑天鹅接头。如果这位金发女孩儿是黑天鹅安排的线人，根据对方提供的地址，今天晚上周查就可以顺利与黑天鹅接头了。黑天鹅自从打入狼蛛集团内部，提供了一些非常有价值的情报，张作田因此也破获了数起累积案值破亿的特大刑事走私案。

Yellow 酒吧室内装修含蓄低调，屏风隔扇的设计配上柔和的灯光，使得整个酒吧看上去更像是隐秘的私人会所。

周查出发前就已经对黑天鹅的履历熟烂于心，他知道黑天鹅在军队某部服过役，荣立二等功两次、三等功一次，还不止一次蝉联过全军举办的散打比赛冠军和射击比赛冠军。

眼前的人好像与他内心想象的不太符合。吧台前的男人看上去是一位 40 岁左右的儒雅温和的中年人，戴着金丝边眼镜，整个人书卷气颇浓，如果出现在校园里，肯定会被人误认为是大学教授。

周查来到酒吧时，黑天鹅已经喝下了一瓶白兰地，见周查来了，没与之对暗号，也没有寒暄。他早就将周查的履历查得清清楚楚，因此，用不着确定来人的身份。与其说是周查受张作田指派与黑天鹅接头，不如说是黑天鹅在做了大量调查考证后指定周查与自己接头。

见到黑天鹅的那一刻，周查已经感受到了他身上散发的强大气场。

黑天鹅将一杯龙舌兰推给了周查，端起酒杯：“这杯酒我们敬杨怡同志。是她用生命保护了我的安全。”

黑天鹅说这话的时候，眼圈微红，表情悲切。

周查没想过杨怡的牺牲竟然与黑天鹅有关。想到杨怡，他内心有些波动，他提醒自己，一定要冷静。出发前，张作田给他下了秘密任务——甄别黑天鹅。

尽管只是接受任务对黑天鹅进行甄别，但接下来的谈话，还是让周查惭愧不已。

“这是我们第一次见面，也是最后一次。狼蛛集团反应及时的话，现在已经在赶来的路上了。不过，不要着急，他们从发现到赶到这里至少还需要半个小时。”黑天鹅云淡风轻地说。

他摘下石英表，颇有仪式感地将石英表铺展在吧台上，才开始跟周查对接工作。

“现在你的任务就是接替我的工作，继续潜伏在狼蛛集团，找到他们犯罪的核心证据。”

“我接到的任务是配合您的工作。现在这种情况我做不了主，需要向上级请示。”

“来不及了，要打入狼蛛集团内部，赢得他们的信任不容易。你来之前，我用了半年时间准备，现在万事俱备只欠你周查。一会儿他们来到酒吧，你只需要当着他们的面开枪打死我就可以了。”

“就算要我接替您的工作，也没有必要让我打死您吧。”周查声音有些急促。如晴天霹雳般，他被黑天鹅的话震住了。

黑天鹅示意他不要打断自己的讲话，继续说道：“只要你在狼蛛集团，肯定还会有人试探你。深入敌营，难免会陷入四面楚歌的境地，不过也不要有压力，你不是一个人在战斗，关键时刻你可以找爱丽丝，就是白天在海滩跟你对暗号的女孩儿。你要像相信组织、相信我一样相信爱丽丝。不要担心警察在国外没有执法权，爱丽丝是国际刑警，你不方便办的事情可以交给她来办。事实上，我潜入狼蛛集团就是为了完成国际刑警组织打击狼蛛集团的秘密任务。你尽管放开手脚去干，相信你一定能出色地完成这项工作。”

见周查还是沉默，黑天鹅收起了笑脸，面露严肃之色：“你连这点儿小事都办不到，还有什么资格去战场？如果你不能直视战友的死亡，就说明你不配执行这项艰巨又光荣的任务。现在后悔还来得及，我可以马上安排你离开。”

“我，我没有后悔，也没有怕，是我错了，我的意思是……”

“你还是觉得自己没有错，要是知道自己错了，就不会再解释了。”黑天鹅毫不留情地批评着周查。

“是……”

“记住，从现在开始你就是新的黑天鹅，你的唯一上线是张作田，你的战友是爱丽丝，其他人一概不要接触，不要相信。”

黑天鹅交代完任务，石英表的时针刚好转了半圈。他把石英表放在了周查手中，颇为深情地望着这块手表道：“这块表是出国前我爱人送给我的，打入狼蛛集团后，我就再也没戴过它。现在我把它送给你，算是见面礼吧。”

接着又从身后掏出一把包裹着透明塑料袋的手枪：“这是第二份礼物。这把手枪是我的最爱，上面的指纹已经清理了。一会儿你就用它杀死我。我希望你一枪命中，这些年长期与敌人斗争，我累了，请不要再让我受太多痛苦了。”

黑天鹅指了指自己的脑袋，做了一个中枪后倒地的夸张动作。

周查被黑天鹅这种大无畏的英雄主义精神彻底感动，动情道：“您可以不用死的，我们再想其他办法捣毁这个犯罪集团吧，组织也不能失去您这么优秀的同志。”

黑天鹅死死盯着周查，逼迫道：“不到万不得已，我是不会牺牲自己的。狼蛛集团必须早日铲除，你现在还没彻底了解它究竟是怎样的犯罪集团，它可不止贩卖人体器官那么简单！为了有一天能将他们一网打尽，我们已经牺牲了好多优秀的同志！这些同志本该有自己的将来，是狼蛛集团毁了这一切！所以我们必须要将该犯罪集团彻底打垮！为了正义！为了我们牺牲的同志！为了保护我们的普通老百姓！”

周查还是无法接受黑天鹅这种牺牲：“这也不是您要牺牲的理由啊。您是一名人民警察，您要牺牲的事情经过组织允许了吗？个人英雄主义要不得，牺牲精神要有，策略也要有。我建议您做这个决定之前，先向组织报告，这是我们的工作原则。再说我得到的指示是来这里配合您的工作，而不是配合您用自我牺牲的方式，来帮助我打入敌人内部的！”

黑天鹅被周查顶撞并没有生气，内心反倒感到一丝欣慰。

“你内心有真性情的一面，这是好事，做我们这种工作，既要团结紧张，也要严肃活泼，要有自己的思想。我个人希望你继续保持这种真性情，有时候它会帮助你更好地开展工作。时间不多了，既然你想知道我为什么这么做，不妨告诉你，我得了癌症，血癌晚期，没的治。人固有一死，身为人民警察能在生命最后一刻燃放最大能量，是我的荣幸。”黑天鹅换了种相对温柔的语气。

“嘀嘀，嘀嘀。”黑天鹅的手机响起提示音。

黑天鹅关掉提示音：“过不了多久，这些家伙就会侵入这个酒吧的监控系统，当然只要我愿意，随时可以黑掉他们，不过这样做就失去了我们在这里谈话的意义。周查同志，最后委托你两件事，离开组织这么多年，在特殊环境下战斗，我没来得及交的党费，你回去后用组织补发给我的工资，帮我交上吧；第二件事是你帮我去老家墓地前看看我的妻子。另外，我希望能和妻子合葬在一起。活着不能在一起，死后我想一直陪着她。”

周查眼含热泪，点头应允。

“快到时间了，我们开始表演吧，谢谢你在我生命中最后一程陪着我。你应该调查过我的资料，当年在部队我可是蝉联过散打冠军，所以黑天鹅，你可要小心了。”

交代完身后事，黑天鹅颇为欣慰，他整理了一下自己的着装，又帮周查抚平了衬衫的褶皱。

黑天鹅出手袭击周查，动作快如闪电。周查不想与黑天鹅动手，但对方招招凌厉，他出于自保不得不闪躲。

见对方不还手，黑天鹅不满道：“就这么点儿本事，也配接我的班？下身不稳，动作迟缓，你到底叫周查还是周小姐？”

“我们非得这么做吗？”

“婆婆妈妈的！如果不是情况复杂到了一定程度，我是不会这么安排的。我以党性做保证。”

黑天鹅与周查打斗的时候，Yellow 酒吧的监控摄像头转动了起来，最后对准了打斗的两人。

狼蛛集团的人赶到时，黑天鹅死死地盯着周查，那种视死如归的眼神，周查一辈子都忘不掉。他掏出枪，把枪口对准黑天鹅……

周查开枪的那一刻，没有替黑天鹅惋惜，内心反倒有些羡慕黑天鹅，甚至向往这种牺牲小我完成大我的结局。黑天鹅才是英雄，仰不愧于天，俯不怍于人，敢于牺牲，勇于奉献，不到生命最后的尽头，战斗的火焰永不熄灭。周查甚至不知道黑天鹅真正的名字叫什么。他自问道，我有资格、有勇气成为黑天鹅吗？他现在没办法回答这个问题，他现在需要做的是，找到狼蛛犯罪集团的核心犯罪证据，这是他向黑天鹅致敬的唯一方式。

黑天鹅倒下了，但他的精神并没有死，周查将继续以黑天鹅的身份战斗下去，直到将狼蛛犯罪集团彻底铲除。

艾伦是负责抓捕黑天鹅的狼蛛集团行动组成员，把周查带回去的路上，他心里的怨气大得很。本来是他先发现老大有问题的，如果扳倒老大，他就很有可能坐上老大的位置。谁知道半路杀出个程咬金，如果没猜错的话，眼前这个名叫曹忠明的人，很快就会接任老大的位置。

如果现在干掉曹忠明呢？便再也没有人能与我竞争了。可我是他的对手吗？艾伦亲眼见到周查枪杀了老大，经过一番思量，还是打消了干掉周查的念头。

黑天鹅的尸体就放在车后座，周查在心中默念着誓词："我宣誓，我志愿成为一名中华人民共和国人民警察。我保证忠于中国共产党，忠于祖国，忠于人民，忠于法律；服从命令，听从指挥；严守纪律，保守秘密；秉公执法，清正廉洁；恪尽职守，不怕牺牲；全心全意为人民服务。我愿献身于崇高的人民公安事业，为实现自己的誓言而努力奋斗！"

黑天鹅在北美地区任副组长期间，配合区域经理，完成了数起对当地政要权贵的暗杀、绑架计划。不过作为潜伏在犯罪集团的我方警察，他不惜冒着暴露的风险，最大限度保护无辜的人不受伤害。这样无疑加大了暴露的风险。狼蛛集团会不定期抽查每个区域副组长执行任务的情况，当年为了打入狼蛛集团，牺牲了 3 名战友，黑天鹅不想再有同志牺牲了。需要保护无辜的人，同时还得兼顾潜伏，怎么办呢？只有将自己暴露给狼蛛集团，通过自我牺牲的方式，才能保全无辜的人，同时安排新同事打入狼蛛集团。

黑天鹅是走一步、看两步、想三步的人，很早之前，他就开始物色与曹忠明长相相似的同事。为了给接任自己工作的同志准备背景资料，他在半年前的一次行动中，就让真正的曹忠明死在了一场爆炸中。

真实的曹忠明是黑天鹅行动组的成员，此人以手段毒辣、睚眦必报著称。在狼蛛集团开设的 714 杀手学校里，与曹忠明同期的同学，多数在执行任务的时候已经被警察击毙了。曹忠明独来独往，人际关系不好，这种人设方便为周查在狼蛛集团的潜伏打掩护。黑天鹅把曹忠明杀死后，没有上报给集团，他经常派"曹忠明"外出执行任务，以便为等待接班人假扮曹忠明做准备。

当年黑天鹅的任务就是要釜底抽薪，找到狼蛛集团设立的 714 杀手学校，让其彻底失去与国际刑警组织对抗的能力。黑天鹅在处死曹忠明之前，逼迫他吐出了714学校的相关信息。

周查枪杀黑天鹅，并证明了他是中国警察安插在狼蛛集团的卧底，基本可以赢得狼蛛集团的信任。但是纸包不住火，狼蛛集团很可能会发现周查有问题。黑天鹅希望在这之前，周查要处处小心，彻底潜伏下来，为以后去714杀手学校做好准备。这是黑天鹅死之前一直叮嘱周查的，也是周查潜入狼蛛集团后一直担心的问题。

透过雾气，看见船慢慢消失在自己的视线中，周查的紧张和不安也消失在了雾霭之中。

这不是周查第一次参加营救行动，却是让他最紧张的一次。黑天鹅费尽周折才保全了船上十几个人的性命，只有这次营救行动成功，黑天鹅的牺牲才有意义，周查才能安心潜伏在狼蛛集团。

“任务完成，可以下班啦，不打算请我喝杯酒吗长官？”爱丽丝配合周查完成了任务，心情大好。

“喝酒误事，我们这是在敌后，应该时刻保持警惕。等任务结束，我们中国的二锅头、茅台、五粮液，任你喝，我买单。”

爱丽丝可没有管周查说的话，她从包包中掏出镜子和口红开始化妆。化妆完毕，她搂住了周查的胳膊，笑嘻嘻道：“你现在脸上堆满了恐惧和紧张，越是恐惧，恐惧便越会跟着你；越是紧张，敌人就越可能发现你。黑天鹅应该跟你交代过，现在我是你唯一能相信的战友。”

周查被爱丽丝这么一搂，反倒变得拘谨起来。见周查如此局促，爱丽丝玩儿心大起。周查越扭捏，她越觉得周查可爱，越想让他难堪。

搂着周查的胳膊与他并行的时候，爱丽丝神色一紧，突然说：“你看，还是被他们发现了！”

周查右手摸枪，左手护住爱丽丝：“不要怕，我保护你。”

“还是我保护你吧，用爱来守护！”说完，爱丽丝搂住周查脖子，在他脸上猛亲了一口。

周查有些生气：“我们这是在执行任务！”

爱丽丝难以置信地看着周查：“像你们这种东方男人，最是伪君子，执行任务就不能谈情说爱吗？要是被人发现你我的异样，反而会增加暴露的风险哦。现在再给你一次机会，立刻，马上抱住我。”

周查在心中默念了数遍“为了任务”，才搂住爱丽丝的肩膀，向夜色更深处走去。他很想回头看看已经消失在浓雾中的船，但他没有，他总觉得海面上有一只黑天鹅跟在船后，保护着船上人的安全。

为了更好地潜伏下去，周查在爱丽丝的帮助下，利用黑天鹅生前准备的资料，开始模仿曹忠明的习惯性动作和杀人手法。正当周查积极准备的时候，狼蛛集团传来调令，安排他去 M 联邦共和国，指派他为 M 联邦共和国行动组副组长。之前在专案组办案期间，周查得到的关于倒卖人体器官的组织以及暗网 Hades 的线索均指向了这个国家。如今他马上就要去这个地方，这个国家的区域经理圣手是曹忠明为数不多活着的同期同学之一，去了那里，无疑等于提前暴露了自己。

还有一个问题周查也没有搞明白，既然曹忠明和圣手是同学关系，狼蛛集团为何要让两人在一个地方轮值？周查的怀疑源于狼蛛集团对行动组和区域经理的设置。

狼蛛集团的行动组和区域经理有所不同。行动组统一归狼蛛集团总部管理，行动组组长一般由区域经理兼任，区域经理只是兼任而已，没有实权，除非有集团命令，否则组长和副组长不允许私下联系，更不会有认识的可能。狼蛛集团如此安排，一是为了行动的隐秘性，二是希望组长与副组长相互制衡。

行动组的一切行动都由副组长负责，具体内容是为区域经理做好前期人力的调配等后勤工作。区域经理策划的暗杀和绑架计划，一般都会先向集团申请，集团通过后再安排行动组副组长配合区域经理实施计划。

每次行动，参与行动的人员都只是暂时交由区域经理负责，一旦行动结束，区域经理便会失去行动组的管理权。区域经理在地区的任职时间通常是三年，之后进行地区轮换，优胜劣汰，表现好的区域经理会被集团召见，参加圣洁晚宴，表现不好的则会被下放到行动组成为行动组成员。

行动组副组长每年一轮换，这种设置可以最大限度确保狼蛛集团不会被警方盯上，同时也避免了区域经理和副组长之间接触、结盟的风险。狼蛛集团一再规定，不允许区域经理和副组长之间相互联系，可实际上，轮值到一个地区的区域经理和行动组副组长，总会想方设法调查彼此的背景。

与区域经理不同，行动组表现好的副组长，一般不会被集团安排参加圣洁晚宴。原因有二：一是行动组风险系数高，副组长很容易在执行任务期间丧命，很少有副组长能熬到被集团接见的时候；二是行动组副组长是集团的中坚力量，他们的升迁之路，一般是去714学校任教员，在校任教期间如果通过集团的考查，则有到集团总部任职的机会。

周查硬着头皮走马上任的第一天，还没有见到敌人，却意外地在飞机上遇到了冯春璐。冯春璐常年飞国际航班，以前飞的是欧洲航线，经过一段与欧洲帅哥失败的恋情后，她已经没了去欧洲的心情，便主动申请飞东南亚的航班。

此次周查被集团安排到M联邦共和国任职，不知会遇到多少陷阱。远的不说，就在这架航班上，周查已经发现了跟踪自己的人。他一时无法确认，此人是国际刑警派来与自己接头的，还是集团派的督察队监视自己行动的，或是M联邦共和国的区域经理圣手安排过来监视自己的。

“就算是自己人，也要装作不认识。”爱丽丝发现了周查的异常，提醒他注意。

“如果是家里人来给我们布置新任务呢？”

“狗屁！除了上司托比的命令，老娘谁也不认。以前我们出任务的时候，就吃过这方面的亏。记住！不要相信别人，哪怕是家里人！”

两人交谈之时，周查发现了从休息室走出来的冯春璐，他拉了拉爱丽丝的衣角，无奈道：“帮帮我！如果被她认出我，会很麻烦。”

爱丽丝幸灾乐祸地对周查说道：“这下有热闹看了。”

话是这么说，但她还是帮助周查避开了冯春璐。

冯春璐本以为是周查，走近却发现人没了。此时的周查正在洗手间与跟踪他的人打斗。

督察队是狼蛛集团中特殊的存在，直接听命于集团，专门监督审查区域经理和行动组的行为。由于地位超然，督察队是区域经理和行动组巴结的对象。如果周查不打点好督察队派下来的人，即使在M联邦共和国表现得再好，也不会得到集团重用。这是黑天鹅留下的录音中特意交代的。黑天鹅在狼蛛集团时，除了工作中谨言慎行隐藏自己外，还花费大量精力财力打点好自己与督察队的关系，这是他能长期潜伏下来的重要原因之一。

几乎所有负责监督黑天鹅的督察队组长，与黑天鹅的私下关系都不错。查出黑天鹅是警方卧底后，督察队队长巴伦险些被董事会枪毙，巴伦再三向董事会保证不会再有警方卧底打入集团内部，才被集团放出来。死里逃生后，他将所有监督过黑天鹅的督察队组长全部关押审查。

审查到最后巴伦发现，曾经监督过黑天鹅的组长们，从来没有被黑天鹅收买过。这些组长无罪释放，嘴上骂着黑天鹅，实际上心里都很感激他。其实他们都收过黑天鹅的好处，之所以没被集团查出问题，是因为黑天鹅出事前，明确向他们交代过，一定要销毁所有与他相关的资金往来记录。

这么多年来，打入集团内部的警方卧底多了去了，从来没有一个人能成功打入集团真正的内部。集团永远不会被打垮，这是狼蛛集团的成员一直以来被灌输的思想。既然集团不会被打垮，利用职位之便，从卧底这里捞点外快又怎么了？黑天鹅牺牲后，没有人再给督察队提供资金，供他们吃喝玩赌，他们的怨念全部集中在了周查身上。

周查在洗手间三拳两脚便控制住了飓风：“知不知道我是谁？不要命了？”

飓风虽被周查控制住，但还是仗着自己督察队的身份面不改色：“我没必要知道你是谁，但你需要知道我是谁。”

飓风说着示意周查看他手中的戒指。

爱丽丝培训周查的时候，特别交代，凡是右手中指戴有紫金戒指的人均是集团督察队的成员。督察队的人一般不会将真实身份透漏给行动组，飓风主动亮明身份，无非就是想暗示周查给他些好处。

周查猜测出飓风的心思，松开他的手臂，要帮他整理衣服，但飓风并不领情，一把推开了周查。

周查满脸堆笑地掏出一张银行卡，塞进了飓风的衣服里。

“没有密码，一点小意思，不成敬意。”

飓风不屑地将卡掰断，扔进了马桶。

周查假装恍然大悟：“瞧我这脑子，比特币，我有比特币，我转给您比特币，不会让集团发现的。”

飓风脸色略缓：“我劝你以后不要这么直接，这样对你我都不好。”

飞机安全抵达金边机场后，冯春璐送走了飞机上所有的旅客，也没有找到周查。坐上摆渡车后，爱丽丝打趣道：“确定不去找你的小女朋友？”

“刚才险些出问题，你还有心情开玩笑？”

“我们这行，命都不是自己的，偶尔开个玩笑怎么了？”

周查和爱丽丝抵达金边机场后稍作停留，当天就通过秘密通道去了 M 联邦共和国。潜伏在 M 联邦共和国的近百名行动队队员，等待着副组长的消息。

周查是在暗网 Hades 论坛发布唤醒消息的，队员若是看到他的帖子，就会通过 Hades 的匿名即时通信软件联系他。

理论上，在 M 联邦共和国，除了周查之外，没有人知道潜伏在这个国家的队员数量以及他们的身份信息。这种方式极大地保证了队员的安全。以前行动队每到新的地方，都是采取古老的接头和密码认证身份，这种认证方式虽然方便，但很容易暴露。如果警方策反或者掌握了前来接头的人，整个行动组都会有危险。自从推行了暗网 Hades 后，行动队队员认为自己的安全系数上升了一大截。

周查这边正准备联系组员的时候，在朋友圈看见了冯春璐与飓风的合照。

飓风的任务是监督周查在 M 联邦共和国的行动，仗着集团得势的五长老是他老师，他只是把此次任务当成旅游。在飞机上，他就对冯春璐起了色心，飞机降落到金边机场，便开始搭讪冯春璐。

刚刚失恋的冯春璐正处空窗期，几乎没有拒绝对方。周查给冯春璐打过去电话，严肃地说道："找个理由马上离开，那个人很危险。"

"我要对你说两点，第一，你这个渣男没资格管我。第二，我也觉得他很危险，多看几眼就会爱上的那种危险，怎么样吧，老娘就爱了！"

冯春璐挂掉电话后，周查开始想对策。若是被飓风发现自己不是曹忠明，不仅会使冯春璐陷入危险，而且之前所有同志的牺牲都没了意义。

"飓风是狼蛛集团派下来监督我们的，他必须在今天到达 M 联邦共和国。从金边到 M 联邦共和国的秘密通道只有一条，我们在路上截杀他。"爱丽丝知道事情的严重性，在周查挂掉电话后，她提议道。

"不行！我们现在截杀他，等于向狼蛛集团说明我们有问题。再说飓风背后有五长老撑腰，不到万不得已，不能动他。现在最重要的是确定飓风有没有从冯春璐那里知道我的信息。如果我尚未暴露，我们就有机会。"周查否定了爱丽丝的提议。

爱丽丝不解道："你的意思是？"

"曝光他的身份！"

打开笔记本电脑，周查将飓风的资料发给爱丽丝。

“集团向来低调，飓风倚仗五长老这棵大树，平日为非作歹惯了，我们只需要做一点儿手脚，便能让他混不下去。”

等周查详细说完整个计划，爱丽丝不由得点了点头，心想，不愧是黑天鹅的接班人。

咖啡厅，飓风与冯春璐相对而坐。

见到冯春璐那一刻，飓风便起了占有之心。冯春璐只是答应和他喝杯咖啡，连电话号码都没给，他却不准备放过这位美人。今天晚上不管发生什么，他都要占有冯春璐。

飓风眼睛里充斥着毫不掩饰的原始欲望，冯春璐虽单纯但并不傻，从飓风贪婪的眼神就可以看出对方不是善茬。

冯春璐很讨厌对方直勾勾地看着自己：“喝完这杯，咱们就这样吧，我还有其他事情。”

“我可以走，不过我们要一起走。”

“不可能，我没时间陪你。”

“我觉得你应该多花点儿时间。”

“没兴趣。”

“你会有兴趣的，我对如何取悦女人颇有心得。”

“神经病！信不信我叫警察？”

飓风像是听到了什么笑话：“叫警察？你叫，现在就叫，你有电话吗？没有就用我的电话叫。”

算是见识到了飓风的真正面目，冯春璐拎包就要走。还没挪步，飓风便拿着“狼蛛三号”朝冯春璐的脸喷了过去。

冯春璐当即觉得有些晕头转向，飓风再张嘴讲话，她只能看见飓风的嘴唇在动，却听不到任何声音。她使劲摇头，努力让自己变得清醒，却起不到任何效果。

飓风将昏迷的冯春璐放进了房车，准备在前往 M 联邦共和国的路上强暴她。

冯春璐醒来时，觉得头好像是灌了铅，挣扎好久坐起来，才发现自己赤身裸体躺在床上。陌生的空间、赤裸的身子和断层的记忆，她瞬间意识到发生了什么。她想放声大喊救命，嗓子却像是被人塞了棉花一样，嘴巴张得再大也发不出声音。

敲了敲脑壳，冯春璐努力回想自己这是在哪儿。这时，房间的门被打开了，爱丽丝走进房间，打招呼道："你醒啦？"

冯春璐本能地用被子盖住了身体。

"别想太多，昨晚是我帮你脱的衣服。不得不说，你的身材真好，又粉又嫩。"

爱丽丝饶有兴趣地观察着冯春璐。她的话，给冯春璐注射了一支定心针。

飓风将冯春璐拖入房车后，便被周查控制住了。帮助爱丽丝将冯春璐送到酒店，周查又把飓风送到了卡欧红灯区，之后联系了记者，爆料说，M联邦共和国首富之子朱明聪夜宿红灯区。朱明聪有一个比富二代更出名的身份：M联邦共和国第一网红。平日他就是记者们热衷报道的对象，如今听到有人爆料他夜宿红灯区，记者们更加不想错过独家，纷纷涌向了周查所说的地方。

飓风晃晃悠悠醒来，发现记者们用长枪短炮对准自己的时候，觉得自己算是交代在这里了。狼蛛集团这么多年能够躲避国际刑警的打击，就是靠严密的组织性。被记者们曝光等于被狼蛛集团开除。被狼蛛集团开除的人，不管跑到哪里，最后都会被714杀手学校的学生暗杀，这是多年不变的规矩。

朱太行刚到这个国家，就被人误导见了一具酷似吴婉乔的尸体，此后他一直认为彭四海是真凶，直至见到活生生的吴婉乔，才发现自己的调查方向是错的。越来越多的信息表明，有人似乎在利用自己。目前把吴婉乔送回国，等于把她再次往火坑里推，灯下黑的M联邦共和国才是目前最安全的地方。

"我爸妈的失踪，多半也跟暗网有关，你觉得我会让你一个人去找原因吗？"

朱太行想独自寻找真相，吴婉乔表示反对。她其实是想和朱太行并肩战斗，以此来委婉地表达自己的情感。

"我们距离真相越来越近了，我隐约觉得有一只无形的手在指引我们往M联邦共和国走……你知道，我不想让你有任何闪失。"

吴婉乔被弗洛伦斯抓走这段时间，暗网 Hades 重新上线加强了防火墙和信息认证功能。朱太行虽无法在短时间内黑入 Hades 后台，但在发动几次网络攻击后，还是有了新发现。新上线的匿名聊天插件出现了漏洞，不具备有效凭证便可访问原本被限制的 RESTAPI 端口。

朱太行利用该漏洞施展拳脚，从中获取了很多以前他不知道的信息，他通过这些信息才知道，运营 Hades 的是狼蛛集团。狼蛛集团将在近期举行高级别会议，潜伏在 M 联邦共和国的成员，将担负起该会议的保卫工作。

若朱太行在暗网 Hades 上冒充行动组组员，这样就可以以行动组组员的身份见到行动组副组长了。

朱太行和周查坐在一起时，二人均在感叹命运。

按说经历过这么多，是时候相信周查的能力，选择跟他合作了，但朱太行还是留了个心眼。毕竟二人现在见面的身份是狼蛛集团行动组组员和副组长。以防万一，他偷偷发信息给躲在暗处的吴婉乔和彭玲玲，告诉她们不要轻易露面。

约见行动组组员居然遇到朱太行，这比遇到狡猾多端的犯罪分子更让周查头疼。朱太行属于不撞南墙不回头的人，只要是他决定的事，不管冒多大风险，都会继续下去。如果朱太行是普通人，就不用担心太多，关键是他是顶级黑客。周查相信如果朱太行铁了心想调查暗网，不弄出点动静，是不会善罢甘休的。

从立场上看来，二人目标其实完全一致，正好此时周查需要一个帮手。他接到了集团的通知，负责高级别会议的外围警戒工作。黑天鹅没能等到这个将狼蛛集团高层一网打尽的机会，让周查等到了。此事需要上报上级再行动，若是被对方查出蛛丝马迹，会议地点和时间肯定会变，周查知道他必须灵活掌握这个稍纵即逝的战机。

“上辈子我肯定欠你什么了，这辈子你玩儿命缠住我，碰见你一次，我倒霉一次。”朱太行忍不住埋怨。

“上辈子我一定欠你什么，每次都得替你收拾烂摊子。”周查反击道。

“你快别这么说了，你连吴婉乔都保护不了。”

“当初是谁被人利用绑架了吴婉乔？要不是你她能被绑架吗？”

“总而言之，现在说以前的事情没有什么意义，我们还是想想现在吧。”

周查出于组织的保密性，也是为了朱太行的安全考虑，只说他来 M 联邦共和国是为了执行任务。具体什么任务，周查没有明说，他相信朱太行一定猜到，他来M联邦共和国与暗网有关。朱太行没有主动提及自己为什么来这里，但他相信即使不说，周查也能猜到。

当时周查只是随机唤醒队员，便与朱太行碰了头，二人一琢磨，均觉得不对。

“必有蹊跷！”

“必有问题！”

两人几乎同时脱口而出。

朱太行衡量事情是否有蹊跷，第一个思路就是看这件事有没有难度。如果攻击对方网站特别顺利，他就会考虑这可能是对方设下的陷阱。朱太行循着线索追查下来，查到了周查这里，从逻辑上，一切都合情合理，但仔细一想，又存在太多巧合。比如为什么周查随机选择约见的行动组组员正好是我？难道我被人误导了？

副组长如果想约见行动组组员中的一个，只有两种结果，见到或者没见到。如今出现了第三种结果，见到了朱太行冒充的行动组组员。朱太行如果想以行动组组员的身份约见副组长，只需要在聊天工具后台编写一个简单程序，有了这个程序指令，无论副组长选择谁，最后约见的对象一定是他。

几年前去A国参加黑客大赛的经历告诉朱太行，凡事要留一手，谁也不知道自己正在进入的地方，是指挥部还是敌人早就设下的陷阱。为了以防万一，朱太行没有编写指令程序。为的就是验证是否有人给自己设陷阱。

朱太行先是盗取了代号为“木头”的行动组组员的账号信息，故意留了访问足迹。当时朱太行还不知道狼蛛集团行动组成员的唤醒程序，之所以故意留下足迹，就是为了让人追查到他的位置。朱太行设下埋伏，苦等几天都没有人找他，直到今天见到周查，才知道自己以前的判断很可能是对的，确实是有人故意引导他俩见面。

身为警察，周查从来不相信巧合。当初在国内，周查先是怀疑朱太行是受雇于犯罪集团的黑客，有人在背后利用他，再后来发生了种种事情，周查才打消了这种怀疑。看着对面的朱太行，周查疑心又起，莫非有人在背后安排这一切？若有人故意布此局，我很可能已经暴露了！

回想从见黑天鹅到现在发生的所有事情，周查认为他没有出现过任何纰漏。唯一可能使他暴露的就是冯春璐，不过爱丽丝已经安排冯春璐回国了。爱丽丝的能力，周查是相信的。可转念一想，如果我没有暴露呢？问题出在了哪里？难不成狼蛛集团还潜伏着比我级别更高的王牌卧底？

“有时候我真觉得这一切都是巧合，可太多巧合拼凑在一起，本身就有问题。最无奈的是，我们现在就像被一张网困在了一起，我们在 M 联邦共和国相遇是巧合还是阴谋，我们都没有办法改变。”

“兵来将挡，水来土掩。我们要让罪犯知道，他们面对的是中国警察和中国顶级黑客联盟。”

“既然目标一致？”

“不如合作共赢！”

二人确定联手，然后把狼蛛集团的相关信息汇总在了一起，面对穷凶极恶的犯罪集团，两人的面色慢慢凝重起来。

“有信心打败他们吗？如果行动失败，我们很可能有去无回。你怕吗？”周查问朱太行。

朱太行沉默良久，缓缓道：“人这辈子总得勇敢一次，与死相比，我更怕我爱的人瞧不起我。狼蛛集团再阴险狡诈，也不过是人人喊打的过街老鼠。犯罪集团终究是邪恶的，邪不压正。对狼蛛集团，我们有必要在战略上藐视他们。这不是我怕不怕、你怕不怕的问题，而是他们怕不怕我们的问题。”

士别三日，当刮目相待。周查真没想到以前沉默寡言的朱太行，内心竟如此强大。

狼蛛集团为什么要举行高级别会议，二人分析出了三种可能：一是这些犯罪分子疏忽大意，没有意识到国际刑警组织盯上了他们；二是狼蛛集团内部发生变故，集团高层的人不得已才相见；三是集团高层会面的消息是假的，是故意透露出风声，来扰乱警方的调查方向。

当听说配合抓捕狼蛛集团高层的成员只有爱丽丝后，朱太行差点从座位上站起来：“时间紧、任务重。单凭我们三个人能完成这么大的任务？你是在开国际玩笑吗？”

“狼蛛集团存在这么多年，若是在警方那里没有眼线，说出来谁也不信。战机稍纵即逝，如果向上级汇报情况，耽误时间是小，泄密是大！”

“你这样做，泄密问题确实不存在，问题是我们的命还要吗？牺牲也得讲究个策略吧！”

“只是抓捕过中是我们三个人参与，国际刑警组织的人会在我们行动后不久赶过来的。”

“三个人不少了，再说还有我们呢”吴婉乔和彭玲玲走了过来。

“不是说好你们不要出来嘛！多危险！”朱太行不禁感到头大。

周查见到吴婉乔，突然改变了主意：“不行，行动取消！吴婉乔不能参加此次行动，她不能有任何危险。”

“你刚刚还说战机稍纵即逝，现在又不让我参加了？”平白无故遭绑架被抓到了 M 联邦共和国，吴婉乔早就受够了狼蛛集团的气。如今有了报仇的机会，她最积极。

吴婉乔赶紧给朱太行使眼色，示意他帮自己说话。

接收到吴婉乔信息，朱太行再不愿意也得执行，于是提出了计划：“我有一个计划，能保证大家的安全。”

关于斯达酒店，在 M 联邦共和国威廉市有很多传说。有人说它是威廉市甚至整个国家最高档的酒店，酒店的会员都是内部邀请制，每月会费高达 10 万美金，还必须要年审。年审不合格，哪怕你是美国总统都进不了酒店大门。

斯达酒店官网显示，该酒店是由美国绿发地产的老板投资的，其实这只是给外人看的，实际上该酒店由狼蛛集团完全控制，正因如此，为了安全，狼蛛集团才会把十二长老开线下会的地点选在这里。

朱太行等人开始行动的同时，圣手来到了斯达酒店参加圣洁晚宴。

M 联邦共和国的黄昏很美，夕阳的余晖落在窗外的建筑和雕塑上，像是为其披上了神圣盛装。

餐桌上的食物被日落时分的光镀上了一层金，在诺哈眼中，餐桌对面坐着的、长着络腮胡须的安德鲁，像是油画中人。

安德鲁看着诺哈，眼里残存的几丝怜悯还未完全退去。不是所有人都有资格参加圣洁晚宴，也不是所有人都吃不完圣洁晚餐。至少到目前为止，参加圣洁晚宴的人，没有谁能吃完这顿晚餐。

狼蛛集团每年都会派人到全球各个地区，这些人可不是去某个地区建立公司、开阔市场，而是为了搞乱当地的秩序，甚至搞乱整个国家的经济和社会秩序。搞乱之后，狼蛛集团便可利用动乱，达到自己的目的。集团有时候为某个国家的政客服务，帮他们达成某种政治目的；有时帮助大财阀，从事洗钱、暗杀等活动；有时趁动乱贩卖武器、人体器官、毒品、人口等，无恶不作。

狼蛛集团成立 20 多年，不但没被各国政府端掉，反而越做越大，除了背后有全世界的神秘股东撑腰，还得益于他们的圣洁晚宴计划。

圣洁晚宴，专门用于招待优秀的区域经理。只有完成集团任务的区域经理，才有资格参加此次带有述职性质的晚宴。安德鲁做圣洁晚宴的接待人，已有五年之久。五年来，他见过太多心怀理想，一心想成为董事会一员的区域经理。其中不乏他当年 714 学校的同学。五年来，他甚至一直在祈祷，不要在这里见到诺哈，因为在这些同学中，他与诺哈的关系最好。命运像是跟他开了一个玩笑，他越不想要什么，命运便给他安排什么。

狼蛛集团的圣洁晚宴，在安德鲁看来，就是最后的晚餐。狼蛛集团的区域经理都是从 714 杀手学校出来的，这些人的平均寿命为 30 年。他们是集团的区域经理，也是集团的赚钱工具。集团所从事的犯罪活动，一直都是隐秘的，为了能够长久存在，不惜极力消除各种安全隐患。

狼蛛集团有一个规矩，区域经理在搞乱当地社会政治经济秩序后，不得继续插手当地的大小事务。因为集团担心这些派到全球各处的区域经理，实力壮大后不听调遣。每当区域经理完成任务，集团便以要求他们回来参加圣洁晚宴的名义，终结他们的生命。

安德鲁五年来亲手处决的前来述职的区域经理，已经不下 10 个了。安德鲁从小被集团培养，随着杀人数量的增加，心中的善已经所剩无几。杀这些人的时候，他没有半分手软，甚至感恩集团能给他这样的机会。前来述职的人，在每个地区作恶多端，不知做了多少坏事，让多少人横尸街头，多少家庭家破人亡。安德鲁认为这是上天在给他机会弥补曾经的过错，他确实不是好人，但是他心中的善，让他觉得做圣洁晚宴接待人，是上天赐予他的救赎。

安德鲁设置的从善价值观，因诺哈受到了冲击。当年在学校，所有人都欺负发育迟缓的安德鲁，只有发出怪叫被人们称为怪物的诺哈，替安德鲁挡过拳头，安德鲁始终记得圣手的恩情。

“宇宙洪荒，生死无涯。我决定遵从灵魂深处的拷问，找到世间最具价值的荣耀。破晓时分的光线已临，眠者已醒。”安德鲁举起酒杯。

“我宣誓，我将永远忠于我的兄弟，在任何时候，都不会欺骗和出卖他们。我一定竭尽全力帮助自己，帮助他人。在非常时刻，我一定会咬紧牙关，保守这里的秘密，否则我的肉体永远钉在羞辱的十字架上。”诺哈也拿起了酒杯，与安德鲁共同宣誓。

说完集团誓词，安德鲁喝下杯中酒，诺哈则直接将酒杯放在了餐桌上。

餐桌上一切都是点缀，除了这杯酒。见诺哈没有喝下去，安德鲁心里有些欣慰，当然更多的是担心。他不想曾经最要好的同学死在自己面前，可如果诺哈不喝酒，那么接下来迎接他的就是子弹了。子弹最好要一枪爆头，让他少些痛苦，安德鲁想。

“为你在 M 联邦共和国的成绩干杯，集团为有你这样优秀的人才而自豪。圣手万岁，集团万岁，伟大的集团事业万岁。”安德鲁再次举起酒杯，赞美诺哈的话发自肺腑。

诺哈以圣手为代号参与集团工作后，不但将狼蛛集团的人渗透到了 M 联邦共和国，做到随时可以发动政变搞乱这个国家，进而从中获利，而且还利用技术优势，向集团提出并参与实施了暗网计划，使得集团的年利润提升了两位数的百分点。

正是诺哈太过能干，集团才着急让他参加圣洁晚宴。其他被集团下放到各区域的经理，回总部述职的时间是五年左右。而诺哈只用了别人一半的时间，回总部述职前，狼蛛集团董事会甚至为是否让诺哈参加圣洁晚宴产生过争执。尽管诺哈的老师三长老力保他，但依旧没能改变董事会的决议。董事会甚至认为，三长老人老了，心也软了，心软的人不适合继续留在狼蛛集团。

“安德鲁万岁，集团万岁，伟大的集团事业万岁。”诺哈举起酒杯道。

安德鲁否认道：“我可没资格被赞颂，我只是圣洁晚宴的接待人而已，老兄你说笑了。”

“这么多年，你似乎没有变过。”

“什么意思？”

“你我在学校之时有同学之情，你最不想面对的是我，为此你甚至隐晦地暗示过我，怎奈集团有命令，必须安排我来参加圣洁晚宴。如果我没猜错的话，你刚一见面就想跟我碰杯，无非就是想快刀斩乱麻尽快除掉我。

从我把酒杯放下那刻起，你就乱了方寸，因为你还念及你我之间的友谊。这点我很感动，也很遗憾。凡成大事者，必先有静气，你自乱阵脚了，我的兄弟！”

圣手知道圣洁晚餐就是最后的晚餐？不可能，绝不可能，董事会是不会把这样的消息外泄的！闪过这样的念头，安德鲁偷偷摸出了藏在餐桌下面的手枪。

诺哈继续死死盯着安德鲁，仿佛已经看穿了他的计划：“我要是你，被人揭穿真相后，就不会被对手引导着去验证他说的话。”

安德鲁听到这话，苦笑摇头。他知道要是诺哈想动手，即使手中没有武器，也会有置他于死地的办法。因为坐在他对面的，是代号为圣手的男人。安德鲁干脆把藏在桌底下的枪拿出来拆了，然后把零部件扔在了地上。

安德鲁摊牌：“我早就知道什么事情都瞒不过你。在学校的时候，所有人都欺负你，但你有办法打败所有人，让他们服气。人太聪明有时候不是一件好事情，比如现在的你，当你踏入这栋楼的时候，你的命就是集团的了，而我只是一个执行人。”

“你已经做了自己该做的，我很感激你，我的兄弟，你可以跟我一起并肩战斗的，我们一起杀出去为自己讨个公道。”

安德鲁把一瓶酒一饮而尽，然后将酒瓶摔在地上，歇斯底里道：“我们从小被教育自己的生命是集团给的，集团就是我们的家，我们怎么可以背叛自己的家？”

“你知道的，我们生来不是集团的工具，更不是他们的家人。我们有自己的家人，有自己的父母，你可知道，你的父母就是被集团杀死的？他们培养我们的目的，就是把我们当作挣钱的工具！在他们眼中，你我只不过是工具！工具，是拿来用的，用完就扔，也没人会觉得可惜，你知道吗？”

安德鲁哈哈大笑：“你别说大道理了，比你还出色的区域经理，我见过，他们都没逃出去，难道你能吗？知道外面有多少支枪等着你吗？你反抗不过的！”

“我经历了那么多磨难，就是想告诉别人，任何人都没有权利强迫别人做他不愿意做的事，我们也不应该阻挠他们做自己。有时候愿不愿意不重要。安德鲁我的兄弟，你有没有想过真正为自己而活，哪怕一次？

你有没有想过，有一天你要为自己、为家人讨回公道？集团凭什么命令你，凭什么任意剥夺你生存的权利和活着的自由？”诺哈推翻餐桌，走向安德鲁，搂住他的肩膀，“问题远没有那么复杂，摆在我们面前的还有一条路。”

诺哈这次与安德鲁说话居然没有发出怪声，当然，此时的安德鲁已经被诺哈煽动性的语言所迷惑，根本没有想这个问题。

说完，诺哈捡起安德鲁扔在地上的手枪零部件，重新组装起来，塞到安德鲁手中，握住了安德鲁的手。

安德鲁有些迷茫又有些渴望地看向诺哈。

“堪称世界安保最严格的斯达酒店也不过如此，我彭玲玲还不是照样混进来了。”对讲机的一头传来彭玲玲的声音。

吴婉乔关了对讲功能，看向朱太行。不消说，朱太行也明白她的意思：确定让彭玲玲参与到这次行动是对的选择？

朱太行摊了摊手表示他也没有办法。彭玲玲能安分守己在房间待着，不添乱，就是对朱太行他们最大的帮助。朱太行答应彭玲玲让她参与抓捕狼蛛集团高层的行动，属于无奈之举。

行动前，周查再三思考后决定，哪怕是牺牲自己也不会错过此次狼蛛集团高层聚首的良机。朱太行说出了自己的方案，周查根据他对狼蛛集团的了解，补充了朱太行方案的漏洞。计划方案有了，如何实施是关键。斯达酒店安保措施严密，如果单凭周查和爱丽丝硬闯入酒店，根本抓不到狼蛛集团高层。

按照朱太行的计划，先由他负责侵入酒店的安保系统，破坏其安保措施，造成有人侵入酒店的假象。这样一来，狼蛛集团高层出于安全考虑，必定会离开酒店，到时候周查等人会在地下停车场下手。

狼蛛集团高层的司机，为了防止有人对车做手脚，没有特殊情况都会做到枪不离身、人不离车。此次来酒店开会，十二长老明显想低调行事，所以只开了两辆商务车。朱太行等人若是假扮司机控制住他们的车，就可以不费吹灰之力地将集团高层所有人控制住。

此计划能否实施，取决于朱太行能否侵入酒店的安保系统。如果能够侵入系统，他们的计划就成功了一半，另一半则需等集团高层的人上车后，用迷药迷晕对方。计划细节到了这里，假扮司机的人选尤为重要。此人必须有娴熟的车技和较强的心理素质，才能躲过集团成员的追踪。以这两项要求看，彭玲玲是最不适合参加此次行动的人。

物色司机时，朱太行和吴婉乔在房间愁眉不展。吴婉乔在国内刚刚拿到驾照。

“我学车的时候学的手动挡，自动挡不会开……”

听完吴婉乔的话，朱太行不由得苦笑起来，当初在周查面前信誓旦旦，说保证完成任务。现如今怎么办？

这时候，彭玲玲开门进入房间，直截了当道：“我可以。”

彭玲玲怕二人不信，有些着急：“我就知道你们不信我，觉得我不靠谱，什么事情都做不成。你们要知道，我家老爷子可是自由人民军总司令，作为总司令的女儿，要是不会开车，简直是笑话！实话告诉你们，本姑娘不仅会开车，坦克、飞机都能开！”

彭玲玲说自己会开飞机，确实有吹牛的成分，不过她确实开过坦克。那时候她才 15 岁，当时要不是坦克连上尉及时控制了坦克，她差点因胡乱鼓捣按钮，把总部大楼给轰了。

“就算你们不相信我，也得相信自由人民军吧。我跟你讲，这个酒店要是在自由人民军的地界上，我可以直接调动军队你信吗？”

怕彭玲玲给自己惹麻烦，朱太行免不了对她一阵安抚。

为了让朱太行心服口服，彭玲玲开车载着他兜了一圈。车速之快吓得朱太行都想骂娘，一下车便狂吐起来。彭玲玲有如此车技，朱太行没有不让她参加行动的理由。

朱太行等人用伪造的证件进入酒店停车场，故意制造出声响，引诱车内司机出来，接着用武力手段控制了司机，行动旗开得胜。

根据计划，周查负责外围警戒策应，搞定外围安保，彭玲玲和爱丽丝在第一辆车上待命，另一辆车上则是朱太行和吴婉乔。

控制住司机，接下来就是朱太行大显身手的时候。

地下停车场能够连接到酒店的局域网。朱太行在地下停车场的隐秘处架设了一个与酒店局域网相似并且带有相同身份认证的加强信号版的无线网盒子。只要酒店里的人通过计算机连接到这个无线网盒子，朱太行就可以通过它获取到对方计算机的使用权限，进而侵入对方系统服务器。

还没将电脑病毒植入安保系统后台，整个酒店就响起了彻耳的警报声，朱太行等人也跟着紧张起来。朱太行检查了一遍程序没有发现任何漏洞，可为何会响起警报声呢？

去酒店前，周查给朱太行交代清楚了什么时候侵入系统、什么时候让警报声响，此时警报声响起，却没有收到朱太行的报告，这意味着行动可能失败了。

周查马上拿对讲机喊道：“立即取消行动。”

“已经搞定，马上撤退。”对讲机那头回复。

朱太行若听话尽快撤退，至少能保住性命。若强行行动，说不定会导致全军覆没。周查暗自着急。

狼蛛集团高层撤退的速度超乎朱太行的想象。他们慌张地逃进车内，还没反应过来，就被车中的迷药迷倒了。

提前让斯达酒店拉响警报的人是诺哈。诺哈在安德鲁的配合下，打碎了玻璃，打开飞鼠装，从三十楼凌空一跃，绝地逃生，成了活着离开圣洁晚宴的第一人。

着地后，诺哈快速收起飞鼠装。这时一辆黑色轿车驶来，诺哈上车后，车很快消失在夜色中。其实诺哈不想这么早跟集团摊牌决裂。他这么做也是迫不得已、被逼无奈。

事到如今，诺哈没有其他选择。在他眼中，长老会只是各国政客的傀儡而已，杀死长老会的长老，集团背后的投资人还会成立新的长老会。他本来的计划是想通过架空长老们的权利，从而真正掌握狼蛛集团。

现在集团急于让他参加圣洁晚宴，就是因为他锋芒太盛。既然掌控不了集团，趁着长老会的成员都在，干脆摧毁它。等新的长老会成立时，自己已经羽翼丰满，就用不着害怕了。有了这个打算，诺哈提前启动了复仇计划。他冒着被周查和朱太行发现的风险，故意安排两人碰了头，利用他们帮助自己完成计划。

警报有两个作用，第一是召集人员追杀诺哈；第二，提醒正在开会的十二长老注意安全。因为来自圣手的报复几乎是毁灭性的。

集团十二长老中除了请病假的三长老，以及率领手下殿后的阿道夫外，其他人在酒店警报声响起后，都去了停车场。

作为狼蛛集团十二长老之一，阿道夫是唯一一个参与监造斯达酒店的负责人。看着长老们撤离的背影，他冷哼一声，从酒店后厨的秘密出口逃跑了。离开前，他深情地看了看身后这栋楼。对于阿道夫而言，斯达酒店不仅仅是栋楼，还代表了自己以前所处的世界。他要跟过去的自己道别，他想以新的身份重新生活。为了这次逃跑，阿道夫煞费苦心，今天就算圣手那边不出意外，他也准备制造一起事故拉响警报逃走。

当时狼蛛集团让阿道夫监造斯达酒店，表面上说是对他的信任，实际上是其他十一位长老对长老会新成员的施压。其他人为何对阿道夫施压呢，这还得从狼蛛集团成立之初说起。

狼蛛集团成立于冷战时期，本是时代产物，带有时代烙印。刚刚起家的狼蛛集团，是以十二名退役特种兵为核心的雇佣兵组织。这个组织专门为超级大国服务，处理政府不好直接出面、不能见光又亟须解决的事情。比如绑架某个国家的领导人，暗杀掌握某国政客丑闻的新闻记者。他们拿钱办事，做事干净利落又高效，使得他们在冷战时期得到了多国政客的关注。

冷战结束后，当年的政客有的成了商人，有的则执政一方。这些人需要一支暗黑力量帮助他们铲平政治和生意上的诸多麻烦，所以这支雇佣兵组织便是他们心中的最佳选择。今天这个国家的政客想把这支雇佣兵组织据为己有，明天另一个国家的财阀也想把它作为自己的私家力量。当时这支雇佣兵组织的老大绰号叫“狼蛛”，他没有拒绝任何一个国家的政要和商人抛出的橄榄枝。为了把这个雇佣兵组织做成国际代理集团，他鼓励曾经和自己合作过的人投资他们。

后来这个组织慢慢变成了目前狼蛛集团的模式，即十二长老会议制。为了均衡各方诉求，每个参与投资狼蛛集团的人，只能选择狼蛛集团十二成员之一作为其代言人。这些投资人对集团提出的诉求，如果不伤害各投资人的利益，狼蛛集团会在接到诉求后，尽快帮助投资人解决问题。如果提出的诉求过高或者损害了其他投资人的利益，就需要召开十二成员会议，以少数服从多数的投票方式解决问题。

“狼蛛”最开始提出十二成员制的初衷，只是稳固自己在集团中的地位。作为这个犯罪集团的老大，“狼蛛”拥有其他成员没有的特权，即一票否决权。只不过，“狼蛛”小看了这些投资人的底线。没有一个投资人希望自己提出的诉求被他一票否决。

一票否决制度，让“狼蛛”站在了团伙的对立面。12 位成员或许愿意与“狼蛛”共患难，但没有人愿意与之同富贵。受利益驱使，狼蛛集团 12 位核心成员，达成了一致，合伙杀死了“狼蛛”，废除了一票否决制度，十二成员制变成了十二长老主理狼蛛集团一切。

阿道夫能够进入长老会背后的原因更为复杂。如今整个世界的经济、政治和军事格局朝着多元化发展，和平成了世界的主流声音。科技的发展、多国协作反恐和犯罪成本风险的提高，导致狼蛛集团的日子越来越难。狼蛛集团出于安全考虑，20 年前开始转为地下运营，不再接受新投资人的投资。20 年后，当年的投资人都变老了，人老了，属于他的江湖就会消失，总有新人换旧人。狼蛛集团的业务变得越来越单一，从事着倒卖军火、人体器官和毒品等活动，与其他小犯罪集团的主营业务并无二致。

为了生存下去，他们也尝试过改革，打破旧观念开始接受新的投资。正是这次求生的改革，让这个猖狂了近半个世纪的国际犯罪集团慢慢浮出水面。

国际刑警组织也因此盯上了这只庞然大物。

阿道夫如果只是普通投资人在狼蛛集团的代言人，可能不会遭到排挤，但是他代表的是靠互联网起家的新财阀。20 年前，这些财阀的主理人可能是最不被人待见的穷小子，20 年后他们凭借自己的脑子和技术成为财阀新贵，一般来说，他们对金钱的追逐更为狂热。若不是集团急需用钱，新财阀既有钱又能为暗网提供技术支持，长老会说什么都不会让他们成为长老会成员。狼蛛集团彻底采用以暗网为主的犯罪模式后，老一辈的人更担心这些新财阀会对集团的安全造成威胁。于是其他长老达成空前一致，试图压制住阿道夫背后那些财阀新贵膨胀的欲望。

阿道夫早就看出了长老会的意图，同时也明白他背后那些资本家的阴谋。如长老会担心的那样，这些财阀确实想利用科技手段，把整个狼蛛集团牢牢控制在自己手里。长老会若是和阿道夫背后的势力有冲突，他很难独善其身，搞不好还会成为双方斗争的炮灰。明哲保身是阿道夫的人生哲学，今天正是他逃跑遁世的良机。

阿道夫选择的秘密通道，通向当地一所中学的杂物间。杂物间的桌子被移开，爬出通道的阿道夫呼吸着有些浑浊的空气，嗅到了自由的气息。

从此他再也不会当任何人的傀儡，为任何人卖命，他这些年在狼蛛集团赚到的钱，可以在世界上任何一个地方安安稳稳地过上几辈子，从此告别虚荣，告别这个复杂又肮脏的世界。

就在这时，一把冰凉的匕首悄无声息地架在了阿道夫脖子上，来人发出冰冷的声音：“圣手向你问好。”

周查、朱太行等人得手后，为防事情有变，开车一路狂奔，一直开到了 M 联邦共和国警察总署。车开到总署后，他们一直没下车。安全起见，直到国际刑警组织接手，周查才打开了车门。

众长老在警察总署醒来，得知自己被捕，没有丝毫慌乱。

二长老是欧洲 F 国政客在狼蛛集团的代表，他对看管他们的年轻警察说道：“想不想当警长？我给你个机会，你只需要告诉关押我们的人，若想见到明天的太阳，最好立刻跑步过来给我赔罪，晚一分钟，他们全家的命就会不保。”

“一群人渣！谁还有意见和想法，尽管找我的警棍提。”刚从警校毕业的歌丹威，被分到总署之前就听师兄们说过，刚当警察就被犯罪分子吓住，以后会被同事笑话一辈子。趁着国际刑警组织的人不在，他拿警棍揍了二长老一顿。

二长老被打，长老团反而对歌丹威起了怜悯之心。众人均在想：他们出去后，年轻警察的家人将会受到怎样的非人折磨呢，得罪谁不好非要得罪二长老。

第二天下午，国际刑警组织将一众长老押去海牙国际监狱，他们见自己逃脱无望，担心起家人。自己被捕，大不了一死，可家人呢？集团设立的杀手学校培训出来的杀手出于自保，可能会把长老们的妻儿灭口。

国际刑警组织显然已经意识到了这点，他们以此为突破口，突破了长老们的心理防线，之后又花时间查到了狼蛛集团的犯罪证据，一举端掉了狼蛛集团的总部。

正义可能会迟到，但永远不会缺席。法网恢恢，疏而不漏，嚣张了近半个世纪的罪恶集团，终于被正义打败。

由于狼蛛集团犯罪网络庞大，又牵涉多国政客，所以对它的审判漫长又复杂。周查身为中国警察，配合国际刑警组织打入狼蛛集团内部，又亲手抓获了狼蛛集团的长老，功不可没，回国后被公安部授予了二等功奖章。

如果不是张作田怒目相对，周查说什么也不肯接受奖章。黑天鹅、杨怡在他心里都是英雄，用同事的牺牲换来的荣誉不算什么。他甚至觉得自己不配被表扬。

黑天鹅曾告诉过周查，杨怡的死与暗网 Hades 背后的管理员有关。狼蛛集团垮了，暗网 Hades 依然在，周查向张作田请求继续调查。

张作田认同周查的判断，但中国警察在国外没有执法权，他便就调查暗网 Hades 的事情与 M 联邦共和国警方积极沟通，试图促成多国联合调查组，继续追查暗网 Hades。

国际刑警派出的专门押送狼蛛集团长老的专机抵达 M 联邦共和国之前，朱太行便偷偷与吴婉乔商量逃离警察总署。

朱太行问吴婉乔："还记得我们当初在莫口郊区被人绑架后报警来的假警察吗？"

吴婉乔不解道："那次确实来的是假警察，不是所有的警察都坏吧。"

"正因为他们是真警察我才怕，具体解释起来太麻烦，总之，狼蛛集团犯罪网络复杂，调查取证需要花费大量时间。我们在这里配合调查是可以的，问题是谁也不能确定，到底要配合到什么时候。最关键的是，狼蛛集团确实完了，但在国内绑架我们的人，也就是暗网 Hades 背后真正的管理员，我们还不知道是谁，也不知道他有没有被抓起来。我们在这里的时间越久越危险，他们连去中国犯罪的胆子都有，还有什么不敢干的。现在在 M 联邦共和国警察总署安全有保障，是因为国际刑警组织介入了。如果国际刑警组织把长老会的人都带走，谁还能真正保护我们？周查吗？他确实能，但他在 M 联邦共和国没有执法权。以前他是配合国际刑警工作，现在国际刑警的工作已经完成，他随时会被调回国内。"

"你说现在怎么办？"朱太行说的话句句在理，吴婉乔一时也没了主意。

"以前我们险些被假警察绑架，现在我们假扮警察怎么样？"

朱太行的提议得到了唯恐天下不乱的彭玲玲的强烈支持。吴婉乔虽觉得这个想法有些胡闹，但她也没有更好的想法，只能同意。

第十四章　两　难

酒吧大厅里音乐躁动，穿着暴露的女孩儿扶着一根钢管在台上搔首弄姿。女孩儿每一次有意无意的低胸动作，都会引起台下男人们的尖叫。

酒吧包间的玻璃是单向玻璃，从屋里能看到外面，从外面却看不见里面。包间里除了朱太行等人，还有一位中年男人，名叫张百万，是当地一混混头子，也是这家酒吧的老板。张百万上身穿敞着襟的汉服，脚踩一双白色耐克运动鞋，双腿搭在茶几上来回晃荡。

张百万对朱太行等人态度亲切，不知道的还以为朱太行是他的座上宾。

昨天是张百万的生日，马仔为给大哥庆生，安排了刚来酒吧工作的年轻女孩儿，却挨了一顿臭骂。

今年的生日，对于张百万来讲是人生分水岭。体力下降，发际线上升，身体欲望下降，血压上升。张百万已经明显感觉到年龄带给他的毁灭性打击。难道就守着这么一个破酒吧、十几号马仔，庸庸碌碌地过此一生？步入中年的张百万开始思考人生的意义。

生日当天，张百万坐在酒吧的角落沉思，他不知道要思考什么，但就是想思考。不同颜色和度数的酒不停往肚子里灌，俊男靓女在眼前晃来晃去。在酒精的作用下，眼前这些年轻人越来越模糊，张百万眼前好像出现了一块巨大的黑白荧幕。荧幕上的画面，是他过去 40 多年的人生。

15 岁的时候，张百万还是个孱弱的学生，那时他常遭遇校园欺凌。多次被欺凌，将他骨子里的血性激发了出来，他在慌乱之中捅死了欺负他两年的同班同学。那一年，他高中还没毕业，就被关进了少管所。

进少管所之前，张百万的梦想是成为一名受人尊敬的政治家。他父母都是底层的小摊贩，从小就告诉他要好好读书，以后当了官才有出息，才不会被人欺负。

25 岁的时候，张百万从少管所出来，便投奔了在少管所认识的大哥，再也没有回过头。张百万加入黑社会后，城管都是绕着他父母的摊位走。

没能从政，却也可以让父母不受人欺负，张百万很满意。

常年混迹街头，为人讲义气，依靠暴力和贿赂，没几年张百万便坐稳了老大的位子。不过，此刻望着似有若无的黑白荧幕，张百万懊恼又沮丧。25 岁到 38 岁，这几年好像都荒废在了女人和烟酒上，平时的日子过得太逍遥，几乎耗尽了他人生的可能性。

人总得有个理想吧，自己的理想是什么呢？张百万不知道，但他觉得自己需要改变。这个想法他酝酿已久，并且几次付诸实践。

第一次尝试突破，是他想从政，他有从政的硬通货——钱。当他拿着 5000 美金试图通过贿赂来竞选镇长时，被人笑掉了大牙。笑话他的人是同样想竞选镇长的青年军团长的亲戚道陀。

道陀质问张百万："想当镇长，你们家有枪吗？"

"我的副业就是贩卖枪支，仿制五四、美国货，我那儿都有。"

"你的枪从哪儿来的？"

张百万小声道："我有自己的渠道，这事儿不能说，反正这镇长我当定了！你还是放弃吧。"

"你不就是从青年军萨连长那儿搞来的枪吗？那批枪萨连长准备送我来着，被我骂了回去。"道陀笑得肚子疼。

"地上的蟑螂都没踩死过几只，你还敢骂萨连长？吹牛皮！"

道陀也不解释，直接打电话给萨连长。对方一听是道陀，开着吉普车屁颠屁颠跑来了，一上来就扇了张百万几个耳刮子。

"就你小子也想当镇长？你知道镇长都是什么人当的吗？"

张百万捂着脑袋不敢说话。

道陀指着张百万的鼻子说："咱们这儿的镇长都是青年军的亲戚当，你们家祖宗三代有青年军亲戚吗？"

后来，青年军被自由人民军打跑了，张百万又动起了当镇长的心思。当他听说新县长是自由人民军旅长的小舅子时，只能把准备好的钱放回了保险柜。

这些经历，让张百万知道了什么叫阶层。

就在生日这天，在张百万求变的想法几乎快被浇灭时，罐头出现了。罐头做倒卖枪支生意这么久，第一次被人打劫，实在咽不下这口气，派人多次打探，终于找到了朱太行等人的下落。罐头不敢独自行动，只能找大哥张百万。

张百万经验十足，他一再叮嘱罐头，行动之前一定要调查好对方的底细。这一调查发现了一个惊天的新闻：彭四海的女儿居然跟朱太行在一起！

张百万觉得黑白荧幕瞬间有了色彩，像素也越来越清晰，荧幕上接受掌声和鲜花的男人正是他自己。他捂住心口的位置，感受着心脏的跳动。想要改变人生，只需走出一步，这一步就在眼前。

张百万亲自带罐头等人围住了朱太行的住处，选择亲自行动有两层意思，一是怕手下没轻没重伤到屋子里的人；二是亲自来代表了诚意，不管以后时局如何，他都不至于理亏。

朱太行等人从警察总署逃回住处，又被张百万等人拿枪指着，心情郁闷无比。被十几把枪同时指着，朱太行和吴婉乔没有反抗，彭玲玲却接连扇了罐头等人好几个耳光。

张百万的手下想还手，被他骂了回去。

“哪个吃了熊心豹子胆，不想活了？不知道我是谁吗？”在自由人民军的地界上，彭玲玲说话时底气特别足。

张百万拱手作揖道：“不好意思，小姐，知道您是谁，是司令让我们过来接您的。”

彭玲玲看了看张百万等人的衣着打扮：“你们是老爷子派来的？穿得可真寒酸，一点儿不像老头子的做派。”

张百万小声道：“还是小姐警惕性高，我们穿成这样，是因为他老人家不想声张……”

彭玲玲转念一想也对，毕竟自己来的地方不是自由人民军的真正势力范围。也许是老头子怕生事端，才有意为之的。

彭玲玲决定要走，朱太行和吴婉乔对视一眼，不禁苦笑起来，真是一波未平一波又起啊。眼下的局势，容不得选择，两人只好跟张百万走了。

车上，吴婉乔小声对朱太行说：“如果彭四海逼你娶彭玲玲，你就把她娶了呗，反正也不亏，没准儿过几年你还会成为军阀首领，甚至总统。”

话说完，吴婉乔觉得自己刚才的话有些阴阳怪气的，心想，我这是怎么了？

三人对张百万的身份没有怀疑，张百万很快就将他们带到了自己的地盘。他吩咐下去，酒吧正常营业，内紧外松。

罐头和张百万在洗手间撒尿。

罐头对正在撒尿的张百万说："大哥，把他们交给我，我教训他们一顿就好了，还麻烦您亲自跑一趟，这么大阵仗，真是不好意思！"

张百万把朱太行等人顺利带了回来，心情大好，完事儿提上裤子，说："这事儿跟你没关系，不过你立了大功，回头我会好好奖励你！"

罐头没听明白，好奇地问："大哥，我立了什么功？里面的人是谁啊？"

张百万意味深长地看了罐头一眼，说："他们是散财的童男童女，升官的钢印证书，战场上的榴弹炮、迫击炮！"

罐头还是不太明白："我还是没听太懂。"

张百万手指头一勾，罐头靠过去："你知道彭四海吗？"

罐头眼睛一亮："哎呀，彭四海我当然知道啊。彭阎王嘛！ M 联邦共和国谁不认识他啊！"

张百万点了点头，指了指包厢的方向："里面的人，其中一个是彭四海的女儿彭玲玲。"

罐头听到这儿，双腿一软，尿都不撒了："大哥，我刚想起来，我妈生病了，非让我带她去医院，她都给我打十来个电话了，我先回家一趟。"

"现在知道害怕了？早干吗去了！晚了！事儿已经办了，你觉得你还能跑吗？"张百万早就看穿了罐头的心思。

"大哥，咱们都是出来混的，混不好，大不了把命留下。咱们要是得罪了彭四海，他要的可就不止咱们的命了！他可是彭阎王啊！"

张百万眼中燃起了熊熊的欲望之火："不，他只是彭四海，一个在找女儿的老父亲而已。"

张百万把三人关进包间后，就再也没有露过面。朱太行等人回过味来时早就晚了，持枪的马仔 24 小时守在门口，他们一时半会儿逃不出去。

三人被张百万软禁三日之久。

这三天对吴婉乔和彭玲玲来说，是剑拔弩张的三天。

包厢里像是被人撒上了酵母，让两人的骄傲和情感无限发酵。

彭玲玲容不得吴婉乔挨朱太行太近，每日虎视眈眈地盯着她。吴婉乔原本性情恬淡，可不知为何却一反常态，彭玲玲越不让她接触朱太行，她越是有心气彭玲玲。

吴婉乔有时会当着彭玲玲的面，有意无意说一句："我渴了。"

话刚说完，朱太行立马把水杯递到吴婉乔面前。

彭玲玲气不过，也说："我渴了。"

朱太行不是傻子，自然知道彭玲玲喜欢自己。他把自己有意接触她的不纯动机和盘托出，希望解除误会，可她对此毫不在乎。

软禁了朱太行等人一段时间，张百万开始后悔了。他发现自己像是坐在火药桶上，一不小心，就会被炸得灰飞烟灭。

晚上睡觉翻身时，张百万摸到了黏黏的液体，打开灯一看，身边放着一条死狗——他的爱犬金毛。

见到爱犬的尸体，张百万瞬间没了睡意。

"这么快就醒了？时间还早，再睡会儿吧。"弗洛伦斯坐在床沿修剪着指甲，柔声说道。

张百万见情况不对，迅速掏出藏在枕头下的枪，可扣动扳机时，才发现枪里没子弹。

弗洛伦斯将子弹扔在他的被子上，用温柔的语气说："让你睡你不睡，那好，我们聊正事儿。正事儿聊不妥，我就再送你些子弹。"

张百万慌了："你是谁？从哪里来？想干什么？"

弗洛伦斯慵懒地说道："你关在酒吧里的人，不要动他们，给我看得死死的，若是让他们跑了，你旁边躺着的就是你家人的尸体了。"

"他们若是你的仇人，你大可把他们都带走。"张百万没见过如此可怕的女人，赶紧服软。

弗洛伦斯捂嘴一笑："我带走他们干吗？你现在需要做的就是替我看好他们，懂吗？"

"不太懂……"

"必须懂。"

弗洛伦斯离开不久，张百万还没回过神来，罐头便跑来报告说，有自由人民军的人来打听彭玲玲的下落。

几个小时前，张百万巴不得自由人民军的人找自己。他之所以软禁彭玲玲，是想借保护彭玲玲的名义向彭四海邀功。若能赢得彭四海的赏识，他半只脚就踏进了仕途。现如今他骑虎难下，为了活命，不能把彭玲玲交给自由人民军。同样，为了活命，又不能让自由人民军知道自己软禁了彭玲玲。

张百万刚解决完前来打听消息的自由人民军，吴金东又找上了门。朱太行到 M 联邦共和国后，发了位置信息给吴金东。吴金东来到 M 联邦共和国，按照收到的位置信息，找到了朱太行住的地方。他发现房间的门没锁，便进去看了看，屋内空无一人，唯一的收获是，在卫生间的洗手池边找到了吴婉乔的发卡。见到发卡，吴金东又喜又怕。喜的是朱太行找到了吴婉乔，怕的是女儿怕是又陷入到了麻烦之中。

吴金东找到张百万的酒吧几乎没有费太多力气。当时张百万去接朱太行等人时，多少惊动了周围的邻居。吴金东通晓当地语言，经过几番打听，便晓得了相关的消息。

张百万挨了吴金东一顿拳脚，找机会跑到了床头。吃一堑长一智，这次他藏在枕头底下的枪确实是有子弹的，不过还没等他去掏，吴金东就抢先一步拿到了枪。

“你要想救她出去，先打死我。打死我之前，你需要明白，现在的局面已经不是我能控制住的了，就算我手下的马仔不拦你，你也出不了酒吧的门！”知道吴金东是来救人后，张百万心想横竖都是一死，索性说了实话。

张百万心想，如果被自己软禁的人真有那么重要，之前威胁自己的女人不可能放心离去，她一定在酒吧周围安排了人手。可让张百万没有想到的是，一直到他带着吴金东来到包厢门口，那个神秘的女人都没有出现。为了躲避神秘女人的追杀，张百万打算携家带口去国外避难。

包厢的门被吴金东推开，吴婉乔揉了揉眼睛，确定来人是吴金东，一下子扑向了吴金东怀里。

“爸，你怎么来了，我好想你，好担心你！”吴婉乔说话的时候带着哭腔。

见女儿瘦了好多，吴金东眼圈不禁一红，安慰道：“没事了，爸爸这就带你回家，有爸爸在，谁也伤害不了你。”

在吴婉乔的印象里，吴金东一直是个沉默寡言的父亲，如今父亲像变了一个人似的。

彭玲玲鼓掌道：“你看你爸都来接你了，赶紧回你们国家去吧。”

吴婉乔向父亲介绍了彭玲玲。

吴金东仔细打量着彭玲玲，神色不由得复杂起来：“你真的是彭山河的女儿？”

彭玲玲被吴金东打量了许久，有些不耐烦道：“我说老头儿，不是彭山河，是彭四海彭总司令，注意你的措辞。没错，我就是自由人民军总司令的女儿。老爷子你可是走运了，你这次救的可是总司令的女儿，我爸爸一定不会亏待你的。”

吴金东一听彭玲玲说这话，气血上涌，大骂：“彭四海这个王八蛋，还敢娶妻生子！过得好不快活！我非杀了他不可。”

“我说你这个老头儿怎么随便骂人？你可知骂人的后果？”

“骂人？他彭四海不配做人！”

第十五章　弱　点

彭玲玲带吴婉乔偷跑出总部大楼，同时打乱了两个人的计划。

彭四海现在决定不惜一切代价铲除圣手，以前他没能下定决心是因为对圣手不了解，现在他已然意识到对他来说圣手是致命的威胁。

如果说治好了彭玲玲的心脏病，是圣手主动向自己示好的表现，那么把吴婉乔送到自己手里，就是蓄谋已久的阴谋。圣手花大量的时间和精力调查自己过去的事情，目的是什么？是敌不是友，自己大可不必再心慈手软下去。这么一想，彭四海便调用了五虎将的嫡系，去摸查、监视圣手在M联邦共和国的一切行动。待时机成熟，准备妥当，他将毫不犹豫地将圣手在M联邦共和国的势力一网打尽。

不过，吴婉乔和彭玲玲是彭四海的软肋，她俩同时失踪让彭四海不得不暂时终止对圣手的行动。

明泽一整晚没有合眼，将一枚硬币在空中抛来抛去，想要寻找一个答案。他常听彭玲玲说，在抛出硬币之前，其实抛硬币的人内心已经有了答案。可他不这么想，硬币的正反两面，他都想要。可能是赌注加上了身家性命，明泽告诉自己做这个决定必须慎之又慎。

明泽要在天亮之前给圣手一个答案，答案的重点是要不要背叛彭四海。

如果选择背叛，圣手答应让他取代彭四海成为自由人民军总司令，并且保彭四海一命；如果选择忠诚，圣手警告说他将一无所有，而且彭四海还是得死。

圣手告诉明泽，他想做倒卖人体器官的生意，但是彭四海阻止他发财了。圣手要明泽做的事情很简单，只要把彭四海当天的行程路线告诉他即可，剩下的事情不用明泽操心。

明泽确实心动了，但让明泽担心的是，这么多年来彭四海经历了大大小小的暗杀无数，自己这次配合圣手，能成功吗？如果圣手的计划失败，或者自己被彭四海抓住证据。自己这辈子就算完了，这样做值得吗？

圣手为了取得明泽的信任，拿出狼蛛集团在 H 国策划哗变时的录像。

电视新闻中播出的 H 国元首重病而亡的消息是假的，实际上事情的真相是，圣手背后的狼蛛集团在 H 国策划了哗变。看过录像，明泽毛骨悚然。狼蛛集团的可怕之处是，参与哗变的武装分子，居然是从暗网 Hades 上招募的。如果哗变失败，狼蛛集团大可将锅甩给暗网 Hades。即使暗网 Hades 被警方查封，对暗网 Hades 本身也造成不了什么影响。因为只要技术成熟，不用太大的成本，暗网 Hades 2.0 便可重新上线。

背叛，很可能得到总司令的位置，彭玲玲自然也是他的；选择忠诚，什么都得不到，还会遭到圣手的报复。虽然明泽对权位产生了觊觎之心，但基本的判断能力还是有的。圣手之所以与他合作，说明圣手没能力完全控制自由人民军。自己在自由人民军这么多年，积累那么多人脉，难道掌控不了自由人民军吗？即使没能力掌控，在彭四海失去对自由人民军的掌控后，自己也有机会成为新的军阀割据势力。

明泽想当总司令，又不想背叛彭四海，经过一晚的挣扎，心中还是没有一个主意。明泽做彭四海的护卫长这段时间，托他办事请他喝酒的人排都排不过来。明泽表面上拒绝这些委托他办事情的人，会当面把他们送的礼品退回去，实际上这些委托人的要求，只要不是太难办，明泽暗中都会帮他们办了。有能力办事儿、不贪财又讲义气，这种做事态度帮明泽搭建了稳固可靠的人脉网。

天放亮的时候，明泽在窗外的高压线上看见了一只喜鹊。那时太阳刚刚放出光芒，明亮但不刺眼，世界好像刚刚睁开眼睛，迸发着无限生机。这只喜鹊就是明泽的选择，他认为冥冥中有神明在启发护佑着他。明泽想起，圣手曾再三强调，只要自己配合他，他会保证彭四海的安全。这不是背叛，而是拯救。老爷子岁数大了，总司令的位置怕是坐不长久了，与其让别人做，不如自己来做。至于圣手嘛，等自己掌握了军权，其他事情可由不得他。

刚下决心，圣手那边像是知道明泽主意已定一般，给他打来了电话。

“你一定要确保证彭四海和彭玲玲的安全，不然我们没有办法合作。”明泽再次让圣手向自己保证。

“我只是想踏踏实实做生意，生意人都是和气生财，我尽量做到一个人都不伤害。不过我担心的是，你能稳定住自由人民军的局面吗？”圣手说话的时候语速不快不慢。

“我若没有这个能力，你会找我合作吗？”

“明泽司令，祝我们合作愉快。”

彭四海已经派人打听到了两个女儿的下落，听说女儿在自由人民军控制范围外的一个酒吧出现过，他准备亲自去救女儿。

大事小做，彭四海没有大动干戈，只是带着自己的护卫队，以去自由人民军后勤部门视察为名义，从总部大楼出发了。出发前集结完卫队，彭四海派人收缴了卫队的通信设备，才告诉大家此去的真正目的是营救彭玲玲和吴婉乔。

总部大楼到后勤部门需要走一段土路，圣手的人就埋伏在路两侧的树林里。

出发后，车行驶在路上，彭四海冷不丁问明泽：“你有事情瞒着我？”

“司令，您多想了……”

明泽听到这话慌了神，以为事情败露了，本能地去摸枪。

彭四海抚摸着胡须，似乎多摸几下就能把明泽的心思摸透一般：“我知道，彭玲玲能跑出去，肯定是你放水了，你喜欢她、宠她也得有个度！”

明泽悬着的心放了下来：“司令，我……”

“别解释，事情发生了就要去面对。你跟了我这么多年，人是蠢了些，但好歹对我忠心耿耿，还帮我挡过子弹，我把你当家人看。把她们接回来后，我对你另作安排，给你新的人生，将来你会理解我的。”

明泽跟了彭四海这些年，彭四海夸他的次数，他掰着手指头都能数过来，若在平时听了这话，明泽的眼泪都会掉下来。可如今，他觉得自己是箭在弦上，不得不发，必须得反了。

“谢谢司令的关心，这些都是我应该做的。”

彭四海话锋一转：“明泽啊，你要是早生20年，这个总司令应该你来当。”

明泽心里七上八下，难不成彭四海发现了什么？

“司令，您又拿我开玩笑了。”

彭四海靠在座位上闭目养神：“以后你要记住，每逢大事要静心，刚才你的心就不静。我以前跟你一样，付出了大代价才走到今天，所以我不想你跟我一样。”

话音刚落，车突然停了下来。彭四海依旧闭目养神，这么多年，他习惯了明泽替他处理好身边的琐事。

出发前，司机按照惯例要检查车况，现在车出了故障，司机吓得浑身哆嗦。

车停下来，明泽佯装大怒，大骂司机：“出门前不知道检查车况吗？”

司机委屈巴巴，想当着彭四海的面说出实情，但迫于明泽的淫威，只好支支吾吾：“我……”

彭四海挥了挥手道：“罢了，赶时间要紧，换辆车。”

彭四海出行一般有三辆车，前后两辆车是护卫车，他通常坐中间的吉普车。司机下车准备修理车时，明泽掏出消音手枪打死了司机，接着又把车门锁死。

就在明泽采取行动的时候，路两侧出现了一群全副武装的小分队，开始接应明泽。从阵型上看，他们受过严格的军事训练，这些人以包围之势朝彭四海的卫队逼来。

彭四海的护卫们都是久经沙场的老兵，他们确定遭伏击后，用对讲机请示彭四海是退是攻。

彭四海的回复是原地待命。这些护卫们以为彭四海另有打算，他们哪里知道司令早已被明泽控制的事情。

彭四海最恨身边的人背叛自己，怒斥明泽道：“背叛我的人没有好下场，你是知道的！”

明泽脸色狞厉可怖：“司令，我也问过自己，这是不是背叛，我觉得不是，一切都是为了您女儿，您就委屈一下，我是为您好。”

彭四海猜想到明泽一定是和圣手达成了什么协议，他试图说服明泽：“他给了你什么好处？他凭什么给你好处？这些问题你想过没有？刚才还说你蠢，没想到你是蠢到家了！关于圣手我另有打算，他长久不了，你不要再蠢下去了！”

“他只是在利用我而已，而我是信了命运。您当了这么多年司令，也该休息一下了，我会给您养老送终的。”

彭四海见明泽听不进去自己的话，便冷哼道：“再早几年，你根本没有跟我叫嚣的机会。”

“失败的人总会找出各种借口，司令看清现实吧，现在周围都是我们的人。”

“那不是你们的人，是圣手的人，你还没有意识到吗？你们不是一路人！你应该知道我如果全力抵抗，你们的阴谋未必得逞。”

明泽得意道：“要是放在以前，我可能信。司令您是有女儿的人，人有了牵挂，顾虑也会变多，您还是乖乖投降吧。”

“把我拉下了马，然后呢，您就能统治自由人民军？”

明泽见彭四海气势弱了几分，自己登时豪气顿涨：“剩下的事情不用您管，彭玲玲我来救，放心，我会好好对她的。”

这么快把不可一世的彭四海控制在自己手里，是明泽之前没有预想到的。按照原来和圣手商量好的，明泽应该把彭四海交给圣手，但明泽变卦了。几乎兵不血刃就将彭四海拉下马，他没有理由把胜利果实拱手让给圣手。

明泽拿起对讲机命令道：“杀光这帮来历不明的武装分子，掩护我和司令回总部。”

正在看球赛的圣手同时接到两个消息：他派过来接彭四海的人没有一个活着回来；朱太行等人被吴金东救走了。

圣手的复仇已经启动，目前为止他已经在自由人民军里安插了自己的人。彭四海消失、吴婉乔被救，复仇计划便失去了目标。暂时性失去目标在圣手的预料当中，他明白是自己太着急复仇，才造成了如今的局面。

圣手打着狼蛛集团的幌子去绑架吴婉乔不久，集团就要他参加圣洁晚宴。其他区域经理可能认为圣洁晚宴是晋升之路，只有圣手明白狼蛛集团的人已被他安插到了 M 联邦共和国，集团利用完他，准备借圣洁晚宴之名除掉他。

集团没有实施暗网计划前，圣手其实不知道圣洁晚宴的阴谋。集团采纳了圣手的建议实施暗网计划，同时也将集团总部的秘密间接暴露给了圣手。圣手通过网络入侵到了集团总部的中央计算机，发现以前参加圣洁晚宴的区域经理，在参加晚宴后，就再也没有任何行动记录了。这些人去哪里了？为调查此事，圣手一年前就开始监控被集团调回总部参加圣洁晚宴的区域经理，他发现这些区域经理参加完圣洁晚宴后，就再也没有出来过。几经周折，圣手在集团旗下的冷冻仓库中发现了他们的尸体。

自从知道了圣洁晚宴的真相，圣手就一直在等待时机，他等待的时机就是圣洁晚宴，只不过集团这个通知比他预想中来得要早，因为他相关准备工作还没做好。随着国际范围内打击犯罪集团的力度加大，狼蛛集团的日子愈发难过，十二长老开会商量集团下一步的走向是早晚的事。他没想到集团十二长老会来 M 联邦共和国参会，更没想到开会的地点正是自己参加圣洁晚宴的地方。很显然，集团没有把他这个小小的区域经理放在眼中，他们认为圣手必死。

圣手早有布局，从他向集团申请绑架吴婉乔起，他的复仇计划就启动了，当时他想对狼蛛集团实施报复，同时也想对彭四海下手。狼蛛集团被警方端掉后，暗网虽被圣手控制，但狼蛛集团其他业务基本处于失联状态。这种失联对圣手来讲是致命的。714 学校培训出来的学生基本被集团洗脑，他们要是查明真相，找圣手复仇，以后会麻烦不断。

圣手有些自嘲地对身边的弗洛伦斯说道："饭得一口一口吃，事得一件一件办，是我们太心急了。想以小的代价换取大的胜利，最后得到的只有两个字：难办。"

弗洛伦斯说出了自己的担忧："我担心，明泽这个莽撞的家伙把彭四海杀了。"

"杀彭四海？他没这个胆子。"

"我们接下来怎么办？"

"启动 B 计划。"

揭开面罩，彭四海发现自己被关在一间潮湿逼仄的地下室。环顾四周，房间空荡荡的，十几平方米的空间只有张破烂不堪的草席垫子。

彭四海似乎对这个地方很满意，他饶有兴趣地在房间里走来走去，好像忘了站在门口还没有离开的明泽。

好久之后，彭四海终于发现门口还站着一个人。

彭四海挥了挥手道："你还有事情吗？没事就退下吧。"

明泽下意识敬了个礼，还没转身，就觉得不对。彭四海已经不是自由人民军总司令了，凭什么听他的话？

"司令，都把您送这里来了，您真以为自己还是自由人民军总司令吗？醒醒吧。"

彭四海像是听到了什么好笑的笑话一样："我死了吗？只要我活一天，我就是自由人民军总司令，这是事实。"

明泽也不甘示弱："是我念旧情，才留了您一条命！别不知好歹！"

"你留着我，只不过是为了给玲玲一个交代，如果我没猜错，你找到玲玲以后，会告诉她是你救了我。"

明泽摊了摊手，说道："这样做不好吗？咱们成为一家人。"

"你不是这么想的，你只是想让玲玲见到我，让她安心。或者说，我现在活着只是你打动玲玲的一张感情牌，只要玲玲见到我，我就没有利用价值了，你更不会给我机会向她说出真相。"

"司令其实还是那个司令，只是他老了而已。是，我承认，我是这么想过。我确实真的爱您女儿，您就放心好了，我以后会好好待她的。"

"你喜欢她，我早就知道。"

明泽听后明显有些烦躁："既然知道，你为何不成全我们？如果早点成全我们，您现在还是总司令！"

彭四海不屑地发出冷哼："她只是你的借口，你这孩子私心太重，脑子上长着反骨呢。"

明泽挥了一下手，似乎想把彭四海刚才的话打个粉碎："知道我私心重，还留我在身边？你别事后诸葛亮了！成者为王败者为寇，你现在沦落到靠我保护，还跟我聊这些，有意思吗？"

彭四海意味深长地看着明泽："我应该早把你送出国留学，省得你陷得这么深。你过来，我给你指条活路。"

明泽冷笑："让我过去？如果我没猜错，我过去后您肯定会跟我拼命。

我不过去，我尊老爱幼，咱们是一家人，您这又是何必呢？”

“我能帮你的只有这么多了，既然你不听劝，我也没有办法，你小心点儿圣手，他让你做的事情，你有些可以不用做，多给自己留条活路。我给你安排的留学事宜现在依然有效，塞班老师家你知道在哪里，资料和证件都在他那里。”

“老狐狸！到现在你还想算计我？彭玲玲是你亲生女儿你都不关心，反而关心起我来了？你是越来越不聪明了。”

彭四海不想再跟明泽说话：“咱们的缘分，今天算是尽了，你走吧。”

彭四海闭上了眼睛，不再搭理明泽。

明泽其实还想与彭四海说说话，以前在他眼中，彭四海就是神一样的存在，如今曾经的神成了自己的阶下囚，这对他产生了冲击。他需要不断和彭四海对话，好让自己从冲击中缓过神来，他需要认同自己目前所得到的一切都不是侥幸。

不知为何他现在没有半点儿快乐，他甚至为彭四海的处境感到忧心。做大事者不拘小节，心狠手辣才能镇住手下那帮人。明泽狠了狠心，留下一句“多保重”，头也不回地离开了。

如果明泽做事再老辣狠心些，或许还能有活命的机会，彭四海在心里感叹。彭四海还在为背叛自己的明泽担心，人老了，内心就会变得柔软。这么多年来，明泽一直鞍前马后地侍候彭四海，彭四海早就把他当成了自己的儿子。如今自己被儿子逼宫夺权，还被囚禁了起来，彭四海内心五味杂陈。

安置好彭四海，明泽开始忙碌起来。彭四海出事当天下午，除五虎将外，自由人民军的高级将领们集聚在了总部大楼。

养兵千日用兵一时，这些年明泽搭建起来的人脉网已经小有规模。他把这些人都聚集在了总部大楼，准备靠这些人为自己造势。明泽不怕这些人不支持自己，在他看来什么事情都是权钱交易。他们支持明泽做总司令，明泽就给他们封官许愿，让他们的日子过得比以前逍遥快活，这样一来，他们没有理由反对自己。

彭四海已被明泽控制住，不支持他明泽的人就是敌人，没人能逃脱得了他软硬兼施的手段。

来总部大楼的人中，自由人民军参谋部部长宋志心里最忐忑，总部大楼有他安排的亲信，亲信告诉他，彭四海已经被明泽暗杀，明泽此次就是要宣布自由人民军进入紧急状态，要接任总司令的职位。宋志跟随彭四海的时间比明泽长，自由人民军中没有人比他更了解彭四海。彭四海如果这么轻易被人暗杀的话，这些年早就死了无数次了。

宋志军事才能一般，能当上自由人民军参谋长，全靠彭四海当时力排众议。彭四海曾经对宋志有这样的评价：“宋志，关键时刻立奇功。”

如今考验宋志的时候到了，去不去总部参加明泽的加冕仪式，在宋志看来不是最重要的，重要的是，以什么身份参加。

他如果选择做彭四海最忠诚的部下，此时他需要做的是，立刻控制军队，联系彭四海派系的将领，控制住局面。明泽只不过是彭四海的护卫长而已，在军队中没有什么影响力，没有军队的支持，明泽就算自命为战时临时总司令也是光杆司令。如果做好这一步，将来彭四海重新接手军队，自己将是彭四海的第一功臣。

彭四海没有继承人，宋志有了护主之功，他将来甚至有可能坐上总司令的位置。决心要与明泽决裂的前提是确定彭四海还活着，但现在他不能确定；如果他选择明哲保身，拥护明泽，以他对明泽的了解，虽说明泽血气方刚正是当打之年，但他魄力不足，格局不大，又没有兵权，想要一步登天，简直痴人说梦。宋志在意的不是明泽，而是明泽背后的人。区区一个护卫长，有这么大胆子发动哗变？他绝不相信。

权衡利弊后，宋志决定两步同时走。

第一步是去总部大楼。他去不是为了向明泽表忠心，而是要为肃清明泽一派的中高级将领做准备，无论彭四海是否活着，明泽均不适合做总司令，他不适合，有合适的人。自己肃清叛军，一是表明自己的忠心，有利于帮自己在军中树立威信；二是能彰显自己的能力，让自由人民军都知道自己是不好惹的。他要通过此次行动，向外界释放一个信号：无论谁想当总司令，他宋志都是需要讨好和争取的对象。

第二步是寻找彭玲玲的下落。彭四海对宋志有知遇之恩，找到彭玲玲，能让他更心安一些，再说自己的儿子宋肖宝早就公开追求过彭玲玲，当时宋志觉得自己儿子和彭玲玲门不当户不对，老丈人是总司令彭四海，儿子会受欺负。如今局面不一样了，自己若能在新的总司令面前站稳脚跟，儿子以后自然平步青云，而彭玲玲最多只是落魄军阀的女儿，婚姻和爱情可由不得她选择。

为以防万一，明泽在总部大楼采取了严密的安保措施。下午 3 点，所有人到齐之后，明泽当着众人的面流下了眼泪，说了彭四海在路上遭遇伏击被当场被炸死的消息。

众人听完，脸上的悲伤和明泽的眼泪一样，只是走个过场。大家都在盼着明泽继续往下说，下面的内容关乎在场所有人的命运走向。

明泽清了清嗓子，顿了顿道："彭司令虽然去了，但自由人民军不能乱，我们一定要抓住杀害彭司令的凶手，才能告慰彭司令的在天之灵。"

众人纷纷点头表示同意。

"给彭司令报仇！"

"将凶手碎尸万段！"

"一切听明长官的！"

看到这些平时在彭四海面前扮演忠诚追随者的人，转眼换了副嘴脸，宋志心中满是鄙夷。彭四海刚死，这些同僚便为了自身利益，忙着掉转船头找靠山，吃相实在难看。宋志心中虽然这么想，但脸上的表情还是跟大家一样，配合着明泽的表演。

在明泽的建议下，自由人民军成立了临时委员会，临时委员会的任务有以下三点：一是秘密组织人手，尽快查出杀害彭四海的凶手，告慰彭四海在天之灵；二是尽快找到彭四海的女儿彭玲玲，将彭玲玲保护起来；三是以临时委员会的名义，暂时秘密接管人民自由军。第三点以临时委员会的名义，实际上就是以彭四海的名义，除了总部大楼的人，没有人知道彭四海死亡的消息，包括五虎将，这就为临时委员会秘密接管自由人民军提供了充足的准备时间。

宋志听完明泽宣布的这三点内容，不禁对明泽起了几分欣赏之意，但也只停留在欣赏阶段。

以明泽的资历，就算司令的位置空着，也轮不到他这个在军中无实权的人上位。可有了这三点，明泽上位就有了很好的背书。

明泽说彭四海是被人炸死的，凶手和尸骨一样都难以确认，既然难以确认，他可以把黑的说成白的，也可以把白的说成黑的。能够抓到凶手的人，足以证明该人的能力。明泽有这样的能力，比如他可以随便找个人当替死鬼，没有人会怀疑这名替死鬼的杀人动机。因为来总部大楼的大部分人也希望明泽能找到凶手，成为新的总司令。明泽好，大家就好，这是明泽给平日与自己称兄道弟的人的承诺。

关于第二点，照顾好彭四海的女儿，就代表明泽念旧情。古人打仗都要找个由头，新的总司令继承者自然得以德服人，才能不被 M 联邦共和国那些记者抓住口实。找到彭玲玲后，明泽以彭四海女婿的名义接管军队，彭四海的五虎将也没有理由反对他。

如果说前面两点是能够帮助明泽成为总司令的踏板，那么第三点则是明泽能否当上总司令的关键。

当初彭四海创建自由人民军的时候，参考了周边几个国家特别是中国军队的管理模式。非紧急状态下，调动军队和职位任免一般都是要通过该军队的各级委员会投票选举来决定。紧急状态下，军事最高指挥权归最高军事指挥官所有。

彭四海死的消息，明泽想成为总司令的消息，无论哪一个从总部大楼泄露出去，整个自由人民军便会处于紧急状态。在这种状态下，五虎将有权不听总部命令，控制自己手中军队的指挥权，然后以保全自由人民军的名义，控制军队。明泽之所以成立临时委员会，就是要把来总部大楼的人绑在一条船上。对外，他们不会让任何人知道彭四海出事的消息，对内则加紧夺权速度，尽快掌控自由人民军。

明泽为了在第三点上做足功夫，就一定要将自己认识的所有人都绑在同一条船上。为此，他动用了所有关系网，这些关系网中，有真的和明泽称兄道弟的人，也有如宋志这样的表面是朋友、实际上没有深交的将领。

当然明泽也不傻，为了不走漏风声，凡是与五虎将有关系的人，他一个都没有请。现在只要临时委员会成立，在场所有人都成了临时委员会的成员，如果明泽顺利成为自由人民军总司令，他们便可以加官晋爵，如果明泽失败，他们也跟着倒霉。

凭明泽和来总部大楼的这些酒囊饭袋，就想控制自由人民军？宋志不禁摇了摇头。

来总部大楼的后勤部部长金栋，也看出了明泽的小算盘。来到总部大楼发现情况不对时，他已经脱不了身了。金栋暗中观察了四周，发现来总部大楼的人，多数是平日与明泽关系较好之人。如果现在有人敢站出来反对明泽，那么迎接此人的一定是子弹。

总司令是想当就能当的吗？蠢货！金栋心中暗骂。金栋看向宋志，眼神中有解释也有惊恐，更有歉意和无奈。宋志给金栋使了一个眼色，示意他少安勿躁，暂且放心。看着宋志一脸笃定的样子，金栋提到嗓子眼儿的心却没有放下多少，扭动着肥硕的身体朝宋志走去。宋志像在和金栋玩捉迷藏一样，有意无意疏远着他。

这个老狐狸！金栋忍不住暗骂道。

宋志不单单只是远离了金栋，事实上他有意疏远所有来到总部大楼的人。因为他无法确定前来跟他套近乎的人，其真实目的是想跟他拿主意，还是有意试探他对明泽和临时委员会的诚意。以前，每次军队有重大调整，彭四海都会问宋志的意思。宋志常常都是顾左右而言他，但关键时刻，宋志的建议，彭四海都一一采纳。

如今要成立临时委员会，众人如同彭四海在这儿一样，还是将眼光聚集到了宋志身上，宋志的意见决定了这个临时委员会是否能成立。宋志心中暗暗叫苦，心想这是把我往火架子上烤啊。如果当着众人的面点头应允，宋志纵使有再好的口才，也难以摆脱有亲近明泽的嫌疑。如今之际，只能逃避，可怎么逃避呢？只能用最拙劣最让人瞧不起的肚子痛。

宋志捂着肚子，佯装肚子痛，跑去了洗手间，一躲就是两个小时。出去后，临时委员会已经正式成立，明泽没有跟他商量，通过“选举”给了他临时委员会主席的职位。

明泽这是明摆着将我硬拉入他的阵营，即使我当了临时委员会主席，也是为明泽遮挡明枪暗箭的挡箭牌，是明泽的傀儡，宋志心中暗骂。

“彭司令平日待我不薄，按理说我理应接下这个重任，找出杀害司令的凶手。可是明泽啊，我岁数大了，很多事情心有余而力不足，为了让临时委员会发挥最大的作用，我有个提议，我们把主席的位置空着，我是副主席，你也是副主席，我们一起把司令创下的自由人民军稳住了，我死后也能坦然面对司令，你看怎么样？”

明泽见宋志没有明确反对自己，心里自然开心：“宋叔叔，我是晚辈，一切事情都听您的，我以后要是有做得不对的地方，您一定要提醒我，明泽一定改，不会让您失望的。”

宋志听到明泽的话，就很失望，明泽还是太年轻，总以为自己有些谋略和手段，再加上抓住了好牌，就以为自己一定能赢。打扑克哪有先扔炸弹的？牌出多了，容易让人算清底牌，明泽的缺点之一就是太心急。

以前当着彭四海的面，明泽一直称呼宋志为宋参谋长。如今明泽为了拉拢自己竟然改口叫自己宋叔叔，这话明显是在告诉在场的人，彭四海生前待他如子侄，他以后继承彭四海的位置，名正言顺。真正有能力的人能说出这么没有底气的话吗？

宋志心里这么想，嘴上却说："一定，一定，当务之急是找到杀害彭司令的凶手，要是让我发现是谁害了司令，非把他千刀万剐不可！"

明泽从宋志口中听到"千刀万剐"四个字，心中一颤，要不是宋志友好地拍了拍他的肩膀，他甚至以为宋志知道了所有事情的真相。看着皮笑肉不笑的老头儿，明泽心想，宋志这老头子隐藏得够深，怪不得彭四海平日大小事情都要征求他的意见，这种老家伙留不得，等我当成了总司令，必杀之。

来总部大楼的人，进去之前都被收缴了通信设备。现在总部大楼外松内紧，已经进入紧急状态。明泽环顾大厅里的所有人，像是一只雄壮的狮子，巡视自己的领地。领地中有人发现明泽在看自己，赶忙害怕地低下了头，有人则微笑着向明泽打招呼示好。还没有成为总司令呢，就已经感受到了权利带来的快感，这让明泽觉得自己目前做的一切事情都是对的。

吴金东这边刚刚得手，明泽派来营救彭玲玲的人也赶到了酒吧。以保护彭玲玲为由，将朱太行等人都抓了起来。

彭玲玲命令士兵："放开他们，他们是我的朋友。"

没有人听彭玲玲的命令。

士兵有些为难："对不起小姐。"

"怎么，我的话你们都敢不听了？"

"小姐，自由人民军内部确实出了些问题，事态严重，我们也是才接到命令。"

吴金东和朱太行趁机对视一眼，二人像是有了默契一般。朱太行假装要逃跑，当众士兵将注意力集中在朱太行身上时，吴金东出手抢过了一名士兵的枪，随即把枪扔给了朱太行，随后又控制住了另外一名士兵。

朱太行接过枪后，绑架了彭玲玲："都别动，谁敢动，她必死无疑。"

为了怕彭玲玲受惊，朱太行又小声说："我不会伤害你，权宜之计，他们是不是你家老爷子派来的人还不一定呢，我们得逃跑。”

彭玲玲认识明泽这些手下：“我跟他们走，现在就走。”

吴婉乔劝道：“万一他们带来的是假消息，为的是控制你呢？你想过其中的危险没有？现在不能意气用事！”

彭玲玲有些着急道：“我必须要回去！你爸又没在自由人民军中，你自然不会着急！”

见彭玲玲因担心彭四海的安危都要哭了出来，朱太行提议：“不然，我们让她跟他们先回去？”

征询了吴金东和吴婉乔的意思后，双方达成协议，各退一步。

明泽的手下带走了彭玲玲，朱太行、吴婉乔和吴金东则离开酒吧，寻找安全的落脚点。

明泽手下带着彭玲玲离开后，吴金东脸色苍白地坐在地上。

吴婉乔担心道：“爸，您怎么了？”

“此地不宜久留，我们赶紧走。”说完，站了起来。

吴金东一瘸一拐地在前面走着，朱太行和吴婉乔都想上去扶一把，但都被他拒绝了。

“我是老了，但还没老到让人扶的地步。”吴金东生气道。

年轻时健壮如牛，现在对付几个小马仔竟然力不从心。吴金东在对付张百万等人时，被对方一棍砸在脚踝上，救女心切的他当时也没顾上这点儿小伤。等明泽手下离开后他再也撑不住，一屁股坐在了地上。

吴婉乔跟在吴金东身后，眼泪掉成了线。

吴婉乔小时候喜欢跟在父亲身后叽叽喳喳说个不停，吴金东被女儿吵得不行，试图躲开，便加快脚步。吴婉乔呼哧带喘地追父亲，要是追不上，就坐在地上大哭，眼泪还没下来，吴金东宽厚的大手总能及时出现，将吴婉乔放在自己肩膀上。那时吴婉乔认为，父亲就像一座山，自己只要累了、倦了，随时都有最结实的肩膀可以依靠。那时候的吴金东和眼前这个满头银白的男人，在吴婉乔眼中重合了。父亲老了，自己多年来与他的隔阂似乎不值一提。此刻吴婉乔心中只有愧疚和自责。

朱太行知道吴金东来M联邦共和国没多长时间，见吴金东带路往前走，看他对道路的熟悉程度，像是在这里生活过好多年的样子。朱太行又联想到吴金东在酒吧看到彭玲玲时的复杂眼神。他感觉自己好像找到了谜底，但内心却没有揭开谜底的兴奋，反而产生了一种恐惧感。

最开始的时候，朱太行就意识到了有人在暗网背后操控着一切。当时他认为发生的所有事情都只不过是有些人出于某种利益而采取的犯罪行动。起初他认为谜底的关键是暗网背后的管理员，后来事情越来越复杂，狼蛛集团逐渐浮出水面。现在看来，事情远没有那么简单。有人在暗中设下了一个阴谋，很多人都牵扯其中。吴金东、吴婉乔、彭四海甚至连他都是谜底的一部分。对方究竟想做什么呢？

夜凉如水，月光下的低墙矮瓦安安静静地杵在那里，像是在等着谁来，又像是在送谁离开。前面昏暗的小路怀着神秘的微笑在向他们招手，朱太行觉得眼前的一切都不真实，墙上的砖在一块一块消失，他们像即将登台的演员。

舞台上将上演的是舞台剧还是芭蕾舞未可知，主角、领队、剧情，甚至观众是谁，都是谜。他们像是被困在一张无形的网中，即便左右冲撞，也挣脱不开。在这张网中，他们只有以比网坠下沉还快的速度向着深渊游，才能在渔人收网之前逃出。

不管前面有什么，朱太行只能选择走下去。吴婉乔好像与他有心灵感应一样，看了看朱太行，朱太行朝吴婉乔点了点头，像是在告诉她“一切都会好起来的，有我陪着你，不要怕”。

吴金东带着朱太行和吴婉乔来到一间破败的屋子，屋子里有充足的食物和矿泉水，都是新买回来的。房间里的家具布满了灰尘，像是多年没有住过的样子。

坐在黑暗潮湿的屋子里，三人心中堆满了心事。

吴金东的脚只是脱臼，因为身体不便，他让吴婉乔给自己正骨。吴婉乔见到吴金东肿胀的脚后，手居然颤抖起来。吴婉乔很心疼吴金东，很想抱着父亲虚弱的身体痛哭一场。但她不想让吴金东发现自己手抖，也不想让父亲看到自己哭。吴婉乔知道，在吴金东看来，手抖和哭都是懦弱无能的象征。

她以口渴为由，灌了几口啤酒，借着酒劲儿用手搭住吴金东的脚，双手用力，听到骨头正位的声音，愁眉才舒展开。

吴金东吃过缓解疼痛的药后就昏睡了过去。

吴婉乔心事重重地走出屋子，朱太行担心她也跟着走了出去。

检查完周围的环境，用玻璃瓶和绳子设置了简易的报警装置，吴婉乔在屋子前的石阶上双臂抱膝坐了下来。

朱太行坐在吴婉乔旁边，吴婉乔不说话，他也不说话。吴婉乔望着夜空中的星星，朱太行也望着星星。

吴婉乔看星星，是因为想看，世间的事变化太快，星星不会变；星星不变，她的心就能有个落脚的地方休息。也许星星有一天会爆炸消失，但以人类有限的生命作为参照，星星的寿命几乎是永恒的。

她现在觉得有种无力感在蔓延，这种无力感以前从来没有出现过，直到发现吴金东正在老去。以前吴婉乔总觉得父亲不会老去，自己的大山永远都在。但是在时间面前，一切都会变成灰烬，包括自己现在仰望的星星。

朱太行从小就失去了爸爸，妈妈也在学生时代就离开了他。人世间他牵挂的人很少，吴婉乔是其中一个，也是最重要的一个。他管不了太多，沉默良久，他决定向吴婉乔说出自己的担心。

吴婉乔知道朱太行为自己做了太多事情，她不想让朱太行担心："谢谢你为我做的一切，真的很感谢。"

朱太行心想，我为你做了这么多，不是为了让你感谢我、报答我。心里虽然这么想，但是在心上人面前，他还是将一切情感化成了一句："应该的。"

吴婉乔缓缓道："世界上没有那么多应该的事，感情这种事勉强不来……"

女人心海底针，前几天明明态度特别好，怎么现在又出尔反尔。我朱太行是喜欢你，但没有求着你喜欢。出于自尊，还没等吴婉乔说完，朱太行赶紧说道："我知道，我心甘情愿的，不求你，也不图你什么。"

其实吴婉乔是想说，感情的事勉强不来，他们刚开始确实是勉强，但最后她才发现，原来她是那么想让朱太行陪在自己身边。他可以不擅长说话，可以不会刻意讨好，但只要他在自己身边，她就特别有安全感。

吴婉乔知道朱太行嘴笨，想主动些向他表明自己的心意。在无法判断明天和意外哪个先来的情况下，吴婉乔想把自己心中所想表达出来。可话还没有说完，就被朱太行打断了。知道朱太行误解了自己，刚想解释，屋子里吴金东咳嗽了好几声，吴婉乔听到后赶忙回了屋子。

第十六章　当　年

太阳升出地平线，趴在桌子上熟睡的吴婉乔，耳机里还在循环播放着披头士的 *Here Comes The Sun*（《太阳出来了》）。

吴金东起身，给女儿盖了一条薄毯，悄悄走出屋子。一宿的休息，让他恢复了大半元气，他想出去透透气，活动活动身子。自从多年前离开 M 联邦共和国，再也没有回来过，与在国内相比，他太贪恋这里的新鲜空气了。

朱太行早已等在门外，还没等吴金东说话，他便开门见山道："我想跟您聊聊。"

"如果要跟我谈回国后怎么与吴婉乔相处，我可帮不上什么忙，你们年轻人的事情，你们自己做主吧。"通过一段时间的相处，吴金东从心里觉得朱太行配不上自己的女儿。

朱太行坦言道："我想跟您聊聊吴婉乔的身世。"

吴金东听后脸色微变："你打听她的身世做什么？她的身世有什么可打听的？！"

"您以前在 M 联邦共和国生活过，并且惹过事。如果没有，您就当我没说过这话。"

朱太行没有意识到，他说的每一个字都如同一个锋利的刀片划在了吴金东的心脏上，划开了一道道口子。吴金东封存多年的秘密被划开了，或许多年之后才能慢慢愈合，或许永远愈合不了。

吴金东的动作快如闪电，出手掐住了朱太行的脖子。如果朱太行接下来有一句话让他不满意，他将毫不犹豫地将朱太行置于死地。

吴金东脸上阴云可怖，厉声道："你到底是谁？！"

"我是谁并不重要，重要的是您是谁？您得罪过谁？这对我们现在来说很重要。吴婉乔被绑架怕是也跟您有关系吧！"

听到这话吴金东的手有些颤抖。

朱太行继续说道：“您到现在还没有发现问题吗？一切都是从吴婉乔被绑架开始的，吴婉乔不过是个普通学生，为什么会被人绑架？而且绑架她的还是狼蛛集团。我一路查到 M 联邦共和国，开始以为是彭四海和狼蛛集团串通好，合伙绑架了吴婉乔。当时我不了解彭四海是谁，现在我知道了，堂堂自由人民军总司令，他想绑架一个人，不至于通过暗网来掩饰身份，更没必要联合狼蛛集团进行绑架。”

话说到这里，那只掐朱太行脖子的手的力度越来越小。

“你想说什么？”

“我想知道您的故事。我始终觉得有只幕后黑手操纵着一切。为什么会有人在暗网上发帖子绑架吴婉乔？单凭我们几个就打掉了国际刑警打击数年都没有成功击败的国际犯罪组织狼蛛集团？不可能！把这一切看似毫无关联的事件组合在一起，把这些看似无关的人组合在一起，都直接或间接与吴婉乔有关。您不觉得奇怪吗？”

“你的意思是？”

“目前我们完全处于被动，我们需要变被动为主动，主动出击，才能反客为主。我猜您接下来会想办法把吴婉乔送回国，然后自己寻找事情的真相。如果您真的这么做，很可能中了对方的计。拳脚功夫我不如您，机枪大炮我们也比不过他们，可是尺有所短、寸有所长。我大学学的是计算机，出国前的身份还是调查组的特别顾问，我擅长这方面的东西。如果互相配合，对症下药，或许我们有能力改变现在的被动局面，请您相信我。”

吴金东觉得自己以前还真是小瞧看似木讷的朱太行了。

大树枝叶上的露珠滴在了吴金东脸上，像一滴眼泪。

“我接下来跟你说的话，你不要对任何人讲，包括我女儿，你要是说漏了嘴，我要你的命！”

露珠受到初阳的抚摸，散发着斑斓的光芒，听着吴金东的讲述，光芒在朱太行眼中越来越耀眼。吴金东和彭四海正是从那个光芒万丈的时代走出来的。如果不是当初的选择，吴金东现在也许会是某个工厂的普通工人、某个武馆的师父，或者是街头最不起眼的、靠着墙根晒太阳的老头儿。这些人的日子悠闲自在，哪一个都比现在的吴金东强。他已经二十多年没有睡过一个好觉了。

吴金东接下来给朱太行讲的故事，是横跨了将近半个世纪的爱恨情仇，朱太行听完后唏嘘不已。

当年，正是热血青年的吴铁和彭山河共同经历了一件事情：参军。

20 世纪 60 年代，军人意味着荣耀和地位。吴铁对参军充满向往，他志在必得，因为他从小跟着师父习武，南拳北腿，少林武当，十八般武艺，样样精通。体检、政审都通过了，可谁知道最后当兵的名额却被关系户抢了。

彭山河从小就爱读书，对当兵不但没有什么向往，而且充满了厌恶。

“当兵有什么好？大头兵最没有文化，整天在泥里沙里滚来滚去，锻炼身体、喊喊口号就能上战场杀敌报国？痴人说梦！如果当大头兵能打得过美国的原子弹，我彭山河第一个报名。”

彭山河的老母亲听到了儿子的埋怨，拿着鸡毛掸子满院子追着彭山河打。

老母亲拍着大腿说：“我的儿啊，你知道咱家家庭成分不好，过去没少让人欺负。你好好读书想上大学，他们也不会给你机会。这次我托你远房的二叔，好不容易给你找关系，让你有了当兵的机会。你那死爹走得早，你若是不珍惜这个机会，咱们娘俩以后的日子可怎么过啊。”

彭山河孝顺，为了不让老母亲操心，再不愿意也报了名。可他体检一关就被刷了下来，给彭山河体检的女护士好心，给了他第二次体检的机会，但还是被刷了下来。

女护士耐心道：“小伙子，你是来参加征兵体检的，是全家光荣的事情，你心脏跳那么快，咋能通过体检嘛，你找个地方平复一下心情。”

“我……我第一次……”

女护士好奇道：“第一次什么？”

彭山河支支吾吾，红着脸跑开了，连他爹传下来的唯一一块浪琴手表都忘了拿。

彭山河支支吾吾没有说出来的话是，他长这么大，第一次被别的女人这么摸。女护士只是解开了彭山河的破棉袄放听诊器而已，彭山河太过羞涩，再加上正值青春期，一时想入非非，不仅羞红了脸，心脏也扑通扑通跳个不停。

按照当时的规定，城里的小孩儿既然没能去当兵，就只能走上另外一条路——上山下乡。

吴铁和彭山河上山下乡的地方是云南，主要工作是砍橡胶树。白天望着橡胶园无边无际的橡胶树，晚上睡觉面对着比老家大一倍个头儿的蚊虫，吴铁觉得，自己的人生到了尽头，而彭山河认为，自己的人生不该这样。

肖丽的出现，改变了二人的想法。如果说上山下乡是吴铁和彭山河的人生所经历的风雨，肖丽的出现对他们两个来说就像一道彩虹。吴铁希望自己永远砍着这没有尽头的橡胶树，只要肖丽在；彭山河觉得晚上叮咬自己的虫子再大，都是爱的表达，因为肖丽，他夜不能寐，甚至有过这样的念头：叮咬过自己胳膊的蚊子，是不是同样叮过肖丽呢？这么一想，他都不舍得把吸血的蚊子拍死了。

肖丽有什么吸引力，能让两个性格不同的青年为之心动呢？

彭山河是典型的文艺青年，喜欢普希金的诗句，在遇见肖丽之前，他以为整个知青点儿只有他知道普希金。下工后，他靠在老井边，刚刚吟诵出一句普希金《我曾经爱过你》里的诗句：

“我曾经爱过你，爱情也许，在我的心灵里还没有完全消亡。”

前来打水的肖丽脸盆还没有放下，马上接道：

“但愿它不会再打扰你，我也不想再使你难过悲伤。”

孤独的雁遇上了飘零的云，柴房冷落许久的炭，终于等到了点燃它的火柴。凭一句诗已经认定了对方是灵魂伴侣的彭山河，在肖丽对上诗句后，落荒而逃。

彭山河跑到村口刘三爹家门口，觉得还不够远，便继续跑。跑了不知多久，他来到一条不知名的河边，见潺潺流水由西往东，不知名的鱼儿跃上水面，周围的环境静中有动，莺啼燕啭，春暖花开之日，爱情没有跟彭山河商量，就来到了彭山河面前。他忍不住大声朗诵起诗句：“我曾经默默无语、毫无指望地爱过你，我既忍受着羞怯，又忍受着嫉妒的折磨，我曾经那样真诚、那样温柔地爱过你，但愿上帝保佑你，另一个人也会像我一样地爱你。”

彭山河不曾想到，他朗诵的这首《我曾经爱过你》，竟然真的成了他的爱情定卦。多少年以后，彭四海一个人孤独地从床上醒来，他觉得眼前的一切都不真实，唯有孤独永恒。

吴铁读的书不多，但为人仗义。他喜欢肖丽是因为肖丽爽朗大方的性格、善良的品质。吴铁干活儿最多，吃的饭也最多。物质匮乏的年代，想要吃饱饭不容易，自己都吃不饱饭，谁还顾得上他饭量大呢。别人没有听到吴铁饿得咕咕叫，肖丽听见了。女孩子饭量小，再加上肖丽认识橡胶林里让人果腹的蘑菇和野菜。有时，她会把自己碗里的杂粮和野菜分给吴铁吃。

憨头憨脑的吴铁被肖丽照顾，挠头表达自己的谢意："谢谢……"

"谢谢"两个字若是被吴铁的父母和师父听见，他们一定以为吴铁发烧了。吴铁从小跟着师父练武，在强者为王的环境下生存，靠拳头说话。强者不会说谢谢，他们认为自己所得到的都是靠拳头得到的。

"憨。"

这是肖丽对吴铁的第一印象。

一个喜欢舞枪弄棒，另外一个喜欢看书写诗，两个青年没有共同语言，互相看不上眼，还成了情敌。在谁也没得到肖丽认可之前，情敌关系本该势均力敌。

吴铁以为向女孩儿表达爱意的方式就是对她好，借口顺路为她去十里之外的镇上买最好的香皂毛巾；借口刚好下工，提前给她打好热水；借口自己平日花销少，把粮票、肉票都塞给肖丽。肖丽早就发现了吴铁对自己有意思，奈何自从在井边听到彭山河吟出普希金的诗句后，她的那颗心就随着彭山河逃去的背影而去了。井水的波光中，不仅有她的面容，还有彭山河忧郁的眼睛。

彭山河表达爱的方式，远比吴铁要直接，但没有吴铁来得实在。他会直接约肖丽出来讨论诗歌，会鼓起勇气去向肖丽的闺中密友打听肖丽的爱好。让肖丽有些失望的是，彭山河从来没有主动向自己表白过。难道让自己一个女孩儿主动吗？不可能，肖丽噘着嘴，任凭屋子外的彭山河喊她，她都不再给任何回应。肖丽会猜，彭山河是不是有难言之隐，才不敢对自己表白？女孩儿的心思一旦集中在一个男生身上，多半是喜欢上了他。

竞争还没开始，吴铁就输得一败涂地。他不能容忍自己最爱的女人，被自己平日最看不起的娘娘腔抢走。一向以拳头说话的吴铁，准备用拳头与彭山河聊聊。

为了不让肖丽发现，吴铁故意选择了晚上，计划以抓偷瓜贼为由将彭山河叫到西瓜地。

彭山河白天出了一天工，不愿意出去："赵队长今晚值班，咱俩去算怎么回事儿？"

吴铁开始放诱饵："你书都读到狗肚子里去了，觉悟怎么就不能提高一点儿？偷瓜贼也许知道今晚就赵队长一个人看守，才大胆去偷。我们要是今晚突然袭击，抓到了偷瓜贼，守住了生产队的西瓜，就是守住了劳动人民的劳动成果，就是守住了建设社会主义的粮食，就是守住了革命阵地。"

彭山河闭着眼睛翻了个身："吴铁你说得对极了，不过我有个问题，如果我们此去没有抓到偷瓜贼，晚上睡不好觉，耽误了生产队的生产进度，是不是也给我们的革命和生产带来了负面影响？我们千里迢迢，上山下乡，就是为了改变农村落后的生产方式，如果我们都累垮了，谈什么改变？这样是不是有悖我们的革命初衷？"

"可是赵队长一个人也不容易，他可能照顾不过来。"

"我们要相信赵队长的能力。"

吴铁知道自己说不过彭山河，要是平时彭山河这样跟他说话，他早就抡起拳头揍人了，可现在他要忍。现在打彭山河，要是被人发现可是要扣工分的，搞不好还要被关禁闭。退一步海阔天空，忍一时风平浪静。风浪一止，吴铁计上心来。

吴铁叹了口气："行吧，我觉得还是你们读书人文化程度高，可能是我考虑不周，你就睡觉吧，我呢，精力充沛，今晚出去行动，明天照样可以参加生产。不过今天我的行动，你一定要保密，不要跟别人说，我去动员一下女同志那边，看看有没有愿意跟我去抓偷瓜贼的。"

彭山河本不愿听吴铁讲话，正闭着眼装睡的时候，听到吴铁说要动员女同志，一下子有了精神。

彭山河担心此次抓偷瓜贼的行动，会让吴铁和肖丽的关系进一步深入。

彭山河坐了起来："我虽然精力有限，但与人沟通的工作我还是擅长的，都是为了革命，我愿意贡献自己的力量，去与女同志沟通。"

吴铁听到彭山河讲这话，心里已经开始骂娘，心想，老子就不屑跟你们这些虚伪的读书人打交道，满口仁义道德，一肚子男盗女娼，等你跟老子出去，看老子怎么收拾你！

吴铁点了点头："这才是我最信任的战友！我相信你的沟通能力，你去吧，白天的时候，我已经说服了肖丽，肖丽在地里等着我呢。"

彭山河听到“肖丽”二字，一下子站了起来：“抓贼这么危险的行动，你通知人家肖丽干吗？”

吴铁道：“我也知道行动危险，所以我之前与肖丽沟通的时候跟她说好了，我们三人一组行动最好了，如果把女同志那边都动员出来了，我们此次的行动就没有保密性可言。她也同意，你、我和她三人成组，参加此次秘密行动。”

彭山河认真思考后，说道：“事到如今，只能这样了，我们抓紧时间行动吧。”

吴铁装作不解道：“你不是精力有限吗？生产才是我们最主要的任务，我们要抓主要矛盾，解决主要问题。我觉得啊，你还是继续睡觉吧，为了我们的主要任务，身体不能垮，我跟肖丽说说，我再动员一下其他同志也可以。”

彭山河拉着吴铁：“吴铁啊，吴铁啊，吴同志啊，吴同志！伟大领袖早就跟我们说了，实践出真知，具体问题具体分析，我们要把经验活学活用，不要被经验主义蒙蔽懂吗？时间紧迫，不要再给偷瓜贼盗取我们劳动成果的时间了，我建议我们现在就出发。”

出门后，彭山河步子迈得比平时大，一度超过了吴铁。

吴铁看着彭山河着急的样子，差点笑出声，他摸出了早就准备好的麻袋，心想，走吧，走吧，再走快点，老子打得你满地找牙。

吴铁的计谋是，以抓偷瓜贼的由头把彭山河骗出去，然后出其不意，将麻袋扣在彭山河头上，将其暴揍一顿。就算彭山河以为吴铁是故意这样的，也不好说什么。吴铁在屋子的时候故意提高音量，就是让人听见他们出去是为了抓偷瓜贼。其实真实的偷瓜贼，吴铁知道，就是与彭山河睡在一个炕上的张东。

吴铁早就抓住过张东的把柄，张东苦笑说：“平时咱们饭都吃不饱，还不让吃个瓜？不吃白不吃，赵队长愿意守瓜田，就是为了偷吃。”

吴铁听完张东的话，想想也是，再加上张东偷偷给自己西瓜吃，就放弃了揭发张东的想法。

彭山河双手握着一根木棍，观察着周围，小声问吴铁：“肖丽同志在哪里呢？我觉得我来保护肖丽同志比较合适。你身手好，我们两个配合你就好了。”

此时在吴铁眼中，彭山河好比待宰的羔羊。吴铁想找机会脱身，给自己制造不在场的证据。他胡乱指了指一个方向："肖丽好像在那边。"

彭山河满脑子都是肖丽，想都没想，便向吴铁指的方向走了过去。

第十七章　后　手

彭山河走了两步，果然看到了自己的心上人肖丽。

吴铁拿着麻袋靠近彭山河，正在为自己即将得逞的小阴谋得意时，只听彭山河小声道："肖丽怎么在瓜棚？赵队长也在。"

借着瓜棚微弱的灯光，两人发现赵队长此时的表情可不像白天上工时严肃认真，他朝肖丽猥琐地笑着。

大半夜的，孤男寡女，赵队长和肖丽在看瓜棚中干吗？看着肖丽站在赵队长面前紧张的样子，吴铁和彭山河对视一眼，没有言语也无须更多表达，瞬间由情敌转变成了同盟关系。

走近看瓜棚，只听棚里传来赵队长有意压低的声音。

"刚才我说的你都明白了吧？我也是为你考虑，听人劝吃饱饭，你呢也多考虑一下自己的前途。"

肖丽脸露不悦："赵队长，在我心中您一直是我最尊敬的人，您晚上把我叫到这里，就是要告诉我这些？"

"告诉你哪些？你难道还不懂我的心意？"

"赵队长，对不起，我怕是难以接受。"

"我知道一开始会很难，以后会好起来的，你如果同意，对你对我都是好事情。"

"没想到你居然是这种人！你怎么可以这样？"

赵队长语重心长道："你这姑娘思想不要那么偏激，时代要进步，我们也要进步，我这是在帮助革命同志成长。"

肖丽气愤道："必须答应跟你睡觉，这就叫成长？这种成长不要也罢。以前就听说你行为不端，我还为你辩解过，现在看来，你简直就是我们革命队伍里的蛀虫、败类！"

赵队长被肖丽指着鼻子骂也不生气："蛀虫、败类？你再好好想想，男未婚，女未嫁，你答应跟我结婚，我给你办工农兵大学的手续，以后咱们赵家也是有大学生的人了，以后咱们儿子也随她妈，是大学生，我们一家像菩萨一样供着你，这样不好吗？你早晚要结婚，除了我，你还有更好的选择吗？"

肖丽想要走出瓜棚："今晚的事情我就当没有发生过，以后请你不要再跟我聊这些。"

"没发生过？你这是在威胁我？在我这一亩三分地还没有人敢这么跟我说话！"

"你不要太过分！我不想再跟你说话了，你就是一个无耻不要脸的浑蛋，我要举报你！"

赵队长仿佛听见了一个天大的笑话："你举报？你拿什么举报？人证还是物证？我就知道你们城里来的瞧不起我这个生产队长，没有关系，咱能干！今晚我就让你尝尝咱的看家本事！"

赵队长说着就脱了汗衫，扑向肖丽。他还没近肖丽的身，吴铁和彭山河就已经出现在瓜棚，将肖丽护在身后。

彭山河这次表现得颇为勇敢："姓赵的，好大的胆子！你想做什么？"

赵队长见自己的事情败露，急中生智道："这个肖丽同志已经被资本主义腐蚀了，她为了上工农兵大学，居然想色诱我！我怀疑她是帝国主义国家派来我们这里，腐蚀我们基层干部的女间谍！刚才要不是我意志坚定，怕是会受到她的蛊惑。你们来得正好，小吴、小彭，你们为组织立功的时候到了，回去以后我需要你们配合我，以这个真实案例做宣传。在我们生产队宣传，在其他乡镇的生产队宣传，若有可能，也要在我们这个县城宣传，让大家警惕帝国主义亡我之心不死，一定要抵制资本主义糖衣炮弹的攻击。"

肖丽听到赵队长污蔑自己，用手指指着他，被气得一句完整的话都说不出来："你血口喷人……你……无耻……"

彭山河气愤道："胡说八道！你在瓜棚里怎么对肖丽的，我们在外面可都听见了，身为生产队长竟然干出这么不要脸的事情，简直是革命队伍的耻辱！"

吴铁攥起拳头道："放你娘的狗臭屁！把她赶出去，用脱了衣服赶吗？

这幸亏是现在，不允许乱杀人，否则老子一拳打死你。现在赶紧给她道歉，晚一分钟老子都要让你满地找牙！”

赵队长被人抓了现行，自然是理亏，但又放不下自己生产队长的面子：“你们，你们这是什么态度嘛！大半夜不睡觉来瓜棚干什么？再说你们这么对生产队长，还讲不讲组织纪律性了？”

吴铁抬腿便是一脚，将赵队长踹倒在地：“这就是组织纪律性，你要是还不道歉，我还有别的纪律一块儿在这儿跟您汇报了得了。”

肖丽见状，拽了拽吴铁的胳膊：“不要动手，有话好好说……”

彭山河见肖丽看吴铁的眼神特别依赖，心里没来由地不爽，也把怨气发在了赵队长身上，想上前给他一拳，结果没看到脚下的石头差点跌倒。

彭山河稳住身形，为掩饰尴尬怒斥道：“赶紧道歉！”

被抓了现行，对方又实在不好惹，赵队长赶忙道：“我道歉，我道歉。是我一时……是我喝多了酒，不知道自己在做什么，以后我保证不多喝酒了。咱们这事儿千万不要传出去。说句掏心窝子的话，我啊，其实真的是想让肖丽上大学，将来能有出息……总之，是我办得不对，回头我请大家喝酒，一定请大家喝酒……”

见赵队长诚心道歉，吴铁等人一时心软放过了赵队长，可没想到吴铁和彭山河护送肖丽回知青点后，差点儿连命都丢了。

赵队长劝走吴铁、彭山河和肖丽后，以吴铁三人通敌为由，当夜就联系了民兵连长占晋，要求他配合自己将吴铁、彭山河和肖丽捉拿归案。

吴铁和彭山河低估了赵队长的手腕，赵队长和占晋则低估了吴铁的战斗力。吴铁下乡之前，师父告诉过他，出门以后不要显露功夫，功夫高的人不需要显露，功夫不高的人显露就是露怯。

赵队长之前只知道吴铁平时干活力气大，为了安全起见，才嘱咐占晋多带几个民兵去抓吴铁和彭山河。四名民兵带着两把枪将吴铁和彭山河二人堵在了屋子里，他们以为吴铁和彭山河肯定跑不了，但还是大意了。

在没有防备的情况下，吴铁以一对四的同时还需要保护彭山河，最后居然没落下风。他们跑出屋子的时候，不仅打得四名民兵滚在地上乱号，而且还抢走了民兵的枪。从屋子逃出去后，二人担心肖丽的安危，跑去女知青点通知她，却发现两名民兵绑着她刚走出院子。

吴铁二话没说，上前将民兵打倒，带着肖丽逃出了知青点。

三人出逃之后，便往深山老林里钻。望着雾气蒙蒙的崇山峻岭，不知道自己身在何处，又将去向何处。当时整个世界都在革命，在哪里不是革命呢？他们没有想太多，既然在国内的革命遭到了反动分子的诬陷，何不去M联邦共和国，支援他们国家的革命呢？

M联邦共和国在哪儿？怎么去？这两个问题难倒了吴铁。

关键时刻，彭山河这个知识分子起了推动作用。彭山河拿出了从村支部顺来的指南针："咱们一直往南走，如果我预计不差的话，咱们穿过那片原始森林就可以到M联邦共和国了。"

吴铁有事儿没事儿就喜欢跟彭山河呛呛两句，更何况有肖丽在场，他自然要发表意见，在肖丽面前表现自己的能力。

吴铁问道："赵队长的革命思想已经变质了，你能确保他没有在指南针上做手脚吗？就算指南针没有问题，你又怎么确定我们一直往南就可以到M联邦共和国呢？万一被边防战士抓住怎么办？"

彭山河身体羸弱，但志向不小，再加上有心上人在身旁，开口便是豪言壮语："我们的革命就是要有一往无前的气势。革命不是请客吃饭，不是做文章，不是绘画绣花，不能那样雅致，那样从容不迫、文质彬彬，那样温良恭俭让。我们要迎着炮火前进，农奴翻身才能把歌唱。"

吴铁还想反驳彭山河，他见肖丽看着彭山河一脸崇拜的眼神，改了主意。心想，你这细皮嫩肉的小身子骨在原始森林能扛多久？最后不还得靠我，咱们走着瞧，我吴铁还怕你彭山河是怎样！

担心被人发现抓回知青点，三人白天藏在树林休息，专走小路夜路，两天之后三人便走进了原始森林。这一去，几乎改变了三人一生的命运。

没有野外求生训练经验的三人，连干粮都没带多少。本以为到了原始森林便可以打野味充饥，等真正到了原始森林后，三人都傻眼了。原始森林中只见飞禽不见走兽，脚下的大树盘根错节，树枝和藤蔓成了阻碍前行的层层路障。

走了不知道多久，他们饥渴难耐。肖丽不忍心因自己的事情牵连二人，主张要回去揭发赵队长。彭山河从小没吃过这么多苦，心里其实也同意肖丽的提议，但他之前已经说非要去南边不可，现在缺个台阶下。

吴铁是最不愿意去南边的人，也是最了解赵队长的人。

吴铁道："我们回去后，面对的不只是赵队长。为什么民兵会去抓咱们？就是因为民兵队长占晋是他的远房亲戚。这群孙子，当面一套背后一套，黑着呢。我之前就听说过女大学生被赵队长奸污而自杀的传闻，后来也不知道这个姓赵的用了什么鬼把戏，给这个女大学生扣上了间谍的罪名。女大学生的家里人是老实巴交的工人，知道自己女儿是无辜的，也不敢去找他们算账。”

彭山河听完，气愤道：“总有一天，事情的真相会被揭开，不是不报，时候未到！”

吴铁摆了摆手道：“快算了吧，别再掉书袋里了。革命不是‘左’倾也不是右撤，而是有策略有准备地进行战斗。咱们没带多少干粮，原始森林也不知道有多大，依我看，我们可以从来时的路撤回去。为了做好长期战斗的准备，我们可以先囤积好粮食和水，再找当地人问清楚原始森林的情况，然后再征服它。”

吴铁说得条条在理，彭山河有意想在肖丽面前表现，却插不进去话。他酝酿了半天，咕咕叫的肚子不断提醒他，让他认清现实，于是他放弃了与吴铁论证革命路线，点了点头表示赞同。

二人都提议回去，肖丽自然没有意见。肖丽是女孩子爱干净，原始森林中闷热潮湿，再加上她已经好多天没洗澡，现在她就想回去洗个热水澡，再换件干净衣服，舒舒服服睡上一觉。

彭山河之前见吴铁毫不费力气地砍树枝扫清路障，他也不甘示弱地上前铲除路障，结果用力过猛，导致他体力不支。

彭山河对往回走的吴铁道：“老吴，你走慢点，照顾一下我们的女同志。”

“我看是你不行了才这么说的吧？”

“我怎么不行？跟民兵干的时候我㞞过吗？”

“你确实没㞞过，但你也没有上手。”

“我怎么没有上手了？”

“我发现你体力不行，嘴皮子倒是挺利索。”

吴铁和彭山河吵架的时候，肖丽发出了惊恐的尖叫：“有狼！”

好像上天有意在跟他们开玩笑一样，一头灰白色的狼正在一步步逼近他们。

两把长枪都在肖丽身上挂着，此时肖丽已经来不及把枪扔给他们了。肖丽距离狼最远，如果他们挡在肖丽面前，肖丽是有可能逃生的。

吴铁咽了一下口水，活动了一下手腕："不就是一头狼吗？彭书生，我给你一次当护花使者的机会，将来革命成功了，你们别忘了我。你带着肖丽赶紧跑，我先拦着它喝口狼血再说。"

彭山河听完这话，心头一热，他知道这是吴铁有意牺牲自己，想掩护他和肖丽逃跑。

彭山河骨子里的血性被吴铁激发了出来："不就是一头狼吗？老子是打不过它，但也不怕这头畜牲，让它先吃我，你带着肖丽赶紧跑。"

谁也不肯逃跑，灰狼呜呜地嚎叫着，像是在呼唤同伴，又像是攻击的前兆。

吴铁推着彭山河道："都什么时候了，你还跟我争这个！你先跑，我拖延一下时间，再跟上你们。"

吴铁话刚说完，灰狼以闪电般速度扑将过来，吴铁手疾眼快，拿着手中砍树枝用的柴刀砍向灰狼的腹部。灰狼惨叫了几声，便没了气息。

吴铁不相信一刀就能结果了一头大灰狼，他让肖丽把枪丢过来，之后拿着枪靠近灰狼。

翻过狼的尸体，吴铁发现灰狼身上有个类似枪伤的伤口，伤口已经溃烂，往外翻的腐肉中有数只蚂蟥在吸食着它身上的血。

彭山河看到大灰狼身上密集的蚂蟥，不禁起了一身鸡皮疙瘩。

三人计算着走出原始森林所需的时间，无论怎样，若想走出原始森林，必须要补充食物。吴铁生火准备吃掉这头灰狼，等他剥了狼皮，才发现它没有多少肉可食用。

当时吴铁没想到，解剖这头狼会给他们带来什么样的麻烦。还没把狼肉放在火上烤，成千条蚂蟥大军寻着狼的血腥之气，从树枝上地上铺天盖地向他们袭来，三人见状都慌了神。

吴铁见状赶紧拿起三个火把，将其中两个扔给彭山河和肖丽后，大喊一声："跑！"

此时三人早已有了默契，相互照顾着逃出了蚂蟥大军的包围。不知道跑了多久，三人觉得蚂蟥不会再追来的时候，新的问题又摆在了他们面前，彭山河在跑的时候弄丢了指南针，他们在原始森林中迷路了。

三人硬着头皮又走了一段路程，谁知道这原始森林之中真如人间地狱一般，往前走一段路便会发现一堆尸骨。尸骨中有动物的，也有人的，他们甚至还看到了日本兵的尸骨。

真正的恐惧来自于未知。为了壮胆，吴铁佯装生气地骂道："难怪这里邪性，敢情小日本在这儿待过。当年咱们有能力把小日本赶回老家，就有能力战胜眼前的困难。"

那个年代最不缺乐观的革命主义精神，经过吴铁的煽动，彭山河也说："胜利永远属于那些不怕牺牲、勇于奋斗的人，就算敌人的炮火再猛烈，我坚信只要坚持不懈斗争到底，我们的革命一定会取得胜利。"

精神胜利法还是有一定作用的，他们相互打气，似乎已经确定现在的环境确实安全了。那时已是晚上，原始森林的夜晚看上去格外美，月亮如出浴般追逐亲吻着每一片随风摆动的树叶。

肖丽是个文艺青年，清凉的风和皎洁的月光让她忍不住唱起了《莫斯科郊外的晚上》："深夜花园里四处静悄悄，只有树叶在沙沙响；夜色多么好，令人心神往，多么幽静的晚上；小河静静流微微泛波浪，河面泛起银色月光；依稀听得到有人轻声唱，多么幽静的晚上。"

肖丽的歌声让吴铁和彭四海想起了自己还没来得及收拾整理，就已经被赵队长摔得粉碎的青春。三个下乡青年不管怎样，都是没有办法和赵队长这种地头蛇对抗的。在凡事都需要证明、盖章的年代，生活仿佛给三人的未来加盖了永远不会过上幸福生活的钢印。

想想现实和当初的理想，吴铁和彭四海有感而发，也跟着肖丽哼唱了起来。

树叶随柔风摇曳，看上去像是听懂了他们的心事一般，陷入忧郁和安静。如果仔细观察周围的环境，哪里有什么忧郁安静，是蚂蟥再次向他们逼近。除了蚂蟥，还有成群结队的毒蚊子，一团乌云似的等待着，等待火把熄灭之时，向三人发起冲锋。

他们几乎同时发现了危险。

原始森林的毒蚊子有多厉害吴铁是知道的，他之前在砍橡胶树的时候听隔壁老庞说过。这种毒蚊子，不只是比平时他们看到的蚊子大了一些，颜色深了一些，要命的是这些蚊子的毒性，它们若死盯住猎物不放，就算一只强壮到能撞倒墙的野猪顷刻间也会化成一堆白骨。

吴铁说完毒蚊子的厉害，不禁有些泄气："没想到，我吴铁空有一腔革命理想，竟然会丧生在这里！"

肖丽见连吴铁都丧失了求生的勇气，她像是没了依靠一般：“我们现在怎么办啊？”

关键时刻，一向懦弱的彭山河燃起了斗志：“我们现在不要让手中的火把熄灭，只要火把不熄灭，就有希望！革命之火不熄，星星之火就可以再次燎原！”

“后来呢？”朱太行问道。

“也许是天意，我们在原始森林左突右撞，最后还是到了M联邦共和国。二十多年过去了，彭山河虽然现在改名叫彭四海，又老了许多，但我还是能从报纸上一眼认出他来。不管以后发生什么事情，我了解的彭山河不会干出这么卑劣的事情，他不可能是狼蛛集团的帮凶，如你所说，我们被人利用了。”

朱太行想求证更多，比如到M联邦共和国后，他们究竟发生了什么事情，为什么彭四海留在了M联邦共和国，而吴金东和肖丽却回到了国内。可能回忆触动了吴金东情感上的伤痛，无论怎么问，吴金东都不肯再说下去了。

朱太行只好放弃：“现在看来，我们可以达成一个共识，从之前吴婉乔遭遇绑架到现在发生的所有事情，似乎都有可能与您和彭四海在M联邦共和国的事情有关，也许最后的幕后黑手不是狼蛛集团。”

吴金东点了点头。

朱太行继续道：“按照对方设计好的方向走，很可能被对方利用。我们现在需要搞清楚，究竟是谁在搞这个阴谋……”

这时屋子的门开了，吴婉乔惺忪着睡眼：“好饿……”

吴金东怕吴婉乔问他们在聊什么，赶紧道：“我这就给你弄点吃的。”

吴金东招呼着朱太行进屋后，吴婉乔皱起了眉。刚才朱太行和吴金东说的话，她都听见了。我是谁的女儿？吴婉乔心头浮现出这样的疑问。尽管这么多年父女关系都不好，但她一直爱着这个沉默寡言，像山一样默默守护着她的父亲，这点从以前到现在从未改变。

彭四海被抓一周，明泽声称自己已经抓到了杀害彭四海的团伙。这些人不是别人，正是之前圣手安排的配合明泽控制彭四海的雇佣兵们。

明泽抓了圣手的人，无异于和圣手彻底摊牌。明泽以为自己胜券在握，但他还是小瞧了圣手的真正实力。

向临时委员会交出了谋杀彭四海的主谋，彭玲玲也被自己找到了，明泽对外宣布自己和彭玲玲将不日完婚。接下来他想要做的便是控制自由人民军，接任总司令。

明泽接手军队，唯一的顾虑就是五虎将。五虎将是彭四海真正的嫡系，如果五虎将不肯让出兵权，即使明泽当了自由人民军总司令，其地位也就相当于古时候无力支撑大局的周天子。为了夺得兵权，明泽决定设一场鸿门宴，以彭四海的名义叫五虎将来总部，先软禁他们再夺权。

消息还没有发出，明泽就已经接到了五虎将坐车来总部的消息。明泽已经被胜利冲昏了头脑，认为自己这是得道多助，老天爷想让他成功，于是当即安排人手，在总部设下重重埋伏，只等五虎将来。

等待五虎将的这十几分钟，明泽觉得自由人民军总司令的位置已经不能满足他了，他想当 M 联邦共和国的总统，甚至想去联合国大会上发言。明泽还沉浸在遐想中，五虎将就来了。不仅五虎将来了，彭四海也来了。

彭四海明明被自己关在地下室了，为了保险起见，地下室门外还安装了摄像头，24 小时监控着彭四海。彭四海怎么会飞出了地下室，还联系上了五虎将？没有自己的命令，他不可能逃出来！不！他不是真的彭四海！绝对不是！

明泽思索良久，命令临时委员会的人控制住了彭四海等人。若只有五虎将在场，临时委员会的人或许可能听从明泽的命令。如今彭四海出现了，所有人都不敢轻举妄动。

在众人眼中，彭四海不仅仅是总司令，更是一个象征。不管身边有没有人，只要出现，彭四海便自带锋芒。

彭四海指了指明泽，声音有些沙哑道："敢背叛我！知道下场吗？"

明泽后退了几步："你……你是假的！你不是彭司令！"

彭四海来到总部大楼，宋志心里不但没有变得踏实，反而有了更大的担忧，甚至有些恐慌。上一次这样，还是年轻时候上战场，彭四海命令他杀人的时候。

宋志的判断和明泽一样，眼前的人根本不是彭四海。此人模仿彭四海虽有了九分像，但彭四海有个少有人知的秘密，他其实是左撇子，虽然平时有意纠正自己的行为，但发怒或者指挥人行动的时候，他本能地会用左手。眼前的彭四海音色、样貌，甚至标志性动作都与本尊神似，但指着明泽说他叛变时，用的是右手。

这背后将会是怎样的阴谋？在没有搞清楚情况之前，宋志决定按兵不动。

众人担心自己的前程，没有注意到眼前这个彭四海说话的声音，其实与真彭四海的音色略有差异。即使有人注意到了，也只是认为由于这些日子的经历，彭四海的音色才有了变化。

彭四海的出现，让这个本就不堪一击的临时委员会瞬间土崩瓦解。那些平日与明泽称兄道弟的所谓好兄弟们，瞬间倒向彭四海。彭四海刚说完话，没等他下令，临时委员会的人便主动下了明泽的枪。这些人都想在彭四海面前表现一番，让总司令相信，自己还是那个说永远跟随他的忠诚战士。

明泽真正掌权的日子加起来总共不到十天。这十天是他欲望膨胀、最辉煌的十天，同时也是他内心最不安的十天。他的不安来自好多个方面，最大的问题就是，曾经在自己眼中像神一样的彭四海，轻而易举被自己拿下了，从那之后，明泽总是觉得这一切都不真实。梦越是不真实，他越想疯狂起来，把梦做得无限大。过分膨胀的后果就是，梦碎了。

明泽被下了枪关押后，神志反倒比以前清楚了。回想着五虎将和彭四海来总部大楼的过程，又回想着彭玲玲回来后性情大变的原因，甚至想起了十天前亲自押送彭四海去地下室时，彭四海对他说的那番话。把这些信息汇总在一起，明泽不禁哈哈大笑起来。

彭四海怎么可能这么轻易被我拿下？彭玲玲那么任性，为什么突然变乖？五虎将是彭四海的嫡系，我都发现了这个彭四海有问题，难道他们没有发现？宋志那个老狐狸表面上温顺，实际上贼着呢，从他的一言一行都可以看出来，他从来都不相信我能当上总司令。彭四海父女、圣手，乃至五虎将和宋志都认为我成不了气候，我不过是一颗任人摆布的棋子罢了！想到这里，明泽悲从心起。

看守明泽的牢头儿是明泽以前的老部下，他在总部任职时偷看女用人洗澡被明泽发现，才被发配到牢房。牢头儿见明泽被关起来，心里很开心。

牢头儿道：“我当是谁来了，原来是你这条狗。以前除了司令，整个总部大楼我最怕的就是你。别人家的狗，主子家来人了才叫唤几声。你这条狗，主人不在家也这么凶。何必呢？我以前可是对你俯首帖耳，没做过半分对不起你的事，如果你愿意，我都可以喊你叫爷爷。我这么真心对你、敬你的人，你却把我视为外人。我偷看那娘们儿洗澡怎么了？老子什么都没干，你就把我发配到这里。你这件事情办得特别好，天道好轮回，你曾经的照顾，我在这里会加倍奉还。”

“现在给我道歉还来得及。”

“你现在都被关起来了，还这么嚣张？难怪外面人说你得了臆想症，是真的？”

明泽扒着铁栏杆小声道：“你以为我就这么折了？笑话！看到时候老子怎么收拾你。”

牢头儿拿着警棍，隔着铁栏杆想要打明泽。

“到现在你还吹牛呢！也不瞅瞅自己在什么地方！在老子这里，你是龙得卧着，是虎也得趴着，至于你这条狗嘛，忍着吧！”

明泽等的就是这个机会，趁牢头儿靠近，他一手抓住警棍顺力一拉，将牢头儿的身体带了过来，然后伸手掐住了牢头儿的脖子。

牢头儿知道明泽手黑，马上求饶道：“你知道自己在做什么吗？你要冷静，不要胡来！我们好歹没有深仇大恨！都是一个战壕里的兄弟！”

明泽冷冰冰地说道：“把你的枪给我。”

牢头儿被明泽掐得快喘不上来气：“不给，给了、给了你，你不得杀了我。”

“蠢货！我想要你的命，你现在还有说话的机会吗？”

牢头儿脑子转了一圈，想想也是这个道理，于是道：“给你枪，你就松开我吗？”

“嗯。”

明泽从牢头儿手中接过枪后，果然松开了他。

牢头儿喘着粗气道：“你，你这条疯狗。”

说着，牢头儿想跑去按警铃。

明泽打开了枪的保险：“再动一步我看看。”

明泽拿枪指着牢头儿，只是嘴中发出了“嘭”的声音，并没有开枪。

牢头儿却被吓到了，双膝跪地求饶道：“大爷饶命，大爷饶命！”

明泽冷冷道："我不会杀你，你不配！"

说完，明泽把枪口对准了自己的太阳穴。他跟牢头儿说了人生最后一段话：

"如果你信我，帮我给彭玲玲带两句话，她会给你打赏的。第一，让她不要相信这个彭四海；第二，告诉她，我在后花园为她种的玫瑰花开了，都是她喜欢的颜色。"

明泽要是自杀，牢头儿无法承担看护失当的罪责，开始劝说："你要干什么？你不能自杀！他们没说要杀你，你还有机会！再说你自杀了，他们不会放过我的！"

"有机会？背叛真司令，又被假司令抓到这里，我还有机会？我也许有苟活的机会，但我不需要！"

"好死不如赖活着啊……"

"你说我自由了吗？"

牢头儿不解："你说什么？"

明泽只是对牢头儿笑了笑，便抠动了扳机。

塞班老师家保存着一个文件袋，这个文件袋自从交到他手里，他从未打开过，更不知道里面装的是什么。当时受彭四海嘱托，塞班老师一直在等一个人来取这个文件袋。彭四海曾告诉塞班，如果一年后还没有人来取，可以把它烧掉。文件袋里装的是彭四海给明泽准备的出国留学材料，其中有一本护照，护照上的照片是明泽的一寸照片，名字写的是"彭山河"，是彭四海给明泽取的新名字。

出发前，圣手一再向闽通嘱咐，一定要看管好明泽，明泽的存在有利于他们控制自由人民军。现在明泽自杀，闽通担心圣手发怒，会惩罚甚至杀掉他，于是便躲在彭四海的酒窖中借酒消愁。

圣手发现闽通时，闽通还是 M 联邦共和国第三特区底雅小镇好吃懒做的流浪汉。当时圣手只和闽通说了一句话："想要荣华富贵跟我走。"闽通想都没想就上了圣手的车。

圣手所言并非虚言。长相与彭四海九分相似的闽通，经过专业老师一年多的训练，无论形体、声音还是气质，几乎与彭四海一模一样。

混入自由人民军后，所有人见到闽通后都会敬礼。为了不露馅，他的作息必须要像彭四海一样，每天早上跑三公里，吃饭也只能吃七分饱。可为了继续享受荣华富贵，吃这点苦又算得了什么。圣手答应过闽通，只要他乖乖听话，等圣手控制住军队后，他可以当一辈子的自由人民军总司令。

晚上，已经做好被圣手处死准备的闽通，终于等来了圣手的消息。圣手没有追究明泽自杀的事情，让闽通继续扮演彭四海。躺在柔软的大床上，抽着极品雪茄，喝着彭四海珍藏多年的名酒，闽通想，就算今天晚上让老子死也值了！

圣手对明泽的死十分恼火，明泽自杀是圣手最不想看到的结果。明泽还有利用价值，圣手还准备继续利用他来控制自由人民军，也只有他知道彭四海究竟在什么地方。如果找不到彭四海，圣手做的这一切就失去了意义。从复仇的角度讲，圣手虽然不在乎自由人民军这一城一池的得失，但目前的形势告诉他，如果不能快速掌握自由人民军，不仅以前投入的所有人力、物力、财力都会打水漂，他也将陷入极其被动的局面。

依照圣手的办事风格，闽通必死无疑，奈何找遍了所有人，只有闽通的身材相貌酷似彭四海，没人能替代得了闽通。圣手决定让闽通活着，至少要等他真正掌握自由人民军军权，到那个时候闽通这个冒牌总司令的生死便无足轻重了。

大头是明泽刚招进自由人民军的新兵，明泽告诉他，关在地下室的人有妄想症，仗着自己跟彭四海长得像，经常自称是彭四海。

临走前，明泽再次嘱咐大头："照顾好他的一日三餐，其余的无论他说什么，你都不要理。"

出于保密考虑，明泽只安排了大头一个人照顾彭四海的生活。大头刚开始还为自己受到长官的重用而兴奋，过了两天，他就开始变得不耐烦起来。他越想越委屈，他一心想建功立业，却被明泽安排到穷乡僻壤照顾一个糟老头儿的一日三餐。

让大头更郁闷的是，地下室的老头儿整日一言不发，每天坐在地上面壁，若不是看见自己送进去的一碗米饭成了空碗，他真以为地下室里的人已经病死了。

整天没人陪大头说话，可是憋坏了他。

这日，大头拿了只空碗放在门口。彭四海见有人送饭，就去取，见碗是空的，他一言不发，折身回去继续面壁。

大头本以为老头儿会跟他嚷嚷着要饭吃，可对方都没有抬眼看他，这让大头很是不快。

“老头儿，老子长这么大，都没这么伺候过我爸，你现在要不跟我说句感谢的话，今天的饭就别想吃了。”

彭四海对大头的话不予理睬，如老僧入定一般盘腿而坐。大头怀疑彭四海耳背，提高音量又重复了一遍刚才的话，彭四海还是没有理他。

“行，装听不见是吧？以后你都别想吃了！看老子饿不死你！”

大头回到屋子盯着监控录像，监控中的老头儿除了上厕所，几乎一动不动。这老头儿是妄想症还是痴呆症？大头纳闷。怕老头儿真饿出什么事来，明泽会怪罪，到了晚上，大头还是过来送饭。

“过来吃饭！”

彭四海不紧不慢到门口取餐，对大头说道：“不是说今天没有饭吃吗？你说不清楚，我就不吃。”

“蹬鼻子上脸！信不信老子现在就把饭拿去喂狗！”

彭四海将饭碗放在地上：“不说清楚，那就不吃！”

看着倔强的老头儿，大头准备认栽。明泽离开时，一再嘱咐他对老头儿好点，如果明泽长官不打招呼就过来，发现这老头儿出事了，自己还有命吗？

“老子不跟你这个糟老头子一般见识，过来吃饭。”大头语气变软。

彭四海对大头不再理睬。

大头哄道：“老头儿！大爷！亲大爷！你倒是吃一口饭，可别难为我啊，我只是个送饭的！”

“今天去外面吃。”彭四海伸了一个懒腰说道。

不知何时，身后多了一个人。大头赶紧摸枪，还没摸到，一团黑影便朝他袭来，未来得及还手，大头便被人打晕过去。

彭四海满意地点了点头，对来人微笑鼓掌：“不愧是影子。”

影子向彭四海躬身道：“司令，这一命，我还给您了。”

“没要求你还过。”

“做人言而有信，您教的。”

“没有看错你。”

“小姐那边我早就告诉她了，让她不要惊慌。如果司令觉得我做事还行，我愿一直追随您左右。”

“心意已领，我这辈子能做的不能做的事情，我都做成功了，剩下的不是自由人民军总司令彭四海的事情，只能由一个叫彭山河的人去做。”

“司令我没听没明白……”

“那我就说句明白话，影子，你自由了。”

影子是当年青年军花重金请来暗杀彭四海的杀手，如今却成了彭四海的隐形侍卫。

六年前，M 联邦共和国第五特区风头正劲的是青年军。他们为了扩张地盘，一直想吞并彭四海的自由人民军。擒贼先擒王，青年军为刺杀彭四海，谋划良久，先是在自由人民军总部大楼做饭的厨房打进了己方的厨师，试图毒杀彭四海。结果后来才发现，彭四海对食物的检查几近苛刻，厨师根本没有机会下手。负责组织暗杀彭四海的青年军军官，只能花重金请号称东南亚第一杀手的影子潜入自由人民军总部大楼暗杀彭四海。

影子在凌晨三点多人最犯困的时候摸进了总部大楼。他绕过明泽设下的检查岗哨，刚刚关上彭四海卧室的门，还没有走到床的位置，只觉得脖子似有凉意，接着发现脖子上架着一把匕首。匕首在黑夜里泛着寒光。

影子闭上了眼睛：“我大意了。”

第二天，彭四海把一个喝得醉醺醺的精壮男子，扔在了明泽面前，让明泽把他送回青年军。这名精壮男子就是昨晚暗杀彭四海未遂的杀手影子。彭四海控制住影子后，没有杀掉他，也没有殴打他，而是一夜之间跟他喝了整整五瓶伏特加。

喝酒的时候，彭四海手中没有任何武器。影子边喝酒边想自己有没有能力在一瞬间将彭四海杀死，然而面对彭四海的坦荡和豪气，最终还是放弃了刺杀计划。堂堂自由人民军总司令与前来暗杀他的影子畅饮一夜，在 M 联邦共和国，这种天马行空、大胆自信又狂妄十足的行为，只有彭四海敢做出来，也只有他会去做。

影子后来没有回青年军，一直在暗中保护着彭四海，只为有机会报彭四海的不杀之恩。

彭玲玲回到自由人民军就被明泽软禁了起来。事实上，明泽策动哗变后，就再也没有与彭玲玲见过面。

明泽死后，彭玲玲又成了圣手利用的对象。圣手派人以彭玲玲的名义，通过网络通信软件向朱太行求救。

成长有时候是一瞬间的事情，可能跟年龄无关，经历得多了自然会成长。彭玲玲在瞬间成长了很多，尽管有人暗中给了她一张纸条，告诉她彭四海还活着，让她不要担心。但彭玲玲还是觉得现在自由人民军危机四伏，睡在父亲卧室的人根本不是真正的父亲，彭玲玲十分确信这点。她偷偷把消息告诉在自己看来可信的自由人民军高级将领，他们听了都认为彭玲玲是惊吓过度，才会有这样的猜疑。

四面楚歌之时，彭玲玲发现自己长大了。虽说有高级将领向她抛出过橄榄枝表示会拥护她，但她知道这些人动机不纯，连从小看她长大的五虎将都不在意她说的话，又有谁想真正帮助她呢？身边没有可信的人，她现在必须保证自己活下去，活下去就有希望，所以她必须隐忍。

知道圣手的计划后，她祈祷朱太行千万不要来救自己。

圣手以彭玲玲的名义向朱太行发出求救后第二天晚上，总部大楼停电了。停电之后，彭玲玲忍不住在想，会不会是朱太行来救自己了？

她神经紧张了起来：你千万不要来，这里到处都是陷阱。可你要是真不来，我的心就要死了！

门打开后，彭玲玲怀着既激动又担忧的心情抱住了来人："哥哥，你终于来了！"

闽通被彭玲玲抱住，他激动地说道："我的好女儿，我来了，我来了，让爸爸，不，让哥哥好好疼疼你！"

彭玲玲发现来人是闽通后拼命挣扎。

"滚开！流氓！"

闽通急不可耐道："我发现了卧室隔音效果特别好，再说老子是自由人民军总司令，谁敢管我？"

闽通开始撕扯彭玲玲的衣服，后者根本不是闽通的对手。

"禽兽！我不会放过你的！我要杀了你！"

彭玲玲越挣扎，闽通越是兴奋道："对，不要放过我，不要放过我，今天晚上是我们父女俩的，我们谁也不要放过谁！"

闽通说着就往彭玲玲脸上贴，彭玲玲身上的香味让他彻底疯狂。他做梦都想不到自己有机会和 M 联邦共和国一枝花同床共枕。

“今晚咱们睡了，老子就算死也值得。”

彭玲玲挣扎无望之际，只听一声闷哼，闽通便趴在自己身上一动不动了。推开闽通，她发现吴婉乔出现在了屋内。

她起身抱住吴婉乔：“我一个人好怕，你怎么才来啊！”

“现在想起我的好了，以前你不是说自己挺厉害的吗？宇宙飞船都会开。”

“你怎么一个人来的啊，朱太行呢？”彭玲玲缓过神后问。

弗洛伦斯出现在卧室：“朱太行怕是来不了啦。”

第十八章　顾宁街

顾宁街 38 号是凶宅的传闻再次被人提起，是从昨晚这里发生命案开始的。

命案发生前，二十多年未见的故人吴金东和彭四海终于久别重逢。

吴金东觉得自己是世界上最孤独的人，让他陷入这种境地的人就是彭四海。

回国后不久，肖丽发现自己怀孕了，孩子是她和彭山河的。吴金东知道后，只说了两个字：“结婚。”

怕肖丽想多，他又补充了一句：“你放心，结婚后，你是你，我是我，我不会乘人之危。”

多少个夜里，被欲望折磨却无处发泄的吴金东努力压抑着。他也有忍不住的时候，能和肖丽做一次，就算天打雷劈也值了。有一次，吴金东鬼使神差地从地铺上坐起来，摸向了肖丽的床。

手还没有接触到肖丽的睡衣，只听肖丽似说梦话又似提醒吴金东一样，读起了普希金的《我曾经爱过你》。

“我曾经爱过你，爱情也许，在我的心灵里还没有完全消亡。但愿它不会再打扰你，我也不想再使你难过悲伤。”

普希金这首诗，是彭山河和肖丽的定情诗。从生产队出逃后，吴金东无数次听两人读起这首诗。两人每每读完诗，便会甜蜜相视，露出会心的一笑。每次见到这样的光景，吴金东的内心便会醋意翻腾。

吴金东的手停留在距肖丽身体几毫米的上方，毫米之下是人间之欢，之上是他的承诺。肖丽闭眼读出的诗句是世间最温柔的等候。诗句净化了吴金东脑中的龌龊思想，他替肖丽盖好被子，悄悄回到了地铺上，睁眼到了天明。

肖丽虽说是个痴情的女人，但也难免被吴金东的温柔守护打动。肖丽知道，吴金东用善良和温柔堵住了她因失去彭山河而撕裂的伤口。时间一久，她已经分不清自己爱的是吴金东还是彭山河了。

吴金东没有彭山河的书卷气，可他厨艺精湛，做的家常小炒、美味点心的味道，不输给饭馆里掌勺的老师傅；他有力气，能扛煤气罐、搬大米，下雨天能背着女儿上下学。吴金东结实的臂弯给了肖丽和女儿最温暖的依靠。

吴金东后来又爬上过几次肖丽的床，肖丽不再穿着包裹严实的睡衣，不再读普希金的诗句。她觉得自己的呼吸如潮水般，一遍又一遍拍打着寂寞的夜。她在等，等潮汐过后搁浅在沙滩上、依旧跳动呼吸的鱼虾，等路过行人留下一行清晰的脚丫印记，等一艘不知何时才能驶进航道的船。

吴金东这艘船从未出过海，也未曾见过风浪。他只能从自己少有的人生经验中分析出，大海若太平静，极有可能是暴风雨来临的前兆。为了试探肖丽，吴金东在肖丽耳边读起了这些天偷偷背过的普希金的诗句，声音难得轻柔：

“假如生活欺骗了你，不要悲伤，不要心急！忧郁的日子里须要镇静，相信吧，快乐的日子将会来临！”

一把钥匙开一把锁，这个道理吴金东明白，也不是太明白。明白的是，亲眼见过普希金的诗句让肖丽和彭山河擦出了火花，他认为开启自己和肖丽感情的钥匙是普希金的诗句；不明白的是，爱情不是钥匙，而是锁，世上有了锁，才有钥匙。

吴金东知道有把钥匙可以开启肖丽新的人生，读普希金的《假如生活欺骗了你》，就是他的新尝试。然而这把钥匙插在锁里，竟然拔不出来了。两行热泪顺着肖丽的脸颊流下，打湿了枕头，将吴金东的欲望打得稀巴烂。

吴金东想要溃逃，却被肖丽从身后抱住。

肖丽哭着对吴金东说：“我给你吧哥，这些年你为我们娘俩受了太多委屈，我不想再让你难受了。”

爱情不是买卖，吴金东知道，肖丽也明白。出于羞耻心，肖丽无法对吴金东说自己心里住着两个人，一个是彭山河，一个是吴金东；出于尊严，吴金东不肯接受这种报恩式的关系，他想要得到肖丽的心。现在肖丽想给他身体，无异于将他刚燃起的爱情火苗掐死。

普希金的那句“心儿永远向往着未来，现在却常是忧郁”，成了吴金东这么多年来爱而不得的谶语。多年来，除了一次酒后的肌肤之亲，满足了二人心中的不甘外，二人再也没有奢求什么。

彭四海这些年的日子，并不比吴金东好过多少。

二十多年前那个难忘的夜晚，彭山河以为肖丽和吴金东已经被苍狼会社杀害，于是他决心报仇，为自己的女人和兄弟讨回公道。在报仇之前，当务之急是如何摆脱苍狼会社的追杀。

论狠毒和手段，彭山河还远远不够，可论才气以及对事情发展的判断，就少有人能比得过他了。彭山河想，M 联邦共和国军阀林立，投军既可以让自己的才华得到施展，又能躲避追杀。于是他改头换面为彭四海，加入了第五特区的叶家军。刚加入，叶家军司令的女儿叶卡便看上了他。当时他因肖丽的死万念俱灰，若不是心中还燃着复仇的火焰，他早已追随肖丽而去。

在婚礼上，彭四海望着头戴百合花的叶卡，当着叶家军司令叶一秋的面，含情脉脉地对叶卡说：“我爱你。”

叶卡回答：“我也爱你。”

其实，彭四海根本不爱叶卡。两人结婚前一天晚上，司令叶一秋给彭四海两条路让他选择，一是与叶卡结婚，二是跳进早就给他挖好的坑。彭四海不怕死，只怕死之前完成不了自己的复仇计划。

彭四海道：“我可以跟叶卡结婚，甚至可以跟她白头偕老，但你要帮我杀掉我的仇家。”

叶一秋摸了摸他标志性的光头，淡然一笑：“我死了以后，整个叶家军怕是要改姓彭，你是我的女婿，你的仇人就是我的仇人。”

结婚当天，彭四海喝得酩酊大醉，他心里苦啊，他上学的时候就有一个理想，将来要成为一名作家。作家的婚礼是浪漫的，是充满想象和期待的，不是像现在这样，周围的宾客都是没有读过书、喝醉后在酒桌上划拳骂娘的兵痞。作家的新娘是温柔体贴的，而不像自己身旁这位男人婆，还经常和没文化的士兵称兄道弟。

彭四海做好了婚后守身如玉的准备，可新婚当夜就与叶卡有了夫妻之实。他喝得烂醉如泥，完全不知道发生了什么，醒来后，发现自己身上一丝不挂，身旁的叶卡叼着一根香烟，像是欣赏战利品一样，打量着他。

彭四海还要忍受一些人在背后对他的非议。有人客气地说他是倒插门女婿，有人则刻薄嘲讽他以前做过鸭，还有人笑话他不过是叶卡宠幸的男人之一。

彭四海当上门女婿的日子只有5个月。叶卡的肚子一天比一天大，叶家军却被阮家军偷袭，全军覆没。叶一秋在行军帐篷里刚睁开眼，还没来得及摸枪，就被人抹了脖子。

彭四海端着一挺机枪，在叶一秋亲信的掩护下，才把挺着大肚子的叶卡带出了修罗战场。身后是硝烟弥漫的战场，叶家军的大旗早已燃烧成灰烬，他们已经听不见大炮的轰隆和士兵们的冲杀。零星的几声枪响在不断向两人传递一个信号：快跑！

叶卡趁彭四海没看见，偷偷抹了抹脸上的眼泪，她甩开彭四海的手说道："谢谢你把我带了出来，你现在自由了，你走吧。"

彭四海啐了口唾沫："什么时候了，你还在说这些混账话。"

叶卡冷笑道："我知道你心里根本没有我，我也知道，我们在一起根本就不合适。我知道，你跟我结婚是我爸逼你的，你不用恨我爸，是我给我爸出的主意。现在我爸死了，我又挺着个大肚子，没人能威胁你，没人管得了你，你走吧，我们的缘分就到这儿吧。"

彭四海盯着叶卡的肚子："我走了，你怎么办？"

叶卡仰着头一副视死如归的样子："我是生是死，跟你没有关系，不是吗？叶家军是我爸爸一手创建的，叶家军里的闷头、排骨和划拳老是故意输给我的化蛇，都是我的兄弟，是我的兄弟，不是你的。我知道，看在我肚子里孩子的份儿上，你会带我走，然后呢？然后我爸，我这些兄弟的仇，我就不报了？当初我们发了誓，有福同享，有难同当，今天你能带我走出来，已经尽了丈夫的义务，我心领了。”

彭四海重重叹了口气：“是，我确实不爱你，我确实看不起和你称兄道弟的兵痞们，那又怎样呢？我们已经是夫妻了，我会照顾你，护你周全！咱们现在已经这样了，除了带你离开，我没有第二条路可选。你知道我带着你这个大肚子孕妇，根本躲不过后面那些追兵对不对？你说这么多无非是想激我、骂我，想尽办法赶我走，免得你拖累我。你如果真这样想，那你也忒看不起我彭四海了！你肚子里是我的种，我得让孩子生下来，让孩子有爹有妈，让孩子亲眼看到老子是怎么给叶家军报仇的，让孩子知道，老子不是吃软饭的主儿。我对你发誓，我会办到的，如违背誓言，天打雷劈！”

彭四海说完这些话，叶卡泪流满面，那是彭四海第一次见到叶卡如此无助，他心中一软，拉着叶卡的手说：“现在我们一起逃，逃不出去，我们就死在这里，死后还做夫妻。”

叶卡抱住彭四海，忍不住号啕大哭起来。所有人都不看好她和彭四海的婚姻，她还是坚持。如果爸爸和兄弟们都还活着，他们会知道她叶卡没有看错这个男人。

彭四海带着叶卡逃跑后，在叶卡老家暂时安顿了下来。从出逃到叶卡生下彭玲玲，彭四海一直陪伴在她身边。这是叶卡人生中最幸福的一段时光。女人即将做母亲，整个人都变得温柔起来。叶卡不想让孩子跟自己一样从小打打杀杀，她希望孩子有彭四海一样的书卷气。为此，她甚至动摇了找阮家军报仇的想法。

不幸的是，还没规划好未来，叶卡就死于难产。在生命的最后，虚弱的叶卡用尽全身力气拉住彭四海的手，晃了两下，晃那两下的意思彭四海懂。叶卡放心不下孩子，也放心不下彭四海。叶卡知道，虽然彭四海外表柔弱，但内心强硬如钢铁，没有人能动摇他的复仇计划。

彭四海贴近叶卡耳边小声说：“你放心走吧，孩子我会照顾好，叶家军的仇我也会替你报，相信我。等我报了仇，我让孩子去墓前给你和她外公磕头。”

叶卡死后，彭四海明白了在动乱的 M 联邦共和国，读再多书也不如一把枪重要。他把平时看过的书搬到了叶卡的墓前，一把火全烧了，同时烧掉的还有过去的种种。

彭四海把还在襁褓里的彭玲玲安顿好，利用叶家累积的财富，重新召集叶家军旧部。被阮家军偷袭前，叶家军内部派系众多。彭四海打着叶一秋的旗号召集旧部，正中那些想成立新势力的叶家军旧部的下怀。这些人各怀心思，聚集到了彭四海身边，他们在等一个机会，只要彭四海把叶家军召集全，他们就杀死彭四海，把他的死嫁祸给阮家军。之后他们便可以打着为叶氏一脉复仇的旗号，不费吹灰之力掌控一支武装力量。

彭四海在召集旧部的过程中，主要做了两件事情。第一件是笼络人心，特别是刚加入他麾下的年轻人；第二件是背着所有人锻炼枪法和身体。心怀鬼胎的人们实施计划时，反而被彭四海算计。彭四海没有杀死这些人，他以前从书上看到过："上兵伐谋，其次伐交，其次伐兵，其下攻城。"当时没有领会，现在他好像懂了：杀死一个人太容易，也是最不走脑子的做法，收拢这些人为自己所用，才是自己崛起的关键。

彭四海不杀反而重用的这些人中有两个成了现在自由人民军手握重兵的五虎将成员，是彭四海最信赖的武装力量。

彭四海以为自己把阮家军打垮，需要耗费好几年的时间。等他真正领导一支武装力量，与各路军阀混战后，他发现对手没有自己想象中那么强。他总结出了在M联邦共和国成事的两大法宝：一是全心全意为自己地盘中的人民服务；二是建立一支有信仰的武装队伍。关于第二点，彭四海颇有心得，他创建军队时照搬中国军队的做法，连以上专设指导员，负责思想工作。

明泽也好，圣手也罢，只能夺取彭四海的兵权，想真正掌握这支军队，短时间内怕是做不到。自由人民军的口号就是，为了人民的自由而战斗，这支军队只为信仰而战。如果明泽和圣手把自由人民军变为单纯的武装力量，将极大削弱这支军队的战斗力。无我利他的精神，不是草莽之人学到就能运用到、运用好的哲学。除了彭四海，没有人能在短时间内掌控自由人民军，这是彭四海创建自由人民军最得意的地方。

彭四海创建自由人民军，在M联邦共和国第五特区站稳脚跟后，派人几次寻找吴铁和肖丽的下落，却一无所获。之后，苍狼会社不知道什么原因也彻底从M联邦共和国消失了。像南国的温暖不再，燕子失去了南飞的意义；像累死了数匹马传递军情的斥候，到了终点却发现城内已不是自己效忠的将领。找不到吴铁和肖丽，苍狼会社又不知踪影，彭四海活着一下子没了目标，他不知道为何而活着，但又不能放下自己得到的一切。彭四海内心总有一个声音提醒他，万一吴铁和肖丽还活着，需要人来保护。就像当初在原始森林，吴铁无数次救自己一样，彭四海也想保护他们。

圣手第一次拜访彭四海，把吴金东和肖丽的消息告诉了他。吴铁改名叫吴金东，与肖丽生了个女儿叫吴婉乔。

彭四海就觉得自己这么多年，像是被人耍了一样。难道当初那场火灾是吴铁故意演戏给自己看，为的就是和肖丽私奔？

彭四海确定吴婉乔是自己的女儿后，又是另一番感慨。这么多年，肖丽经历了什么才把吴婉乔养大。对于吴婉乔，彭四海是愧疚的。

曾经是兄弟，如今为了救女儿，两人在顾宁街 38 号见了面。为了吴婉乔，二人似乎早已把过去抛之脑后。

然而，房间里一个人也没有，二人扑了一场空。

彭四海先开口说道："你就是这么照顾我女儿的？"

"你没有资格当她父亲，保护不好我女儿，就别倒打一耙！现在你说怎么办？"

彭四海指了指屋内闪烁着红点的摄像头："出去再说，我们现在怕是中了计。"

还没走到门口，门就被关死了，彭四海开枪打掉了门锁，依旧没能将门打开。

这时，屋子里的电视突然自动开了机，圣手出现在画面中。

圣手道："二十多年了，终于等到你们了，欢迎你们再次来我家做客。别做无用功了，普通子弹打不透我这扇特质门。我有个提议，我们坐下来叙叙旧，因为留给你们的时间不多了。"

彭四海对圣手说道："终于遇到正主了，咱们也别装糊涂，案板上砍骨头，干干脆脆地把话都说清。你做这些的目的是什么？金钱、名誉和地位，你说一样，我给你。"

吴金东也说："你绑架了我女儿，我们不如交个实底。"

圣手大笑道："到现在都不知道自己错在哪里，看来你们真该死。放心，我会让你们死得明明白白，至于是不是心甘情愿，就不好说了，因为你们罪有应得！若不是你们这些杂种，我不会从小就没了爸妈，不会被人欺负，更不会吃了这么多苦，过着有今天没明天的日子，这一切都是拜你们所赐。我今天把这一切都还给你们！也让你们的孩子亲眼看到你们惨死的样子。”

圣手如地狱修罗一般的声音在房间回荡。

彭四海道：“你这样做不对。”

“不对？你们杀死我父母的时候，想没想过对不对？”

圣手从屏幕上消失，接着屏幕上出现的是彭玲玲、吴婉乔被绑的画面。

“她们现在就在屏幕前看着你们。放心，在你们死之前，我是不会对她们怎么样的。不知道这样的场景你们熟不熟悉，反正我是刻骨铭心。当年你们在这里杀死我爸妈，今天我也要当着你们女儿的面杀死你们，然后再把她们一刀刀杀死。”

彭四海和吴金东对视一眼，终于明白了圣手到底是谁。彭山河和吴铁打量着房间的摆设和布局，多年前的往事开始变得清晰起来。

当年吴铁、彭山河和肖丽来到M联邦共和国，因为语言障碍，再加上人生地不熟，以为日子会过得非常苦。不承想，到了M联邦共和国果柊地区后，当地人调查出他们是从中国来的，特别是见识了吴铁的功夫和彭山河的革命理论后，热情地接待了他们。

怕当地人发现他们的真实身份，彭山河谎称他们是中国专门支援M联邦共和国革命的208地区过来的。当地的执法队知道此消息后，把他们当成了有作战能力、能指导革命的访问组成员。就这样，吴铁和彭山河莫名其妙地以访问组成员的身份成了当地执法队的特别顾问。

当地践行“破四旧、立四新”的口号，每个村口都搭起竹木做牌坊，上面挂着领导人的画像，每天“早请示、晚汇报”。执法队的日常工作是在果柊地区横扫一切牛鬼蛇神，剥夺资本家财产。

准备在果柊地区轰轰烈烈开展一场革命的吴铁和彭山河，成为执法队顾问没有多久，就发现事情远没有他们想的那么简单。果柊地区负责革命运动的人叫辛畴，也是执法队的大队长。平时辛畴对吴铁和彭山河客客气气，可一到关键时刻，比如判定谁是资本家、组织批判运动，完全不参考他们的意见。

辛畴下了命令，为了更好地革命，凡是执法队的行动，吴铁和彭山河都要参加。彭山河最后才发现，其实辛畴一直在利用他俩的中国访问组成员身份做坏事。执法队判定谁是资本家、谁是反动派，不由事实做依据，完全靠辛畴个人做主。吴铁和彭山河亲眼见过，执法队成员把顾宁街 38 号的一家人活生生打死，然后占有了他们的家产。

顾宁街 38 号的主人是位读书人，一家报社的副主编，因为他在报纸上公开质疑过执法队的行为，这才招来了辛畴的报复。

辛畴给这户人家定的罪名是资本主义反革命，依照当时的规定，凡是反革命一律处死。彭山河一直在为这户人家说好话，结果越说辛畴越想在众人面前树立自己的威信。

吴铁和彭山河不想助纣为虐，他们计划回国。但迫于辛畴的淫威，他们只好偷偷做着回国的准备。

圣手的声音有些激动："让你们多活了二十几年，都是我的错。当初杀我爸妈的人是你们吧？当初在衣柜里发现我的就是你们俩！连孩子都不放过，你们是人吗？"

吴金东说："你错了，事情不是你想的那样。"

"我错了？这些年我无时无刻不想着你们！就算化成灰，我也认得你们！"

彭山河道："如果你是当年这户人家的孩子，你就应该知道，当初你妈妈惊吓过度，把你的裤腿夹在了外面。我们怕你被发现，打开了柜门，把你的裤子塞到了柜子里，又关上了柜门。如果你记得所有细节，柜门当年是不是开了两次？"

圣手的声音歇斯底里："你们骗人！死到临头开始编故事？这种人我见太多了！你们怕了是不是？你们一定是怕了！"

吴金东道："你现在做的事情是以德报怨。当年我们发现辛畴的背景远不是我们想的那么简单，当时我们抓了很多反革命，都不是真的反革命，只有辛畴，他属于秘密组织苍狼会社的成员，他的目的就是搞乱果柊地区的局势。我不知道后来你是怎么从他手中逃跑的，当时我们若不是为了掩护你，也不会被他怀疑！"

当年杀害诺哈父母的组织，就是辛畴所效忠的苍狼会社，而狼蛛会社则是苍狼会社的总部。狼蛛集团为了培养冷血杀手，将一些小孩子抓走，关进所谓的 714 杀手学校，进行非人的训练，让他们成为集团的赚钱工具。

小诺哈进入 714 学校后，为了给父母报仇，付出了比其他人百倍多的努力，做事也比其他人狠毒，得到了他老师三长老的赏识，故而能被派到M联邦共和国做区域经理。三长老看重小诺哈的天赋，便向集团极力推荐他，赐给他名为“圣手”的代号。

圣手深知依靠自己的力量根本无法与狼蛛集团对抗，在他觉得复仇无望，一辈子只能做狼蛛集团的赚钱工具时，互联网时代到来了，特别是2009年比特币开始在暗网流通，让他看到了新希望……

黑天鹅潜入狼蛛集团后因保护的人太多，露出了破绽被圣手发现。圣手非但没有向集团举报，反而帮助黑天鹅潜伏，目的就是想等自己羽翼丰满之时，利用黑天鹅对付狼蛛集团。

杨怡的牺牲也与圣手的计划有关。当时杨怡接到张作田的命令，在网络上与黑天鹅对接。杨怡是少见的计算机天才，她通过网络侦查发现有人故意帮助黑天鹅消除上网留下的访问日志。杨怡以此为线索追查下去，距离真相越来越近时，危险也随之而来。圣手不允许任何人破坏他策划了多年的复仇计划，所以派人将其杀害了。

后来无论是吴婉乔绑架案，还是周查等人潜入斯达酒店，都是圣手在利用他们达到自己的目的。

“不要再编故事了。你们若是真的想出手相助，会忍心看着柜子里的小孩被辛畴抓走？都是借口，都是借口！你们今晚死定了！你们的女儿就在屏幕前看着，所以你们在死之前最好体面点儿，至于怎么体面，就看你们了。”

房门突然被十几个挥着砍刀的人打开，这些人挥舞着武器朝彭四海和吴金东砍去。他们必须要杀死吴金东和彭四海，这两个人不死，他们的家人就会被圣手杀死。因为冲进房间的这些人，既不是圣手从暗网找来的，也不是行动组成员，而是当年杀害圣手父母的执法队成员的后代。圣手对这些人交代，如果他们今晚杀不掉屋子里的人，他们父母和孩子的性命就会不保。

吴金东对彭四海说道：“老不死的，敢不敢跟我再战一场？”

彭四海哈哈大笑：“我堂堂自由人民军总司令，有什么不敢的？”

尽管吴金东身手不错，奈何年事已高，又遭到数人疯狂砍杀，他已身中数刀，浑身血肉模糊。看着屏幕中奋力拼杀的吴金东，吴婉乔心如刀绞。

现在吴婉乔猜到了吴金东当初逼自己练武的原因——有朝一日，他不在她身边时，她能靠功夫自保。

尽管吴金东不是自己的亲生父亲，但在吴婉乔心中，没有人能取代他的位置。可现在自己还有机会弥补吗？看着屏幕中伤痕累累的吴金东，自己却无能为力。世界上最痛苦的事情莫过于此了。

圣手身旁的桌子上有一个红色的按钮，这是为以防万一做的准备，只要按下按钮，顾宁街 38 号将瞬间化成灰烬。这么多年来，圣手心中只有一个目标——为死去的父母报仇。终于要结束了。像是要迎接新生一般，在按下红色按钮前，圣手闭上了眼睛。

按下按钮后，画面中吴金东和彭四海还在战斗着，吴婉乔和彭玲玲还在哭泣。

是网络出现了问题？不可能！难道有人黑了监控，闯入了掩体？绝对不可能！为了验证是不是硬件出了问题，圣手又一次按下红色按钮。

M 联邦共和国北部地区以翡翠矿石闻名于世，圣手就潜藏在这片矿区的地下掩体内。可以说，这是他在 M 联邦共和国的大本营。

朱太行和调查小组的人全副武装闯进了掩体总控室。

马上要将暗网 Hades 的管理员抓获归案，周查心中激动万分。

彭四海和吴金东在去顾宁街 38 号前，朱太行与周查先碰了头。在张作田的努力下，中国和 M 联邦共和国等国家组成的调查小组成立了，目的直指暗网 Hades。朱太行单人作战，有可能找到圣手的位置，但是他没能力在定位后抓到圣手，只能和周查兵合一路相互配合，以特别顾问的身份，帮助调查小组锁定了圣手的位置。

见众人闯入总控室，圣手难以置信道："你们是怎么找到这里的，又是怎么进来的？"

朱太行回复道："如果现在还不知道我们是怎么做到的，只能说明你太自信，你这是败给了自己。"

圣手自信道："我自认为没有留下任何破绽。"

朱太行说道："同样的跟头我不能栽两次。我们以前一直被你引导利用，就是因为信息安全上的疏忽大意，才给了你可乘之机。这次若不是你主动出击，我可能仍然找不到你的位置。"

与圣手几次较量，朱太行深知对方的计算机水平不比自己差。为了反败为胜，他和吴婉乔救彭玲玲的时候，故意被人发现，故意把自己的手机弄丢。

为了让对方相信他们不是故意丢下的，吴婉乔甚至以身犯险，闯入了彭玲玲的房间。弗洛伦斯在总部大楼守株待兔，她的主要目标是吴婉乔，却忽略了朱太行的能力。

朱太行在手机里编写了病毒软件，这种软件具有极强的反查杀和自我修复能力，还具有极高的间谍功能。软件本身就捆绑在系统中，常见的杀毒软件查杀病毒，会默认它属于系统必备的关键进程，而对它放行。只要有人用此手机连接网络，电脑中的病毒便会瞬间控制连接该网络的所有电子设备。

弗洛伦斯得到朱太行的手机，带回去后查找信息，该手机自动连接上了网络，朱太行因而获知了圣手的位置。

“吴金东和彭四海去顾宁街38号，就是为了拖延时间，定位我的位置？如果我没猜错，你们早就把吴婉乔救出去了是吗？我在屏幕上看到的吴婉乔其实是你们事先录好的视频对吗？”

为了稳妥起见，圣手将吴婉乔和彭玲玲关押在了总部大楼。包括五虎将在内的所有高级将领，对现在闽通扮演的彭四海都毕恭毕敬的，他相信自由人民军的总部大楼是目前最安全的地方。有了闽通，就等于控制了自由人民军的心脏，接下来想吃掉自由人民军，只需清洗现有的自由人民军高级将领，然后换成自己的人即可。

然而，圣手考虑得不够周全。彭四海这支自由人民军，只有彭四海指挥得动。彭四海和吴金东在顾宁街38号奋力厮杀的时候，以五虎将和宋志为首的高级将领，在自由人民军内部展开了一场声势浩大的肃清行动。圣手安插进自由人民军的亲信，还有被圣手收买的高级将领，全部被关押了起来，只等彭四海回来，统一处理。

明泽哗变，彭四海之所以没有抵抗，是因为他不想抵抗。当时的自由人民军已经遭人渗透，有的高级将领亦是受到了圣手的贿赂。但具体是谁渗透进去了，哪个高级将领被圣手收买了，这些彭四海都不知道。他需要以自己为诱饵，让这些人浮出水面，然后将其铲除。在明泽哗变之前，彭四海就已经对五虎将下了命令，一切配合圣手的表演。

圣手以彭玲玲的名义向朱太行发出求救信息的时候，彭四海主动派人联系上了朱太行和吴金东。他告诉朱太行放手去做，吴婉乔和彭玲玲的安全他来保证。

圣手自认为控制了吴婉乔和彭玲玲，又联系上了吴金东和彭四海，于是迫不及待地展开了他盘算了二十多年的复仇计划。圣手终究是败给了自己的自信。

朱太行道：“不错，多行不义必自毙，你还有什么想说的？”

圣手邪魅一笑：“是我低估了你，但作为一名黑客，你应该知道，最致命的是让对手知道了你的真实身份。”

圣手说完，咬破了藏在牙槽中的剧毒，身体一软，倒地而亡。

顾宁街 38 号房间里横七竖八的满是尸体，吴金东和彭四海背靠着背吸烟，吐出来的每一口烟都是岁月的唏嘘。

彭四海捂着胸口的伤口：“人不服老不行，老家伙，谢谢你。”

吴金东摆了摆手：“都是报应，我把你从知青点叫出去，是我这辈子做的最错误的决定。因为年轻人妒忌的那点事儿，竟然要用我的一生去偿还。”

彭四海说道：“最终你还是得到了肖丽，你这一生不冤。”

吴金东心里苦笑，他认为自己根本没有得到过肖丽的心，但嘴上却不服软：“我从未计较过这些，可能你不值得她爱而已。”

“这么多年，我一直在想你们在哪儿，是不是还活着，过得好不好。这中间我爱过、恨过，直到见到吴婉乔，我才觉得那些爱和恨都不值一提。谢谢你帮我把女儿养大。她应该姓彭，不过还是让她继续姓吴吧，她是我们的女儿。”

吴金东的声音有些颤抖：“我都快死了，你还要跟我争女儿？她不是你的女儿，是我的，我的！我从小把她拉扯大，教她做人，教她功夫，为了什么？就是想护她周全。你为她做过什么？嗯？你不配当他的父亲！”

彭四海有些激动：“她和彭玲玲一样，身上流着我的血！是我的女儿！”

吴金东替彭四海挨了一刀，正中要害，此时已经没有力气再跟彭四海争辩。

彭四海知道吴金东怕是熬不过今晚了，服软道：“你放心，我不跟你争，我会尽到父亲的责任，保她一生。”

吴婉乔冲进顾宁街 38 号的时候，吴金东猛地睁开眼。生命最后一刻，他就是在等自己的女儿。

吴婉乔将吴金东抱在怀里：“爸爸，我们去医院，我们现在就去医院好不好？”

吴金东拉住吴婉乔的手：“没用了，你听我说，这么多年我一直逼你练功夫，就是怕你遇到危险无法自保，你，你，照顾好妈妈，我也不求你原谅，爸爸以后保护不了你了，这么多年，我想跟你说，跟你说，对，对不，对不……起，爸爸，爸爸，好，好爱……”

吴金东没有把平生憾事说出来便断了气，吴婉乔瞬间觉得自己的天塌了：“对不起，对不起爸爸，是我不对，我不该跟您置气，不该怨恨您，我爱您啊！我爱您啊！”

树欲静而风不止，子欲养而亲不待，吴婉乔不想撒开吴金东的手，生死却将两人生硬地拉开。

圣手死后，总控室的大屏幕上出现了电子地图。无论用什么方法，朱太行都关不掉它。电子地图上有个小红点，围绕着 M 联邦共和国的轮廓一通乱窜之后，出现了一个鼠标箭头，鼠标箭头点了一下地图，屏幕上出现了一个戴面具的人。

那人道：“两年，你们只要再给我两年时间，我会让新国家屹立于东亚之林，现在可惜了。无名英雄乱枯冢，有识莽夫共沾衣，我们天国见。”

戴面具的人消失，掩体内顿时警铃声大作，出口的门自动关闭，大屏幕出现了 10 分钟倒计时。

朱太行大喊：“我们中计了！”

想要关闭掩体的自毁系统，只能靠自己，朱太行双手在键盘上飞快操作起来。谁知越是操作，屏幕上显示的时间走得越快。

众人见朱太行都搞不定掩体的自毁程序，已经打算就地等死了。

朱太行鼓励道：“现在不是垂头丧气的时候，自毁程序无解，我们必须想其他办法。”

周查提议说：“我有一个办法。”

朱太行似乎知道周查要干什么：“你的意思是炸开掩体的门？荒唐！”

“我知道荒唐，可事到如今这是唯一的办法。我要是圣手，我的炸药会安放在总控室或者其他地方，总之不会放在掩体门附近。”

“万一……”

“没有万一，因为我是周查。”

朱太行赶忙摇头：“疯了疯了，你彻底疯了！你幸亏当警察了，要是不学好，肯定比圣手还狠。”

主意已定，周查便不再理会朱太行的埋怨，距离自毁还有一分钟，他把联合调查组的弹药全部聚集在了一起。

“你现在赶紧躲在我身后，我说三二一，立马引爆。”

“等等，我有话要说。”

“什么事情？”

“我这辈子，我想跟……”

朱太行还没说完，周查便引爆了弹药。

朱太行怒骂：“周查你这个王八蛋！”

巨大的爆炸声掩盖住了朱太行的声音。掩体的灯和玻璃碎了一地，掩体内瞬间充斥着大量的浓烟。

周查拉着朱太行的手，大喊：“跑！”

众人跑出门口一段距离后，自毁程序启动了。比刚才还要大十几倍的气浪，席卷着掩体中的杂物向他们袭来。

第十九章　比特币和区块链

半年后，S 国。

赵丽还在厨房里为午饭而烦恼。

炒土豆还是炖土豆？炒土豆的话，为了不粘锅，需要多放些油，油很贵；如果炖土豆，时间太短夹生，时间太长又浪费燃气。

“咱们今天做沙拉土豆丝怎么样？亲爱的。”赵丽决定选择第三个选项，她朝卧室方向喊话。

卧室里的男友刘前程没有回应她。

刘前程此时正在偷偷登录暗网 Hades，敲下回车键，终于与暗网买家达成了协议。他长舒一口气，起身打算离开卧室。

赵丽站在门口敲门：“鬼鬼祟祟在卧室干吗呢？还锁门？”

“锁门？没有啊。”

“别狡辩了！”赵丽一边埋怨着，一边向厨房走去。

刘前程上前一步，从背后抱住赵丽：“宝宝，我们今天吃什么呀？”

赵丽被刘前程这么一抱，一肚子的埋怨瞬间烟消云散，在S国留学两年，再苦再难的日子都没有让她感到害怕，因为刘前程的怀抱是她最安全的依靠。

“本来呢决定做拔丝土豆，但你表现这么乖，炸土豆好了，多给你放些油。”赵丽心想，就算自己不吃，也要填饱心爱男人的肚子。

刘前程有些撒娇道：“不要。”

“不然……炖土豆？冰箱里还剩一颗鸡蛋，本来是给你下周过生日准备的，今天咱们提前吃了它。哦，对了，还没来得及告诉你，我找了份兼职，晚上在超市整理商品，工资日结。下周你生日，我带你出去吃顿大餐！”

听赵丽念叨着精打细算的生活，刘前程心中一酸，他走进厨房，将赵丽洗好的土豆扔进了垃圾桶。

“你干什么啊？刘前程！”

刘前程扔到垃圾桶里的土豆，是他们这两天的唯一口粮。赵丽生气了，眼泪在眼眶里转圈。

在S国，他们没什么朋友，双方父母从国内打过来的钱，只够他们交学费。为了不给父母添麻烦，他们都是打工赚钱养活自己。一年前，他们依靠打工尚可勉强维持基本的体面，自从今年S国出现经济危机，裁员潮一轮又一轮。刘前程已经半年多没找到兼职了，身处异国他乡，他们的生活无以为继。

“宝宝，我找到工作了，以后咱们再也不受这个苦了。我不想让你跟我受苦，中午就带你到外面吃好的！”刘前程有些亢奋，说话的时候两眼放光。

“想什么呢？什么工作都是付出才给酬劳好嘛！”赵丽从来不信天上掉馅饼的事。

“你放心好了，你梳洗一下，穿得漂漂亮亮的，咱们到外面去吃顿好的。”

“我们拿什么吃？钱呢？”

“钱的事情我来想办法，你只负责漂亮就好。”

说完，刘前程回卧室收拾东西准备出门。背包里的其他东西都是他胡乱一塞打马虎眼的，只有一把剪刀是他真正想要的。刘前程挡住赵丽的视线，将剪刀藏进了背包，然后出门“工作”去了。

刘前程去的地方是当地一家名叫 ONE 的酒吧。他对赵丽说的工作，就在这里。只不过他不是来端盘子、当调酒师的，而是准备完成自己在暗网 Hades 中接的订单。暗网 Hades 的买家需求明确，点名要 ONE 酒吧驻唱女歌手阿蜜莉雅的长头发。刘前程只要把剪下阿蜜莉雅的长头发的过程录下来，甚至不需要邮寄给买家，他的账户就会多 0.2 比特币。那可是 0.2 比特币啊，能提现成 500 多美元，这种交易太划算了，只是剪头发而已，又不需要伤害人，即使被警察抓到，也不会坐牢。

刘前程是通过网友介绍才进入暗网 Hades 的，以前他从来没听说过暗网，下载洋葱路由进入暗网 Hades 后，他像是发现了新大陆。

刘前程把暗网 Hades 定位成为暗黑版的淘宝。暗网 Hades 中，买家和卖家发的帖子千奇百怪，有的卖家出售新鲜的人屁，有的买家则专门收集处女用过的洗澡水。

为了挣钱，刘前程曾在暗网 Hades 中出售过处女用过的洗澡水。在暗网 Hades 中真的能赚到钱吗？我这是在干什么？刘前程曾自问过。若不是生活把他逼到了绝境，他怎么会拿所谓的处女用过的洗澡水骗人呢。

在暗网 Hades 中逛久了，刘前程发现了一个规律：凡是讲信誉的暗网网民，都是暗网 Hades 的资深用户，这些人的要求虽奇怪，但信誉极好。刘前程去酒吧剪驻唱歌手头发的任务，就是资深暗网用户发布的。

能带女友去餐厅好好吃一顿，是刘前程每天都想做的事情。赵丽这个傻姑娘跟他受了太多苦，他一定好好待她！为了赵丽，为了爱情，冲吧！刘前程把连衣帽的帽子往下拉了拉，挡住了半张脸，然后打开了手机视频功能，走进了酒吧。

刘前程进入酒吧，很顺利地找到了驻唱女歌手阿蜜莉雅。用多长时间跑到台上，怎么剪阿蜜莉雅的头发，如何跑出酒吧，要选择哪条路线，有保安挡着自己该怎么办……每一个行动环节刘前程都在心里反复盘算过。只有一样他没有意识到，那就是阴谋。当刘前程跳上舞台，从背包里掏出剪刀，冲向阿蜜莉雅的那一刻，早就等在酒吧里的猎人，终于等到了他的猎物。

距离中午 12 点还有两个小时，赵丽在镜子前已经打扮了起来。刘前程是个有一定城府的人，没有把握的事他很少说。赵丽相信他一定是找到了好工作，才能自信满满地说中午带自己去外面吃饭。

墙上的钟摆嘀嗒嘀嗒，赵丽没有等到刘前程，却等来了警察。那是赵丽在 S 国的最后一个月。料理完刘前程的后事，她就坐最早的一班飞机回了国，她发誓此生不会再来 S 国了。

回到国内，她无时无刻不想着刘前程，想着那间出租房，出租房里还有她和刘前程的行李。离开 S 国的时候，她连行李都没收拾，她也没法收拾，因为每一件物品背后都是她与刘前程的点点滴滴。

负责国际区块链安全联盟 ISAB 会议的安保警察布莱恩听同事马克庆幸道："上帝保佑，今天被选调来这里是上天眷顾，咱们的同事可就惨了……"

布莱恩不大认同马克的说法："咱们的同事又去抓乱扎针的艾滋病病人了？都是工作，要是能选择，我宁愿去抓艾滋病人，也不要在这儿巡逻。这些人既不是有钱的商人，又非政客，有必要浪费纳税人的钱，花大量的人力、物力去保护吗？"

马克喝了口饮料："没有没有，他们是去抓罪犯。今天啊也不知道是怎么了，犯罪案件特别多，几乎集中在了一个时间点犯罪。我天生不爱动，当初选择警察这个职业就后悔了。现在后悔已经晚了，我宁愿在这里晒太阳，听这些专家絮叨什么比特币区块链。"

布莱恩好奇道："什么？犯人越狱了？还是工人游行？为什么说同一时间都在犯罪？"

马克皱了皱眉头："说来奇怪，这些犯罪事件发生的时间都是一个小时前，不过是地点不同。我个人觉得，现在经济危机这么严重，这些罪犯多半是活不下去，想去监狱吃牢饭吧。我敢跟你打赌，你信不信今天这些在不同地方犯罪的人相互之间都认识，甚至曾经是狱友。我早就听说了，在监狱里待惯了的人，不习惯社会的生活，放出来后，他们巴不得犯点罪再被我们抓进去。"

布莱恩与马克经常打赌。马克很少赢布莱恩，总想翻盘："你赌不赌？"

当马克给布莱恩在地图上标注出了今天大概的犯罪地点后，布莱恩的脸色开始凝重起来。

这天是S国政坛后起之秀哈曼市市长理查德上任至今最激动的一天。理查德请到了国际区块链安全联盟ISAB专家来自己国家开会，他不但可以借势向整个S国推广比特币，而且还能向政坛施压：他理查德才是国内能稳定目前经济危机的第一人。

国际区块链安全联盟ISAB的专家们用完餐便会去会议室。理查德代表官方，要提前去会议室做接待准备。

S国金融监督委员会会长和中央银行副行长拦住了理查德。理查德早就知道这两人早晚会败在自己手里，可没想到他们败得这么快，因此心里有种说不出来的爽快。

当年理查德曾在副行长手下当差，没少为副行长出力卖命，后来副行长遇到了事情，还是把理查德当成了替罪羊，幸亏当年理查德留了一手才保全了自己。想必是预判到了我即将得势，这两个老狐狸就跑过来巴结我，真是世态炎凉，理查德心想。

理查德本想不理睬二人，直接步入会议室，转念又想，政坛上哪有什么真正的朋友，还是别给自己树敌为好。再说，以前的领导在不久的将来很可能会成为自己的下属。想到这里，理查德又暗自得意起来。

“你应该知道，我们国家的经济形势不是推广什么比特币就能行得通的，你根本不知道自己在干什么！”副行长开门见山。

“如果你不听劝阻，一意孤行，为了国家和人民，我将不惜一切代价阻止你！”金融监督委员会会长补充道。

“是吗？我拭目以待！”

没想到二人的目的竟然是阻止我推行比特币，理查德心想，等明年我当上总统，你们两个的官运算是到头了。

理查德说完，整理了一下西装，继续往前走。

副行长再次伸手挡住理查德：“身为政府官员，理应一切为了国家，比特币能不能有效抑制通货膨胀，还在理论讨论阶段，我建议你不要一意孤行。”

理查德推开对方的手：“一切为了国家？好一个为了国家！当年你拿我当替罪羊的时候，也是为了国家？你的国是哪个国？美国？英国？还是加拿大、俄罗斯？”

副行长被理查德气得浑身发抖：“你……你简直不可理喻！”

“你们就是见不得人好，我本来还想以后多提拔你们这些昔日同僚，没想到人心难测啊！”

这时，理查德的手机有个陌生来电，他从来不接陌生电话，于是就挂了，几秒钟之后，电话又打来了。莫非是之前度假时，与自己共度良宵的艾美莉打过来的？想到这里，理查德接起了电话。

电话那边传来了朱太行急促的声音：“理查德市长，会议将有变故，请保护好区块链专家们的安全，请务必保护好他们的安全！”

区块链专家来哈曼市参会，理查德专门调了警察来维护治安，专家们怎么可能有危险？回头一定让警察署查查这个电话是谁打来的。

理查德不耐烦道：“你如此恶作剧，知道会承担什么样的法律后果吗？我劝你现在最好主动去自首。”

电话那头的朱太行声音急促：“市长！时间紧迫，请您相信我！”

布莱恩掏出手枪，一边跑向会议大楼，一边对着对讲机喊道：“会议大楼遭遇突发情况，请立刻增援，请立刻增援！”

马克有些跟不上布莱恩，他停住脚步，大口喘着粗气喊道：“你知道自己在做什么吗？如果会议大楼没有情况，你是要被开除的。被开除了，去哪儿挣钱？你老婆儿子我帮你养吗？你这头蠢驴！”

布莱恩对马克不管不顾，继续向会议大楼方向跑着。他要追上即将去会议大楼开会的专家们。

“请出示工作证。”负责会议大楼安全的巡逻警察叫住了布莱恩。

“有人可能要袭击会议组专家们，我们需要确保专家们的安全。”布莱恩解释道。

“可能？证据呢！”

“现在没有证据！”布莱恩大喊。

负责会议大楼外围的警察见布莱恩情绪激动，不禁对其身份产生了怀疑，他掏出了枪：“请出示工作证，非官方邀请人员禁止入内！请你马上离开这里，马上！”

布莱恩掏出警官证，给负责外围的警察看：“来不及解释了，整个市区都在犯罪，各社区警察都派出去了，唯独这里没有，犯罪分子很可能是要搞袭击活动！”

“请你马上离开！”

“好好好，我马上离开，麻烦您通知同事们，加强对专家们的保护措施！”

这时，布莱恩见远处戴口罩的男保洁员，推着打扫车快步向正在离开餐厅的国际区块链安全联盟 ISAB 的专家们冲去。

“快阻止他！”布莱恩说完拿枪对准男保洁的大腿。

负责外围的警察见布莱恩要朝餐厅方向开枪，误以为他想行刺国际区块链安全联盟 ISAB 的专家们，于是将枪口对准了布莱恩。

“我警告你，再不放下枪，我将……”

负责外围警戒的警察话还没说完，餐厅门口就发生了爆炸。

理查德挂掉朱太行的电话，副行长还在会议室门口与他纠缠，只听会议大楼外一声巨响，紧接着响起刺耳的警报声。理查德的脸色一下变得惨白，他的总统梦彻底被刚才的爆炸声炸碎了。理查德心想，如果专家们遇险，他的政治生涯也算是走到头了。

“还愣着干什么？赶快组织救援！”副行长催理查德。

“晚了，晚了，一切都晚了！”理查德倚靠着墙，双眼失神。

布莱恩预料得没错，这确实是一场有预谋的犯罪行为。

有人故意在暗网 Hades，以 0.2 比特币的价钱发布任务。等 S 国警察解除了对布莱恩的阴谋指控，发现会议大楼爆炸案与暗网 Hades 有关的时候，有一个细节让所有参与调查的警察都想不明白。刘前程虽然被人杀死，但警察通过调查他的账户发现，其账户确实被打入了 0.2 比特币。如果只是有预谋的犯罪，犯罪分子没必要在目的达成后再付给接单者比特币，况且接单者已经死了。犯罪分子究竟想干什么？

“一定是诺哈！诺哈想打造 B2C 式暗黑淘宝体系！还有那个愚蠢的市长！都打电话告诉他了，他就是不听！”朱太行一时激动，把手机摔在了地上。

“我们在明，敌人在暗，我们提前发现诺哈的计划就已经是很大的胜利了。”吴婉乔安慰着朱太行。

“可是你我都知道，这次诺哈不只是单纯搞一次恐怖袭击。如果国际区块链安全联盟 ISAB 的专家们都不见了，就说明这是一场针对 S 国蓄谋已久的阴谋。比特币只是区块链的底层技术，如果诺哈抓的那些专家发明出新的数字货币，暗网 Hades 的犯罪活动将更加猖獗！”

吴婉乔忍不住问：“我们追查了他半年之久，连他的人都没见着，你真的认为暗网 Hades 的管理员是诺哈？”

“说出来你可能不信。当年我和周查参加 A 国黑客大赛时，有一名黑客之前没有任何成绩，却被允许参赛，后来那个人无故退出，我想那个黑客应该就是诺哈！”

“你是怎么知道的？”

“直觉，程序员的直觉。当年那个黑客在网络上使用的攻击手法与我们现在追查的人使用的手法几乎一模一样。”

当时圣手在总控室吞药自杀，所有人都在场。包括周查在内，联合调查组的人都认为圣手已死。甚至第二天，联合调查组已经对外宣布了暗网 Hades 的管理员圣手，被当场击毙的消息。

朱太行认为，在总控室自杀的人不是诺哈。周查相信朱太行不会没来由做出判断，在周查的坚持下，联合调查组的人找到了诺哈父母的墓地。他们将圣手与诺哈父母的 DNA 信息进行比对后发现，自杀的人确实不是诺哈。调查结果出来，联合调查组准备再行动的时候，朱太行早已去了 S 国。

如今 S 国经济危机已经持续了一年多，股市暴跌，投资者资产缩水，居民的实际购买力也减弱了。居民消费需求降低，国外投资者对 S 国中小企业普遍缺乏信心，银行不良资产也相应大幅上升。

通货膨胀带来的经济危机几乎是灾难性的，经济形势不景气，中小企业倒闭数百家。只有少数 S 国的精英明白，倒闭的数百家企业只是官方统计的数据而已，事实上因经济危机破产的企业比往年增加了至少 10 倍。

虽说通货膨胀和通货紧缩都各有利弊，但人类的发展历史证明，通货紧缩是经济增长最好的时机，比如 19 世纪美国的黄金时代正是通货紧缩的时代，与之相反，人类历史上的大危机，都是由通货膨胀造成。现在的 S 国需要稳定物价、稳定就业、稳定市场。时代不同，解决通货膨胀的手段亦不同。比特币虽说有一定风险，但未尝不是解决S国经济问题的良药。

来S国参会的区块链专家遇袭看似是偶然性事件。实际上近几年，欧洲、日本和美国均出现过多起类似事件。如果把这些事件联系在一起就会发现如下特征：出事的人均是区块链专家，且这些专家的资料曾在暗网 Hades 绑架名单上出现过。暗网中的用户甚至调侃过，没有上过暗网 Hades 绑架名单的区块链专家称不上专家。

如果这些专家真是被诺哈绑架，那么他的意图很明显，就是想利用技术缔造暗网帝国。比特币只是区块链的底层技术而已，掌握了这项技术，基于比特币的特性，它可以在暗网上流通。目前市场上已经存在的隐私货币门罗币、密码痴专属的大零币等币种，各有优缺点，若制作出比比特币还优质的币种，并为诺哈所用，暗网 Hades 将会成为历史上最难打击的网络犯罪平台。

诺哈为暗网量身打造了新的币种，他定会找一个试验场验证新币种是否经得起考验。S国，便是诺哈的试验场。

吴婉乔为了给吴金东报仇，选择和朱太行一起去S国调查真相。他们出发去S国前，彭四海曾专门找朱太行谈过话。

"以我多年识人的经验来看，以前跟我接触的人根本不是圣手诺哈。"

"您是怎么知道的？"朱太行问。

"我跟这个圣手谈话，发现他明显受过专业训练，除了关键时刻缺乏主见外，常人很难察觉他有问题。圣手作为区域经理，应该是一个有主见的人。这家伙多半和假扮我的闽通一样，是个傀儡。"

朱太行深以为然："我甚至怀疑，总控室自杀的圣手和真实的诺哈长相并不一样。诺哈这个家伙，有时故作疑阵，比狐狸还狡猾。"

聊天到最后，彭四海掏出自己的配枪交给朱太行："我女儿至今都不肯认我这个父亲，我也理解，这是我欠下的债。我把配枪交给你，让它代替我保护她，也恳求你保护她的安全。这话我是以一位父亲的身份对你讲的，只说一次，你若让我不满意，或者吴婉乔有什么闪失，老子饶不了你。"

S国大象山下有个名叫同景的边境小镇，诺哈用假身份在这里开了一家木材公司。木材公司只是表面生意，实际上他建立了一个新的比特币矿场。

挖掘比特币需要矿机、比特币地址和挖矿软件。这些对诺哈来讲不是最重要的，最重要的是持续的供电量。在经济不是那么发达的S国，想找一个能够持续供电的地点不容易，同景小镇拥有这个条件。

全球各地意外死亡的区块链专家们，实际上都是诺哈搞的鬼。他制造这些专家死亡的假象，然后通过手段偷偷把他们聚集在一起，逼迫他们开发比比特币更安全的币种。

狼蛛集团覆灭后，效忠于集团的杀手们都在找诺哈的下落。诺哈在M国的经营毁于一旦，想要东山再起，困难重重。正所谓兵马未到，粮草先行，诺哈急需钱财来招兵买马。目前对诺哈来讲，挖矿是最安全也是唯一能做的。这次，他在会议大楼制造爆炸，秘密绑架的、来S国参加国际区块链安全联盟ISAB会议的专家，都是区块链领域中的佼佼者。

诺哈相信，重新上线的暗网Hades将会是谁都攻不破的暗网平台。专家们研究的新币种上线之时，便是他在暗黑世界登基加冕之日。

朱太行侵入S国电网网络后，通过大数据筛查，发现同景地区近些天来用电猛增。仅小镇中的一家木材公司近期的用电费用，折合人民币五百多万元。木材公司根本用不了如此多的电量。大量的电费引起了朱太行的怀疑。朱太行合计过，四百多台比特币挖矿机一起运作，才有可能花费如此多的电费。他怀疑有人偷偷在这里挖矿，而且这个挖矿的人很可能就是诺哈。

为了验证自己的大数据分析，朱太行和吴婉乔去了同景小镇实地探查。

同景小镇到处都是诺哈收买的眼线，两人刚到同景小镇，就被诺哈的人控制了。

朱太行第一次见到诺哈的真容，他怎么也想不到如此其貌不扬的人，竟然是狼蛛集团赫赫有名的圣手。

诺哈打量了朱太行和吴婉乔许久，对朱太行说："仰慕您已久，如今终于见面了，幸会，幸会。"

"你作恶多端，不配为人！"

诺哈也不恼："我承认我确实做了很多坏事，我也不准备为自己开脱，但是你要知道，我是逼不得已。换作是你，或许变得比我还坏。"

"伤天害理的事我一辈子都不会做！"

“714 学校有个规定，每年毕业典礼，毕业生被分成两组，进行无限制搏斗，直到把其中一组人打死为止，我不杀别人，别人就要杀我。换成你，你怎么办？”

“后来你明明有能力逃脱，为什么选择继续作恶？”

“我作恶，是为了减少别人作恶。我不犯罪，总有人犯罪。世界上的人其实是分三六九等的。哪个国家的政客手里没有黑料？他们以人民的名义，行苟且之事，你们又知道多少？有善就有恶，只不过我们生长的环境不同，做出的选择不同而已。”

“一辈子专门做坏事，这就是你追求的？杀那么多人，你不会做噩梦吗？那些被你残害的人也有家庭，也有活下去的权利。魔高一尺道高一丈，你再狡辩也是人人喊打的过街老鼠。”

诺哈对危险具有天生的感知力，他看了看时间，说：“我不想再跟你废话了，你说我是坏人，那我便是坏人。如果我没猜错，你们的后续部队马上就赶到了。你们能不能继续活下去，就看我们这次能不能成功逃跑了。”

朱太行看了看吴婉乔，说：“我有个请求，你能不能放过她，她会功夫，留在你身边，只会妨碍你逃跑，对你来说，她是危险的存在。”

“有时候你的建议，只会害了她，她有功夫，我可以选择现在杀了她。”

“你确实可以杀了她，但你杀了她，我不会为你做任何事情。区块链专家们都是你绑架的吧？你需要用我来测试你们重新搭建起来的暗网 Hades 的安全性对不对？”

“对，也不对。你确实是名优秀的黑客，但这并不代表我就需要你测试我的暗网。科技可以完善，但时机只有一次。既然你对我不重要，吴婉乔的死对我来说自然也不重要。”

诺哈说完拍了拍手，弗洛伦斯押着彭玲玲走了过来。

吴婉乔见到彭玲玲，十分错愕：“你怎么来了？”

“你们来 S 国也不告诉我一声，我只好四处打听你们的消息，谁知道……谁知道事情会变成这样……”彭玲玲知道自己闯祸了，不由得低下了头。

朱太行见到彭玲玲暗叫一声糟糕。

诺哈看了看手表对朱太行说道：“如果我没猜错，你来之前就联系了调查组对吧？为了报答你给我带来的惊喜，我陪你玩儿一次游戏，就看你能不能把握住了。”

诺哈说得没错，朱太行去同景镇之前，就已经联系周查了。同景小镇是边陲小镇，地势可进可退。若没有调查组的帮助，很可能会让诺哈从小镇北部逃往 M 联邦共和国。

“这是个传统的游戏，你若能猜中正反面，马上可以带吴婉乔和彭玲玲走，若猜不中，她们都得死。”诺哈掏出一枚硬币，在朱太行面前晃了晃。

朱太行头一扭：“既然栽在你手里，是杀是剐由你便是，何必玩弄我们呢。我不跟你猜这种幼稚的游戏。”

诺哈颇为欣赏地看着朱太行：“你可以不玩儿，你有选择的权利，你若不玩儿，她们现在就得死。”

诺哈示意弗洛伦斯杀死吴婉乔和彭玲玲。

朱太行见状赶忙喊道：“你别动她们！我玩儿！”

“正还是反？”

“正！”

“确定？”

“你等会儿，只有正反两种结果吗？你会不会把硬币竖着放在地上？”

诺哈像是听见了笑话，大笑道：“你这想法倒是蛮有创意，不过很遗憾，只有正反两种答案。”

“我选正！”

“不改了？”

朱太行迟疑了，他看了看吴婉乔。

吴婉乔对朱太行笑了笑，仿佛在给他力量，又好像是在告诉他，无论输赢她都不会怪他。

朱太行朝吴婉乔点了点头：“不改了！”

硬币抛在空中，划出一道漂亮的弧线。

朱太行忍不住咽了咽唾沫，吴婉乔屏住了呼吸，彭玲玲怕硬币落地是反面，干脆闭上了眼睛。

“正面！你输了！”

见硬币是正面朝上，朱太行看到些希望。

诺哈戏谑地说道：“不见得。”

说着，他把银币翻了过来。

“你无耻！”

“随你怎么说，活着才有无耻的机会。而你，好运气已经用完了。”

诺哈给朱太行松绑，随后扔给他一把枪。

“枪里只有一发子弹，吴婉乔和彭玲玲，你选一个。当然你可以把枪对准我，代价是弗洛伦斯会先杀死吴婉乔、彭玲玲，最后再杀死你。调查组的人应该已经在来的路上了，我给你一分钟时间考虑，到时你若不知道杀谁，我就送你们最后一程。”

朱太行环顾了一下四周，到处都是诺哈的手下，想要从这里逃出去，几乎是不可能的事情。如今怎么办？真的要在吴婉乔和彭玲玲中间选择一个杀掉吗？杀了其中一个后，诺哈真的会放走另一个？他不会的！可自己若是不选呢？他将没有活着的机会。

吴婉乔对朱太行说：“朱太行，朝我开枪！”

朱太行后退了一步：“不，我不会开枪的！”

吴婉乔道：“到现在你还没想明白吗？无论你开枪与否，这个畜生都不会放过我们，我不想死在别人手里，你懂我意思吗？”

像一颗子弹击中了朱太行的心脏，朱太行有些悲切：“我答应过你爸爸，要护你周全，对不起……我做不到……”

吴婉乔无谓生死，一心想死在朱太行手里：“是个男人就朝我开枪，别让我看错人！”

朱太行还是没举起枪：“别这样……我怎么可能……”

吴婉乔打断朱太行：“你忍心看着我被别人打死吗？”

彭玲玲这时也说：“朱太行你别犹豫了，你打死我吧，看你们在这里秀恩爱我生不如死！当初我就不应该出来找你！你有什么好，让我这么喜欢！赶紧杀死我，我发誓下辈子再也不会爱上你了。”

朱太行听了二人的话后，心里像是有了选择一般，他缓缓举起手枪对准了吴婉乔。

吴婉乔欣慰地闭上了眼睛：“若有来世，记得我爱你。”

朱太行道：“若有来世，希望你爱我。”

当圣手以为朱太行会开枪打死吴婉乔的时候，朱太行将枪口移向了彭玲玲：“这一世，对不起。”

彭玲玲见朱太行将枪对准了自己，心里怕得要死，眼里也都是泪花，但她还是笑了出来：“我现在的样子是不是最美？我爱你！”

“去死吧！”朱太行说着，快速转身朝诺哈开了枪。

谁知道枪里竟然没有子弹！诺哈和他的手下们纷纷大笑起来。

朱太行拿着枪向诺哈砸去：“你这个王八蛋敢玩儿我！”

回应朱太行的是诺哈的一记重拳。

诺哈把他装上车，开车逃离了小镇。

诺哈逃跑后，弗洛伦斯将吴婉乔和彭玲玲绑在了木材公司的办公室，并在门口安放了定时炸弹。

离开办公室前，弗洛伦斯对姐妹二人说：“享受你们人生最后的 20 分钟吧！温馨提示一下，只要门被打开，定时炸弹便会提前爆炸，祝你们好运！”

第二十章　生　死

诺哈把朱太行带上了快艇，快艇以四十多节的航速在海上快速航行。

朱太行晕船，在快艇上大吐了起来。

正在开着快艇的诺哈见朱太行狼狈的样子，颇为不屑：“你能活到现在，是我的耻辱。这半年来我一直在问自己，真的是你这个废物破坏了我筹划多年的复仇计划吗？”

“我倒是跟你想的不一样，我认为你是天才，一直为你感到惋惜。如果我没猜错，当年以‘风行者’的名字参加 A 国黑客大赛的是你吧？多好的才华，干吗非要继续错下去！”

“早就知道你是查理朱，The Dark Knight 黑客排行榜你都没进过，怎么会被允许参赛的？”

“我只是黑掉了组织那次大会的参赛者的计算机而已。”

“果然。你看，我们没有什么差别。”

“我们不一样！”

“本质是一样的。”

“既然我们本质一样，你当初为什么派人绑架我？”

“早就认为你是个威胁，你本来应该死的，是廖国明那头蠢猪太自以为是。后来你的表现引起了我的兴趣，我甚至都不忍心杀你了，如果不见到你本人，也许我们真的可以成为朋友。”

“我们不可能成为朋友，我不会和杀人如麻、泯灭人性的畜生交朋友。”

“如果这是你想表达的，你可以尽情地说，你能自由说话的机会不多了，两个小时后，我们便会靠岸，等我安全了，你也就失去了活着的价值。”

“不见得，你怕是安全不了了。”

“你还是担心一下自己吧。我要是不安全了，你也得死。大海茫茫，没人救得了你。”

“这次你算是说对了，大海茫茫，没人救得了我们！”

朱太行说完这话就向诺哈撞去，他想抢诺哈手中的操纵杆。二人争夺之间，快艇几个急转弯后没了重心。

“快放手！你疯了吗？”诺哈喊道，“你这样我们都会死的！”

朱太行颇有些悲情道：“吴婉乔和彭玲玲都被你害了，我如果不跟你同归于尽，对不起她们！”

S国木材公司办公室，吴婉乔已经挣脱了绳子，正在给彭玲玲松绑。

此时周查和联合调查组的人已经来到了木材公司。

彭玲玲从门口大喊：“不要开门！有定时炸弹！”

调查组中没有排爆专家，若从S国借调排爆专家，时间又来不及。

周查以前受过相关训练，他建议道：“你们现在马上看看这个炸弹有几条线。”

“没用的，炸弹被黑色胶布缠了起来，根本看不到线。”

彭玲玲抓着吴婉乔的手：“我们真的会死在这里吗？我不想死！”

吴婉乔安抚着彭玲玲：“你放心，你那么好看，怎么会轻易死掉呢。”

周查在门外也安抚道：“办公室有防盗窗，我现在马上试着强拆了它，给你们争取时间。”

吴婉乔叫住周查：“周查！你不要动，听我说。他们在这里设置炸弹，主要目的不是想让我们死，而是故意拖延你们的时间。诺哈把朱太行带走了。我怀疑他们兵分两路，目的就是想干扰你们的行动。时间有限，若炸药真的爆炸，谁也没有办法阻止。你现在要做的就是赶紧去追他们，不要再管我们。”

周查也知道如此形势下，去追诺哈比留在这里意义更大，离开之前他问：“你们最后有什么话要说吗？我可以帮你们传达。”

吴婉乔顿了顿：“如果我死了，请转告朱太行，我爱他；如果这次我侥幸活着，但被炸残废或炸成了植物人，当我没说过这话。”

“还有3分钟，怎么办？怎么办啊？”周查走后，彭玲玲哭了出来。

吴婉乔抱着彭玲玲安慰她：“一会儿快到时间了，你就藏在我身后，我是姐姐，应该保护你。”

彭玲玲第一次感受到了吴婉乔对她的感情：“你不怕吗？”

吴婉乔叹了口气：“我比你还怕。心里有了惦记的人，便总希望能和他长长久久一辈子不分开，特别是现在这个时候，心里想的只有他一个人。”

“你想的那个人是朱太行吗？我现在没有想他，我想的是我要是死了，我买的那些大牌化妆品肯定会被我们家女用人分掉，还有首饰、收藏的宝贝，想起这些我就心痛。”

“所以，你对朱太行的感情不是爱。”

“那是什么？”

“是好奇，是崇拜，也可能是嫉妒。”

“可能吧，我是嫉妒你，凭什么你长得好看，身材比我好，又比我招男人喜欢。”

“现在还嫉妒吗？”

“无论如何，你都是我姐姐，这是血缘决定的，你没有办法改变。既然这样，本小姐的化妆品、包包愿意分你一半。”

“你可从来没有这么大方过。”

“我当然不做亏本的买卖，我用化妆品和包包换你的朱太行。你放心，我睡他几个晚上，就把他交给你。当然，以后他若是喜欢上我，我这个做妹妹的可不负责。”

“没门儿！”

吴婉乔和彭玲玲试图用聊天的方式来驱散对死亡的恐惧。定时炸弹已经开始最后的倒计时：5、4、3、2……

吴婉乔紧紧抱着妹妹闭上了眼睛。

朱太行在和诺哈争抢操纵杆过程中，把操纵杆弄坏了，快艇停泊在了海上。茫茫大海中漂浮着一艘失去了动力的快艇，像是搁浅在沙滩的鲸，又像墓前点着的一支蜡烛。

天色暗了又亮，快艇上长时间没有进食喝水的二人已近虚脱。

“我真没想到，在我生命的最后一刻，陪在我身边的人竟然是你，真是造化弄人。死到临头你还有什么感想？”

诺哈经历过求生训练，现在只想保持体力：“从现在开始，你给我安静点儿，否则我打死你。”

“你不敢轻易打死我，在你没有彻底虚脱之前，我始终是你的人质，是你的护身符。”

诺哈不再搭理朱太行，开始闭目养神，他现在心里脑子里想的都是妻子玛推芝。他从小在 714 杀手学校过的都是非人的生活，长大后，他成了狼蛛集团的杀人工具，更是没有享受生活的权利。直到在执行任务的时候遇到了玛推芝，才找到了自己的幸福，而现在他最大的幸福就是回想着以前与妻子抵足而眠的时光。

层层的浓云向前滚动着，闪电在浓云之间忽闪，之后便是闷响的巨雷。刚才还是万里晴空，现在天色突然阴沉下来，这是暴风雨要来的前兆。海面出现了十几米的巨浪，排山倒海般朝快艇袭来。

诺哈见情况不妙赶紧穿上了救生衣。另一件救生衣却被他扔到了海中。

“我们今生的缘分就到这里吧，再见。”

诺哈准备开枪打死朱太行时，一个巨浪拍了过来，打翻了快艇。

朱太行水性一般，落水后挣扎着将头露出海面，才吸进没几口空气，又一个浪拍来，险些将他拍晕过去。他在海中开始体力不支，只觉得海水在不停地往嘴里灌。但临死之前说什么也不能让诺哈跑了，他胡乱在海中扑腾着，试图抓到诺哈与之同归于尽。

海浪声还在朱太行耳畔回响着，他只觉得自己是天地之间的传声筒，身体一边连着天地，另一边却不知道连向哪里。他努力想睁开眼睛，脑子里却有一个意识告诉他千万不要醒来，就这么静止不动，千万不要醒来；同时，另一个意识在努力拖拽着他，还大声呼喊着提醒他，如果再不睁开眼睛就完蛋了。

不知过了多久，朱太行强忍着灼痛将眼睛睁开了一条缝。这是地狱还是人间？我死了还是没死？诺哈去了哪里？脑袋一阵疼痛，朱太行又闭上了眼睛。他好像见到了吴婉乔，吴婉乔正在给他做人工呼吸。他梦想过无数次与吴婉乔接吻，这次终于如愿以偿，激动得差点儿哭出来。他睁开眼睛，想看吴婉乔的样子，才发现跟他嘴唇碰嘴唇的人是已经晕过去的诺哈。朱太行忍不住干呕起来。

原来，当快艇被海浪打翻后，朱太行在慌乱之中死死抓住了诺哈的脚。诺哈想踹开朱太行，却被快艇的船身撞得暂时失去了意识。一件救生衣承受不了两个人的重量，当他们快要沉入海中的时候，诺哈醒了过来，此时头部已受伤，他没有力气再去踹开依然死抓着他的脚不放的朱太行。他拼命划着水，最终抱住了漂浮在海上的另一件救生衣。就这样不知道在海中坚持了多久，直到海浪再起，他再也无力支撑，晕了过去。

海浪将二人送到了一片沙滩上。朱太行怕海水涨潮，踉跄着站起来向前走去。他走到一棵大树下，树下落满了果子，饥渴难耐的他也不管果子是否有毒，拾起果子狼吐虎咽地吃了起来。水果甘甜可口，入口生津，糖分十足，酸度又刚好。二十几个果子入肚后，朱太行舒服地往地上一躺，心想，自己这条命算是保住了。

在树底下缓过神，朱太行才想起诺哈，他需要确认诺哈是否已经死了。回到沙滩，他发现诺哈不见了，急忙循着脚印去找诺哈。

诺哈跑了没多远便被朱太行追上了，此时他的体力已经到了极限，再没力气反抗了。

朱太行找来藤条将诺哈的手脚捆好，踢了诺哈一脚："你不是很能打吗？打我啊！"

朱太行拄着木棍想去喊人，等他从原点出发又回到原点后，才发现自己是在一座无人荒岛上。

荒岛有三个足球场大小，往岛中心走去，有架飞机残骸。打开驾驶舱，朱太行收获了意外之财。他找到了一把军用匕首，还有把保存完好却没有子弹的左轮手枪。枪的手柄上刻着英文字母"BILLY"，他猜想大概是手枪主人的名字。出于心理作用，朱太行把匕首和没有子弹的枪都带在了身上，然后折身回去了。

不知道调查组的人能不能找到这里，不知道自己在这里能撑多久，一切都是未知。朱太行身处荒岛，一时不知道怎么办才好。这时，他发现诺哈在打哆嗦，他摸了摸诺哈的额头，发现诺哈发高烧了。

朱太行怕诺哈撑不住，给他扔了几个果子。

诺哈吃完果子，身体有了些力气："为什么要照顾我？"

"你是应该被公审枪毙的人，现在就这么病死了，岂不是便宜了你。"

"谢谢你的照顾。"

"说实话，我恨不得杀死你！"

"只要她们有用处，我便会留着她们的性命。"

朱太行听到此话，心里像是看到了希望："这么说，她们还活着？"

诺哈盯着朱太行手里的果子不说话。

朱太行赶紧往诺哈嘴里塞果子。

诺哈吃了一口："你先顾好你自己吧。"

听到此话，朱太行又把半个果子从诺哈嘴里抢了出来。

本以为吴婉乔和彭玲玲已经遇害，一听诺哈这么说，朱太行心中又燃起了希望。

朱太行伸手拍了一下诺哈的头："你都被我捆起来了，还这么嚣张？哪里来的勇气？"

诺哈不闪也不躲，只是盯着朱太行。

"哪里来的勇气？这里。"诺哈说着从嘴里吐出了一个刀片。

"你是怎么做到的？我明明捆得死死的！"朱太行心知不好，后退几步想跑。

"挣脱术需要从小练才行，你现在想学也晚了。"诺哈拾起一块石子打在了朱太行腿上。

朱太行被石子打中，扑倒在了沙滩。

"我饿了，你去给我弄些吃的。"诺哈命令朱太行。

"吃的都在这里了，这个岛上没有其他吃的了。"

"如果我没猜错，这座岛应该叫螃蟹岛。岛四周都是暗礁，一般大型船过不来，少有人来，所以这里的螃蟹多到数不清。你去弄些螃蟹来，具体怎么弄，不用我教你吧？我先睡一觉，如果我醒了，你还没有把螃蟹弄来，我就卸掉你一条胳膊。"

朱太行知道诺哈说到做到，赶紧去捉螃蟹。走遍小岛，终于在海边的岩石边发现了螃蟹窝。他第一次尝试摸螃蟹，虽说经验不足，跑掉好多只螃蟹，但螃蟹基数大，最后还是抓了三十多只巴掌大小的螃蟹。

螃蟹抓来了，诺哈又让朱太行把螃蟹烤熟。

“没有打火机你让我怎么烤？”

“那是你的问题。”

看着诺哈阴森冰凉的眼神，朱太行再次选择妥协。他试着钻木取火，手都快搓出泡了，也没把火点着。诺哈看不下去了，用石头砸刀片，带出了火花，不一会儿，干树叶堆便升起一缕白烟。

接下来朱太行开始堆砌石头烤螃蟹，因没有烧烤工具，第一只螃蟹烤成了黑炭。朱太行擅长做饭，一招不成又有新的主意，他想到了口水鸡的做法，于是做第二只螃蟹时，给螃蟹裹上了树叶，包了严严实实的几层，又在树叶外裹上了泥巴，最后放在火坑里烤。

诺哈尝了尝朱太行烤的螃蟹，不由得赞叹道：“厨艺这么好，我都不舍得杀你了。”

“你动不动就喊打喊杀，累不累？”

“我们的经历不一样而已，你们这些人说话总是习惯站在道德制高点审判别人。”

诺哈说完这话，突然有掌声响起。

听到掌声，朱太行感到奇怪，岛上只自己和诺哈，怎么还有人？

长谷川笑嘻嘻地从隐蔽处走出来。

朱太行不认识长谷川，以为是来搭救他们的调查组，可转念一想，调查组来救他们，不至于只派一个人啊。难道是诺哈的手下？看架势也不像。

朱太行问道：“你怎么来到这里的？你是？”

长谷川对朱太行视若无睹，对诺哈道：“老朋友来了，也不请我坐坐？”

“滚出去。”诺哈说这话的时候，语气平静得可怕。

“既然大名鼎鼎的圣手让我滚，我滚好了，不过滚之前，我要确定一下您是不是死透了。”

诺哈说话越来越慢，像是在和老友聊天一般：“看来你早有准备，那又怎样？你杀不了我。”

长谷川知道对方不简单，便暗自提防着：“有两种人最自信，一种是蠢驴，另一种就是你这样的人。你以为你还是当年的诺哈吗？别人不知道圣洁晚宴计划，我知道。你现在已经中毒了吧？掐算着时间，你早该死了，可到现在还没死，你一直在用药控制吧。”

被对方发现中毒，诺哈声音依旧平静：“我若是你，在出手前是不会说这么多废话的。”

“你也不问问我为何找上你。”

“当年你强暴弗洛伦斯被我抓到，要不是集团长老护着，你有 10 条命都不够活的，如今还敢找上门来报仇？你肯定不是一个人来的！”

长谷川再次鼓起了掌：“圣手不愧是圣手，没错，我们是来找你复仇的！学校里的学员名单是你泄露出去的吧？集团完蛋，大家都高兴，甚至感激你。我们可以从此隐姓埋名过逍遥快活的日子，但你非要把学员名单交到警察那里，赶尽杀绝，何必呢？”

看热闹不嫌事儿大，朱太行见有人来找诺哈的麻烦，正幸灾乐祸，谁知来的不止长谷川一个人，若打起来万一伤了自己怎么办？朱太行试图悄悄离开，却被长谷川发现了。

长谷川拍了一下朱太行的肩膀：“好戏还没开始呢，别着急走啊。”

朱太行求饶：“兄弟！如果你相信我，我只说一句，敌人的敌人就是朋友，我们现在是朋友！”

长谷川表现得有些为难：“可惜我没有朋友。”

长谷川说完绕到了朱太行身后，以朱太行的身体作为掩护，掏出枪对准了诺哈。

诺哈似乎完全没有意识到自己危险的处境，反而拿朱太行打趣：“现在你知道了吧，其实一直说要杀了你的人，不一定是最希望你死的人。”

朱太行心里还是挂念着吴婉乔的安危：“死到临头，我能不能问问你，吴婉乔真的没死吗？”

“你如果在三秒钟内知道数字 3 在二进制中代表什么，她可能真的不会死。”

电光火石间，朱太行像是得到了什么暗示，把身子低下的同时，一脚踹在了长谷川的裆部。几乎同一时间，长谷川朝诺哈开了枪。

二进制是计算机采用的计算形式，数字 3 转为二进制应该为数字 11。诺哈提示朱太行三秒内算出数字 3 在二进制是什么，吴婉乔就不用死，意思就是强调二进制的进位规则是逢二进一，所以他说的数字 3 不是要转为二进制，而是单纯指数字 3。当诺哈说完话，朱太行注意到诺哈的食指开始敲击大腿，来不及细想，他立刻做出了判断——诺哈敲完第二下会对长谷川发起进攻。

事实证明，朱太行赌对了。长谷川额头正中心正中一把飞刀，一命呜呼。诺哈则像是没事儿人一样，坐在地上开始吃螃蟹。

朱太行走到诺哈对面坐了下来，感叹道：“最想杀你的人是我，现在最想感激你的人也是我。”

“你大可不用感谢我，两面夹击，我应付不来，刚才提示你只是出于自保。”

“什么？两面夹击？你身后有人？”

诺哈头也没回：“嗯，已经死了。”

朱太行拿着火把，在距离诺哈身后十几米处的草丛中发现了同样额头正中飞刀的尸体，这才真正相信了诺哈的话。

“你真可怕，刚才你是左右手同时出的飞刀？你是怎么做到的？”

“还是那句话，你没有经历过我所经历的。”

“如果掩盖住你的真实身份和犯下的罪行，不知道真相的人都会以为你是个哲学家，但事实上你是个疯子。”

“你说了那么多废话，就这句我认同。可能哲学家本来就是疯子，我们生活的这颗星球配不上哲学家浪漫的思想。”

“真的很难想象，有一天我会在一座荒岛上跟你聊天。”

诺哈用很娴熟的手法剥开了一只螃蟹，将蟹肉塞到嘴中，享受地闭上了眼睛。

“人间有味是清欢，真正的美食不需要加佐料，天然本质的味道最让人怀念。在生命的最后吃到了美味，还是要谢谢你。长谷川既然能来到荒岛，想必是开船过来的，你走吧，我想一个人静静。”

生命的最后？朱太行见诺哈好好的，没有任何受伤的迹象，怎么成生命的最后了？莫非这个人疯掉了？

突然间，诺哈狂喷了一口鲜血。

正如长谷川所言，诺哈参加圣洁晚宴时千防万防，还是棋差一招。安德鲁接待诺哈的时候事先已经做好了防护准备，当诺哈进入房间时，微量

VX 神经毒素通过空调吹进了房间，当时诺哈没有察觉，直到逃出去才觉得身体不适。若不是他抵抗力强，又有专业医生治疗，早就死了。诺哈要同时对付一明一暗两个人，本来就很难，加之中毒已深，伤到了肾脏，想要同时杀死两人，更是难上加难。诺哈虽然避开了要害，但腹部还是中了招。

狂吐一口鲜血后，诺哈觉得眼前的世界开始变得模糊不清，他意识到毒素已经渗入到神经系统了。

趁着还有意识，诺哈道："你不是想知道区块链专家在哪里吗？不是想找到贩卖人体器官的组织的下落吗？我可以告诉你，不过，你要答应我一个条件。"

"你难道不怕我违约？"

"我了解过你的过去，你是有原则的人，值得信赖。"

"虽然条件很诱人，但你要是让我去杀人，我肯定做不来。"

"你放心，我不会让你做违背原则的事，只需要你帮我传个话而已。"

"传给谁？"

诺哈露出幸福的笑容。如此幸福的笑容会出现在诺哈脸上，朱太行感到难以置信。

诺哈道："你帮我告诉我妻子，让她跟昂葛结婚吧，不用再等我了。"

"就这么简单？"

"你拿着我的结婚戒指去找昂葛，告诉他是我让他去娶玛推芝的，如果他敢违背我的意愿，我活剐了他。"

"他若不信呢？"

"他只能选择相信。"

"你内心还有尚未崩坏的地方，为什么非要帮助坏人做事情？！苦海无涯回头是岸。若早回头，也许你会获得自由。"

诺哈捂着伤口，大笑道："苦海无涯回头是岸？既是苦海，回头也是苦海，何必回头。"

"即使不回头，你也不用再作恶！"

"我作恶是为了尽最大努力让世界减少罪恶。"

"这都是借口，暗网的危害有多大你不会不知道。"

"你觉得暗网危害大，是暗网本身的问题吗？技术无罪啊！罪恶的是利用技术的人。我不在乎人们对我的评价，但你要清楚若是没有千千万万个暗网用户，暗网能够运转起来吗？这些使用暗网的是什么人？是恐怖分子？是国际杀手？还是人体器官贩子和毒品贩子？不！都不是！暗网真正基础性的用户是那些平日西装革履在摩天大楼上班的高级白领；是那些人前说着追求世界和平，人后却做着肮脏交易的虚伪政客；是白天人畜无害到了晚上变成恋童癖，甚至恋尸癖的阳光大学生；甚至是在学校教书育人的老师。若没有这些人的成全，暗网能发展成现在的规模吗？人性经不起考验，诱惑放在眼前，谁敢承认自己不动心？”

“我承认你的话有道理，但这并不代表你说的是事情的全部。人心向善，人类心中若没有善的存在，不可能延续至今。”

“若你的话是对的，为何暗网已有这样的规模？我知道相对人类稳定的社会秩序而言，犯罪占比不大。可你要知道这个犯罪占比在现实生活中原本就存在，即便不通过暗网表现出来。而我做暗网 Hades 每年至少可以将暗网的危害性下调 10%。其他暗网用户多为零散用户，你可以理解为 C2C 模式。暗网 Hades 的商业模式则是 B2C，这种模式用在现实购物网站中可以给客户带来多少便利不用我多解释吧？暗网 Hades 也一样，狼蛛集团没底线，只要钱足够，他们都敢派人刺杀总统。我的暗网 Hades 制定规则，比如每个国家排名前十的政治人物和 16 岁以下的孩子不杀，不允许将毒品贩卖给未成年人。购物网站的商家违反平台规则，网站唯一能做的只是封号，谁若敢在 Hades 违反规则，我杀他们全家。我做的这些，你的政府能做到吗？我每年至少可以保护全球上万人不受侵害，甚至能防患于未然，跟你合作的警察能做到吗？”

诺哈说话的时候脸色潮红，明显是回光返照的表现。朱太行不忍再说些刺激他的话，便违心说道：“也许做这些会让你更安心一些。”

诺哈越来越激动：“安心？躲在妈妈怀里的时候我最安心，可我都记不清我妈妈长什么样了！”

提到妈妈，诺哈的表情变得悲切起来。

此时夜托起了整个孤岛，对于诺哈来讲，也许这就是人生的定数。不知为何，妈妈把他带到了这个星球，他慢慢长大，以为这个星球就是家。又不知为何，妈妈离开了，这个世界只剩下他孤身一人。也许所谓的家，便是出生就要离开的地方。

“被送到 714 学校后，我像是被困在海底深处的鱼，想逃离却没有能力，每天承受着暗无天日的折磨，目睹自己和身边的人不断堕入无尽深渊。等我终于拥有能力逃跑的时候，却不敢逃了。习惯在海底生活的我，一旦浮出水面，等待我的只有死亡。尽管如此，我还是与她恋爱结婚了。”

诺哈示意朱太行过来，他告诉了朱太行区块链专家和贩卖人体器官的组织所在的位置。

听完，朱太行道：“放心，我一定会信守约定，帮你把话传到。”

“你可能会找到区块链专家，但结局你不一定会满意。”

“你把他们杀了？”

诺哈意味深长地看了朱太行一眼，突然他眼放异彩道：“我看见我妈妈了，她来了。”

诺哈指向朱太行身后。

朱太行以为诺哈真的看到了什么，扭过头才发现，诺哈指的不过是一块岩石。朱太行转过头的时候，诺哈已经没了气息。

第二十一章　意　外

打听到诺哈家的位置，朱太行敲了一下门，发现门没锁，轻轻推了一下，门便开了。

“有人吗？请问这里是诺哈家吗？”

屋子里打扫得一尘不染，能嗅到淡淡的麝香味，像是有女主人的样子。

朱太行站在客厅，又问了一遍：“请问有人在家吗？”

一缕黑色的发丝轻轻绕在了朱太行脖子上。

“你是怎么找到这里的？”

弗洛伦斯出现在朱太行身后。她的声音很有特点，朱太行猜到是她。

“诺哈让我过来的。”

听到诺哈的消息，弗洛伦斯有些激动：“诺哈？他来了吗？他在哪里？”

“警方早已发出通报，他死了。”

“骗人！诺哈不会死！”

“我们能不能把刀放下好好说话？你知道的，就算不用刀，我也不是你的对手。”

为求得真相，弗洛伦斯放开朱太行。

“说吧，诺哈在哪里？”

“我都说了他死了，你若不信我也没有办法。”

“是你杀死了他？”

弗洛伦斯此时像一只受伤的雌狮，盯着朱太行看。朱太行怕性命交代在这里，索性把他和诺哈在荒岛上遇到的事，全部告诉了弗洛伦斯。

“我说的全是真的。”

朱太行说话的时候把诺哈交给他的戒指拿了出来。

弗洛伦斯看了一眼，抢过戒指扔在了地上。

“假的，都是假的，诺哈怎么会死！他不会死的……”

弗洛伦斯的声音越来越小，像个无助的小女孩儿。朱太行已经猜到了她对诺哈的感情。诺哈应该是担心弗洛伦斯会因嫉妒而杀害玛推芝，才让自己来找玛推芝的吧。

正在这时，外面传来了高跟鞋的声音。

朱太行小声警告弗洛伦斯：“她是无辜的！你别伤害她！”

弗洛伦斯甩出一把飞刀，刀紧贴着朱太行头顶飞过，扎在了衣柜上。

“除了诺哈，谁都不能命令我！”

玛推芝发现房间的门开着，以为家里进了贼：“你们是谁？怎么跑到我家里来了？赶紧出去，不然我报警了……”

“我们是……”朱太行想解释。

“我们是保险公司的，想给您介绍一款我们新推出的保险产品。”弗洛伦斯打断朱太行，满脸堆笑地对玛推芝说。

玛推芝疑惑地看着弗洛伦斯：“保险产品？”

“是的，您若有兴趣，我让我的助手给您拿资料。”

“对不起我们家没有什么钱。”

“您如果有兴趣可以了解一下……”

“对不起，我家先生一直没回来，我很担心他，没心情听您介绍产品，您还是请回吧。”

玛推芝将弗洛伦斯和朱太行赶出了家门。

出了门，弗洛伦斯脸上的笑容瞬间消失，恢复到冷冰冰的样子：“念在你信守了与他约定的份儿上，我饶你一命，赶紧滚吧。”

“你不会伤害玛推芝对吧？”

“诺哈不信任我，才让你过来安顿她。他应该相信我的，我会护他妻子安全。”

“答应诺哈的事情，我已经帮他办到了，现在我想应该说说我们的事了吧。”朱太行从背后掏出枪，死死盯住弗洛伦斯。

“我们的事情？”

“杀人偿命，欠债还钱！”

“什么意思？”

朱太行打来了枪保险：“定时炸弹难道不是你放的？”

弗洛伦斯听到这里，不禁皱起了眉：“你的意思是说吴婉乔被炸死了？不可能！”

“到现在你还装糊涂！”

“我确实放了定时炸弹，但没有按下倒计时按钮，况且炸弹的威力也有限。吴婉乔是你的最爱，诺哈还想用吴婉乔胁迫你为他做事，怎么可能杀死她？”

“什么？！”朱太行脑子嗡嗡作响。

“我没骗你，你知道，我杀了那么多人，不在乎多担一条罪名。而且念在你言而有信的份儿上，我可以告诉你一个人的名字。你若还认定是我杀了你女人，随时欢迎你找我报仇。”

留下愣在原地的朱太行，弗洛伦斯又去了昂葛家。她敲门进了屋子，朝昂葛勾勾手指。

昂葛像是被灌了迷魂药一样，乖乖来到她身边。

弗洛伦斯的声音性感又慵懒：“我漂亮还是玛推芝漂亮？”

昂葛色眯眯道：“你漂亮。”

“现在给你个机会，你是娶我还是娶玛推芝？”

“娶你！”

弗洛伦斯捋了捋秀发，自言自语道：“诺哈也有看走眼的时候，明明是个花心的家伙，他能照顾好玛推芝？笑话！”

昂葛忽然注意到弗洛伦斯手上戴着诺哈的戒指，立刻闪开，警惕地问：

“你到底是什么人？！”

“我是什么人不重要，你只需明白，你是将死之人就行了。”

昂葛心知不妙，转身就跑。一把飞刀咻地飞过，正中昂葛的后脑勺。

“苗昂登”，弗洛伦斯说的这个人，会是杀害吴婉乔的凶手吗？从诺哈家离开后，朱太行第一时间找到了调查组，协助调查组解救出了区块链专家们。

找到区块链专家们时，调查组发现专家们毫发无损，行动自由，根本不像被绑架的样子。

专家们被解救后，非但没有感谢调查组，反而抗议调查组收走了他们的笔记本电脑。

“难不成这些人被诺哈控制了精神？”调查组成员们不禁产生了这种疑问。

见到专家们的状态，朱太行猛地想起了诺哈死前的那番话，还有那个意味深长的眼神。

朱太行道破了其中的关键：“没有精神控制，他们只是想攻破区块链难题，自己把自己逼疯了。”

“自己逼疯自己？”

“什么意思？”

“一段时间内，只有一个节点可以传播信息。某个节点发出消息，各个节点接收消息时，必须签名盖章，确认各自的身份。此技术是区块链核心算法之一，叫非对称加密技术，没错吧？”

“我对区块链的了解不是很多，但确实听说过这个技术。”

“它是区块链的核心算法之一，但也不完全是。举个不太恰当的例子，根据角度和用途不同，有非对称加密技术，也有对称加密技术，以后还可能有相对非对称加密技术。这些技术就像区块链其他核心算法，比如Paxos 算法、共识机制、分布式存储一样。以这些核心技术目前的应用来看，他们把区块链分成了币圈、矿圈和链圈。理论上区块链技术越是细分，对专业技术的要求就越高，他们一定是在细分研究时，发现并试图解决区块链存在的问题。”

“你说这么多，就是为了说明他们可能发现了区块链存在的问题？”

“是不是觉得我说话特别绕？这已经是最简短的解释了。你只知道比特币是区块链的底层技术，但你可能不知道这个技术到底是什么。比特币涉及社会、经济，甚至是哲学问题。作为虚拟数字货币的先河，比特币一共有 2100 万枚，而且每四年产量便减半，这是比特币保值的方式，也是中本聪本来就设计好的算法。如果现在有一种虚拟数字货币，它的总产量也是2100万枚，但开采方式和使用方式不一样，而且比比特币更安全、更保值、更容易流通，你会不会动心？谁也不敢保证不会！谁不想开创新的虚拟数字货币时代，成为第二个中本聪呢？诺哈将全球顶级的区块链专家聚集在一起，这些专家刚开始可能抗拒诺哈，但相互交流、共同探讨后，他们一定发现了区块链技术的问题，达到了不疯魔不成活的地步。对这些专家来讲，技术才是最高信仰。”

看守区块链专家的犯罪分子中没有叫苗昂登的人。这个人藏在哪里？或者说凶手另有其人？

当周查把只露了半张脸的中年男子照片放在朱太行面前时，朱太行已经基本确定就是此人按下了定时炸弹的按钮。

“以黑天鹅的能力也只能偷拍到他半张脸。”

“我见过他！”

“见过？在哪里？”

“木材公司！他和诺哈是一伙儿的！”

“贩卖人体器官是暗网 Hades 的主要获利来源，以诺哈的性格，如果不是特别重要的合作伙伴是得不到他的信任的。暗网中贩卖人体器官最大的头目，难道就是照片中的人，也就是你要找的苗昂登？”

“没错，就是他！”

周查点了点头：“那一切逻辑就顺了，他当时按定时炸弹的按钮就是为了混淆视线，让我们把注意力放在诺哈身上。”

“他必须死！”朱太行紧紧攥着拳头。

朱太行向周查提供了贩卖人体器官的组织所在的位置。

第二天，当被人蒙上眼睛带进召鹿救助站时，周查的后背都湿透了。谁能想到 M 联邦共和国最知名的公益组织竟然是东南亚最大、年产值数百亿的贩卖人体器官的地下中转站！全世界特别是中东、东南亚地区的人体器官全都集中在这里，再经由召鹿救助站运送至全球。

召鹿救助站地处多个军阀势力交汇的芒璜地区，不仅地形复杂，牵扯的政治势力也多。能不能将它摧毁，能不能抓到救助站负责人苗昂登，全靠周查这次能不能进入救助站，找到救助站武器库的位置。

周查和同事如果能够控制住武器库，让救助站的武装成员没有火力支援，只要坚守一刻钟，自由人民军便可以出兵占领芒璜地区。

当朱太行向彭四海提议占领芒璜地区时，彭四海连连摇头。多少年来，虽说军阀间混战不断，但这些军阀的势力范围一般都基本固定。芒璜地区涉及多方利益，若彭四海敢打破平衡，占领芒璜地区，将树敌无数。

“今天担心这个，明天又担心那个，江山在你心中就这么重要？”

见朱太行说服不了彭四海，彭玲玲出现了，她当场质问父亲。

彭四海这时才知道吴婉乔已死。

“不是说让你保护好她嘛！我女儿呢！你还我女儿！我杀了你！”

“杀了我，您能答应出兵的话，您现在就杀了我！”

彭玲玲担心彭四海真的杀了朱太行，她脱下上衣，露出心脏部位新缝合的伤口，她对彭四海说：“杀吧，把你两个女儿都杀了！本来应该死的人是我，现在她的心脏就在我的身体里，你杀他，我死给你看！”

原来定时炸弹爆炸后，房间瞬间坍塌了。吴婉乔和彭玲玲便被埋在了废墟下。等救援人员赶到现场，扒开水泥板、木材，找到两人的时候，他们惊呆了。两人藏身在一张办公桌下，办公桌已被钢筋水泥板压坏了。吴婉乔的姿势定格在那里，她用身体支撑着钢筋水泥板，牢牢地护住了彭玲玲。彭玲玲得以捡回一条命，但吴婉乔已经奄奄一息了。赶来的医生查看了两人的情况，彭玲玲因惊吓过度而陷入昏迷，只受了轻微的擦伤，而对于吴婉乔，医生则摇头叹息表示无力回天。临死前，吴婉乔指了指自己的心脏，气若游丝地说：“给，给她……”

彭四海与吴婉乔虽然血浓于水，但在命运的纠葛下，两人相处的时间很短暂。所以，身为缺席的父亲，彭四海心中虽然难受，却没有痛到撕心裂肺。如果是彭玲玲死了呢？他想都不敢想……

彭四海这次没有犹豫，答应出兵。有了彭四海的支持，加之周查等人的努力，苗昂登控制的贩卖人体器官的地下产业链被警方全部打掉。

周查回到国内后，重新带领专案组开始做针对暗网 Hades 的收网行动。

春雨小学是莫口市最大最知名的私立小学。该校的教学设备和师资力量在全国排名前十。

周查进了校长办公室，校长商宰阎热情招呼周查落座。周查上来就让商宰阎交代问题。

商宰阎心想，我究竟要交代什么问题？除非……不可能，他们不可能知道，就算知道，也不会有证据。

商宰阎给周查递过一杯龙井："您刚才说的话我没太听懂。"

"看来你是不见棺材不掉泪啊。"

"你这人说话怎么这样？警察也不能没凭没据诬陷人啊！你要是再这样，我就去投诉你。"

"投诉我？去哪儿投诉？去暗网 Hades 吗？还是色情论坛？"

听到暗网 Hades，商宰阎脸色瞬间变得煞白。

在没有掌握到确切证据之前，周查不会相信这位年过半百、慈眉善目的小学校长会是暗网 Hades 上传色情视频最多的色情狂魔。暗网 Hades 的影视板块有个规定：若想在暗网 Hades 观看色情影片，必须先上传自己真实参与拍摄的色情视频。

诺哈死后不久，暗网 Hades 处于无人维护状态。专案组在计算机专家的配合下，利用 PHP 远程命令执行的漏洞，终于拿到权限登录了 Hades 的数据库，拿到了暗网用户非法交易的资料。周查回国第一件事情便是抓捕在 Hades 上进行非法交易的暗网用户，商宰阎只是其中之一。

等人抓了七七八八后，周查发现这些用户大多数是社会上有头有脸的人。他们被抓不久，张作田的办公室成了接待室。今天某个退休干部过来喝喝茶，明天又有哪个过来送送礼。这些人的目的张作田都明白。对于这些人，张作田也不管对方是什么级别、有什么背景，一律拒而不见。

"若是让这些人进我办公室，就是侮辱了我们帽子上的警徽！就是愧对黑天鹅、杨怡这些为侦破暗网 Hades 献出宝贵生命的同志！"张作田在调查组内部开会时表态说。

根据黑天鹅的遗愿，周查把黑天鹅的骨灰葬在了他妻子墓旁。周查在墓前献了一束花。

之后，周查又去了杨怡的墓前，抚摸着墓碑上刻的“杨怡同志永垂不朽”的碑文，他忽然想起，有一次出任务他受伤昏迷，是杨怡一直陪在他身边照顾他。以前每天的早点，杨怡都是买两份，她一份，他一份。

周查在墓前默默坐到了天黑才离开，离开前他想对墓碑说些思念的话，可话到嘴边变成了凝噎的泪。